QIAN
XUN

阿 惠◎著

时代出版传媒股份有限公司
安徽文艺出版社

图书在版编目（CIP）数据

千寻/阿惠著.—合肥：安徽文艺出版社,2018.4（2022.5重印）
ISBN 978-7-5396-4102-7

Ⅰ．①千… Ⅱ．①阿… Ⅲ．①长篇小说－中国－当代
Ⅳ．①I247.5

中国版本图书馆 CIP 数据核字(2018)第 024651 号

出 版 人：朱寒冬
责任编辑：汪爱武　　　　　　　装帧设计：褚　琦

出版发行：时代出版传媒股份有限公司　www.press-mart.com
　　　　　安徽文艺出版社　　www.awpub.com
地　　　址：合肥市翡翠路 1118 号　邮政编码：230071
营 销 部：(0551)63533889
印　　制：三河市人民印务有限公司　　(0316)3650588

开本：700×1000　1/16　印张：19.75　字数：360 千字
版次：2018 年 4 月第 1 版　2022 年 5 月第 2 次印刷
定价：59.80 元

序

　　认识阿惠，是因为小说。十几年前，老朋友、时任《清明》杂志主编段儒东先生常和我谈论并推荐省内新锐作家的作品。有一次，他交给我一部中篇小说《天堂有约》，嘱我一定要看一看。我一口气便读完了，小说写得很感人，一打开便停不下来，非读完不可。给我印象深刻的是小说中的人物描写，形象塑造生动鲜明，心理活动刻画尤为真挚细腻，我很为小说的人文精神所打动。《天堂有约》是阿惠写的，我很赞赏她的才华。

　　过了些时候，在合肥见到了阿惠，她很文雅，不张扬，和友人小聚时总是静静地听别人说话，并且听得很认真，很少插话，从不多言；对自己的作品，更是绝口不提。再过了些时候，她奉池州所在单位的安排至合肥办事处就职，见面的机会便多了起来。这期间，又读到她写的一些小说，有的还在省内获了奖，我很为她的成就高兴，也深深感到她的不容易。阿惠完全是业余创作。自觉而乐此不疲地利用一切可能去做自己想做的一件事，当然是源于一种痴迷，一种对于文学的痴迷。这其中自然会有许多乐趣和鲜为人知的得意的哪怕是细小的体会，但其中的艰苦却难以言表。单位将她一人派驻合肥独当一面，她视为是一种信任，在这个金钱便是一切的氛围下，信任是对一个人的人格的首肯与尊重，这很难得，理所当然地应当珍惜，绝不能辜负。她又很敬业，无论大事小事，都办得尽量周到实在，丝毫不敢敷衍。那时她的女儿正在上中学，一个中学生母亲的后勤工作是既费时又费力的。可以想见，阿惠的小说是在夜深人静时、挤掉睡眠时间写出来的。长期坚守着一个美丽的文学梦、一个美丽的痴迷，需要多大的毅力啊！

《千寻》是阿惠的第一部长篇小说,她写得很投入,也很辛苦。初稿写成后,她打印分送朋友和有关人士征求意见,然后择善而从,做了较大的修改。第一稿、第二稿我都读了,两相比较,觉得在第一稿的基础上,第二稿有了较大的提高。文学作品大约都会带有地域的印记,故乡和乡情,始终是阿惠挥之不去的心结,《千寻》正是她的这种心结的表达,地域的印记更是分明。阿惠的地域印记是在长江边上,那里是她的故乡,滔滔而去的江水、来往于江面的大轮船、木帆船、芦苇荡,合欢花、香樟树、野蔷薇、栀子花、粉红的满塘的荷花,鸡头米、菱角、紫红的刚抽出的芦笋尖、嫩藕加上肉丁炒红椒……"故乡的味道真好啊!"这些童话般的田园风光,虽然随着现代化的进程,渐渐地逝去,但却深深地留在了阿惠的记忆里,真是说不尽的乡愁,说不尽的宝贵的精神遗产。在浓郁的延绵不断的乡愁里,让阿惠无法割舍的当然是她的许多乡亲,写在小说里,便是秦一文一家、伍爷一家、范师傅一家、柳叶一家等等。小说将这许多人物,巧妙地组合在长江边上的生活画面里,融洽而自然。秦一文和他的两个妹妹秦一心和秦连曦是贯穿于小说始终的三个人物,作家浓墨重彩地描述他们的苦难、善良、励志和经历的奇特,读来让人动容。秦一文明知秦连曦是他父母领养的妹妹,他也明知连曦的内心是真正地倾慕于他的,却始终无动于衷。这样去描写两个正处妙龄的青年人,稍不留神,便容易出现矫揉造作的痕迹,但阿惠的分寸把握得很好,秦一文的端方自持在小说中怡然自得。这样的君子之风,或许是作家理想化的表达,但也是对人欲横流、物欲横流的社会现实的愤怒反叛与无情鞭挞。秦一文与柳叶的那段恋情,虽然有些离奇,却独具古朴浓郁的民间色彩,是小说的绝佳看点。柳叶带着她和秦一文生的女儿柳琴千里迢迢从黄河边来到长江边的青城,绝不是为追究什么,更不是想得到什么,就是想来看看多年不见的"大哥"秦一文,其中所包含的思念情感分量多么沉重! 柳叶母女来到青城后,在未见到秦一文之前便落住了脚,并很快开了一家面馆,这其中虽有连曦的暗暗相助,更多地却体现出时代的风貌。在改革开放之前,一个异地农家妇女,来青城或别的什么地方开餐馆是不可思议的,因为有许多条文和法规的关卡难以逾越。伍爷作为最基层的生产队长，他的朴实、宽厚也写得好，早年间，他因生计的无奈，发生过因宅基地的纷争而引起秦家的不愉快。但秦一文的父母因车祸故去后，他和伍娘将秦家三兄妹视如己出地呵护着，这既是一队之长的责任，但更显现出人间真情的光彩。还有一个细节，也很能体现伍爷的为人，他的小儿子伍好，外号伍孬子，这个外号只是说他性格憨厚老实，并非精神上有什么毛病。伍孬子小时候是小伙伴们捉弄调侃的对象，有一次捉弄得过火了，怂恿他骑在水牛背上随水牛浮过江去，江面过宽、江水过大，刚入水时还能骑在牛背上，渐渐地只能跪在牛背上了，到了江中间，只好在牛背上站起来，伍孬子紧张又害怕，站不住了，掉到江里去了，幸好伍爷及时赶到，将他托出江面，才幸免于难。这个细节，现代人或许不能理解，但在 20 世纪 50 年代、60 年代直至 70 年代初，圩区水田多水牛多的地方，牧童站在水牛背上浮过水去，是常见的事，但水面不宽，也没什么风浪，掉下水去也不会有什么生命危险，但浮过长江便大不相同了，波浪滚滚，是会被江水卷了去的。但惊险过后，伍爷只是以家长的身份，好好教训了他的儿子伍孬子一顿，并没有责备其他小伙伴。这个细节既是生活的真实，也体现了伍爷的宽容的性格。范师傅一家，也是小说着力描写的。范师傅是秦一文父母惨遭车祸的肇事者，虽然经过法律程序，范师傅受到了应有的惩罚，但出于良知，他对孤苦伶仃的秦一文兄妹仨始终放心不下，想方设法地维护他们，他甚至不顾舍弃自己儿子的利益，也要为秦一文找到一个当驾驶员的职业，这是他最大的能耐了。人间真情，在范师傅一家体现得也很真挚。《千寻》也写了许多矛盾、争斗和曲曲折折，但字里行间，传递的是人世间最宝贵的东西，那便是人与人之间的相互沟通、理解和关爱，抱朴归真，大爱至上，这也是阿惠小说所追求的主题。

读完《千寻》初稿之后，我抄录了一首宋人姜夔的五言诗送给阿惠，诗曰："夜阑浩歌起，玉帐生悲风。江东可千里，弃妾蓬蒿中。化石哪解语，作草犹可舞。陌上望骓来，幡然不相顾。"姜夔是著名的婉约派词人，这首诗却一反常态，一反传统，写了一个刚毅果敢的虞姬，不是"大王意气尽，贱妾何聊生"的柔弱虞姬,而是"幡然不相顾"的刚毅虞姬,在姜氏诗词中独树一帜。抄录这首诗,是想表达我对当前文学的一些想法,简言之,我觉得文学的阳刚之气少了些,而阴柔之气太多了,我期待大气磅礴的阳刚之作,也希望阿惠在这方面有所建树。

唐先田

2016 年 9 月

为什么我的眼里常含泪水？

因为我对这土地爱得深沉……

——艾青

谨以此文献给我曾经生活过的却已然消失了的村庄以及那片土地上我的父老乡亲

目 录

第一章　回　　家

我怎么了,小曦?

哥……小曦一副欲言又止的样子。

我这是在哪儿?

你回家了,哥。

家? 哪个家?

你说哪个家? 老家。麻布寮的老家啊!

啊? 怎么? 我们回到麻布寮了吗? 猛然间,我黑暗幽闭的内心仿佛瞬间洞开一扇窗,阳光和风呼啦一声涌进来,令我几乎有些措手不及的样子。各种花香:合欢花的、香樟树的、金银花的、野蔷薇的,嗯,还有栀子花的……好一番狂轰滥炸! 我的心涌动着从未有过的欢悦与踏实、幸福与激动。啊,故乡的味道真好啊!

哥,你还真是有先见之明。去年,你坚持将老屋整饬一番,说是等过两年我们俩踏踏实实退下来,晓画踏踏实实把个人问题解决了,我们就回老家,踏踏实实养老。谁知道这么快就派上用场了。

我感觉到了莲曦的悲伤与压抑的痛楚。她怎么了? 难道回老家她不高兴吗?

怎么就你一个人? 孩子们呢? 晓画那丫头也没陪陪你?

孩子们这几天累坏了。你就那么突然倒下了,把大家都吓坏了,也忙坏了,尤其是晓棋。我让他们去休息了。再说,我也想和你单独在一起待几天。虽然共同生活了五十多年,可是这样贴近地相处,细细想来,似乎还真没有过。哥,都怪我,明明知道你血压那么高,不能喝酒,还让你喝了那么多……悲伤决堤了,泪水滑下莲曦瘦削苍白的脸。灯光下,她的脸太白了,白得能清晰地看见每一粒斑点每一道皱纹。这曾经是一张多么精致多么美丽的脸啊！岁月啊！

我的内心忽然莫名其妙地闪电般划过一道悲伤。我下意识地想用手捂住自己的心脏，却发现自己根本动弹不了。我怎么了？屋子里香烟缭绕，谁在抽烟，抽这么大的烟？晓棋？晓书？晓书回来了吗？透过朦朦胧胧的烟雾，我清晰地看见了那一幕：喜庆、热闹、祥和。端午节，小曦的生日，也是我们的结婚周年纪念，有二十几年了吗？应该是二十八年吧。亲人们第一次意外地聚得这样齐：晓棋夫妻、晓画自然都在；可惜单缺了晓书。那小子在部队请不了假，走不脱，可祝福的电话一大清早就打了回来。一心全家：一心、尚青、侄女若水夫妇带着他们的孩子小诺，侄子若坤夫妇虽在外地工作，但正好放假，也赶了回来。大哥如松、大姐如风，还有柳叶跟柳琴……啊，就连柳叶她们母女都来了啊！多么好！多么好啊！亲人们一个都不少，真正的举家团圆、欢聚一堂。为小曦庆祝，也为我们庆祝。欢声笑语，觥筹交错。恭喜恭喜！祝贺祝贺！我如何不高兴？如何不激动？来，喝！好，干！来者不拒。哈哈哈，多好！太好了！大红绣花的唐装，晓画特意为我和她妈量身定做的，穿在身上是那么合身、那么漂亮、那么喜庆。哈哈哈……那一天小曦的脸上红光满面、笑容可掬、熠熠生辉，可不是这般苍白憔悴。

忽然间，我感觉这香烟缭绕的屋子里，太压抑、太憋闷。我待不住了，我要出去走走，透透气。

我迫不及待地奔出屋子。啊！顿时一股浓郁的花香轰地一下直冲进我的肺腑，我不由自主地闭上双眼，迫不及待、贪婪地使劲呼吸，恨不能把这所有的香气都吸进自己的胸腔，清洗一下我的肺叶。啊，是合欢花！端午时节，应是合欢花开得正欢的时候。老屋门前的这两棵合欢花树还是父亲种下的，半个多世纪了，树干粗大，枝条开展，树冠磅礴。那年父亲不知从哪里弄来两棵合欢树苗，分别栽在屋子的东西窗下。那时村子里只有柳啊、椿啊、梓啊、乌桕啊等一些常见树木，合欢树还真是第一次见。那特有的羽状对生的树叶，玲珑而又可人疼。特别是开花的时候，那一簇簇仿佛小扇面似的毛茸茸、粉嘟嘟的花儿别提有多招人喜爱了。而且父亲带回来的这两棵树,花竟开得一棵深粉,一棵浅粉,真是爱煞人了。虽然,这么些年无人打理、无人关照,可它们都笃心笃意地活着。春来发芽,夏来开花,兀自荣衰,代我们看管着老屋,使得老屋无论如何破败,都显现出一份生机。我亲切地摸了摸合欢树粗大的树干,不无感慨地说:你们辛苦了!竟然有些心酸,竟然有些想哭。我不知道为什么自己忽然间变得这般脆弱了,花开花落竟要落泪,真是老了。内心又袭来一阵痛,我扭身离开了。

一口气奔上屋后的大堤。我发现自己从未这样脚步轻快过,脚下生风,不知是因为回到了我无比热爱和想念的老家,还是仿佛有如神助御风而行。登高远望,淡淡的星光下,整个大堤氤氲在一片迷蒙的光线里,远方的田野与近处的村庄都显得那么模糊而又神秘。这就是我曾经生活过的大地村庄吗?

透过迷蒙的光线,我仿佛看见大片大片的苎麻地。水田之外的所有旱地,除了少许麦子、山芋等旱地作物,全部清一色栽种着苎麻。一年三季,头麻二麻三麻。眼下正是端午时节,头麻收割完,二麻生长时期,长势正旺,麻秆粗细均匀,叶片宽大。一阵风过,唰啦啦,卵形叶片互相交头接耳,细语绵绵,仿佛相互诉说着成长的快乐以及对于织成麻布再漂洋过海周游四方的种种憧憬与渴望。

麻布寮原是长江边一个冲积小平原,荒无人烟。不知从哪个年代,何种因缘,来了一户万姓人家,江西万载人,看上了这里的土地山川河流,在此地扎了根。这位万姓人家原本是当地的织造高手,于是便把万载的夏布(也就是麻布)生产技术带了过来。万载夏布生产历史悠久,可以追溯到东晋后期。因其"轻如蝉翼,薄如宣纸,平如水镜,细如罗绢",唐代时就被列为贡品。这户万姓人家自然而然延续旧传统,种麻织布。一代又一代,这户人家不断繁衍生息,开枝散叶,一户、两户以至于三四十户,成为这里显赫一族,家家户户无一例外也都种麻织布。我们家就是因为有一年家里遭了天灾,一把火烧光了家中所有,不得不举家背井离乡,逃荒要饭,外出谋生。最后流落到了麻布寮,被大片大片的苎麻吸引,在此居留了下来。后来来此居住的人家渐渐多起来,这里的荒地几乎全都被开垦了出来,种上了苎麻。于是经过种麻、浸麻、剥麻、漂洗(日晒夜露)、绩麻、成线、绞团、梳麻、上浆、纺织等十二道工序之后，一匹匹夏布从这里生产出来。心灵手巧的麻布寮女人们再用红绿黄等各色丝线，或粗放或精细地一针一线绣出鸳鸯戏水、喜鹊登梅、蝶恋花、羊跪乳等花色图案。每年长江涨水，大水铺天盖地地过来，直涨到堤脚屋边。上行下行的船只穿梭般从麻布寮经过，由于"猫尾子"一带水流湍急，船只上行非常艰难，拉纤的纤夫光着脊梁，头低到几乎碰到自己的脚尖，汗水如小溪般滚过古铜色的光脊梁。善良的麻布寮人宽厚地递上浓醇的茶水，同时也向这些上行下行的船只展示他们自己生产的夏布以及绣品。于是麻布寮的夏布以及绣品就被这些船只带到了上游的武汉九江、下游的芜湖南京，渐渐地以至于全国各地。于是麻布寮的夏布就出了名，于是这里就有了自己的名：麻布寮。寮，就是村庄。

麻布寮出名了，慕名而来的人家也就越来越多，于是土地变得稀有珍贵起来，全部用来种麻显然已经养不活这日渐多起来的众多之口，再加上印花棉布普及而且便宜，夏布生产自然而然遭到冲击，于是苎麻种植面积缩小了，被大量种上了小麦、油菜、棉花。于是麻布寮那些个凉爽适宜的日夜不绝的机杼声渐渐销声匿迹了，苎麻的种植也仅限于田头地脑、房前屋后等一些边角地带，而剥出来的麻也不过用来编编麻绳以及搓搓纳鞋底的麻线了。麻布寮悲哀地只剩下了一个名字。

徒有虚名的麻布寮已经完全不似从前，如今的麻布寮，我放眼望去，似乎一切也已经不是我记忆中的样子了。

记忆中的麻布寮仿佛一条巨轮搁浅在长江岸边，面临新河，背倚大江。可如今这条大船已经被拆得支离破碎，面目全非。曾经的船底，也就是堤脚下那一排低矮的砖瓦房已经荡然无存，全都在新河对岸原来的庄稼地里建起了一幢幢的小楼房。独有我家的老房子，还一身沧桑地立在堤脚，显得那么突兀。由于常年无人居住，年久失修，再加上周围各种楼房的挤压，更显颓废与破败。朦胧的星光下，一眼望去，老屋仿佛一座绿树环绕的孤岛，格外孤独而又寂寞。老大晓棋与老二晓书一直建议将老屋拆了，也盖上一栋像模像样的二层小楼，可我和他们的妈妈都不愿意。感觉老屋不在了，我们和这片土地上的最后一丝牵扯就割断了，仿佛风筝的线断了，从此只剩下漂泊。老屋有太多我们的记忆与成长经历，是我们诸多苦难与不幸的唯一见证,一定要留着。那薄暮时分袅袅的炊烟,仿佛还飘在眼前;夜幕降临之后,那悠长绵软的呼唤声,也仿佛言犹在耳。要知道,那个声音伴随了我全部的童年。母亲那温婉绵软的声音,在暮色里打着滚转着圈,越过村庄的上空,爬上屋后的长堤,滑进堤外那一道波光粼粼的江水中。常常,我会和一帮小伙伴们,一尾尾灵动的鱼儿似的,蹿出水面,嬉笑着爬上岸边,再奔上长堤,飞奔回家。母亲简单的饭菜,以及父亲永远不变的呵斥在老屋里等着我……

可如今,如果不是我曾经的老屋,以及老屋前那两棵高大茂密的合欢树和屋后那一片同样高大茂密的香椿树,我几乎认不出我的故乡了。

在江南水乡,水,自然是最平常的了。麻布寮就有数不清的大大小小的水凼、池塘,遍布村庄,仿佛上天不小心打碎了一块硕大无比的镜子,碎片四处散落,将日光月光星光尽水收底。

我家门前原本就有一口池塘。池塘很大,夏天长满了荷叶,密密匝匝,挤挤挨挨,亭亭如盖;荷叶间醒目地点缀着大朵大朵的粉色莲花。无论是羞涩地打着朵儿的,还是灿然开放着的,都那般高洁美丽。因为荷叶长得太满,以至于为了方便邻人在池塘边洗衣服洗菜,父亲不得不将池塘边的一些荷叶折断,挖出一块块水面,供大家使用。

那时候一方池塘便是一村人的菜园子。从莲藕还只是小拇指般粗细的尖芽,就开始吃起。纤细白嫩的小藕尖拔了回来,斜斜地切成丝,红辣椒也切成丝,放在锅里一起爆炒,那个鲜美,色香味都有。而待莲子熟了的时候,父亲会撑着腰盆(那是一只猪腰状类似于小船一样的东西。且能一物多用。放进水里它是只船,可它真正的用途却是杀猪的时候泡猪),在莲叶间穿梭,采摘莲子。青嫩的莲子与新采的莲藕还有新鲜的菱角一起放在锅里炒着吃,叫"河中三鲜",是麻布寮的一道传统名菜,不仅味道鲜美而且性凉祛暑。待莲子尽了,荷残了,寒冬凛凛冽冽地来了,河底白生生的莲藕便登堂入室了。

而在水乡还有一种水里长的东西,便是味道可以和小藕尖媲美的鸡头菜了。或许因为莲的高洁,也或许是一种霸道,容不得其他污浊之物与其共生共长,所以通常长莲的池塘是不长其他东西的。所以要找鸡头菜只能去村子东头那方最大的池塘:东塘。岸边杨柳飘拂的东塘,小的时候,因其水域辽阔,在我们的眼界里、意识中,海不过就是这般模样。那里的水面上趴满了大朵大朵大如簸箕的芡实。芡实俗称鸡头米,叶片着实大,有的叶子甚至大到有如团箕一般,但它们从来都只能软乎乎地平铺在水面之上。芡实虽然与荷同样生长在水里,但芡实的叶子既不能如荷叶那般亭亭玉立摇曳在水面之上,也不如荷叶长得那般清雅漂亮,而是表面有许多大小不一宛如铆钉一般的凸起,狰狞可怖。与荷叶比较起来,恰如一只绿皮青蛙与一只蟾蜍。一个是那么的秀美可爱,一个却是那般丑陋恐怖。可是在这样丑陋的叶片之间却会开出特别艳丽宛如睡莲一般,或紫色,或白色的花朵来,这便是芡实花。莲花将她的籽实包裹在自己的身体里面,待花瓣完全打开之后,莲蓬才羞羞答答地露出娇嫩的面容;而芡实则不同,芡实的花是直接开在它的果实之上的。花朵一点一点开放,它的球形果实也便跟着一点一点地长大,待花谢之后,果实也差不多成熟了。莲蓬籽外面裹着的是一层厚厚的棉衣,芡实也同样穿了外衣,可它的外衣上却长满了尖刺。不仅果实长满尖刺,它的茎也长满尖刺。为了避免被那些尖刺扎伤,村里人有的拿了刀下到水里,将它的果实连茎秆一起割了,扔到岸上;有的则站在岸边,长长的竹竿上绑了镰刀,伸到河里将它们割下来。长长的茎剥去长满尖刺的外衣,露出褐红色或淡青色的肉体,那便是我们称之为鸡头菜的东西了。如同炒小藕尖一般地炒了吃,滑滑的,有点涩,但味道也是一样的鲜美。而那圆圆的仿佛一只缩成球的小刺猬一般的果实呢? 剥开,露出宛如石榴一般粉粉嫩嫩艳丽的籽,掀开那一层粉粉嫩嫩的淡紫色外衣,鸡头米才真正出现了。黑褐色生铁一般坚硬的外壳下,白白的淀粉含量非常高的鸡头米才总算吃到嘴了。粉粉的、微甜、有点涩。唉,吃到它可真是不容易啊! 你得先将那怪物扔在地上,用鞋底使劲地搓它,将那些尖利利的刺都搓软搓瘪了,方能下手去剥。即使那样,也还免不了将你的手扎得千疮百孔、伤痕累累。不像莲蓬子,你只需轻轻地剥开绿色外皮,白白胖胖的莲蓬米便落在了你的掌心。

芡实虽然外形丑陋,可心地却是宽容的。在那辽阔的东塘之上,不长芡实的地方,水面上不仅漂浮着圆形小叶子的浮萍还长着长长藤蔓的野菱角。

它们各自霸占一方水域,共生共长,共荣共衰。浮萍无根,随波逐流,常常被人们捞回家喂猪。菱角的藤蔓却非常发达也非常简单,通常一塘菱角只一条根的样子。随便拉一棵,全盘皆动。只要你用力纤巧,不将它弄断,你可以一下子将满塘的菱角菜通通都拉上岸。菱角菜拉回家,首先摘下一只只长着两只尖角的菱角,然后将长长的藤蔓以及一棵一棵的菱角菜择拣干净,切得碎碎的,新鲜的辣椒也切得碎碎的,还有蒜头更要切得碎碎的,放在锅里爆炒,一样的好吃。吃的时候,菱角菜的汁液会把我们的牙齿染黑,更别说捞菱角菜择菱角菜的手了。常见母亲将双手裹上厚厚的淤泥,使劲搓洗。你还别说,这样的老法子,还真的能去掉那黑。

麻布寮的池塘里除了莲藕、菱角、芡实这些"河珍"之外,还有鱼虾等"河鲜"。那个年代,不知为什么水里的鱼虾似乎特别多。尤其是雨季到来的时候,大河涨水小河涨水,一切都像发了疯。河里的鱼儿似乎也昏了头乱了方寸,你走到这些水边的时候,一只同样发了疯的鱼儿会突然间蹦上岸,蹦蹦跶跶地在你的脚边,圆睁着两只乌溜溜的鼓眼睛,一副死不瞑目地不服气。吓了一跳的你,稍一愣神之后,不管三七二十一,转瞬喜滋滋地把那只倒霉的鱼儿拎回了家。就连母亲在门前池塘里洗衣服的时候,还用捣衣棒敲昏了一条红尾巴大鲤鱼,也一样喜滋滋地拎回了家。那条大鲤鱼异常胆大地、神气活现地就在母亲的洗衣石前来来回回地游。母亲说,游过来游过去的,快活得很呢!我叫你快活!母亲说她只一下,就敲准了红鲤鱼的头,它就一下子翻起了白肚皮,漂了起来。有人说,不能在河里捡东西回家,像母亲这样把一条活生生的鱼敲死,再捡回家,就是捡了晦气回家。多少年之后,只要一想起双双死于非命的父亲母亲,我就要不可遏制地想到那只被母亲用棒槌敲死的红鲤鱼。或许灾难就在那一刻进了我们的家门,可我们一家人谁也不知道,还那么欢天喜地地喝着鲜美的鱼汤!可那时候涨水季节,河里的鱼虾真的很多,不管大人还是小孩,你随便拿只簸箕,在河里只一舀,拎起来,就有活蹦乱跳通体雪白的大白米虾欢跳在你的簸箕里;同样,不管大人还是小孩,也随便拎根芦苇秆,也不管什么钩,哪怕你用只回形针拧成的,穿上蚯蚓,随便往河里一扔,要不了一会,就有鱼咬钩……

一方水土养一方人,或许就是这么养活着的吧!

可这些大大小小的水凼、池塘却不知什么时候被一点点地填平，建起了房子。就连海一般辽阔的东塘，村子里的孩子们谁不是在那方水里泡大的？可也不知何时，渐渐地被一点一点地淤平了，消失了，建起了房子。现在村子里唯一尚存的仅有村南的那条人工开挖的、被大家称为新河的灌溉渠了。

连接了所有堤脚村庄的新河，在我们小的时候，也是很宽很深的。上下游都有与长江相通的闸口，雨水少的年份开闸，引长江水进河灌溉；雨水多的年份，也会开闸，放河里的水出去，以免内涝。如此重要的一条动脉，自然要又宽又深，才能旱涝保收啊！河两岸栽满了柳树、楝树还有开花的梓树，以及那种果实特别红的皮树。春天来临的时候，各种树发芽抽条开花，枝条飘拂，树木葱茏，说不出的美好。夏天给劳累的庄稼人洒下浓浓的绿荫，供大伙儿歇憩。不过那个时候，庄稼人被沉重的生活与辛苦的农活碾压着，所有的风景都被忽略，只被那些长满荒草的日月追撵着一天又一天，一年又一年。那些年，年年冬闲的时候都会做两件事，一是下河清淤，二是全民动员挑长江大堤。挑长江大堤的时候，堤上人山人海红旗招展，煞是热闹。可热闹归热闹，真是太累了。相比之下，人们更喜欢新河清淤时候的热闹。既然要清淤，就必定要把河里的水抽干。水没有了，鱼就跳出来了。鱼是大家的，人人都有份。每家每户都拎了篮子等着分鱼，于是庄稼人愁苦的脸上露出难得的笑容。那可是庄稼人年饭桌上预示着"年年有余"的鱼啊！等大鱼都捞上来之后，站在河岸上的一群孩子还有大人，男人还有女人，早就按捺不住，都通通涌进河里，在没膝深的淤泥里摸捏，希望能摸到漏网之鱼，我们谓之"干凼"。时常会因为一条小鱼大家打起来，泥点子乱飞……那时候虽然贫穷可真是快活啊！过了河就是养育着全村人的耕地了。大片大片需要浇灌的旱地，种植棉花、山芋、玉米、黄豆、芝麻、荞麦、小麦等等，新河就是这些旱地植物唯一的水源，也是它们的生命之源。旱地南边还有一条支流蜿蜒延伸，一直伸进远处的山里面，支流的两岸全是水田。距离村子很远，有五六里地，最远的都该有七八里了。夏天"双抢"的时候，无论大人小孩通通都要上阵的，毒花花的太阳把大地烤得仿佛烙铁似的，赤脚走在泥路上，你仿佛都能听见脚底板被烙铁烫焦的吱吱声。可那时我们却似乎一点不怕烫，一天到晚在滚烫的大地上赤着脚奔跑如飞……

如今这新河已然萎缩得没有了样子。河面变窄了，河两岸那些个柳树、楝树、梓树、皮树通通没有了，就连河水都不晓得跑到哪里去了，少得可怜，似乎刚刚能没过河底的样子，淤泥看得清清楚楚。看出来已经多少年都没有清过淤了。现如今，村子里的青壮年都到外面去了，家里只有些个老弱病残，地都已经无人来种了，又哪里还有人给河清淤呢？更重要的是，即使有人愿意耕种，也已经无地可种了。村子里所有的耕地都已经被各种各样的企业，用各种各样的名目征用了。尽管征用多年依然不见曾经许诺过的那样厂房林立的景象，但都各自用着不同的方式将那些地圈起来，标上记号，占为己有。村民们虽然依旧住在村子里，却早已经不是这些土地的主人了。既然无地可种，自然也就用不着灌溉，新河自然也就失去了它曾经应有的重要作用。而且现如今的村人早已家家户户用上了自来水，已经很少有人在河里洗衣服、洗菜，河水也只配用来偶尔洗一洗弄脏的鞋和脚，那又何必还花什么心思打理它呢？可不就荒废了吗？

没有了土地河流，乡村还是我熟悉的乡村吗？没有了欢声笑语与袅袅炊烟，村庄还是我记忆中的村庄吗？村子里虽然一家赛一家比着建楼房，可楼建起来了，他们却很少住。仿佛房子只为用来炫耀，而不是用来居住一样。住在房子里的大多是年迈的老人和上学的孩童，或者三三两两年轻的妇人。整个村子找不到一个四十岁以下甚至五十岁以下的男人，男人全都在外面谋生活，恰如那些闯关东下南洋的人们。我记忆里的村庄如那条河一般的荒废了。

堤内是这样，那堤外呢？我曾经无比熟悉无比热爱的那一道狭长的夹江，有过我童年的多少欢乐啊！涨水的季节一直与远处的大江相连，那一股汪洋一片的磅礴气势何等壮观！如今自从上游葛洲坝大坝建起来之后，这种壮观的场面只有在记忆里找寻了。不要说夹江水已经逐渐萎缩成了陆地，就连干江里的水也是越来越少了。不是说鄱阳湖都干涸了吗？水啊水！一切生命之源的水啊，都去了哪里？从前夹江对岸是一片连绵不绝的柳树林，用来抵御洪水对堤岸的冲刷。大水之后，要是想知道今年的水有多大，看看那些杨树上飘拂的褐色胡须就知道了：水涨到哪里，杨树胡子就长到哪里。柳树虽然还在，可却再也不长胡子了，而且也不如从前那般茂盛了，稀稀拉拉委顿得很。

　　从前过了防护林，在长江干流之间，就是一望无际的芦苇荡了。不说别的，单单那片芦苇荡又有多少说不尽的乐趣啊！开春时候，会常常挖经年的芦根回来和荸荠一起煮水喝，说是可以防治脑膜炎的。那时候，几乎每天晚上我们都要喝一碗甜丝丝有些浑浊的芦根荸荠水。芦笋冒出来的时候，那紫红紫红的笋尖尖一个个贼头贼脑地从解冻的地底下钻出来不久，村子里，男女老少就会涌进苇场，挖了回来，一根根剥了，白生生的嫩笋，放进水里一煮，捞上来，再放进冷水里冰藏，能吃好多日子。嫩笋切得碎碎的，蒜叶切得碎碎的，如果有腊肉，也碎碎地切成丁，放在一起，加一点辣椒糊，那味道真是一个鲜美。有时，大家也会将煮好的芦笋挑到城里去卖，换钱买油盐酱醋买零零碎碎的日杂用品。都说天无绝人之路，那个艰苦的年代，那片苇场就是老天赏赐给村人活命的宝地。可这样疯狂的举动过了清明就绝不再允许了。因为清明过后，笋就再也不发了。一棵笋就是一根芦苇，挖了就折了，于是大家也都很自觉地不再挖。而此时农活已经很忙，也便无暇顾及了。芦苇便疯了似的长，渐渐地就长袖善舞起来。这时候，端午就到了。于是人们又涌进苇场，打粽叶。又宽又长的苇叶打回家，放进锅里一煮，我的个天，那个香啊！为了端午节那天能吃上粽子，裹粽子通常都会在节前的头一天下午或者晚上进行。母亲每年都会将一只大椅子搬到门首，煮好的苇叶码得齐齐的，放在左手边的的篮子里，盛糯米（泡好过）的盆放在母亲的右手边。裹粽子的绳子有的用麻，但大多都用从外洲割回来的蔍草。这种草，晒干了，特别扎实，经拽。蔍草扎成一束齐齐地挂在椅子背上。母亲有条不紊地从左手边的篮子里拿出两匹或者三匹清香四溢的苇叶迅速一圈，一个苇叶漏斗就形成了。母亲再从右手边的盆子里一勺一勺地舀出米填进漏斗里，用筷子将米捣实，这样裹出来的粽子吃起来才有韧劲，实在，然后再用蔍草捆扎结实，一个粽子就裹成功了。通常一根蔍草能结三个或者四个粽子。一串串裹好的粽子放进另外一只篮子里，单等着下锅煮。那一夜就会是一个睡梦里都流淌着芳香的夜晚了。小小的我们常常会在睡梦里突然醒过来，贪婪地敞开肺叶深深地呼吸一口那浓郁的清香。不用吃，味道已经全在心里了。

吃过粽子之后,苇场终于消停了,芦苇们终于可以安安心心蓬蓬勃勃地生长了。似乎只一场秋风吹过,这些脆弱的、多愁善感的家伙就仿佛一夜之间齐齐地白了头。金黄金黄的苇秆密密实实地立着,顶着雪白雪白的芦花,一望无际,往天边延伸,仿佛老天独独在那一片世界降下一场大雪,雪原无边无际,异常辽阔壮观!站在萧瑟的秋风之中,遥望那无际无涯的一片白,总让人想到岁月的易逝与人生的短促,悲秋的情绪便在那片辽阔的白里悄然诞生了。

而那苇场则一年四季都是孩子们的天堂。

那时我们一帮男孩子放了学之后第一件事便是去放牛。我仿佛看见了一帮半大的小子,足有七八个吧,把牛赶进苇场边上的柳树林,林中有茂密鲜嫩的野草,牛们吃得可欢实了,根本不用担心它们会乱跑,也就不再管它们,任它们自顾吃着,就开始玩自己的了。或者疯了似的打仗,几个人一组,几个人一组,两军对垒。芦苇荡就是他们天然的战场,战斗往往异常激烈,忘记了牛,忘记了家。直到太阳下山,天快黑了,连牛们都已经吃得累了,舒服地卧在地上,忘情地反刍,嘴巴里白沫泛滥,脾气很好地任那些黑色的八哥鸟在自己身上撒野。这时,仿佛从天际那头,传来一声声呼唤,一个个斗得正欢的熊孩子们忽然都停止了手里的动作,静静地听那呼唤,似乎从遥远的梦中醒来一般,他们记起了牛,记起了家,记起了已然咕咕噜噜抗议的肚肠……于是一个个一窝蜂地各自从自己隐蔽的地点飞也似的跑出,找到自己的牛,快快活活地骑上,打牛回家了。吃饱了肚子的牛,迈着不紧不慢、不温不火、沉稳踏实的步子踏上了归途。走过小路,翻过大堤,村子里已经点上了油灯……多好的岁月、多美的情景啊!

可有时他们似乎厌倦了这样的游戏。你看那一个,剃了个屎铲子头,一身洗得发白的蓝布衣裤,裤子早就短得吊在腿上,皮肤黝黑,虽然五官看上去很是端正清秀,一双眼睛透着精明灵动,可怎么看也都是一个野孩子,却还非要摆出一副思想家的样子。你看他懒洋洋地躺在绿荫下的草地上,随手揪一根草放进嘴里,看着浩渺的一江流水,若有所思地慢慢咀嚼着。他似乎是那帮孩子的头,见他一副懒洋洋的样子,孩子们也都现出沮丧的神情,于是也都一个个躺在地上嚼起草根来。或者三三两两地学女孩子偷偷地斗草,打发无聊。如果这个时候恰好有一条大轮船从远远的江面上驶过来,乖乖,有好几层呢。于是几乎所有人都像打了鸡血似的,不约而同地纷纷从地上一跃而起,齐齐地冲着江里的巨轮呼喊,喂,你们要到哪里去,带上我们⋯⋯那稚嫩的拉长的音调在江面上急速滑行,然后寂灭。大家跳跃着,呼喊着,直到轮船巨大的影子消失在远方,才筋疲力尽而又有点灰心丧气地一头倒下,再次嚼着草根望着蓝天发呆。真的,什么时候能坐上那样的大轮船,在水上自由自在地漂着,无论漂向哪里,那该是多么幸福的一件事啊!可如果就在这百无聊赖之际,恰好湛蓝的天空中飞过一架小小的飞机,他们又都会瞬间兴奋起来。再次从地上一跃而起,齐齐地冲着急速掠过的飞机喊,飞机耶,带我上咯,我到武汉吃稀饭咯。一遍又一遍,不厌其烦,直到天空中什么也没有,才又累累地一齐倒下⋯⋯那个时候,还不知道"外面的世界"这样的词,在这些个野孩子内心最迫切而又最不切实际的梦想就是:什么时候能坐上飞机,像只鸟儿似的在天空中飞翔,那又该是多么幸福的事儿啊!可这样的愿望什么时候才有可能实现呢?

如今这片芦苇荡已经无踪无影了。不知道是谁在芦苇荡里种下了那种速生的意杨。这些生长速度特别快的家伙或许根系也特别发达,好像不过几年的工夫,竟将原本盘踞在这片土地上古老的芦苇家族彻底赶走了,只剩下那片茂密的杨树林,宽大的叶片在风中招摇,沙沙地叙说着它们的成功与骄傲。

唉⋯⋯长长的一声叹息,我内心的沮丧真是无可言说。

我甚是沮丧地低下头,这一低头不打紧,很是让自己吃了一惊。怎么会这样?脚下的长江大堤竟然荒草恣肆已然看不见路面!以前可不是这般荒凉模样啊!这条维护着几十万人民群众生命财产安全的大堤,哪能任它这样荒废呢?以前宝贝似的有专人看管。老牛头就是水委会拿钱请来专门看大堤的,长年扛了把锄头从大堤的这头走到那头。他肩膀上的锄头可不是用来锄地的,而是另有他用:一是除去堤面的杂草,哪怕只有一棵或是两棵不小心长出来了,都要悉心将它们除去。一边锄还一边嘴里念念有词,说,怎么这么不听话啊？叫你们不要乱长偏要乱长，看看，到处都是，到处都是，像个什么话？仿佛面对的不是杂草而是他们家的孩子。二是如果看见有谁家没有看牢的猪跑上大堤吃草拱地，那他的锄头可就大有用武之地了。不仅要挥舞锄头将那只不听话的猪撵得一溜烟地跑回村子里，而且只要得手一定会将猪们打得嗷嗷嗷乱叫，还要污言秽语将养猪人祖宗八代骂一遍才解恨。哪个都不敢龇个牙，即使自家辛苦养大的猪被他伤着了，即使再泼皮的人，也大气不敢出。因为老牛头是给公家做事的，代表的就是公家的利益，哪个敢与公家过不去呢？那年月，人们对于公家真是有一种说不出的敬畏。所以这个老牛头，虽然只是个临时工，虽然不过邻村人，虽然长得其貌不扬甚至可以说是相貌丑陋，可仿佛就像是从京城皇帝派来的钦差大臣一样，威风凛凛。那派头也仿佛不是一个看大堤的老头，而是一个威武的巡城将军。不过那些年月，经他打理的大堤，路面还真是白生生、平展展，寸草不生。

除此而外，不晓得什么时候他还将堤内堤外密密麻麻地种上了蓖麻。这些叶片宽大枝条恣意伸展的家伙，繁殖得特别快，只要头年种上了，来年就会更加恣意地复生。头年掉落的籽实就是种子，第二年春天不要人问，就自己发芽生长，再开花结子了。渐渐地整个一条长堤一望无际都是蓖麻了，壮观得很。一串串蓖麻子像一串串葡萄似的挂在阔大的叶片下面，由青变黄，说不出的诱人，虽然不能吃。夏天，蓖麻子成熟，即使你走在大堤上，你也能听得见蓖麻子被夏天的太阳暴晒之后爆裂的声音，引诱你走近它们，将它们麻花花、圆润润、滑溜溜的籽实握进你的手掌之中。据说蓖麻子榨出来的油可以用在飞机上，值钱得很呢！乖乖，用在飞机上啊！村里人都惊异得瞪大了眼睛。多了不起啊！于是在那些不绝如缕、乒乒乓乓炸裂的声音里，小孩子们常常会趁老牛头不注意偷偷钻进蓖麻丛肆无忌惮地摘。可这个老牛头鬼得很，这个时节，并不见他如往日那样扛着锄头神气活现地走在大堤上，而是偷偷隐藏在蓖麻丛中，总是在你摘得最畅快淋漓的时候出其不意地出现在你的背后，一声怒喝令你魂飞魄散扔下手里的蓖麻子飞一般地逃走。有胆小的孩子会被这一声大喝吓得手足无措、大哭不已。久而久之，不仅猪们远远地见了老牛头会落荒而逃，就连我们这些平常野得没有章法的淘气鬼们，见了他也会绕道而行。只有那些成熟沉稳的大人们，在穿过蓖麻丛的时候,顺手牵羊却又不慌不忙地将那些已然炸裂露出壳的蓖麻子,慢条斯理地倒进掌心、塞进口袋,再若无其事地带回家。这些通过各种渠道得来的蓖麻子,等晒脆实了之后,再拿到供销社去卖了换一点零星的家用。那一份快感与紧张、喜悦与惶恐实实在在妙不可言!可如今只有这漫无边际的杂草了,唉!

那时候,夏天里每逢晴朗的夜晚,几乎家家户户吃过晚饭以后都会爬上高高的堤坝纳凉。大堤地势高,总有若有若无的微凉的夜风,从江面上吹送过来,很是凉爽。有讲究的人家会不怕劳累,把凉床搬上大堤,可一般人家无论大人孩子,都不过一人一床被单铺在厚密的草地上,软软的,躺上去非常舒服。劳累了一天的人们终于可以放松自己,这样舒舒服服地躺着,浑身筋骨都得到了充分的休息,自是再惬意不过的时光了。仰望着漫天的星斗,如果星斗密匝,就会叹息着说,唉,明天又要热死人了。如果星斗稀疏一些,大家就会很欢喜的样子说,嗯,明天是个好天,不会太热。这样的时刻,什么见闻啦、经历啦、说书人嘴里的故事啦、上辈传下来的老故事啦等等,就会在繁星满天的夜晚四处流传。你一段我一段,说的和听的都很用心。而最最令人害怕而又向往的是那些鬼故事或传奇故事,母亲是非常擅长讲鬼故事的。什么黑无常白无常啦,什么阎王小鬼啦,什么水鬼山神,狐狸大仙啦,等等等等,说得是绘声绘色,听得是心惊肉跳。那时我们村子里有一个初中毕业生,是很读过几本书的,也非常善于讲故事,讲书本上读来的传奇故事、离奇案件。只要他也来大堤纳凉,我们都会不约而同地围在他的周围,听他讲。往往听得我们毛骨悚然,头发根直竖。于是一个个地紧挨在一起,连呼吸都不敢大声,更不消说什么东张西望,或去远一点的地方撒泡尿什么的了。总觉背后冷飕飕的,有一只无形的手伸向你,随时有可能攫了你去。你的一颗小小的心都被恐惧填满了,仿佛随时都有可能爆裂开来,根本不敢有什么轻举妄动。记得就曾经有一个男孩,因为害怕而不敢挪动一步去撒尿,憋得大哭起来……

哈哈哈……我不禁纵声大笑起来,笑声在空旷寂静的夜晚传得很远很远。唉,多么美好而又令人难忘的过去啊!

可没有了苇场,没有了蓖麻丛,没有了大堤上纳凉的人们,哪里还能有什么乐趣可言呢?唉!我再次一声长叹。

晨光熹微,一阵清脆的鞭炮声传来……

第二章　了　　愿

哥,早上孬子哥来看你了。

我看见了。

他是第一个来看你的。

我知道。

没有什么人来看你,哥。

我知道。村里已经没有什么人了,只有房子,连树都少了。唉,小曦,这已经不是我们曾经生活过的那个村子了。村子空了。以前经常和我一起玩得好的几个小伙伴你都还记得吧?小八子、狮子狗、癞痢壳都还记得吧?

记得哦!那时候你们几个天天上学下学不都粘在一起吗?他们几个好像初中毕业之后都没有再读书了吧……

可不是嘛,狮子狗跟癞痢壳是因为成绩差考不上。可小八子不是,他成绩好得很,他是家里太穷了。他要不是中途辍学,一定能考上的。

狮子狗好像后来学了木匠了……

嗯,狮子狗学了木匠。学成之后跟一班人去河南三门峡干活,小子还行,没几年的工夫竟在当地娶了一个老婆,倒也挺好。可孬子哥却告诉我,那家伙这些年几乎没有回来过,就跟失踪了似的。他老爹、老娘也都八十的人了,常常叹气说,真是白养了这么一个儿子!

啊?他怎么会这样啊!小时候看他一头卷毛,可爱得很。唉,人心真是最说不清的东西了。莲曦叹息着。

还有癞痢壳……

莲曦的脸上似乎现出了笑容,说,你小时候老是叫他癞痢壳,所有人都觉得奇怪,明明一头乌黑浓密的头发,怎么竟叫了个癞痢壳呢?

还不是他小时候淘气,自己在家里没事,拿剪刀剪自己的头发,剪得一块有一块没的,可不就跟个瘌痢壳似的吗?

　　哦,原来这样啊!不过要说淘气,你们几个哪个不淘得要上天?尤其是哥哥你!好像听说瘌痢壳也失踪了,怎么回事?

　　唉,这家伙也是可怜。虽然大家都叫他瘌痢壳,可事实上,长得一点也不丑。可因为家里穷,三十好几了,连个老婆也娶不上。后来不晓得怎么竟在外面带了一个老婆回来,是贵州的。把村里人羡慕的,直夸瘌痢壳有本事,鱼不惊水不跳地就带了一个老婆回家。后来才晓得,根本不是他带回来,而是花钱买的!据说花了三万块呢!一家人七凑八凑凑起来的。买的就买的吧,只要好好过日子就行。开始那两年家里人跟防贼似的防着那贵州女人,生怕她跑了。直到生了一个大胖儿子之后,家里人的戒心才稍稍小了些。转眼儿子三岁大了,大家都以为有了孩子牵着挂着,该不会跑了吧?所以瘌痢壳就把儿子丢在家里给老人带,自己带着那贵州女人一块出去打工了。其实不也挺好?可那女人竟然还是跑了!瘌痢壳又气又急又羞,从此一句话也不愿意和别人说了。真是屋漏偏遇连阴雨,老婆虽然跑了,好歹还有个儿子,多少还有个盼头。他妈也是宝贝蛋似的待这个孙子,走哪儿都带在身边,寸步不离。那天老人去菜园子里摘点菜准备做午饭,就将五岁的小孙子丢在家里一个人玩。孬子哥说那小伢平常乖得很,那天不晓得出了什么鬼,竟然一个人跑到村子里的水井边玩,结果掉进去了。老人回家之后没见着孙子,立时就慌了,一个村子都找遍了,喉咙都喊破了,也没个人影,可怜老太太哭死过去好几回。后来邻居去井里打水,发现小伢趴在里面,老太太一见立马要跳井跟孙子一起走,邻居好歹拉住了。消息传给瘌痢壳,瘌痢壳连夜就赶回了家。抱着儿子小小的冰冷的尸体,没有说一句话,也没有流一滴泪。把儿子小小的尸体埋了之后,就离开了,从此再也没有回来过,谁也不晓得他究竟去了哪里。他老娘呢?儿媳跑了,活蹦乱跳的一个大孙子,就那么一眨眼的工夫没了,都是自己的错。如今儿子也不见了,更是自己的错!老人伤心加上愧疚,几乎一夜之间白了头发,之后过了没几年,老人竟痴呆了。唉!

　　这就叫世事难料。莲曦也跟着叹息。

可不是嘛！小八子小时候多聪明多机灵，可如今，唉，快六十的人了，孬子哥说，还要到外面打工讨生活。多么不容易啊！

孬子哥老了，哥。许是我的叹息令莲曦不忍，及时转移了话题。

是啊！都年过花甲了，能不老吗？你以为还是小时候跟你和一心打架的那个孬子哥啊？

……

莲曦忽然笑了，虽然没有声音，但是我感觉到了她脸上溢出的笑意。

你为什么笑？

可她只是笑，就是不说话。这个小东西，呵呵，早已经不小了，那么老东西？唉，也实在不忍心说她老。可不管是老还是小，她都仍然那么调皮，那么精灵古怪。

孬子哥大名叫伍好，他家里人平常都叫他小好，可外人却都叫他伍孬子。其实他并不是什么孬子，只因为他只长身体不长脑子，凡事都慢个一拍两拍的。念书，用我们这里的话叫：枪子都打不进去。于是大家都说他是孬子，都叫他孬子。渐渐地大家就都忘记他叫什么了，以为孬子就是他的名。可孬子真是个好人！

孬子哥比我年长三岁，他爸爸又是队长，所以早早地就进了村子里的小学堂念书。可等到我上学的时候，他还在读着一年级。后来，比我小三岁的一心和比我小四岁的莲曦都小学毕业了，他才勉勉强强、哆哆嗦嗦地小学毕了业，都已是一个半大的小伙子了。那时小学升初中是要考试录取的，伍孬子自然考不上，于是只好回家干活了。那时，他已然长得人高马大，虽然不过十六七岁，可看上去仿佛一个壮劳力的样子了。可他爸爸还是心疼他，说他骨头还没长结实，还不能做那些个重体力活。因为他爸爸是队长，所以也没人敢拼着他出工。那干什么呢？总不至于就这样在家里摆手吧？于是伍队长就做主买了一群鸭子让他放着。那时我和小八子、狮子狗、癞痢壳，常常在上学或放学的路上，看见高高大大的伍孬子手里拿着一根细长细长的竹竿，梢上绑着一块破破烂烂的白塑料纸，赶着一群鸭子在村子里各个大河小汊里漫游，那一份悠闲实在是堪比神仙！可我们却必须无论风霜雨雪都得一天三四十里地地赶着上学,那份辛苦,唉。天知道,对于伍孬子,我们的心里有多少无法形容的羡慕啊!

妹妹一心和莲曦考上初中的那一年,我都已经读初三了。那时两个妹妹同时考上初中的时候,父亲母亲都挺高兴。两个小丫头,一个不过十二,一个才十一,可竟然都考上了,嘿!母亲说,一文啦,你是大哥,你可要照顾好两个妹妹哦。

可那时我已然一副小男子汉的味道了,后面成天撵着一群跟屁虫。有本村的小八子(因他走路内八字,所以我就给他起了个小八子的绰号)、狮子狗、癞痢壳,邻村还有两个,一个青皮(脸上有一块青色的胎记),一个憨鳖(那小子凡事都慢吞吞的,不着急),上学放学吃饭上课,到哪儿都一起,走路恨不能一字排开。只是实在没法排,因为我们那时上学走的都是田间小路,窄得只能容下一只脚,所以那种气势我们实在做不到。可我们会在春天偷竹林里的笋,夏天挖地里的红薯、花生,秋天掰地里的玉米,都偷来埋在火粪堆里烧了吃。一年四季,无论哪里的鱼塘抽干了,只要被我们碰上,我们都会二话不说,放下书包冲进泥塘摸鱼。然后将摸回来的鱼用柳枝串成一串拎回家,一家人痛痛快快地打一回牙祭。我们一家人最喜欢吃的自然是母亲最擅长、最拿手的小鱼锅贴了。鱼还在大铁锅里煮的时候,母亲就和好了面,搁在盆子里。在鱼将熟之时,母亲用手抓了一把面糊在锅沿上,母亲最厉害的就是一把面正好糊一圈,仿佛给锅戴了一条宽大的项链。这个时候火候是最重要的,不能太大,也不能太小。火大了锅贴会煳;火小了,锅贴会黏腻不脆。母亲的功夫就是能将锅贴做得脆而不焦。待锅贴上沿的面变白变脆了的时候,表示锅贴已经熟了。于是就见母亲将左手按住滚烫的大饼子,右手拿锅铲小心地一点一点地将整个饼子铲下来,囫囵个儿地放进盘子里,活像个挑担人垫在肩膀上的围肩。这时候的我们早就等得不耐烦撕了锅贴就吃,常常烫得龇牙咧嘴。我们最喜欢吃的就是锅贴下面拖进鱼汤里的那一部分,更有味,所以总是抢那一块吃,当然每次都是我抢得最得心应手。一心向来脾气好,不作声,可莲曦就不行了,常常会跟我急。而我就会无比骄傲、无比自豪、底气十足地冲她瞪眼,说,你有什么资格跟我抢?鱼是你摸来的吗?我摸的鱼,带你吃就不错了,还老三老四地跟我抢!滚一边去！莲曦顿时就蔫了，翘起好看的小嘴唇，眼泪在眼眶里直打转。母亲忙于做饭，根本没有心思管我，若是父亲在家，我便有所收敛。待所有的锅贴贴完，切好，整整齐齐地码在盘子里，鱼盛进汤盆，竹榻子放在门外，熏蚊子的野蒿父亲也已经点好，于是一家人围坐在竹榻的两边，就着星光月色，津津有味地吃着鱼汤泡（蘸也行）锅贴。虽然只一盆鱼，一大盘锅贴，可已经是难得的美味佳肴，不吃到肚撑不罢休。多么温馨！多么满足！多么幸福！说不完道不尽。有一次，天都黑尽了，我还没回，母亲已经跑到村口张望了好几次，心里着急还不敢说，怕父亲发火。在母亲准备再一次去村口接我的时候，我终于出现了。只见我打着赤脚，只穿了条短裤，一手拎着书包，一手拎着一双布鞋，狼狈不堪。母亲吓得不轻，惊慌地问，你怎么念个书念成这个样子了啊？你裤子呢？我裤子呢？原来挂在脖子上。两只裤管扎起，里面满满当当都是鱼！我龇牙一笑，得意地从脖子上取下沉甸甸的裤子递给母亲，母亲哭笑不得。

那时，小曦说得一点不假，年少轻狂的我们淘得恨不能长两只翅膀上天，哪里还顾得上一心、莲曦两个黄毛丫头啊？所以对于母亲的嘱咐，虽然嘴里答应着，可根本就没往心里去。

那时我们五个人早上总是会在村子里打谷场附近的大池塘旁边会齐了一起上学，下午放学再在同一地点分手。那天早上我们四个早都已经到了，单缺了小八子。小八子家刚刚分了家，他爷爷把他们一家分开过了，他爸爸、姆妈一天到晚忙活，家务事根本顾不上。小八子每天早上上学前需得将早饭做好才能出门，所以常常迟到。大家左等右等，等得都着急了，才见小八子一崴一崴地跑了过来。我正准备等他来了，狠狠给他一个大凿栗作为惩罚，可还没等他跑到近前，隔老远就听见他喊：

一文，秦一文，你妹妹被伍孬子打了，一路走一路哭呢……

什么？

我一听，立时火冒三丈，二话没说，就把书包撂给了狮子狗，然后疯了似的，朝来路跑去。跑了一里地的样子，就看见我的两个妹妹一心和莲曦正一边走一边哭，可怜见的。我感觉心里一股火轰的一声上了头顶，头发都快烧着了。妈的，伍孬子，看老子不要了你龟儿子的命！我咬牙切齿。

此时正是春天,新河两岸的树木已经一片葱茏,像两排整齐的哨兵似的无比忠诚地守卫着村庄,欣赏着村庄上空飘起的炊烟,一片沉醉;油菜花已经一片金黄了,虽然还只是清晨,太阳都还懒洋洋地没有起床,可已经有辛勤的蜜蜂在盛开的花朵上忙着采花粉驮回去酿蜜糖了;青得发黑的麦苗整整齐齐一边高地在晨曦中微微摇曳,身上还披着亮闪闪的露珠儿,仿佛簪着珠翠;这里那里一丛丛、一簇簇的豌豆、蚕豆都正各自开着白色和紫色的花朵,炫耀着美丽;薄薄的晨雾这里一缕、那里一片地随意飘荡着,真仿佛仙女的衣袂一般,轻盈、朦胧、梦幻……多美的景致啊,我却浑然不觉。在我眼里,我只看得见伍孬子那竹竿上的白塑料纸远远地在风中招摇,仿佛在向我示威。好,叫你嘚瑟!伍孬子呢?正坐在水塘边对着满塘的鸭子发呆,根本没有发现来势汹汹的我正冲向他。伍孬子!我一声怒喝,还没等他反应过来,就一把将他推进了水塘里,伍孬子秤砣一样滚进了水里,喝了几口鸭屎味的塘水。我才不管那么多,又将那只招摇的长竹竿从土里拔出来,用腿一劈,立时断为两截,随后将手里的断竹竿朝仍在河里挣扎的伍孬子抛过去。

这时正是上工的时候,村子里人陆陆续续地朝地里走去,都很奇怪我为什么会不上学却在和伍孬子打架,孬子大哥也在。他大哥可真正是高大威猛的那种,一个箭步冲过来,伸手就拽了我一个趔趄,说,一文,你怎么好好地把伍孬子推到水里做么事啊?你不带这么欺负人的吧?

欺负人?要说欺负人,应该是你们家伍孬子吧!你问他一个大男的做么事把一心和莲曦打哭了啊?她两个小女伢子从来都不惹祸事的吧?他做么事打她们啊?我一点不甘示弱,和伍大哥针锋相对。

这时伍孬子已经挣扎着爬上岸了,他大哥一听就炸了,说,么东西啊?伍孬子打一心跟莲曦?可是真的啊?

怎么不是真的哉!不是真的,我好好的吃饱饭没事做,跟个孬子打架耍啊?

他大哥听我这么一说,也气不打一处来,冲到浑身水淋淋的伍孬子面前,伸手就在他头上凿了一个大爆栗,凿得伍孬子抱着脑袋嚎起来,说,你真是吃孬掉着,一心、莲曦两个多么招人疼的小姑娘,又聪明又懂事,又乖巧又礼貌,平常连蚂蚁也没见她俩打死一个,你做么事要打她们嚷?

这时他大大队长伍爷也过来了,冷着张脸看着他家大儿子教训小儿子,然后对我说,一文,不管什么原因,伍孬子打一心和莲曦两个女伢都是不对的,你看你打了他,他大哥也打了他,这下总该差不多了吧? 你还是上学去,别耽误了念书。你书念那么好,就不要和我家孬子一般见识了,可好? 回头我再跟你家大大、姆妈赔个礼,总可以了吧?

话既说到这个份上,再别扭就没什么意思了,再说真该上学去了。于是,我什么也没说,只是狠狠地哼了一鼻子,一溜烟跑了。

那次打架之后,伍孬子基本上不和我们有任何交集了,甚至见面也不打招呼,一副老死不相往来的架势。就连两家大人也因为各种各样的鸡毛蒜皮的小事情闹得水火不容,要不是,唉……可自打我们一家离开村庄之后,一直都是伍孬子在帮我们打点老屋。去年我决心要将老屋整饬一下,回到村子里来,才发现整个村子想找一个能干活的实在太难了。那天,我和伍孬子坐在合欢树下,抽着烟,说着话。

孬子哥说,唉,一文啦,说真的,只有坐到你家门口,坐在这合欢树下,才能感觉到一点点从前的样子。

那还不得感谢你呀,孬子哥。如果不是你这么些年帮忙打点,我这个家也不晓得要破败成什么样子了呢!

话也不能这么说,我这么做,一方面自然是为着你,另一方面也是为我自己。

这话怎么说的? 我很奇怪。

孬子哥说,一文你看,你看这村子都变成什么样子了? 连点人气都没有了。说句老实话,我有时坐在自己家里头,都不怎么能适应,就跟不是自己的家一样。只有在你家门口,我才能找到一点家的感觉。所以,也就有意识无意识地这里拾拾那里弄弄。尤其这两棵花树,我真是喜欢得不得了。唉,也就这么点想头咯! 孬子哥说着埋起头抽烟。其时,孬子哥已经很老了,虽然不过六十才出头,却剃了一个大光头,背也稍稍有些佝偻。两个女儿嫁了,两个儿子儿媳都在外面打工,丢下两个孙女一个孙子由他和老伴看着。村子里原来的小学堂拆了,几个村子一起就一所小学,有七八里地。每天,孬子哥都要骑个小三轮，接送三个孩子上下学。送了接，接了送，一天好几趟，不管风霜雨雪，从不敢耽误。

我说，孬子哥，真是辛苦你了。

他却憨憨地说，辛苦？嘿嘿，不算辛苦哦。李子木，你还记得哇？

李子木？不就是小八子嘛！我怎么可能不记得他呢？现在怎么样了？多少年不见了。

还能怎么样？熬着过呗！也已经六十岁的人了，还在外面打工呢。年纪大了，也没人愿意要他了，只能隔三岔五地打点零工。小的时候多聪明啊！那时候，村子里念书第一数你，第二就数李子木了。要不是那年他小妹妹掉江里淹死，他妈想女儿想过了头，伤心过度，一病不起，死了，他也该把书念完的，初中没念完就回家种地了。你没见他总是一边肩膀高一边肩膀低吗？那都是因为骨头没长好，挑重担子给压的。唉，一个人一个命。你其实也蛮苦的，可你终究遇上了你师傅那样的好人，总算是熬出了头。一心和莲曦又争气。

是啊！谁说不是呢？我也感叹道。与小八子比起来，我要算享福的咯！

孬子哥说，接接送送几个伢上学，再怎么说累总要好过种地啊。那些年田地里的活做得望不到头，老辈人，谁不是做到死为止啊！那时候，谁不巴望着要是能不种地就好了。如今终于不用种地了，地都没了，连块菜园地也没给人留下，想吃点菜还得偷偷摸摸挖点废地种点萝卜白菜黄瓜豆角什么的。唉，人就是那么贱，三天不种地又难受得慌。可想种也没得种咯。唉，这叫个么事啊！你看看，一文，你看看，许多地都那么霸着，荒着，也不让种。前年冬天，大家，其实也就是些妇女、老弱病残的人而已，偷着在自己原来的责任地里种上了油菜，指望收点菜籽榨点油吃。毕竟吃惯了菜籽榨的油了，买的那些个什么色拉油的，怎么都吃不习惯。到去年春天的时候，那个油菜长得多好啊！叶子又厚实又肥大。可占地的人却突然开了挖掘机什么的来了，来毁大家种的菜了。大家不让毁，就冲撞了起来。结果竟然还派了警察来，将围堵的人一个个抬着扔在了地边上。那么好的一季油菜硬是叫那些不吃人饭的家伙活拉拉给毁了。唉，一文，你没怎么种过庄稼，你不晓得有多叫人心疼咯！唉，你说你那地要是有个急用什么的，我们也心服，可么用也没有,到现在还闲着,做么事就不能让我们把一季菜籽收回家呢?唉,真是不懂了,这都究竟是什么世道啊!不过,也好了,省得伢们在外面打工心里不踏实,不用着急家里的午季啊、"双抢"啊什么的了,安安心心在外面挣几个活钱也好。唉,不说了,这些个话啊,一提起来就叫人头疼。还是说你的事吧。一文,你说么话啊?你想把这屋修修?嘿,一文,屋要人住呢,你这屋,老久没人住了,都坏得差不多了,要不是门前这两棵树撑着,不定早就塌了呢,嘿嘿。你说修检修检,可不是一句话两句话的事情,而且按你的计划就更不是小事了,得是大修了。你不用急,等过年的时候,我让我们家老二帮你谋划谋划,把你这点事捎带完了再出去……

哎呀,孬子哥,怎么不急啊?我可是急着呢!本来早就要收拾了,愣是让我们家老大给拦下来了,说是整饬了也没个人住,不是浪费吗?再加上莲曦还没有退下来,我也就懒下来了。这不,过两年莲曦就能退了,我想和莲曦回老家来住,和老邻居们一起说说话,心里踏实。所以,无论如何,今年这屋都得修整好喽。

孬子哥埋头抽烟,然后猛地把烟屁股一扔说,一文,既然你这么说,我今晚就给我们家老二打电话,让他带几个人回来,先把你这屋弄好再说。哪里不是做事啊?

啊?真的吗?孬子哥,这多不好意思啊!你家老二会听你的吗?

他敢!孬子哥说得斩钉截铁。

孬子哥,你对我真是太好了!

唉!一文,你这么说可就没良心了。我们家就我一个人对你好吗?那些年我大大、姆妈对你、对一心、对莲曦可比对我要好多了。我常常在想,到底我是他们亲生的,还是你们才是!就说你倒腾衣服那一次,你把那么一大卡车衣服往我们家里一卸,就叫我们卖。说衣服卖完了,钱一人一半对半分。你都不晓得老头子那份尽心!孬子哥把烟屁股朝地上一扔,用脚一碾,将烟屁股碾碎,摇了摇头,说,老头子逼着我背着那些衣服走村串户地卖。自己呢,在家里铺开来卖,恨不能大路上拉人上家来买。好容易卖完了,赚,那次还真赚了不老少,差不多一万多吧?那么多票子,老头子看着眼睛都笑眯了缝。可结果呢?愣是只要了两千,剩下的都给了你。我有些不快活,老头子立马一顿火说,做么事啊?你还不服啊?人家一文自己拿的钱,辛辛苦苦从广州那么大老远的地方拉来,你不过就动动手动动嘴,帮着卖卖而已,得了两千都已经亏良心了,你还嫌少,怎么就那么不知足啊?你有吃有穿有住,要那么多钱做么事哉?人家一文要顾这个要顾那个,多不容易,你还跟他比,你还有没有良心哉?把我骂了个狗不吃粪,唉。还有哦,我老婆看中了一件蓝底子上撒满了小红花的裢子,我到现在都记得。她喜欢得不得了,拿在手里摸来捏去的,一副爱不释手的样子。老头子说,嗯,孬子哥清了清嗓子,学起伍爷平时说话的腔调,怎么?喜欢啦?喜欢,钱拿来,衣服拿走。没有钱,衣服搁那里!气得你嫂子把衣服一扔,气哼哼地扭屁股走了……

回家跟你闹了个够呛,是吧?我忍不住哈哈大笑起来。

哪个讲不是的呢!其实有什么呀!不过都是些别人不要的旧衣服。还有人说是从火葬场死人身上扒下来的呢,可是真的啊,一文?

这个,我就不知道了,衣服反正都是旧衣服。

是吧?你看看老头子宝贝得那个样!唉,哪里有亲老子这么向着别人的呀!哈哈哈……我们一起笑得好生畅快。

唉,只可惜,俩老人对我那么好,我却一个都没有送到老。这件事一直梗在我心里这么多年,我一脸愧疚。

孬子哥说,唉,那话就不要再提了。过去这么多年了,两个老人那么疼你,也不会怪罪你的。再说了,哪个人能一生样样事都能做到情到理周呢?哪个还能不犯个糊涂呢?不过一文,到现在我都不晓得你那时候到底跑哪块去了,家里人到处找……

孬子哥见我低着头,不作声,也就住了话头,点了一根烟,也递给我一支,我们又开始抽起烟来。合欢花开得异常欢快。

孬子哥,你可还记得小时候我捉弄你的那些事啊?

你小时候捉弄我的事太多了,我哪里都能想得起哟!

那次,偷黄瓜那次,你可还记得?我提醒他。

孬子哥一边抽着烟,一边拿手搔了搔光秃秃的头,说,你都不晓得偷了多少次黄瓜,我哪里晓得你指的哪一次啊?

就那次,偷你家黄瓜种的那一次!

孬子哥一拍光脑袋，似乎想起来了，说，噢噢噢，那一次啊，记得记得！妈的，你小子小时候可真是个害鬼呢！说着我们又都大声笑起来。透过合欢花烟雾般朦胧的缝隙，爽朗的笑声带我们穿越回了我童年……

男伢大多都很淘，我在我们村子里是数一数二的厉害。平常家里也没什么零食吃，又总是吃不饱，嘴里那真是淡得冒清水，于是总想着弄点什么搁嘴里嗒嗒，可实在没什么可以送进嘴里的东西。那些年割资本主义尾巴，割得人家房前屋后一片的杨树、梓树、皮树，连一棵小毛桃子都没有，大家的目光自然只能集中到家家户户的菜园子里。黄瓜是家家必种的，也有一两家会在茄子、辣椒的包围圈子里栽几棵西红柿。这个一旦进入了我们的视野，那些个圆溜溜、红彤彤的小东西就注定在劫难逃了。从还只是青青的小果实的时候，我们滴溜溜的眼睛就已经盯上了，焦急地好不容易熬到泛黄，就开始迫不及待地下手了，通常能熬到完全红透了的，一定是漏网之鱼。我们偷摘的时候，不仅洗劫了西红柿，还将辣椒、茄子弄得满地皆是。惹来妇人们愤怒的谩骂，也是常有的事。可是无论人家骂得多么激烈、多么恶毒，我们都可以做到充耳不闻，脸不变色心不跳。偷黄瓜是最平常也最经常的事了。

那一天我们一行四五个人又像蝗虫似的溜进了菜园子里，这时候黄瓜也差不多尽了，黄瓜叶子都开始泛黄了，可我们的嘴里实在是太没味了，就一家一家地找。通常我们行动的时候，都是伍孬子望风，他行动相对迟缓，而且一旦有什么风吹草动，人家首先看到的总是他，先遭殃的也总是他。这便是我小小的计谋。这天照例仍然是伍孬子望风，临行动的时候，他嘱咐我们说，可别偷我们家的噢，那是我姆妈特意留着做种的。我们答应着，早已经迅速地消失在菜园子里了。这时已然入秋，菜园子里一夏天欣欣向荣的景象已经荡然无存了，都只是些刚种上的萝卜、白菜，小得跟小毛伢的毛发似的，偶尔有些黄瓜架子，也只是黄巴巴的几片黄叶子挂着，萧条得很。我们穿梭在一家家的菜园地里，一路失望。最后，两根又大又黄的大黄瓜撞进了我们的视野，虽然藏在一堆密密麻麻泛黄的叶片与瓜蔓的后面，可依然逃脱不了我们鹰隼一般的眼。我们几乎狂呼着扑向那两根黄澄澄的大黄瓜。

胖娃娃似的两根大黄瓜啊,捧在手里,沉甸甸,多么实在、多么诱人啊!

我们迅速地撤离了,喊上望风的伍孬子,一起躲到一个僻静的地方分享战利品。也不用洗,黄瓜使劲掰开,掏出里面的籽,就你一口我一口地吃起来。

伍孬子怯怯地说,怎么像是我们家的黄瓜啊?

怎么可能!黄瓜不都长这个样?是你们家的,那你喊一声,看看它答应不答应?真是的!

被我一顿抢白,伍孬子不作声了,然后又嗫嚅道,不会真是我们家的黄瓜吧?我姆妈留着做种的呢……

哎呀,你个孬子还真是啰里八嗦的呢!你们家的黄瓜分明还长在你们家的菜地里,我们都看见了的。你要是不放心,不要吃好了。我一把夺过伍孬子手里的黄瓜。

伍孬子急了,说,我吃我吃,凭什么我不吃?我又不是没做事。

可是那天傍晚,家家房顶上炊烟开始升起的时候,村子里再一次响起伍娘那中气十足、花样百出而又荡气回肠的骂声。这一次是因为不知谁家的水淹鬼、吊死鬼、叉脚死的,偷了她家的黄瓜,那黄瓜是她专门留着做种的。

哈哈哈……

可这一回,无论伍娘怎么骂,也无论骂得怎么毒辣,我心里都已经不再打怵害怕,反而幸灾乐祸。骂吧,骂吧,使劲骂,反正你儿子也有份,哈哈。

第二天上学的路上,伍孬子说,我跟你们说别偷我们家的黄瓜,我姆妈留着做种的,你们还是偷了,还非说不是我们家的!

那你们家的黄瓜写名字了吗?谁知道是你家的?你自己不也吃了吗?面对我的伶牙俐齿,伍孬子永远张口结舌。

孬子哥说到做到,半个月后,他果然将他家常年在河南三门峡做活的老二给鼓捣回来了,还带了两个帮手。花了将近一个月的时间,终于将老屋整饬一新。不仅刷了墙壁,换了屋瓦,还装了空调,安了抽水马桶和太阳能热水器。哈哈,真是太好了!

老二,你这手艺真是太好了呀!我乐得合不拢嘴。

伍家老二憨憨地一笑说,秦叔,也就是你,换了哪个旁人,我都不会扔下手里的活来给你干的。怎么办呢?老爷子下了死命令,说这活要是我不回来帮你干了,他就把孩子给我送到三门峡去,让我们自己看。还说,他早就盼着你和莲姑能回来,可以有人说说话了。这不,您说要修房子,他还能不乐翻天了呀!没办法,唉。好了,叔,只要你满意就行了,我也可以交差事了,我还得赶回三门峡做活呢。

你到底为什么笑?我见小曦老是闷着头笑,忍不住问。

我想起了当年和孬子哥打架的事……

对了,你和一心当年到底为么事和孬子哥打架啊?孬子哥虽然念书不行,可他绝对不是欺负人的人,更何况欺负女孩子了。到底为么事啊?

什么事也没有……莲曦又笑了。

什么事也没有他为什么要打你们?

其实,是我们先惹的他……

嗯?

那天他坐在塘边老老实实看他的鸭子,那根从不离手的竹竿插在他身边。他好像刚起床不久的样子,懵懵懂懂地坐在水边,看上去,真有些孬不拉叽的。他虽然比我们大很多,但好歹我们也算是同学。我的调皮劲又上来了,想逗弄逗弄他,就捡了一个大土块朝水里的鸭群砸过去。鸭子们本来正专心致志地在水里找食嬉戏,猛不丁被突然泛起的水花吓坏了,纷纷叫着贴着水面乱飞,我和姐姐乐得大笑起来。孬子哥也吓了一跳,回头见是我和姐姐干的好事,就说,你好好的做么事砸我的鸭子啊?

我说,我就要砸!你能把我怎么样?说着,又捡了块土疙瘩朝鸭群砸过去,惊得鸭子再一次嘎嘎直叫着乱飞。

孬子哥气坏了,说,莲曦,你要是敢再砸一下,可别怪我对你不客气!

姐姐本来只是笑,根本没动手,听孬子哥这么一说,姐姐来气了,说,怎么,就砸了,你想对我们怎么不客气哉?说着,顺手也捡起一个大土块朝河里扔去。可怜的鸭子大清早的没招谁没惹谁,无缘无故被砸得吓破了胆,嘎嘎叫着再次满塘飞起来。

也许是鸭们的嚎叫点燃了孬子哥心中的怒气，他拔起长竹竿狠狠朝我和姐姐扫过来，打在我和姐姐的腿上。妈呀，那竹竿打人天晓得有多疼！我和姐姐顿时疼得哭起来，撩起裤腿一看，又红又肿的一道印子。好你个伍孬子！我们不过是拿他的鸭子开个玩笑而已，他竟然真的打起了我们！气得我真想咬孬子哥一口解气，可是我们却根本贴不了他的身，那根细长的竹竿死死地护住了他的身体。孬子哥横握着竹竿说，来，你们再敢动一下试试？看我不打断你们的腿。姐姐胆儿本来就小，被孬子哥一打一疼一吓，连拉带拽地把我拉走了……

啊？原来是这么回子事啊！可怜的孬子哥，真够冤枉的。淹了个半死是小，我敢担保，他大哥凿在他头上的那一凿栗，笃定老大一个包。小曦，打小你就是个捣蛋的东西，幸亏是个女伢，要是个男伢，肯定比我还要淘。唉，可怜的孬子哥！

我哪里想到你会跑回去找他打架啊？本来我们惹了祸，也是不敢声张的，就当是哑巴吃黄连了。谁知你却不着三不着四地跑去打人呢？

你！小曦，你可够没良心的，我那可是为你们出头啊！我无语。我的妹妹莲曦就是这么个捣蛋鬼，一直都是。

你不要在这里装好人，你还不是一样？你害孬子哥害得还少啊？要不是你一天到晚地害他，那些年我们两家也不可能闹得那么水火不容！

这话还真是实话。我也嘿嘿笑起来，你别说，那些年，孬子哥可是被我害得不轻，好几次差一点小命都没了。

哥，你说说你那时候都是怎么捉弄孬子哥的啊？

那个啊，哈哈哈……

时至今日，我依然忍不住要笑，小时候的那些旧事……

小时候的我们这些男伢，除了上学之外，最大的一件事就是放牛。书包一扔，我们就得将牛赶到外洲草场上。那里草好，厚密茂盛，牛吃得都舍不得抬头。夏天丰水的时候，夹江里的水也很大。本来我们一般都是把牛赶到水里，让它们自己游到对岸，人却要绕到很远的下游，穿过堤坝到对面树林子里。那天我突发奇想，提议不如骑在牛背上，让牛驮我们过江，省得绕那么远的路。小伙伴们都说好，可又都胆怯，因为水太大了。

我就说，不如让伍孬子先试一下，看看能不能过去，如果他能过去，我们就一起骑牛过去，好不好？

伍孬子说，怎么又是我？

我说，不是你是谁？你年纪最大，个子最高，当然是你了。

大家一哄而上说，伍孬子试试吧！你个子这么高，保证不要紧的。

伍孬子嗫嚅道，那，好吧，我试试看。你们可一定不许跑，看着我噢！

不会的，你去吧，我们保证不会丢下你不管。

伍孬子踩着牛角让牛把他送到牛背上，然后下到水里。我们在岸上喊，伍孬子，抓住牛尾巴！抓住牛尾巴！

伍孬子显然很紧张，一只手紧紧地抓着牛尾巴，另一只手死死地揪着牛脊背上的毛，随着牛一耸一耸地下到水里。水开始并不很深，只不过齐到牛肚子那里。伍孬子坐在牛背上，两只脚拖在水里，感觉惬意的很，抓住牛尾巴的那只手已经放松了，还回头冲我们笑，说，哎，你们都骑牛过来吧，好凉快，好玩得很呢！可渐往前走，水渐渐深了，没过了牛脊背，伍孬子已经在牛背上坐不住了，只得爬起来蹲在牛背上。等到江中心的时候，水更深了，牛已经浮在水面上往对岸游了，伍孬子蹲着都已经不行，只得站到牛背上了。这时候我们就听到伍孬子带着哭腔的喊声，说，我站不住了，站不住了，怎么办？怎么办啊？

怎么办？我们谁也不知道怎么办，都有些傻，呆呆地看着伍孬子杵在牛背上，战战兢兢、惶恐不安。忽然伍孬子身子一晃，差一点栽入水里，我们都吓得惊叫起来。伍孬子哭了，哭声期期艾艾地传过来。不知为什么，我们都有一种毛骨悚然、不寒而栗的感觉，浑身的汗毛都竖了起来。伍孬子，你可要站稳了啊！再坚持一会，就到了。我朝着江中心喊。傻子都能想象此时此刻伍孬子内心的恐惧与紧张。怎么办？谁也不知道能怎么办，只能干等着着急害怕，替伍孬子捏着一把汗了。

谢天谢地，终于离对岸不远了，眼看着就要到岸边了，不知道是牛身子耸了一下，还是伍孬子站得太久，紧张得太久，腿有些发软还是怎么的，只见伍夯子直直地朝后一仰，倒在了水里。我们再一次吓得惊叫起来，只见伍夯子在水里扑通挣扎，黑头发在水里一漾一漾的。伍夯子快游，快点往对岸游啊！我们齐声高喊，可是伍夯子就像突然不会水了似的，只顾在水里胡乱扑通着。

不行，快回去喊人来救！我说。

可这个时候，大人都在田地里做事，哪里有人在家啊？

也是啊！那怎么办呢？可总不能就这么眼睁睁地看着伍夯子被淹死吧？干脆我游过去救他！

你？就你那两下，你游得过去吗？别到时连你也搭上了。

大家七嘴八舌，急得团团转，有胆小的已经哭起来了。怎么办？游不过去，可从下游绕过去，更是行不通，等我们跑到的时候，伍夯子早就不知沉到哪里去了。

正在我们又急又怕一团乱的时候，真是老天有眼，伍夯子命不该绝，伍爷高大的身影突然出现在了大堤上。不知为什么看到伍爷的一刹那，我们竟然莫名其妙地一起哭起来了，冲着伍爷喊，快，伍爷，伍夯子掉水里了！伍夯子掉水里了！伍爷一听，飞一般地从堤上冲下来，惯常披在身上的那件月白色的土布褂子像一只白鸟似的飞落在了地上。伍爷裤子都没来得及脱，就跳入水里。谢天谢地，仍能看见伍夯子的黑头发在水面上一漾一漾。

牛这时候早已经上了岸，正埋头吃草。伍爷将湿淋淋的伍夯子抱上岸，把他脸朝下趴着搁到牛背上，然后赶着牛转圈子走了几圈。还好，伍夯子吐了几口水，就又活了过来。等我们气喘吁吁地跑过来的时候，伍夯子已经坐起来了，而伍爷却一副已然虚脱的样子躺倒在地上。

伍夯子看见我就哭起来了，说，都是你！都是你！呜呜呜……

怎么回事？伍爷一骨碌坐起来，惊问，到底怎么回事？

我们都一脸惊惶，低垂着脑袋，谁也不敢吱声。伍夯子边哭边讲了事情的缘由，伍爷仿佛突然长了力气似的，跳起来就给了我一巴掌，说，你个小狗日的，你想害死他吗？怎么，活腻烦了是不是？啊？水这么大，你们哪个这样，哪个都得死！你们老子、娘没有跟你们讲吗？水火无情，水火无情！你们不知道吗？然后，又冲伍夯子吼了一句，你个夯子，真是夯掉着，人家叫你做么事你就做么事啊？明天人家叫你吃屎，你可吃哉？说完恨恨地走了，也不管伍孬子死活。不过，伍孬子也已经没事了。

谢天谢地，谢天谢地啊！

伍孬子有惊无险地逃过了一劫，我却在劫难逃。那天晚上回家，被父亲绑在树上，扎扎实实地打了一顿，柳树棍子打断了两根。这个仇自然而然记在了伍孬子头上！所以不管伍爷的巴掌有多厉害，父亲的棍棒有多毒辣，都没有平息我内心深处捉弄伍孬子的欲念。诸如……

农村人吃饭的时候，虽然各自在各自家里盛饭搛菜，可饭桌却是我家门前的空场。因为我家门前比较宽敞，而且父亲再怎么忙，也会拣空将门前用大扫把打扫得干干净净。不比别的人家门前屋后遢里遢遢，脏得要命。而且我们家门前那两棵合欢树，仿佛两块巨大的吸铁石一般，总是将村人们吸引到我家门前。所以吃饭的时候，特别是吃晚饭，因为无须急着上工，漫漫长夜，除了熄灯睡觉，无其他事可做，也便显得闲适，于是左邻右舍都喜欢端着饭碗到我们家门前或蹲或坐地围在一起吃，再天南地北说一些从盘古到"扁古"口口相传的故事，或者东家长李家短地扯一些闲话。每逢这样的时候，便是我们这些小伢们最快活的时候，哪怕做一些个出格的事大人们也不会呵斥或者用筷头子打，他们沉浸在他们的世界里。譬如端着饭碗边往嘴里扒饭，边互相追撵，有时甚至饭粒子溅得满地都是，大人们也懒得管。

那天伍孬子正和一帮伢们蹲在那里一边扒饭，一边看着我和一个小伙伴一个石子一个小棍棒子地在下五步棋，无论看的还是下的都投入得很。正当大家都投入的时候，我突然伸手在自己的屁股底下抓了一把，然后欠身放到伍孬子的碗里说，喏，送你一个好菜。大家正莫名其妙、目瞪口呆之际，就闻到了一股恶臭，于是大家顿时恍然大悟跟着全都笑翻了身，饭粒喷得满天满地。伍孬子气坏了，说，一文，你真是缺德带冒烟，保管将来生伢不长屁眼，么样缺德事你都做得出来……说完气哼哼地端着饭碗跑回家了。看着他瘦高瘦高的身影消失在他家屋檐下，我竟然心中有一种说不出的快意。

除此而外，我还会经常在伍孬子的书包里放一只死青蛙、一条死蛇或者一只还在爬的大毛毛虫，听到伍孬子的惊叫，看着伍孬子害怕而变白的脸，我总是快意无比地哈哈大笑。伍孬子骂，一文，你个缺德鬼，肯定是你干的。

你这么害（调皮），你格伢一定长不出屁眼。永远就会那么一句。真是个孬子！我从不抵赖，也不管以后什么伢什么屁眼的，只要看着伍孬子那一副惊慌失措的样子，我就快意无比。

这些小恶作剧也都是小打小闹而已，我们四年级那年暑假的一次恶作剧，又差点要了伍孬子的小命。

我们圩区不比山里，山上树多，柴火好找。圩区烧的柴火主要是一些植物秸秆，什么收割完了，我们就烧什么秸秆。麦秸出来的时候烧麦秸，稻草出来的时候烧稻草。这些草类火苗一点也不旺，除了灰多。我们也烧豆秸、玉米秸，虽然好烧，但是都不多。油菜秸秆倒不少，每家都能分到一大堆，可那玩意最讨厌了，分明很干，却总是很难着火；又分明很大的一把塞进灶膛里，可却只嘭地一下一团火而已，就再没有了，在你还没有来得及塞第二把的时候，它已经熄灭得无声无息。往往你使劲地往灶膛里吹风，想把火给吹着，就在你一门心思好用劲的时候，它又出其不意地着了，一团火嘭地一下喷出来，常常弄得你手忙脚乱。有时弄不好喷出来的火苗还会猝不及防地将你的额发和眉毛燎得一团焦，让你哭笑不得。这样的时候，一个人根本没办法烧好一顿饭，必须两个人，灶上一个炒菜，灶下一个专门往灶膛里填柴，才能保证不断火，否则一个人不把你忙死也是个怪。在我们家，那个往灶堂里手忙脚乱填柴的事，一般都是一心来做。最好烧的莫过于棉花秸了，棉花秸秆硬，经烧，火还旺。于是大家都盼着冬后地里拔棉花，只是分量少，谁家都当宝贝一样地备着，等冬天的时候再用，红通通的火屎可以装进钵子里烤火取暖。

圩区柴火最数得着的当数堤外的芦苇了，芦苇是我们圩区柴火的顶梁柱。

每年冬天芦苇收割之后，晒透、干透，大头多卖到外地编苇席，小部分村里人分了当柴火。因为数量有限，家家户户都宝贝得很。分回家的芦苇大多靠墙垛起来，苫好，细细地烧。我母亲非常会过日子，总是很节制地使用这些芦苇，确保烧到第二年芦苇收割之后。别人家的芦苇大多在新稻草还未出来的时候就已经烧得差不多而为柴火发愁的时候，我们家还绰绰有余。伍爷常常为此责骂伍娘是败家娘们。

雨水多的年份，为了保证芦苇垛子里的芦苇不发霉烂掉，我父亲总要在夏天将芦苇垛拆下来翻晒。有时候我都觉着是一种炫耀，因为全村无论谁家也没有我们家剩余的芦苇多。我小学四年级的时候，那年夏天，雨水特别多，父亲又拆了芦苇垛子晒芦苇。

父亲将芦苇垛子拆开以后，里面竟然发现了一只巨大的蜂巢，那种金黄色的、腰细得似乎要断掉的蜂子在我家柴垛子里做了窠。母亲说，不要动它了，这种断腰蜂子能要人的命。幸亏今天翻开来了，要不然不定哪天拉柴的时候被蜂子蜇到可不得了。

柴垛子拆得半拉拉地撂在那儿，一只只金黄色的断腰蜂子不停地飞进飞出，看得人发急又发怵。大人们都上工去了，只有我们这些小细伢留在家里，我打算替父亲、母亲除掉这个祸害。可是该怎么对付这些能蜇死人的断腰蜂子呢？

我召集平常一起玩的小伙伴们来共商对策，当然也包括个子长手长脚长的伍孬子。

商量的结果是，为了避免被蜇，我们每人先把自己裹得严严实实，只剩下两只眼睛露在外面，趴在翻开来的芦苇下面，然后用一根晒衣用的大竹篙子去捅那只巨大的蜂巢。只要将蜂巢捅落到地上，蜂子自然就都飞走了。一致同意之后，大家就都各自回家装备起来。我们几乎都裹上了雨天用的雨衣，连头带身子严严地捂好。伍孬子没有找到雨衣，只好用伍爷的那件蓑衣代替，头上用他姆妈的围裙裹起来，再戴了顶斗笠。那样子，后来想想，倒真有点武侠电影里侠客的味道。

装备好以后，大家就都趴到柴火下面，为了加长竹篙的长度，以便距离蜂巢更远一点，我们在竹篙的顶端又绑了一根平常钓鱼用的细竹竿，呵，真长，该有七八米了吧！那么由谁来挑呢？当仁不让由伍孬子来。一来他年纪最大，二来他个子最长，非他莫属。

伍孬子不愿意，说，怎么又是我？

我说，不是你是谁呢？我们想捅还没有资格呢！我们胳膊短，不够长啊！你看你胳膊这么长，一点不费力就能够着蜂巢，而且你年纪大、力气大，稍微一用劲，蜂巢就捅掉了，是不是？大家都一块附和。

伍孬子说，那好吧，我就先来试试。我跟你们讲好，我只捅一下，掉下来就掉下来,掉不下来,我也绝对不捅第二下。你们接着捅,好不好?

好好好,大家一致通过。

我们让伍孬子先趴好,然后将他用芦苇严严实实地盖起来,只留一个头和一双胳膊手在外面,我们都通通趴在伍孬子的身后,一样盖得严严实实,所有人都屏息凝神地趴在那儿一动不敢动。伍孬子把竹篙子举起来,朝蜂巢伸过去,长度绰绰有余。伍孬子很准,只一下就捅到了蜂巢上,那只大蜂巢剧烈地动了一下,可是并没有掉下来,蜂巢里的蜂子却呼地一下全飞了出来,一团金黄色的雾似的,巨大的嗡嗡声炸得人头皮发麻。而那些蜂子仿佛知道危险从哪里来似的,一阵嗡嗡声之后竟径直朝我们趴的方向飞过来。我们全都紧张地趴在芦苇下面,大气不敢出,只有伍孬子却因为害怕,竟然丢掉竹竿爬起来就往家跑。一群蜂子跟在后面追,惊慌中斗笠掉了,围裙也散了,可怜的伍孬子整个头和脸暴露在蜂子们的视野里,成了复仇的目标。结果孬子的头和脸硬生生被蜂子蜇成了一个大笆斗,眼睛肿成了一条缝,嘴巴肿得顶着鼻子,头上包连着包,惨不忍睹。可怜的伍孬子没日没夜地嚎叫,真是一个惨!伍娘把一个村子妇女的奶水都讨了来,替他擦,好几天才消了肿。

不过我也好不到哪里去,虽然没被蜂子蜇,可是父亲那一顿狠揍也差点要了我的命。就连从来不对我们兄妹耍狠的母亲都气得骂,说,得亏伍孬子的命大,要不然被蜂子叮死了,看你可能长膀子飞掉!你这伢也调皮得太离谱了,真是三天不打就上房揭瓦!

哥,你可真是够呛!孬子哥都给你害死了,你还好意思讲我!我们也是八两对着半斤,天生就是一对。

你又来了……

本来就是!

第三章 家 劫

哥，你说人真的有魂吗？死了以后，到了那边，能不能见着爸爸妈妈他们啊？

谁知道呢？只有去了才清楚啊。

那要是见到爸爸妈妈了，彼此还能认得出来吗？

……

哥，你说，那边的人可也和我们一样慢慢变老，还是走的时候什么样就一直什么样呢？

……

要是也慢慢变老还好一些，要是真走的时候什么样就永远什么样，那爸爸妈妈该有多年轻啊！我们岂不是要比他们老很多啊？还怎么叫他们爸爸妈妈呢？哥，你说是不是？

是啊，爸爸妈妈走的时候多年轻啊！爸爸那么帅，妈妈可是我们方圆几十里数得着的标致女人……

虽然我是我们村子里数得着的调皮鬼，但一点也不影响我念书。那年初中升高中，我是我们附近几个村子唯一考上城里高中的学生，而且是最好的高中。那么好的学校，即使整个清水乡也没几个能考上，连乡长都知道秦一文的名字。消息传来的时候，村子里都炸了。队长伍爷虽然一直跟我们家不对付，可还是为我高兴，一边吧嗒着烟袋，一边说，那要是搁在从前啦，一文就是秀才了。不错，这个小调皮鬼，你算是给我们麻布寮争脸了。嘿嘿嘿……爸爸妈妈都乐傻了，只知道一个劲地傻笑。

与孬子哥打架的第二年夏天，我便去城里读书了。虽然那时的县城小得可怜，也破得可怜，只不过一横一竖两条街，连个红绿灯都没有。可对于一个乡下孩子来说，从小到大，拢共也没进过几回城，已经感觉大得出奇，繁华得出奇了。想着从此之后，自己就能天天在这一片天空下生活，和这里的人们一起呼吸城里的空气，我还不够宽阔的胸腔里满满地鼓胀着骄傲与自豪。

开学那天是父亲送我去的。一头挑着棉被一头挑着一只木箱子，里面装着几件简单的换洗衣服，还有一袋米。四五十里山路，全是父亲一个人挑，我只背了只空书包，拎了两坛母亲炒的菜：一坛咸菜，一坛则是过年时全家人舍不得吃，省下的一些咸鱼腊肉。我想把担子接过来挑一会，父亲不让，说，这点子东西，不重。我知道，父亲是心疼我。

我们学校是个很有些历史的名校，早些年在这所高中就读的不仅仅是我们这一个地方的学生，就连邻县的学生也到这里来读书。那时交通又不发达，到哪都只能靠着两条腿走。有的要走几百里路来求学，可是不容易呢。学校可真大啊！到处都是参天大树，四季常绿的香樟树，无声地诉说着自己的历史；一排排枞树树干笔直，简直把天都要捅破了；一棵棵桂花树枝叶婆娑，虽然还只是九月份，可已经有性急的花儿等不及地开了，若有若无的花香在这里、那里不经意地撩拨着你的心；开得热热闹闹的蔷薇这里一蓬那里一丛，惹得蝴蝶、蜜蜂嗡嗡闹个不停。一排排红砖青瓦的小平房在绿树的掩映下，显得格外醒目与娇小，仿佛一只只依人的小鸟般娇媚可人。那时的我虽然对于读书究竟为了什么并不是很清楚，以后要怎么样更是茫然，但一想到自己能在这么好的学校里读书，心里不觉间又被满满的自豪与骄傲填满了，满得几乎要炸裂一般。真想对着参天的大树和树梢上高远碧蓝的天空，爽爽地吼上几嗓子才过瘾。

毕竟是高中了，功课远比以前上初中的时候重得多。初中我几乎都是玩着读的，高中就不能那么轻松了。所以我无比想念初中的好时光，想念小八子、狮子狗、青皮和瘌痢壳，想念那些个下河摸鱼、上树抓鸟的自由自在而又乐趣无穷的美妙时光。在最初的一个多月里，我依然按捺不住好动的习惯，尽管学校管理非常严格，可我依然利用中午或晚自习前的短短时间里跑遍了城里的几乎所有的大街小巷。我能无比准确、无比娴熟地说出电影院的位置,百货大楼的位置,理发店的位置,招待所的位置,早点铺的位置,菜市场的位置等等等等,熟练得仿佛从来就是在这个县城长大的孩子,令同寝室的室友们一个个瞠目结舌、叹为观止、五体投地,于是我又成了孩子王。带大家翻过电影院的后墙进去看不花钱的电影,早读课结束之后以最快的速度走最近的路,冲到早点铺买那些白胖胖的馒头和黄灿灿的花卷,然后在最后一遍上课铃开始响的时候冲进教室……

就在我沉浸在自己的小聪明、小伎俩之中自得其乐之时,同时给予我的打击也是沉重的。第一次月考,我除了语文在八十分以上之外,其他各门功课都在红线附近徘徊。我的情绪一下子跌入了谷底,原来高中并不是我想象中的那么简单。记得班主任是数学老师,姓赵。矮墩墩、结实实,操北方口音,一副不苟言笑的严肃模样。虽然我们平常都很怕他,但一点也不影响我常常在寝室模仿他说话、走路的样子,惹得大家哈哈大笑,都说像极了。那天晚自习的时候,我已经不记得是因为什么原因,反正我迟到了,整个校园静悄悄的。我知道,老赵头肯定已经在教室门口看着了。就在我准备如何以最快的速度、最机敏的动作,从后门溜进教室再坐到自己座位上的时候,老赵头已经一尊铁塔似的把我堵在了教室门口,然后一言不发地示意我跟他走。我怂了,瘪索索地跟在他后面,心像一面鼓,敲得都快炸了。

操场附近有一个小小池塘,池塘里的青蛙正在不知道天高地厚、无忧无虑地聒噪不停,吵死人了。老赵头在池塘边站下,说,秦一文,你自在得很啦!你把这学校当什么了?当你们家后花园吗?想怎么溜达就怎么溜达吗?生硬的北方话像一个个响雷般在我耳边炸开,炸得我魂飞魄散、战战兢兢。秦一文,你一个农村孩子,考上这样一所中学多么不容易。你入学的时候成绩非常不错,在班里能排到前十。你再看看你现在,啊?都倒数第十了!你知不知道?你还像个学生吗?简直是个小混混!你以为你做的那些事我不知道吗?告诉你,我清楚得很!我就是不说,我倒要看看你究竟能成什么样。咋样?能不起来了吧?瞧你现在的成绩,啊?还不够脸红的吗?你父母把你送到这里来,是叫你来读书的,不是叫你来走街串巷混日子的,你懂吗?一个农村家庭,吃饭都是问题,还送你来这么好的学校读书,他们容易吗?你对得起他们吗?啊?我低着脑袋,一声不吭,父亲四五十里地始终一个人挑着担子,母亲总是想方设法把家里省下来一些好吃的东西给我带到学校……我哭了。第一次当着外人的面,流下了一个已经算是男子汉的眼泪。哭什么?不想老赵头的声音再一次炸响,瞧瞧你那副怂样子,啊?把眼泪给我擦干喽。跟个女人似的,能成什么气候?你给我记住,是个男人,可以断头,可以流血,就是不能流泪,知道不知道?要真是心中有愧,你就给我把成绩搞上去,别在这里叽叽歪歪、哭哭啼啼,跟个女人似的,像什么样子!

我真的给老赵头这一记炸雷给惊醒了。那之后,我不仅再也没有去校外野混过,而且成了班上最用功的学生。不是吹牛,我的天资本来就好,加上功夫到家,我的成绩噌地一下就上去了,尤其是数理化。用老赵头的话说叫:奇才!理科奇才!学期结束的时候,我不仅考了个全班第一,而且是全年级第一。老赵头高兴坏了,憨笑着对我说,嗯,很好!照这个样子继续下去,不松懈,不后退,争取两年后考他个清华。

清华!我第一次清晰地知道我读书的目的。清华,是我的第一个梦想。

可是,梦那么脆弱,很快就破灭了。而且破灭得那么彻底。

转眼高二了,妹妹一心和莲曦也都已经初三。那年暑假结束的时候,父亲和母亲为了筹钱来缴三个孩子的学费,着实想尽了办法。父亲连着几个晚上都没有睡觉,除了用竹篾做的小笼子放在田边、沟边的出水处捕黄鳝外,还打把手电筒在田间、河边用一根铁丝做成的钩子钓黄鳝。几天下来,抓了差不多七八斤。母亲又抓了几只家里喂养的仔公鸡,几十只鸡蛋,另外,还摘了自家菜园子里种的豆角、黄瓜、辣椒、西红柿、山芋藤、南瓜头什么的,扎扎实实一大担,准备去城里卖。为了能赶一个早市,卖个好价钱,那天鸡还没叫,漫天繁星还在闪烁,父亲和母亲就起来了。父亲挑着菜担子,母亲一手拎一只盛着鸡仔和鸡蛋的篮子,一只手拎着盛黄鳝的木桶,二人踏着星光出门了。母亲对父亲说,一文在城里念书,穿得不能太寒酸了,不能让人家笑话,总得有一身像样的衣服。另外,两个女伢也大了,晓得爱标致了,得给她们俩一人也做一件好看点的衣服了。母亲甚至叫了我们那里四乡八村手艺最好的裁缝,邻村的冯跛子冯裁缝,说好了三天后上门给我们家做衣服。冯跛子手艺好,生意也好,说是看在一文这个大秀才的分上,把别人家的都推后,先给我们家做。母亲又感激又自豪。

那天父亲和母亲起得实在太早了,等他们俩挑着担子走完四五十里山路,到达城边的时候,漫天星光才刚刚消隐,启明星刚刚在东方出现。正是黎明前最黑暗的时候,我的父亲和母亲一前一后,从满是稻田的农场小岔道走上通向城门的大马路,突然一辆"解放牌"大货车仿佛一个喝醉了酒的醉汉一般摇摇晃晃、歪歪扭扭地朝着我的父亲和母亲驶过来,轻而易举地就把我的父亲和母亲裹在了它庞大的身躯之下。等队长伍爷带着我赶到的时候,只见满地都是我们家菜园子里摘的菜;黄鳝乘机溜了个精光;绑了膀子又绑了脚的鸡仔们可怜兮兮地已然叫声虚弱;篮子甩了,鸡蛋碎了,蛋黄流了满地;我父亲和母亲的鲜血染红了那一段砂石路,已然变黑……多少年之后,直至现在,无论什么时候走到那个地方,我的内心总要止不住一阵翻腾,头脑一片空白。

我的父亲和母亲在那个星光满天的清晨永远走出了家门。我的父亲那一年刚刚四十出头,母亲还不到四十。正是年富力强的好时候啊!

那个星光满天的早晨我和我的两个妹妹成了孤儿。

一夜之间,我们的生活从天堂到了地狱。

和县里的运输大队交涉以及父亲母亲的丧葬等一切事宜都是伍爷出面完成的,我几乎成了一个已然没有了思维大脑的傻瓜,只知道傻乎乎地跟在伍爷身后,跑东跑西,机械地做这做那。一心和莲曦则交给了伍娘,她俩更是除了哭之外什么也不会了。那些个噩梦般的日日夜夜啊!

等把一切安顿下来之后,已然九月中旬,学校早已开学多时了。

那天晚上,我们在伍爷家吃完晚饭,伍爷送我们回到自己家。看着空荡荡、黑漆漆、毫无生气的家,一心和莲曦又哭开了。我的内心翻涌过一阵无法压抑的酸痛,泪水汹涌而下。这是我们曾经无比温暖、无比和谐的家吗?老天,这一切究竟是怎么了?为什么会是这样?伍爷坐在门首的矮凳上,蒙头吧嗒着烟袋,任凭我们兄妹大放悲声。哭声把伍娘和隔壁的五保老人王奶奶都招了来。伍娘和王奶奶一个搂着一心、一个搂着莲曦,也跟着抹起了泪。王奶奶一边抹泪,一边嘟囔:真是造孽,造孽哟!良久,伍爷把手里的短烟袋在凳子腿上磕了磕,把烟袋杯子里的烟灰磕掉,装烟的小布口袋绕在烟袋上,别进裤腰带。然后又咳了一声,吐出一口浓痰,用鞋底子使劲蹭了蹭,把痰擦掉。等他慢条斯理地做完这一切,这才慢腾腾地开了腔:都别哭了!如果大家使劲地哭能把他俩哭活喽,我把全村人都叫来一起哭。能哭回来他俩吗? 走就走了,哭不回来了。难道一个个哭死拉倒不活了? 活着的总还要活的嘛! 一文啦,你是家里的老大,你爸妈不在了,你就得撑起这个家。你不能光顾着哭,没了主见,那一心跟莲曦不更是没了主心骨吗? 一文啦,伍爷又掏出他的烟袋,将烟袋杯插进布口袋里挖烟丝,用手在口袋外面摸索着填上,然后点上火,又吧嗒吧嗒抽起来。等他将一口浓烟吐出来之后,才又接上刚才的话题。一文啦,你是家里的长子,我看啦,你们兄妹这个学啊,是都上不了喽。一心和莲曦都小,顶不了事,你得顶事。往后,你就得回家出工了。反正十六七岁,也算是劳力了。一心呢,我看,也得回来,帮着做些家务,把家里的鸡呀猪的都侍弄好,好歹能贴补一下。莲曦虽然还小,但是放放牛啊,打打猪草什么的,总还是行的。不管怎么说,这日子还是要过下去的,你们说是不是? 一文,你说我这样安排可好啊?

半晌,我使劲擦了把眼泪,一个字一个字地往外蹦出一句话,做出了我一生中最大也是最重要的决定:我回来,一心和莲曦继续上学! 一句话惊得伍爷、伍娘、王奶奶都一齐目瞪口呆地看着我,好像要确认一下刚才的声音是不是从我这里发出去的。我却谁也不看,只看向外面。那一晚,没有星光,只有一片深不见底的黑暗。无边的黑暗。

第二天,我去学校搬行李,顺便向老赵头辞行。我没有去教室找他,我不敢,就在他回办公室的路上等他。当我从树丛中突然闪现的时候,他愣了一下。避开来来往往的学生,把我带到了那晚训我的操场边的小池塘。

你是来退学的? 我点了点头,眼睛旋即红了,赶紧低下头。老赵头见状也沉默了。我们俩就那样站着,谁也没说话,不知道该说什么好。良久,老赵头长叹一声,唉,可惜了! 我的泪无声地落下。老赵头伸手帮我擦去脸上的泪滴,又拍了拍我的肩,说,秦一文,从跨出校门的那一刻起,你就是一条顶天立地的汉子了! 你必须记住,是条汉子,头可以断,血可以流,就是不能流泪,知道不知道?

我点了点头,随即又大声说,知道!那两个字,我不知道是说给老赵头听的,还是说给我自己听的。

在我跨出校门的那一瞬间,我听到了我的梦想在我的身后跌落,碎了满地。

第四章　破　冰

不晓得师傅、师娘可好？师傅还喜欢喝小酒吗？

……

哥，你要是能陪着师傅喝两盅，师傅一定高兴坏了。

……

伍爷、伍娘、王奶奶不晓得他们过得怎么样了，好不好？

……

我似乎从来没有见小曦这么唠叨过。没完没了的样子。我有些烦。她是老了吗？她也老了吗？她以后可怎么办？我懒得想。可我的心里还是一阵痛。

我再一次见到范正本的时候，是那一年的年底。

年关将近了，村子里都现出了少有的忙碌与随处可见的喜气。无论有钱没钱，年总是要过的。杀年猪、炸馃子、做豆腐、熬糖切糖、炒花生炒冻米炒毛米炒炒米炒米角子炒山芋角子、打扫卫生、写对联贴对联，忙得炸了锅。往年这些都是父母在弄。父亲不仅忙自家的还要忙全村的。

一是熬糖切糖。父亲熬糖是一把好手，切糖更是无与伦比。

你别小看熬糖这个活，可有讲究了。一开始倒没什么，就是琐碎一点。熬糖用的米饭一大早就得大锅煮好。这样的大锅平常都是闲置不用的，只有过年的时候才拾掇出来做豆腐、熬糖、蒸米面什么的，平时大不了烀烀猪菜偶尔用一下。饭煮好以后锅盖上蒙上厚厚的棉袄子，等到温度差不多的时候，拌上早就晒好碾碎的麦芽，麦芽定要搅拌均匀。过后再等着它自行发酵，一般要等到午后才能发酵好。父亲抓起一把饭米粒看是否已然完全发酵开，再尝一尝已经甜到什么程度，之后再决定是否开始加水过滤，一遍一遍过水直至将饭米粒滤清。开始的时候滤出来的水很甜很浊，直至滤到水又清又淡时为止。滤出来的水全部倒进大锅，这时糖才叫真正熬上了。开始的时候，火一定要大要旺，锅里的水才能迅速蒸发。顿时所有的人都在等待期盼之中了，往往要到夜间。等到锅里的糖稀熬成了亮晶晶的琥珀色，火候是非常重要的，不能太大也不能太小：火大了糖容易熬老，糖稀颜色发黑，不仅不甜还会发苦；火小了，糖又太嫩，颜色淡，甜度不行。这个时候父亲就像一个指挥若定的将军一样，不仅靠在锅边一秒钟也不敢离开，眼睛紧盯着锅里的糖稀，观察它颜色的细微变化，还要吩咐加多少柴火、加什么样的柴火，棒柴还是茅草以及需要什么程度的火。再不时用锅铲子试一试糖稀的黏稠度，如果糖稀已成黄黄的琥珀色且能挂在锅铲上颤颤巍巍、晶莹剔透却还不掉下来，糖就熬好了。只听一声令下：撤火。灶膛里的火就得几秒钟之内撤干净，连一粒火屎都不能留，否则都能影响到糖稀的颜色和成色。这时一锅糖终于熬成了，不老也不嫩恰到好处。糖稀熬出来之后，一般有两种处理方式：一是拉成糖饼子，我们叫糖粑；另一个就是直接做糖。你可别小看拉糖粑，那可真是一项技术活，特别讲究技巧。通常都是在磨盘的磨眼里插一根擀面杖，父亲将糖稀搭在擀面杖上拉。一开始糖稀很软，只能一点一点地拉。糖稀一耷拉下来要迅速地再绾到擀面杖上，这样不停地绾不停地拉，渐渐地糖稀就越来越硬了，于是越拉越长也越拉越白。然后将拉得白白硬硬的糖揪成一块一块的，再用手压成一个个糖饼子，糖粑就做成了。放在炒好的冻米里养着，能吃到来年。

父亲熬糖是好手，拉糖粑也是好手，做糖切糖更是一把好手。一般人家通常都做冻米糖，也有做炒米的，很少。所谓冻米，就是在晴朗而又奇寒的天气里，头天晚上将糯米用饭甑蒸熟之后摊在竹篾做成的团箕里，经过一夜的冷冻，饭米粒都冻酥了，然后在太阳底下晒，直至晒到一粒粒晶莹透明时为止。等到年关的时候用砂子炒出来，这个时候的冻米大火一炒，一粒粒都白胖起来，又酥又脆又香，做出来的糖也一样酥脆。而炒米则是用粳米蒸出来的，米粒不如糯米的酥脆，做出来的糖板结到常常能崩掉你的牙，所以一般只有少数穷得实在没有糯米的人家才做。而极少数奢侈家庭的偶尔也会做一锅芝麻糖或者花生糖或者芝麻花生混在一起的芝麻花生糖。可别小看切糖这个活儿,这可绝对是要讲究技巧的。看着父亲轻松娴熟地将适当的米和糖稀在锅里搅拌好,捞到砧板上,用刀团成方方正正的一块再用刀拍结实,然后拉成一条一条的长条,接着开切。父亲的刀工委实可以,无论米糖芝麻糖花生糖还是芝麻花生糖他都能切得又薄又匀,且速度快到一刀一刀你简直看不见他如何下刀又如何换刀的,眨眼的工夫一条糖切完了,你看砧板上那一长条似乎还是原来的模样摆在那儿,可父亲用手一划拉,竟已是一块一块的糖块了,就像变戏法似的。许多人看着父亲切得轻松,也要过刀来想尝试一下,结果不是无论怎么使劲刀根本切不进去,就是好不容易切进去了却怎么也抽不出来,只得尴尬地罢手,好奇而又惊异地看着父亲娴熟自如、下刀如飞。没有人不对父亲啧啧称赞,佩服得五体投地的。每每这个时候我都要用无比自豪、无比骄傲又无比敬佩的神情看着父亲。父亲总是忙完了这家忙那家,天天起大早出门,半夜黑才回家。母亲说,人家冬闲是真闲着,你反倒比农忙时更忙了。父亲总是憨憨地一笑说,那你说怎么办呢?再说,也就起个早摸个黑,比干活还是要轻松些的。

二就是写对联了。

全村家家户户的对联都是父亲一手写,有时要写好几天。那几天,家家都会腋下夹几张红纸来我们家,说的话基本都是一样:秦大大,抽根烟。今年帮我们写么样几句话哉?父亲就会笑着说,包你满意。平常做别的活,大多无须我插手,但是写对联的时候,父亲总是叫我帮忙。磨个墨啊,牵个纸啊,再帮忙把写好的对联摆在地上让墨汁晾干啊,等等等等。每每这时,父亲总要说,一文啦,再过几年,就该你来写,我帮你牵纸、磨墨、打下手了。

我总是说,我才懒得给这么多人家写呢,手都冷掉着,就弄根香烟,太划不来了。我才不干呢!

父亲就说,你这伢,说的么样话啊?人家叫你写,是看得起你!还正五正六(我们那里的俚语,意识是摆架子)地跩起来了。说得我红了脸,吐着舌头跑开了。这样的忙碌一直要延续到大年三十,一整天的煎炒烹炸之后,才在一通响亮的鞭炮声中结束。

可今年这一切的忙碌都与我们无关。

这半年来，我们兄妹三人，是如何熬过来的，实在无法言说。

虽然我已经十六岁，快成年了，可一直都在学校里读书，地里的活基本上没干过。偶尔也就双抢的时候，割个稻、拔个秧什么的，其他的活从来不沾手。突然一下子全身心地投入到这么大强度的体力劳动之中，无论从心理上还是身体上，都一时无法适应。特别是冬天挑大堤，一天下来，我感觉浑身的骨头都要散架了一样。两只手都起了泡，泡又破了，流着血水。肩膀也磨破了，皮肤粘着衣服，在扁担的磨蹭之下，火烧火燎的灼痛无比。虽然队长伍爷一直都很照顾我，总是给我派一些比较轻的活，例如挑大堤的时候，我挖土的时间远远超过我挑土的时间，可依然累得够呛，两条腿重得像灌了铅一般的沉重，甚至连上床都无比困难。饭也懒得吃，就那样脏兮兮地一身泥土，昏昏沉沉地倒在床上。

躺在床上，我有多想我的爸爸妈妈，就有多恨那个肇事司机，那个叫范正本的家伙。五十多岁年纪的老头，花白头发，满脸皱纹，看上去一副忠厚可怜的模样，总是瘪索索地坐在一个角落，没完没了地抽着烟，仿佛要用浓浓的烟雾把自己和吵吵嚷嚷的人群隔开一样，把自己淹没在一片烟雾之中。这个刽子手！杀人犯！就是他，让我们兄妹三人一夜间变成了孤儿，我恨不能一刀剁了他解恨。如果不是伍爷狠命拦着我，我真想把他撕咬一顿。

范正本！你就是我这辈子的仇人！我无数次地在心里发着狠，要把他如何如何。那些个漫长难熬的夜晚，我就是靠着这股仇恨的力量坚持过来的。真的，可以说，是仇恨让我成长，让我坚忍，让我坚强，更让我坚挺。我熬过了秋种秋收，熬过了挑泥塘、收芦苇，更熬过了挑大堤。

伍爷赞赏地说，一文啦，好样的，这么些关口，你都挺过来了，不错！你还有一关：双抢。一个人只要把夏天的双抢和冬天的挑大堤都挺过去了，那么，做个农民就算是合格了。没想到，一文，你念书是一把好手，做农活也不赖。其实，我看这做农活比起念书来不晓得要轻省多少呢，小伙子。又不要你动脑子，只要不怕吃苦，舍得下力气，就一点也难不倒你。力气算个么东西呢？自己身上的，今天花完了，晚上睡一觉，第二天不就又长回来了吗？说实话，一文，开头我还真挺担心的。别说你一直在学堂念书，可你更是个调皮鬼啊！你爸妈呢，儿女心又重，平常舍不得让你们做事。唉，我真怕你挺不过来呢。看来，嘿嘿，还不错，一文，你行！你爸妈在下面也就放心了……

对于伍爷，我们一直心有芥蒂。虽然父母的事情他替我们一手操办了，可我们兄妹的心里一直与他膈应着，不愿亲近。伍爷其实明明知道我们内心的隔膜，却总一副满不在乎的样子，从不与我们计较。天晓得他想怎么样！可是他又能怎么样呢？三间茅草盖顶的房子，三个半大不大无依无靠的孤儿……难道还是为了屋基？不是已经抢了许多过去吗？难道还想全部霸占？反正我们已经没有了靠山。

麻布寮村坐落在长江之滨，北依横亘的长江大堤，南面一条与长江平行的新河将田野与村庄隔开。在这个宽度不超过五百米的狭长地带，散布着一个个大大小小的河汊池塘，因此陆地很少，显得弥足珍贵。全村两百多户，除了靠近大堤的那排人家以外，几乎都见缝插针地找屋基做房子。而每家每户，无不被这些水域环绕包围。过了新河，在长江大堤与山里低矮的丘陵之间，那广阔的一带便是绵绵的田野。

我小的时候，在那一片算得上广袤的田野之间，也零星地散布着一些房屋，其中就有伍爷家。后来，这些人家都陆陆续续地搬到了后面的村庄里，于是村子就拥挤了。不仅占领了我们家门前的菜园地、稻田，甚至连一些水凼、池塘也被填塞，盖起了房屋。伍爷一家是最后搬过来的。

原来在那一片广袤的田地之间，一块稍微突出的高地上，挺立着三棵高大的乌桕树。秋天到来的时候，树叶给秋风一染，红得像三团烈火一般，映红了那一片天。树下面趴着一户低矮的茅草房，显得那么突兀，那么孤单，仿佛一只离群的孤雁掉落在田野间。而这一间画面感极强的茅屋就是伍爷的家。小时候，望着那三棵树和三棵树下的那间茅屋，感觉仿佛在天边一般的遥远。

伍爷虽然身形还算得上高大，但实在不是一个什么起眼的人，如同所有乡间人一般的一副古铜色偏黑的肤色，一张多皱的脸，普普通通的五官，寡言，沉默，一杆四季从不离手的旱烟袋，尺把长，通身黑中带红，吊着一支烟口袋，已然没有了颜色，不时大声咳嗽一声，响亮地喷出一口浓痰，如果在屋子里,会迅速地用一只鞋底将浓痰碾搓掉,若是在外面,则吐之不顾。就这样一个人,用母亲的话叫:就伍爷那样一个人,怎么还是个党员?凭什么?母亲一直颇为不解。可伍爷实实在在就是个党员,而且是麻布寮唯一的党员。党领导一切,所以,伍爷当这个村子的头儿,当仁不让。

在我的印象中,伍爷一直就很老很老,一个黑魆魆、邋里邋遢的老头,成天耷拉着张皱脸,不苟言笑,他的嘴主要用来吧嗒他的旱烟袋,而不是用来说话。因为是队长,所以总一副人五人六的样子,成天吆五喝六、趾高气扬。一年四季,除了冬天特别冷的季节外,其他任何时候,他的外衣从没有正经穿过,而是永远披在身上。春秋天的中山装外套,夏天的白土布衬衫,都一律敞开,披在身上,走动时仿佛振翅欲飞的鸟儿一般。两只手背在身后,藏在裤子里,而两只空荡荡的袖管则成了他另外两只手,永远颐指气使地在身旁蠢蠢欲动。从你身旁经过时,往往会刮过一阵风,而拂动的衣袖有时会打到你。父亲说,这样的人,也幸亏只做了个小队长,要是有本事当了大干部,还不知道会癫狂成什么样子呢!所以对于伍爷我并没有多少好感。

伍爷是队长,却又居住在村庄之外,所以召集村民们开会啦、出工啦什么的,诸事都不是很方便。那些时候,伍爷也确实蛮辛苦的,常常一个人打着把光线泛黄的手电筒穿梭在田野之间。伍爷终于决定搬家。等他准备搬过来的时候,村子里基本上已经没有什么空场子了。我们家较早落户在村子里,占地面积很大,坐北朝南的三大间土坯房,前后左右,全被各种树木遮盖着。尤其是东西两边各有一大片空地,东边种了树,西边则是丛生的野竹林,煞是茂盛,黑夜里,人从旁边走过,心里都止不住打怵。东西南北,父亲全用竹篱笆圈了起来,很是土豪。伍爷便打起了我们家屋基的主意。

那段时间,伍爷天天晚饭后,打着他那只永远光线泛黄的手电筒过我们家来,掏出裤腰里的旱烟袋,和父亲一边抽烟,一边没有边际地胡聊。有时也会腋下夹一包黄烟丝过来,和父亲比较烟丝的成分,然后一副不经意的样子说,秦大哥喜欢,就给你留下了。

父亲推辞说,那怎么好意思?

伍爷就大大咧咧的样子,手一挥说,斤把黄烟算个鸟啊!有么不好意思的?拿着拿着,嘿嘿嘿……

其实父亲、母亲都知道,伍爷是无事献殷勤,非奸即盗,可父亲就是不主动说起这个话题。有一天晚上,伍爷在聊了一段时间之后,终于说起了屋基的事。末了,说,他秦大哥,我也是没法子。你不知道,一家人孤零零地荒郊野外住着,有多心慌。刮个风下个雨打个雷扯个闪什么的,都吓得一家人战战兢兢挤成一团。再者,我这样黑漆漆地天天一个人跑来跑去,真不是个事,你说是不是?还请秦大哥大人大量,让出两间屋的位置给我们落个脚,我们老伍家一定不会忘记你们的大恩大德。

父亲说,看你伍爷说的,不就两间屋基嘛,哪里就谈得上什么大恩大德了呢?明天我就拆了西边的篱笆,你们来开屋基吧。伍爷没想到父亲那么爽快就答应了,那个高兴,真一副感激涕零的样子。

说是只要两间屋基,可结果,伍爷基本占了西边整个竹林。母亲有些不高兴,在父亲面前嘀咕。父亲说,算了,随他吧。我们孩子还小,他们家几个儿子都等急着结婚,就方便人家一下呗。要那么多屋基有什么用啊?又不是从前地主老财的时代了,占就占了呗,就别计较了,只要不至于太过分就行。

谁知,伍爷还真就得寸进尺越来越过分了。原来说做两间,结果做了四间还捎带搭了个大披厦,就是五间。后来大儿子结婚在东头接了两间,父亲忍住了,没言语。再后来,二儿子结婚,又在东头接了两间,结果占得离我们的房子之间只有了窄窄的一条小道,侧着身子才能通过。

父亲终于忍不住了,说,伍爷,做人不能没有分寸,你不觉得你太过分了吗?

伍爷本来低着头——他向来喜欢低着头——突然把披在身上的上衣一颠,朝父亲剜了一眼,喷出一口浓烟,说,怎么?秦大海,这地是你们家带来的吗?就算是你们祖上传下来的又怎么样?我看你这脑子里封建残留还蛮多嘛!怎么,还想做新社会的地主老财吗?社会主义国家的地,只要是贫苦农民,谁都住得!

那你怎么不往你们家西边做呢?尽往东头占,你看,这边挤得只剩下这么窄条条一道,快屋檐碰屋檐了,不是明摆着欺负人吗?

欺负人?秦大海,你看你们家占的屋基已经够多的了吧,你看,村子里哪家有你们家排场？你们这是欺负了全村人,知道不知道？

父亲、母亲给气得够呛,还想跟他们理论,可一看,他们家三个儿子、四个女儿,外加一个儿媳,齐锵锵地排在父亲、母亲面前,黑压压的。一看那架势,你就知道了什么叫人多势众。无奈,除了偃旗息鼓,还能怎么着？

听着父亲和母亲偷偷地发牢骚,虽然我还不过是一个八九岁的小屁孩子,可也感觉到一种无法言说的窝囊,心里对伍爷一家恨得鼓鼓的。那时候,伍爷新盖的房子已经是瓦房了。为了一解心中怨气,小小的我,常常半夜从床上爬起来,从地上捡一些个碎石块,奋力朝伍爷家屋顶扔过去,听着石块仓啷啷地在瓦上蹦跳的清脆声响,我的心中涤荡着一种复仇后的快乐。可是这样小小的报复行动在伍娘一天早上无比恶毒的咒骂声中结束了。

那个早上,天刚麻麻亮,整个村子都还在睡梦之中,伍娘响亮而又高亢的咒骂声打破了村庄的宁静。只见平常看上去还蛮和善的伍娘披头散发,盘腿坐在地上,面前搁一块砧板,右手拿把菜刀,左手抓一把稻草,每骂一句,就在砧板上剁下一节稻草。把我们家上至祖宗八代,下至子孙八代,通通杀了个遍并践踏蹂躏了无数个来回。村里人都有些蒙,不知道伍娘为什么要起这样的毒咒,后来总算听清是有人砸他家的屋瓦了。就都一个个释然,事不关己高高挂起,然后不以为然,私下里议论,说,伍娘做得也太过了些,小孩子淘气,砸几个小石子玩耍,说不定无意间落到她家屋顶上了,至于起这样的毒咒？

伍娘看上去不是这样的人啊!

人心隔着肚皮,哪个能看清楚哪个噻!

也难怪哟!新起的房子,还盖了瓦,被人天天晚上叮叮啷啷地砸,哪个不心疼啊？搁着我,也没那么好,捏着鼻子不作声。还无意的!哪个吃饭没事做,半夜三更,朝人家屋顶上砸石头哉？我看就是成心的!

喊,哪个会成心做这么缺德的事？

那哪个晓得啊!冤有头债有主喔……

我浑身筛糠似的躲在被子里,从伍娘嘴里迸出的每一个字都像一把利刀,将我身体的每一个部位甚至五脏六腑都扎得千疮百孔,鲜血淋漓。我感觉一朵乌云低沉沉地压在头顶,挥之不去,令我呼吸维艰。我感到我是给家里闯下大祸了，心里怕得要死，恨不能找个地缝钻进去，从此消失。那之后，伍爷、伍娘在我心里就成了恶人，发誓以后一定要怎么怎么他们。可渐渐地，随着两家关系淡化，仇恨也渐渐地消弭了。

　　然而在爸爸妈妈走后的那段时间，对于伍爷，我的心里真有说不出的感激。如果不是他带领一个村子人去县里和运输大队交涉，或许我的父亲、母亲就白白地死了，也就争取不到那一笔不小的赔偿金。两百元钱！在那个年代，该是多么大的一笔财富啊！同样，如果不是他帮忙，我父母的丧事就不可能办得那么体面、干净。而这半年，他和伍娘，基本上就像我的爹娘一样，力所能及地给予了我们兄妹仨最大程度的关爱。做农活的时候，伍爷总是照顾我，派给我一些轻省的事情。伍娘呢，忙完了地里，再忙家里。他们家人口本来就多，大儿子、二儿子虽都已经成家，也有了孙辈，可都没有分出去单过，还有一个未出阁的小女儿加上未成家的小儿子伍孬子，十几口人。吃饭的时候，一桌根本坐不下，伍孬子和几个小的包括伍娘自己，我几乎从来没见他们坐桌子吃过饭。那个艰难的年月里，要养活如此庞大的一大家，该多么不容易啊！我眼里的伍娘，永远都在忙碌，虽然头上已经有了白发，可依然像风一般地行走做事，似乎永不疲倦、永远精力充沛。就在我爸妈突然走了之后，伍娘就把我们当作了她另外的孩子。那时，一心才只有十三岁，莲曦十二，家务活基本上不会，是伍娘教会了一心做第一顿饭。伍娘说，伢嘞，本来你们都可以到我家去吃饭，反正我家里人多，也不在乎多添几双筷子。可是，唉，可怜的伢，不行咯。你们终归要学会自己过日子，自己照顾自己的呀。一心啦，你哥哥要强，非要你们两个还念书，其实，唉……一个家里的事情真是多得做不完呢！你以为过日子就一日三餐吗？除了吃，还得要穿吧？鞋子、衣服，谁来做呢？唉，不说了，一心、莲曦，你们可要对得起你哥哥的一番苦心咯！你们俩看看村子里有几个女伢子念书的哉？那年过年的时候，我们三个和其他人一样穿上了新鞋，虽然只是平布鞋面，而不是以往母亲做的灯芯绒鞋面，可毕竟是新鞋。那就是伍娘为我们做的。

　　那时候，一心和莲曦也够苦的。两个人每天天没亮就起床，一心把饭做好放在锅里，莲曦打扫卫生，然后一起吃了上学。一心还得为我把午饭准备好，省得我回来再忙。一般她都用一个小瓦罐把饭盛好搁在灶膛里，用草木灰捂住,我中午回家掏出来吃仍然是热的。这也是伍娘教一心这么做的。晚上放学回来之后,一心负责做饭,莲曦负责打猪草喂猪,看看鸡鸭可都已经回窝。碰到下雨天,鸭子经常漂在河里不回来,莲曦还得拎着竹篙下河去赶。以前这都是父亲做的事,可现在凡事都得亲力亲为了。等吃过晚饭收拾妥当之后,俩人赶紧在灯下做作业。当时,她们都已经初三了,功课很多,往往要到后半夜才能睡下。可无论多晚,都不会耽误第二天她俩早起。看着她俩如此辛苦,怎不叫我不想念我的父母双亲,又怎不教我不痛恨那个叫范正本的家伙啊!如果不是他,我们怎么可能过得这么艰难啊?

那个时候,在我心里,已经没有什么样的仇恨能敌得过杀害父母这件事了。伍爷想占屋基,去占好了!人都不在了,要那么多屋基有什么用?

父亲走了之后,终于轮着我来为村里人写对联了。无论怎么说,我毕竟是村子里书念得最多的一个人。虽然我不如父亲写得老道流畅,有些瑟瑟、颤颤巍巍的,但总算还过得去,毕竟没有糟蹋村里人花钱买的红纸。

那天已经腊月二十八了,天冷得出奇,阴沉沉的,好像要下雪的样子。我赖在被窝里真不想起来,一心和莲曦早都起来,各自干着各自的活儿了。我只想偷懒。可一想到还有几家对联没写,就又爬了起来。真冷啊!好不容易将毛笔用热水化开了,可墨才化开一会,就又冻上了。我一生气,将笔扔了,一个人怔怔地坐在椅子上发呆。过年了,爸爸妈妈,过年了呀!你们在那边好吗?想着想着,心里止不住地酸楚,眼睛发红,泪要流出来的样子。可我还是忍住了。我记着老赵头的话,头可断,血可流,就是不能流泪!可是,爸爸妈妈,光发狠有什么用?我不知道这个年怎么过。伍爷说,三十去他们家吃年饭,难道过年就只是一顿年夜饭吗?过年的那些热闹呢?年味呢?都在哪儿?

这时,我的视野里出现了一个陌生的身影,一手拎着一刀肉,一手拎着个网兜,里面装了些什么不知道,但看上去,似乎沉甸甸的,分量不轻,一副畏畏缩缩的样子,朝我们家门前走来。一开始没怎么看清,却不知为什么忽地感觉心莫名其妙地像被什么东西刺了一下似的,紧缩了起来,于是很注意地再看。这一看不打紧,我感觉浑身的血液顿时凝固起来,我不由自主地猛地站起来,直瞪瞪地盯着那个走过来的人。

那个人微笑着,可笑容似乎被外面冰冷的寒风给冻住了,僵僵地挂在脸上,随时都有可能被风吹落,剩下张皇。我直直地看着他一步步地走近,跨进我们家宽阔的青石板门槛,走向堂屋里吃饭的八仙桌,桌上摆满了写对联的红纸和笔墨,那个人就那么挂着一脸僵硬的笑容,将手里的东西放了桌子上。

谁让你到我们家来的?我突然一声怒喝,把正在灶屋里烧饭的一心和莲曦吓得都跑了出来看究竟。

可于他,却仿佛在意料之中似的,并没有多少震惊,只有些讪讪的样子垂着手站着,脸上依然挂着那僵僵的笑容,不知所措的样子搓着两只似乎已经冻僵了的双手,结结巴巴地说,过年了,我,呵,过来看看你们,顺便给你们带点年货……

你给我滚!谁要你的东西!滚!我拎起堆在桌上的东西,几步跨到门口,将东西通通扔在了外面,网兜里的点心撒得到处都是。我突然想起了那散落在地上的我家的辣椒、茄子、豆角,止不住心里一阵难受,一阵晕眩,眼前飘舞着一个个金灿灿的小星星。我扶着头,闭上眼睛,稍稍站立了一会,转身冲着那个看上去有些可怜巴巴的人,手指朝门外一指,仿佛用尽全身力气一般地再一次暴喝:你给我滚出去!滚!

喊声惊动了伍爷和伍娘,伍爷拎着烟袋,伍娘拎着锅铲子,一起跑了过来。喊声甚至惊动了隔壁的王奶奶,也拐着两只裹过的小脚,一颠一颤地跑了过来。接着,村子里闻风而来的人越来越多,不一刻,门口就被严严实实地堵上了。伍爷一看,立即明白是怎么一回事,说,老范,你怎么来了?说着还出人意料颇为热情的样子握住了那个人的手。

我一看心里更是愤怒得不知所以,哈哈,仇人就是仇人!你看看他们,啊,多么亲热啊!多么高兴、多么激动啊!装的!原来伍爷所做的一切都不过是装的。哼,这下狐狸尾巴终于露出来了!我恨恨地看着这两个几乎要抱在一起的家伙。

被叫老范的那个人仿佛看到救星一般地握着伍爷的手,眼睛都红了的样子,说,伍队长,过年了,我想过来看看孩子们,可是……

噢噢,我晓得,我晓得。老范,你过来了,么事不先跟我打声招呼呢? 一文这伢,我的话他还是能听个一句半句的(哼,我听你的! 听你这个老不死的能有什么好? 我在心里恨道)。走,到我家坐坐,其他的回头再讲,回头再讲啊。然后冲看热闹的人挥着手,说,散了,都散了! 都回家忙自己的去,莫在这里挤着。于是大家都嘻嘻笑着,各自散去了,屋子里才又敞亮了起来。伍爷拉着老范的手,出门看见地上散落的点心和沾满灰尘的那刀肉,说,孬子姆妈,来,过来,把东西都捡捡。哟,老范,这刀肉,可够实在的,有个五六斤吧? 有肥有精,好肉! 嘿嘿嘿……我听着伍爷那些满不在乎的说笑,一颗心都要气炸了,却又不知该如何是好。

那个人是哪个啊? 看热闹的人议论。

你讲是哪个哉! 不就是撞死大海夫妻俩的那个司机呗!

哦,是那个人啦! 怪不得一文恼火,杀父母的仇人啊。

耶! 人家又不是故意的……

别说什么故意不故意,反正一文娘老子是死在他车轮子下面的,这总没有假吧……

伍爷跟他还蛮亲热的呢……

那有什么? 死的又不是他娘老子,他哪里晓得疼噻……

我的眼泪最终还是没有忍住,吧嗒吧嗒无声地掉了下来。一心和莲曦早都躲在灶间小声嘤嘤地哭起来了。

那年的腊月二十八,格外寒冷,也格外漫长。阴沉了一整天的天,终于在傍晚的时候飘起了雪花,开始只是烟尘似的三两片,被风吹得凌乱飞舞。渐渐地,雪片就大起来密起来,不一会,地上就有了积雪。先是薄薄的一层,后来到掌灯时分,已然颇有些厚度了,人踩上去,咯吱咯吱地响,仿佛怕疼似的。

这一天,我似乎一整天都没有吃饭,只那样木呆呆地坐在桌前一动未动,仿佛一具雕塑一般。我也真想自己就这么坐化掉,什么都不去问不去想才好。一心和莲曦吃了没有我不清楚,也不晓得她们俩躲在灶间哭了多久,见我一副呆若木鸡的样子,既不敢作声,也不敢在我面前出现,似乎一整天都缩在灶间。晚饭后,伍爷过来了,见大门敞着,家里黑漆漆的,冷得跟冰窖差不多。就说，一文，做么事不点灯哉？我没睬他，虚情假意的老东西，又跑来做么事哉？继续和那个杀人犯亲亲热热去啊！伍爷见我不搭理他，也不介意，冲着屋里更大声地喊，一心，在哪里？来把灯点上。黑灯瞎火的，一点人气都没有！一心这才从灶间出来，拿了火柴过来把灯点亮，莲曦也出来把大门关上。

　　家里这么冷，怎么？没有烧饭啦？又问，一心，你哥，你们吃饭了没有？见一心低着头没作声，就说，怎么？你们都没有吃饭？做么事不吃饭哉？一心、莲曦，快去做饭，天又没塌下来。就是天塌下来了，饭也得吃，做个饱死的鬼。赶快去！

　　那晚伍爷在我们家待了很久聊了很多话，大多都是他说，我听。

　　腊月十几的样子，伍爷带着伍孬子去城里打年货，无意间碰上了也在买年货的老范。两个人起先还有些生分，但好歹也算是熟人，就聊了几句。伍爷说，老范看见我很不好意思的样子，说话时吞吞吐吐的，我知道，他是想问你们的情况。我才不管他三七二十一，夹枪带棒地好好数落了他一顿。唉，老范听我说了你们兄妹三人的境况，眼泪都流出来了。真的，一文，他真的哭了！就在那么人嘈马哄的地方，一个男人，一个老男人，哭得鼻涕一把眼泪一把的。唉，一文啦，哭得我这心里啊，也酸溜溜的，很不是个味道呢。伍爷吧嗒着烟袋，停了停，接着说，一文啦，古话说这人啦，都是生死有命富贵在天，生在一地死在一方，老天爷老早就把你注定好了的。你大大、姆妈呢，说不定和这老范啦，就是前世一劫，逃不掉的。那几天，在县里运输大队，那些队长啊同事啊，怎么说来着？一文你不也是听到的吗？个个都把老范夸得，都说老范是他们运输大队开车技术最好的，开了三十多年的车了，跑遍了大江南北全国各地，没出过一起小事故，甚至连一只鸡、一条狗都没压死过，可偏偏那天就一下子把两个大活人给干掉了！你说奇怪不奇怪？虽说他喜欢喝点小酒，又跑了几千里，有些疲劳，可人家就是做那个事的，哪回不是那样子喝酒开车赶夜路呢？怎么就不出事，偏偏你大大、姆妈上街那天就撞上了？一文啦，你听了可能心里不舒服，这是天意啊，一文！有么么法子呢？你撂个石头还能打着天啊？打不着！么样办呢？认命呗！这就是你秦一文的命,苦命! 唉。伍爷显然说得有些激动,使劲吧嗒起烟袋来。一文,你猜老范今天和我说了些什么? 见我依然没有搭理他,他还是不管,就又自顾说起来。一文啦,老范跟我讲,他想叫你做他的徒弟,学开车。他说他已经跟他们领导都说好了,他们领导已经答应让你去运输大队当学徒,开年就去。三年满师之后呢,如果能转正最好,如果不能,老范说要你顶他的班呢! 一文,我看他那样子,不像假,说得可是真的。一文,你伍爷活了都一个花甲子了,看人还是有点眼光的。老范,他说的绝对是真的……

我不去! 没等伍爷把话说完,我突然脱口喊了一嗓子。不管他是真是假,我都不去! 我不可能跟一个杀死自己父母的仇人屁股后面转。别说是给他当徒弟,就是叫我给他当老子,我都不会去! 我说得耿耿的,一张脸涨得通红,甚至连耳朵都红了。

不想伍爷把手里的烟袋往桌子腿上一磕,叭,往桌上一拍,声音一下子提高了许多,说,一文,说起来你也算个念书的人,怎么一个死脑子啊? 你大大、姆妈是死在老范的车轮子底下不假,可他故意要那么做的吗? 天那么黑,你大大、姆妈从那么黑咕隆咚的稻田里突然蹿出来,还要穿过马路到对面去,你叫人家怎么刹得住车? 这不都是一个巴掌它拍不响的事吗? 如今事情已经这样了,你大大、姆妈也都已经死了,你就是把老范也杀了、剐了,你大大、姆妈能活过来吗? 再说了,人家要不是感觉欠着你、欠着你这个家,那么大年纪的人了,要巴巴地大冷的天跑你家来,热脸贴你的冷屁股吗? 是啊,如果你大大、姆妈没死,你一文、一心、莲曦是好,全村哪个也比不上。不说别的,你大大、姆妈为了莲曦,啊,再也没多要一个伢,你再看看,哪一家不是五六个伢的? 为的什么? 还不是巴望你们过得比人家好啊? 别说我们村子里,就是全乡也没几个女伢念书的吧? 一心和莲曦呢? 你姆妈说了,就是穷死,她也要给伢们念书。你们家五口人,就你大大、姆妈两个劳力,这村子里的人都是有意见的。说实在的,我也是感动你大大、姆妈的为人,那叫一个仗义,义气! 为了你们,莲曦,啊,那真是没的说。我佩服,我是真心服! 虽然前些年为了屋基的事……

哼,你现在这么积极地撺掇我去范正本那儿,还不是冲着屋基来的? 我一走,你还有什么顾忌呢? 不是想怎么样就怎么样了? 我狠毒地想,内心里充满了怨气,忍不住小声咕哝道。

　　一文,你讲么东西哉?咕咕哝哝的呀?我没作声,也不看他,只看着被灯光照得雪亮的锄头的反光,看得眼睛生疼。伍爷抽了一口烟,说,一文,你有什么话,就摆在桌面上讲,莫要搁到喉咙眼里,叽叽咕咕,有什么意思哉?男子汉大丈夫,说话做事都是板上钉钉子,响当当……哎,我和你们家,前些年为屋基的事,和你大大、姆妈是闹得有点不快活,可我那不也是没法子吗?人高马大的一个个儿子,要结婚生伢,我这个做大大的,总不能把他们搁到屋外头去过日子吧?你大大是做大大的,我也是给他们做大大的,我连个屋顶都不能给他们搭,我还有什么脸做人家大大呢?你说是不是?一文,你大大、姆妈都不是小气的人,即使他们地下有知,他们也一定会原谅老范的。人,这辈子,哪个能担保自己一辈子都不犯个错什么的?不管大错小错,愿意改,真心想悔过,就应该给他机会,总不能老是捉一匹箆不放吧?你说是不是?

　　伍爷一气说了这么多,似乎有些累了的样子,停了下来,拿起桌上的烟袋,用烟袋杯在布口袋里摸索着往烟锅里填烟,莲曦走过来帮他擦火柴点烟。我默默地看着莲曦点烟、伍爷抽烟,烟锅里的烟丝一明一灭地闪亮,不可遏制地想起了父亲。父亲也是抽黄烟的,可烟袋要比伍爷的长得多,两倍都不止,烟管被父亲摩挲得红亮红亮的,黄铜包着的烟锅,也被母亲擦得金子一般发亮。父亲抽黄烟一般很少这样直接用火柴点烟,不仅费事,而且太费火柴了。父亲用的是纸捻子,拿上好的黄表纸斜着搓成一根根的细纸棍子。搓的时候是有讲究的,既不能太紧,也不能太松。太紧,点不着火,或者,即使点着了,也不容易吹出火苗;太松,刚一点上,纸棍则容易迅速燃烧,不仅火大了反而不好点烟,而且一根纸捻子点不了几口就烧完了,浪费。所以,也是个功夫活。搓纸捻子要功夫,吹纸捻子更是要功夫,有讲究的。纸捻子点着了,不能一直让它燃着,而是点上一袋烟之后,迅速一挥,让火熄灭,一袋烟抽完,再将纸捻子吹着再点。这吹,就要讲究些功夫了,真不是所有人都能吹得好的。所以尽管抽黄烟的人很多,但用纸捻子的却很少。嘴巴要抿起来,但又不能抿得太紧,细细地留一道小缝,然后对准纸捻子上的红火头,运用舌头,急速地将气流送出口腔,扑突一声之后,在气流的吹送下,火头再次活起来,立时燃起一团小小的火苗。以前父亲抽烟的时候,莲曦就是这样帮父亲点烟的。我,太淘,根本没有耐心来做这些琐碎的事情;一心呢,有些笨笨的,总是吹不好,无论她怎么用心、怎么努力,就是不知道该怎么抿嘴、怎么用舌头、怎么出气,父亲总是笑话她笨,气得一心偷偷地掉眼泪。只有莲曦,小东西,特别灵巧,聪明,吹得再好没有了。所以,非常得父亲的宠,父亲的怀抱一般为她独占……大大,你在那边,可还在抽黄烟?谁为你吹纸捻子啊?我的心又酸又疼,仿佛被人使劲揪着、捏着似的。不争气的眼泪又要往下掉,我使劲忍着。

伍爷抽好了烟,气也缓过来了,磕了磕烟袋杯继续开说。

一文啦,这凡事它都有好也有坏,反过来说,有坏也就有好。你说,你大大、姆妈年纪轻轻的就这么走了,可惜,不假,可他们要是病死了呢?你能找谁去?还不是自己怨命?相反,如今他们的死却给你换来了一个好机会。你想想,你一个农村伢,做梦也没想到过有一天能成为城里人吧?就算你念书念得好,但是你就能担保一定有个正果,将来能过上人上人的日子?不一定吧?现在有这么好的一个机会,你做么事不去啊?你指望着就靠你那一天一毛多钱的工分,能供一心和莲曦把书念完?做梦吧你!以后呢?以后你总得结婚吧?一心、莲曦总得嫁人吧?那都是大把的钱在等着你呢!就指靠着你大大、姆妈那一点抚恤金?够做个么事的呢?我说你是个死脑子,你还不服气。告诉你,一文,虽说你是个念书人,我是个大老粗,可这件事我看得比你清楚,你做人就是比不上你娘老子大气,一点子事情记恨一辈子,能成么样事哉?人家把机会送到你鼻子底下了,你做么事不接呀?啊?你说,你做么事不接?你不是自己跟自己过不去,还是什么?人家老范今天说的那真是心里话,我看得真真的,不假,一点不假!人家老范怕你倔脾气不答应,再三跟我讲,要我劝劝你,明年开年随他一起去运输队,以后由他替你们大大、姆妈来尽责任,保证把你们兄妹三个当自己亲生的待,不让你们受委屈。一心和莲曦,只要她们愿意念书,想念到么样程度念到么样程度,绝不会半路上抽跳(跳板)!话说到这个份上,还有什么好说呢?等你三年满师,顶了老范的职了,你秦一文就是正儿八经的城里人了,还要在这泥巴地里泥一身水一身地滚一辈子吗?到死,脚底板还沾着泥?再说,等你成了正式工了,到月就有钱到手,还怕一心、莲曦念不成书吗?你结不起婚吗?秦一文,你看,有一个这么光明的前程你不奔,你非要在这潭没底的泥水里泡死,你不是死脑筋是什么?说实话,如果现在有人说要是把我撞死然后能给我们家伍孬子一个这样的机会,我立马不说二话,自愿钻到他车轮子底下,我要是眨一下眉毛,我就不姓伍!

伍爷,看你都说的什么话啊!我的心终于松软了一下。正如伍爷说老范一样,我感觉伍爷说这些的时候,也是出自真心。

第五章　孽　情

哥，说句实话，到现在为止，我还没有见过哪个妈妈有我们的妈妈好看，那么像一个妈妈。别人的妈妈，在我眼里就是一个女人，我们的妈妈不是！她看上去让人心里多舒服、多熨帖啊！那么和善，那么慈爱，又那么温和，总给人一种温暖的感觉。我长到十几岁，就不记得她曾经发过火。可这样的人，怎么竟然……唉，老天真是不长眼啊！

呵，那是对你！你是我们家的小公主，谁敢对你发火啊？别说一心了，就是我也不敢动你一根汗毛啊！记得有一回，那时你才刚上小学，也不知为什么原因，是你抢了我的东西了，还是怎么着，反正你惹我了，我又不敢把你怎么样，气得哭了。边哭边向妈妈告状，谁知妈妈不但不说你什么，反而把我给熊了一顿，说，怪事了，她惹你，那她怎么不惹我呢？还不是你不好！你看我这状告的。

好了，哥，就这么点小事，你都说过八百回了。再说，你欺负我还少啊！

那可都是乘大大、姆妈不在家的时候小小发泄一下子，哪个敢真把你怎么样啊？找死差不多。

那倒也是！莲曦得意地笑了笑。

莲曦笑着，却同时掉下一串泪。她是真的老了，这么爱流眼泪。记得她还是很坚强的，至少比一心坚强。可现在，动不动就哭，动不动就哭。一心反倒坚强多了。到现在，我也没见着她，不晓得都忙什么去了。

那时候，小曦，村子里最惹眼的两个女人一个是姆妈，另一个就是你妈。她那时多年轻啊！十九岁，正是当年呢！谁见了，不夸她啊！也是啊，如果不漂亮，怎么会……唉！

我妈？哥，你还记得我妈吗？你要是碰见她了，你还能认出她吗？她一定不记得你了，更不可能知道我……小曦的泪水流得更欢了。小曦，我有多想摸摸你的脸，帮你擦掉眼泪啊！可是，哥哥再也不能了。我又感觉到了那份刻骨的疼痛。

我不知道可还认得出她，我也只有依稀的一点印象。毕竟她走的时候我才五岁，太久远了。要是有张照片就好了，你也不至于……

只要你站在高处就不难看出，麻布寮仿佛一只巨型轮船，船头朝东，船尾朝西。从前就在那船头，也就是最东边的村口，长着一棵合抱粗的大柳树，枝繁叶茂，绿荫匝地。柳树下一幢茅屋，三间正房后面连一间披厦，是厨房。我记事的时候，那棵树都还在。住着寡居的老人杨家姆妈和她的独养女儿杨梦莲。据说那家男人因为染了血吸虫病，得了大肚子，最后活活给胀死了。我们村子背依长江，新中国成立前血吸虫非常肆虐。江水搞多了，十有八九都会染上血吸虫。那时候医疗条件差，大多都发展成了大肚子病。一旦这样，除了眼睁睁地看着病人痛苦地胀死而外，别无他法。所以，尽管俗话说靠水吃水，可靠着这么一道血吸虫肆虐的水，人们也只能望水兴叹。后来，毛主席发出了"一定要消灭血吸虫"的号召以后，政府组织大家查螺灭螺，终于消灭了血吸虫，人们才又敢下水摸鱼游泳什么的了。

杨梦莲的父亲去世的时候，小梦莲才只有四岁多一点，就靠着杨家姆妈一个人将小梦莲拉扯成了人。"猫尾子"差点破圩那一年，我才四岁，刚刚记事，杨梦莲不过十八，正值妙龄，芳华无限。可真是美啊！一头长发黑得流油，梳成两条乌油油的大麻花辫子，要么拖在背后，要么搭在前胸，怎么看怎么舒服。一张标准的鹅蛋脸，皮肤稍黑却泛着健康的红晕，真像出水的芙蓉一般楚楚动人。村里人都说杨家姆妈这么多年苦值了，这么一个如花似玉的女儿，谁娶回家都不得搁手心里捧着过日子啊？往后就等着跟女儿后面享福了。杨家姆妈总是矜持地笑，说，不晓得可有那个命咯。那时候的杨家姆妈也不过四十出头的样子，一头乌发在脑后梳一个髻，常年穿一件蓝布大衣襟褂子，黑裤子，黑色滚口布鞋，浑身上下简简单单，却又那么干净清爽，仿佛灰尘不沾身似的。一年四季，天天看上去她都是那么一副清爽爽的样子，脸上始终带着笑，仿佛命运从来没有给过她不公与灾难似的，哪个看到她都感觉好似大夏天里吃了根冰激凌一般,叫人说不出的舒爽。三间茅屋虽然家居摆设简简单单,也一样收拾得整整齐齐、干干净净,包括她家的房前屋后,也永远扫得干干净净,没有一片落叶。杨家前面就是新河,后面则是水面很大波光粼粼的东塘,绕塘一周全是柳丝飘拂的柳树。临水的杨家,两个水做的女人,那时是我们村最为亮丽的一道风景。一道叫人永远看不厌的风景。

长江年年涨水,可那一年水尤其大,都说一点不亚于五四年那场水。我们村子东边与邻村之间有一块约莫两里多地的空场,长满了茂密的竹子,是那种我们称之为水竹的细竹子。密密麻麻的,几乎没有什么缝隙。春天人们挖竹笋,都要趴在里面,根本直不起身来。著名的"猫尾子"就是那一段。而之所以著名是因为那年大水的时候,"猫尾子"那一段的大堤差点决了堤。半夜三更的,值夜班巡逻的人拿手电筒朝水面上照了照,忽然发现水里泛起了簸箕大的水花,顿时紧张地大喊起来,不得了,不得了,有涡子!于是人像潮水似的一齐涌过来,水里岸上,跟筑笋子似的堵在了缺口上。幸亏发现及时,处理得当,经过大家齐心协力地日夜奋战,"猫尾子"终于保住了。不仅惊动了地区,连省里都惊动了。省长坐着轮船直接开到了"猫尾子",一大帮人前呼后拥地来视察。省长还亲切地和日夜奋战在大堤上的干部群众一一握手,把大家给激动得。本来县里一直都有工作组驻扎,而后地区又加派了工作组下来,最后连省里都派了干部专家组成的工作组进驻"猫尾子"。"猫尾子"由此载进了史册。

杨家再往东不过二十步左右的地方,有一座小石桥,横跨着新河。说是桥,不过几块大麻石横排河上而已,一点花哨都没有,就像村里的人,实用、简单。过了小石桥再往东南不过十几步远的地方,很气派地立着一排房子。一溜排八大间,虽然砌的是土砖墙、盖的是茅草,可因为面积大所以很有气势。原是为给那些山里来支持挑大堤的人们准备的。

每年冬闲的时候,全公社的人都要来挑长江大堤,几十里长这是雷打不动的。的大堤上,人山人海、彩旗飘飘,那场面才真叫一个壮观呢!那年头人心地单纯,认为挑大堤都是自己家的事,虽说没有报酬,虽然又苦又累,却也很少有人抱怨。要不怎么说,农民真是辛苦呢？一年到头,没有白天没有黑夜地在地里忙活,好不容易盼到天冷了,说是冬闲,只是地闲了,人可闲不下来。挑大堤还真是一个又苦又累的活！想想看,三十多米高的大堤,即使让你空着手每天上上下下跑个几十趟,可能都吃不消,更何况肩上还挑着担子,取土区还在距离堤脚三十米开外的地方。大冷的天,那么重的活,常常里面热汗流,外面冷风吹,你说累不累？因为是全乡人大会战,所以就你一段他一段包干,为了比进度,省时间,午饭基本上都在大堤上吃。找一块平地埋锅造饭,饭是热的,可菜却是自家带的咸菜疙瘩。凛冽的寒风中,或坐或站,就着咸菜疙瘩三口两口扒着干饭,连口热水也没有,身上汗湿了的内衣,叫冷风一吹,冰凉凉、湿嗒嗒地黏在身上,怎么不苦？靠近大堤的人还要好一些,毕竟晚上可以回家泡个热水脚,睡个安稳觉。可那些远在山区的人们就可怜了,根本不可能天天回家,那么远,跑一趟都要一两个小时,谁吃得消？以前都是借人家屋子住,可那么多人,哪里有那么多空余屋子呢？为了方便大家,公社里安排,各大队筹资建起了那一排房子,供那些路远的人居住。

这排房子,平常都空着,"猫尾子"要破的那一年,可就派上了大用场。往年县里派工作组下来防汛,因为人少,基本上都散住在各家,这样就不用派饭啊什么的,省了麻烦。可那年,不仅县里,地区和省里都有工作组来,那么多人,村里哪里派得过来？公社里面还一再吩咐一定要把工作组的领导们安排好、照顾好。村里人更是诚惶诚恐,唯恐有个差错,于是就把省里、地区以及县里的人通通都安排在那排房子里住下。虽说是草房,可房子高,通风好,又临着河,夏天住着还挺凉快;再专门安排两个妇女为他们烧水、做饭、洗衣服、打扫卫生。这项光荣而又艰巨的任务毫无争议地就落到了我母亲与杨家姆妈身上,她们俩无比荣幸地成了我们村史无前例的御用厨娘。而她们俩之所以被选上,是因为,无论我母亲还是杨家姆妈都是村子里菜做得最好的。一般村子里无论哪家办红白喜事,做酒席的时候,掌勺的都是我母亲或者杨家姆妈,有时两个人一起,也算得上是老搭档了,配合默契,流畅自如。

都说"病来如山倒,病去如抽丝",这话用在这一江洪水上再恰如其分不过了。你看那水涨起来的时候真有如排山倒海般汹涌，一天一个高度。那时候，我们最快活的事莫过于每天早上拎根芦柴棍子跟在大人身后，量水位，看今天涨了多少，昨天涨了多少。终于所有的洪峰都过去了，水不再涨了，所有的人都松了一口气，就等着退了。哈，那你可就有得等喽！你急，它不急。即使你每天爬上大堤看一百次，可一百次还仍然是那个样！浑浑的江水一副不急不缓的样子，夹带着上游漂过来的草屑、断木、衣物，有时还漂过来已然胀得鼓鼓的家畜尸体以及大量的泡沫，缓缓地朝东流去。

只要水位持续在警戒水位以上，人员就不能撤，警惕性就不能降低。虽然洪峰没有了，水位也不见再上涨，但就怕那么高的水位，一方面压强太大，大堤承受不了那么大的压力；另一方面，长时间浸泡，土质会松软，一些不牢靠的地段，例如"猫尾子"，就依然有可能存在着决堤的危险。可时间一长，人自然难免会疲劳懈怠，这个时候无论谁都巴不得这江水快点儿退。要知道每年汛期也是一年中最忙的时候：双抢，抢割抢插。成熟的稻子要收割回来，要交的公粮以及几乎全村人一年的口粮，都指望着，可不能有半点闪失。这期间还真是要老天帮忙，最好一直是大晴天，如果碰上扯连阴，就糟了，成熟的稻子烂在田里发了芽，全村人的肚子可就成问题了。晚秧要插，而且必须赶在立秋之前插下去，否则，那一年的"双抢"即使再累也是失败的。因为立秋前与立秋后插的秧苗，长势与收成则完全不同。哪怕只隔几个小时，同一块田里，都明显不一样。立秋前插下去的秧苗，绿油油的长势喜人；可立秋后插的呢？则黄歪歪、病快快的，就像得了黄疸病似的。所以在这场与天抢、与时间抢的战斗里，一个人恨不能掰成两个人来用，一天二十四小时都是白天才好。可江水一日不退，一日就得派劳力去堤上防汛，那可是白白损失的人力啊！同样，那些工作组的人更是心急如焚归心似箭！下来驻点也有个把月了，整天耗在这里，无聊都能无聊死。洪峰过去了，危险性也相应要小很多，不用整天耗在堤上，虽然仍然要日夜巡逻查漏子（防汛的主要任务不是叫你成天盯着江水，看今天是涨了还是退了，而是要巡逻查漏子。日夜巡视，一点一点地看，不放过一寸地方。堤外看有没有突然出现大的水花漩涡什么的；而堤内则是看有没有出现浑水漏子。江水那么大，水位那么高，出现小漏子，是很正常的，如果漏子里流出的是清水就没有关系，可一旦流浑水了,那就是极端危险的信号,堤内一个小不起眼的浑水漏子,堤外水下说不定已经溃成桌面大的缺口了。这时就必须紧急处理,派人下水摸漏子,找准位置,妥善处理,才有可能防患于未然。另外就是察看沿江村子里的水井、河塘里是否出现管涌,这些都是危险信号,所以一点马虎都不能有,每根神经都必须绷得紧紧的。),但已经不需要那么紧张了。一般上午太阳起山前,到堤上走一趟,察看察看;下午太阳下山后,再去转一趟;晚上吃过晚饭后再拎把手电筒,到大堤上走一趟,一天的工作就算完成了。剩下来大把的时间怎么打发呢?不过用来吹吹牛、下下棋、看看书、睡睡觉而已。一来二去的,渐渐地就有些人心涣散,可看看江水还是那么一副不急不缓的样子,可不急死个人吗?最后就有人提议,这么多人耗在这里已经完全没有必要,不如报告领导请求一个妥当的方案。结果经领导批示,决定县里工作组暂不撤离,地区和省各派一两个代表留守,其他人全部撤回。省里留下的是水利方面的专家,省水利厅的年轻工程师张若曦。

张若曦当年也就二十七八的年纪,五官周正,白白净净、高高瘦瘦的,戴一副黑边眼镜,文质彬彬的样子,一看就是一个知识分子。平时话不多,对人客客气气,非常平和。这些都是从我母亲和杨家姆妈这两个御用厨娘嘴里传出来的。母亲无数次在家里夸过,说人家大城市来的知识分子就是不一样,没有一点架子,说话慢声细语,有知识有教养。我们家一文以后要是能出息成张工那样,我就是死了,眼睛也闭得紧紧的。

之所以张若曦能给母亲如此好的印象,主要是一件事让母亲非常感动。

虽说她们俩不用防汛、不用参加"双抢",可一点也不轻松。十几个人的衣服要洗,八个房间的地要打扫,水要烧,饭要做。两个人常常是天没亮就得起来,一个人负责洗衣,一个人负责烧水扫地,然后再一起做早饭。杨家姆妈年纪大一些,我母亲虽然年轻很多,但其时正身怀六甲,每天挺着个笨重的身子来来回回忙忙碌碌,看着都叫人揪心。杨家姆妈说,秦嫂子,你身子重,这弯腰的事我来做,你早上把衣服洗了就行了。回头做饭呢,你只管负责炒菜,其他的事都一律我来做。都是女人,那些男人不知道心疼,我得心疼着你点。

我妈说，哎呀，杨家姆妈，那怎么好意思呢？杂七杂八的事情多着呢，你一个人忙得过来吗？

哎呀，没事的，秦嫂子，都做惯了的。再说了，再怎么累，还能比在田里搞"双抢"更累吗？不过就是些手边事，我应付得了的。你呢，正好趁机会养养胎。我看你这胎月份也不浅了，忙过这阵子，就该生了吧？

是啊，七个多月了。谢谢杨家姆妈抬爱，可就辛苦你了！

哎呀，我们两个还说什么客气话哉？

也许现在的人可能要觉得不可思议，一个身怀六甲的人怎么可能还让她干活呢？可是那年头，女人的命贱，活得怎么样就看你的命硬不硬、大不大。那年月，女人怀孕了，不仅不是什么了不得的喜事，而且因为不好意思说，常常都已经出怀了，别人才知道。没有哪个女人因为怀孩子而耽误干活的，甚至将孩子生在田间地头的事情都有。除非你要生了，队长才准许你不出工，否则，即使你肚子都顶上天了，即使你两条腿肿得箩筐粗，也要和别人一样泥里来水里去地忙活。不仅如此，依然是忙完了外头忙家里，没有片刻休息。生完孩子，也没有哪个女人能有那个命踏踏实实在床上躺着把月子做完，顶多不过躺个十天半月，就得起来操持。即使不出工，家里的事总要忙活吧？谁有功夫伺候你呢？那时候，物资匮乏，吃的就更不用说了，什么鸡蛋啦、老母鸡啦、鲫鱼啦等等都没有，能有个两斤红糖喝喝就已经非常不错、非常满足了。一句话，就没有谁将怀孩子的女人当过一回事！所以，对于杨家姆妈的贴心，母亲非常感激。

所以自那以后，我母亲每天天没亮就起来，挺着个大肚子，用两只大篮子挑着衣服去东塘洗。因为身子不方便不能久蹲，塘边上正好有一棵柳树倒了，身子斜伸进水里，母亲就骑坐在那棵歪脖子柳树上，两只脚拖在水里，头上搭一条湿毛巾，从天不亮一直要洗到太阳起山，才能洗完，常常母亲的两条腿都浸得发白。这些张若曦都看在眼里。那天早上，他去大堤巡视回来的时候，母亲正好洗完衣服准备上岸回去，由于低头时间太长，突然站起来，母亲只觉眼前一黑，差点一头栽进水里。母亲赶紧伸手扶住树干，站了一会才缓过气来。就在母亲准备挑篮子回去的时候，张若曦几步赶过来，硬是将母亲肩上的担子接到自己手里，说，你太累了，歇一会，我帮你挑吧。

母亲哪里会肯,说,哎呀,张工,你一个书生哪里能做这些粗活?我没事的,别看你是个男人,干活不一定比我强,还是我来吧。

张若曦却说,哈哈,听你这话,你这是批评我们这些知识分子四体不勤啊!所以一定要给我机会改造改造啊!说着硬是将担子夺了过来。母亲一路跟着,好不惶恐。从此之后,张若曦的衣服一直都自己洗,从没有让母亲洗过。母亲那个夸啊,嘴巴都说破了。

由于杨家姆妈给工作组烧饭,有时,碰到下雨天,队里不出工的日子,杨梦莲也会过去帮忙择菜,帮母亲洗衣。一来二去的,和工作组的人也都熟悉了。大家都说真是鸡窝里也能出凤凰呢,想不到这样一个偏远的小乡村里竟然还有这么漂亮的姑娘。又有人说,姑娘漂亮,嫂子们可也不差啊!可不是吗?母亲虽然已为人母,但也不过二十七八的年纪,正是女人味浓的时候,加上母亲五官清秀端正,举止大方得体,要不是身怀六甲,皮肤有些粗糙,那可是没的说呢!杨家姆妈呢?本来就是一根冰激凌,虽然年岁大了些,但一样养眼。这三个女人凑在一起了,可真是一台好看的戏呢!所以大家都感叹真是一方水土养一方人啊!这么贫穷落后的地方,女子竟然各个出色,少见!

其实杨梦莲去工作组住的地方,表面上看起来是给二位厨娘帮忙,实际上她是去看张若曦的。这个男人自打他在村子里一出现,杨梦莲一颗少女的芳心就突然为他跳动起来。张若曦的白净斯文,那一份书生的举止气质,都是长到十八岁的杨梦莲从没有见识过的。在她的想象里,根本不会想到天底下竟然还有这样的男人,让人不知不觉为他吸引。和这样的男人待在一起,哪怕不吃不喝,哪怕当牛做马,也是心甘情愿的啊!我的个天!这样的人是不是从娘胎里爬出来的啊?怕不是天神下凡吧?这样一个男人,不说和他一起生活,哪怕天天能看见他也是幸福的啊!

基于这种心理,杨梦莲一有空闲就过去。一到那儿,就手脚不闲地做这做那。而且,只要那天她帮母亲洗衣服,她就一定想方设法把张若曦的衣服拿过来洗。后来,张若曦也习惯了,只要那天杨梦莲来,他也就不洗衣服了。这样时间一长,张若曦对杨梦莲也挺有好感的。可不是吗?一个正值花季的大姑娘,长得那么好看,还勤快,由不得人不喜欢啊!

由于人员减少了,再派两个人给他们烧饭就有些太浪费人力了,伍爷就说还是把这几个人派到各家吃派饭吧。张若曦幸运地被派给了杨家。张若曦挺乐意的,杨梦莲那个高兴劲就更不用说了。这样杨梦莲不仅可以名正言顺地给张若曦洗衣服,而且可以烧饭给他吃,还和他一起吃!老天爷,莫非你知道梦莲的心事了吗?张若曦每天早中晚三餐过小石桥去杨梦莲家吃饭,晚上再回去睡觉,饭来张口衣来伸手,还没什么事情可做,不过看看书而已。留下来的四个人散住在四个大房间里,互不干扰,感觉生活得挺滋润挺舒心的,倒有点乐不思蜀了。

这天晚上轮着杨家到堤上值班,吃过晚饭,杨梦莲收拾收拾就上堤去了。张若曦坐着陪杨家姆妈东一句西一句地拉些家常,闲聊中,张若曦知道了杨梦莲的父亲如何去世的,不禁为杨家母女不寻常的身世一阵唏嘘。杨家姆妈呢,也了解到张若曦家里的一些情况,父母都在省里工作,一个妹妹刚大学毕业,留校当了老师。自己今年二十七了,还没有结婚,但已经有对象了,也是个老师,两个人准备过年就办婚事了。杨家姆妈不觉感叹真是一个人一个命,都是一样投胎来这个世上一趟,为什么有的人就活得那么好?有的人却非要活得那么不容易呢?女儿梦莲长得再如花似玉又怎么样呢?生在这样一个穷乡僻壤的地方,巴掌大一块天,能有什么好命运呢?只要以后能嫁着一个不打她骂她,身体好,能陪着她一起到老的男人就老天保佑,阿弥陀佛了。说得张若曦心里也挺不是个滋味的,不觉对杨梦莲又多了一分怜爱。

从杨家出来,张若曦没有回住的地方,而是踏上东塘埂往大堤走。天阴着,不知道会不会下雨。他打算去堤上看看,顺便也看一看杨梦莲。不知为什么,忽然间,他感觉自己挺想看到那个女孩的。两根乌黑的大辫子,一张标致的鹅蛋脸,老在他的眼面前晃,晃得他心跳得发慌。

塘埂上一边是茂密的一排柳树,一边是那片野竹林。张若曦想起来手电筒忘记带了,又懒得回去拿。天本来阴着,连一丝星光也没有,再加上两边竹柳茂密,光线更是差得要命。微风过处,竹叶、柳叶沙沙啦啦一片声地响,仿佛无数只脚步的声响奔涌而来。张若曦一直生活在夜里也灯火通明的大城市,哪里经见过这样的黑夜,心里忍不住发怵,头皮一阵阵发麻,头发根都竖起来了。他几次打退堂鼓想回去拿手电,几次都忍住了。自己对自己说,张若曦,不要这么娇气嘛!乡里人谁不是摸着黑走夜路的?也没见谁被鬼打死或者怎么的嘛!就连杨梦莲一个姑娘家的都不怕,你好歹也是一条五尺高的汉子,这点黑路不至于就真的怕了?他就这么一路嘀咕一路小跑着,想快速穿过塘埂这一段黑路,等到了大堤边上就好了。正在他蒙着头走,快要拐过塘埂的时候,突然和另一个急速跑过来的黑影撞了个满怀。啊!两个人同时大叫了一声,而这一声叫,两个人都知道对方是谁了。张若曦听出来,来人不是别人,正是他想见的姑娘杨梦莲。而杨梦莲呢,也听出来对方正是自己急急忙忙赶回家想再看一眼的张若曦。真是老天有眼啊!

你怎么回来了?

我,呵,我想回来,回来解个手……杨梦莲有些嗫嚅。

这么黑,你一个姑娘家的不害怕吗?

黑暗中杨梦莲龇出一排白牙笑了,她本来想说,怕么子的噻!这条路我都跑烂了,哪里会怕啊?可说出口的却是:你说呢?我好怕啊……

那我陪你吧!

本来她想说的是:真的吗?那太好了!可说出口的却是羞怯怯的一句:不用了,张工,不用麻烦你了,我可以的。

这有什么好麻烦的呢?这样,你就不要回去上厕所了,去我们住的地方也一样,我正好要回去拿手电。走吧!

哦,那好吧。杨梦莲一副乖巧的样子,不知为什么,张若曦忽觉心里一暖。

另外三个人或许都上堤去了,一大排房子一点灯光也没有,一切都沉浸在黑暗之中。张若曦摸黑进到自己房间里,拿了手电筒出来,然后带杨梦莲去上厕所。杨梦莲本来不需要上厕所的,可又不好说出来,只得跟在张若曦后面。看张若曦在外面等着自己,杨梦莲的心里有些感动也有些不好意思。磨蹭了一会出来,两个人又一起往回走。走到门口的时候,张若曦突然说,要不要喝口水再走?

啊?哦,好吧。杨梦莲又乖乖地答应了一声,张若曦的心中又忽地一暖。

张若曦住在这排房子的最西边那间,进去之后,张若曦也懒得费事点灯,打着手电筒进屋了。借着手电光杨梦莲看清屋子里原是住着两个人的,两张床靠在一起,并排放着。现在撤了一个,一张床空着,一张挂着蚊帐。前后窗下各摆了一张桌子和一把椅子。现在只有后面窗下的那张桌子上摆了东西,不过一盏油灯,几本书,一个白色搪瓷缸而已,暖瓶和脸盆都搁在地上。张若曦端起瓷缸递给杨梦莲,说,喝水吧,凉的,不烫。

杨梦莲走到桌前,接过缸子,不知为什么心里竟突然慌起来,心跳得就像擂鼓一般,自己都能听得见。为了掩饰,她只得装着口渴的样子,低头喝水。喝完水,杨梦莲将缸子递给张若曦,无意间,她朝窗外一看,就看见了自己家的茅屋里那一豆灯光。杨梦莲的脸唰地一下红了。

张若曦走过来站在她的身后说,梦莲,你看,这个位置正好可以看见你们家,你的一举一动,我都能看得见。早上你坐在柳树下梳你的长头发,你的头发好长啊!那么黑,真像一挂黑色的瀑布一般从你头顶泻下来,好想去摸一摸啊,真的!没有任何别的念头,只是想,很想,摸一下,呵。他有些不好意思的样子咳嗽了一下,见杨梦莲没有什么反应,又接着说,晚上你扫地洒水,点上蒿子熏蚊子,再把桌子、板凳、竹榻搬出来,然后和你妈一起把饭菜摆好,你过桥来喊我吃饭……一切的一切,每一个动作,我都看得清清楚楚……

张工,为什么?杨梦莲的眼睛里已经饱含了泪水。

我也不知道为什么,我就是想看你的一举一动,喜欢看。张若曦耳语般在她的耳边说着。

杨梦莲忽地捂住脸,无声地哭起来。肩膀一耸一耸的,看上去煞是楚楚可怜。

张若曦有些不知所措,说,梦莲,你怎么了?不高兴了?我偷看你,你觉得冒犯你了吗?

不是,我没有不高兴,我是高兴。你愿意看我,我太高兴了!张工,我真是太高兴、太幸福了!太高兴、太幸福了呀!你知道,我有多喜欢看到你吗?哪怕只看上一眼,我也要偷偷地高兴好久。刚才我那么急急忙忙地往回跑,根本不是要……我就是想回来看看你是否还在我家和我姆妈说话,我好再看你一眼……

　　张若曦伸手把杨梦莲的手从脸上拿下来,无限怜惜地替她擦去眼泪,说,别哭了,看见你哭,你不知道我有多心疼!你是个苦命的女孩子,你知道我有多想对你好吗?可却不知道该怎样对你好才好,知道吗?

　　杨梦莲感觉自己的一颗心早就化作了一摊水,即使张若曦什么也不说,单是那样温柔的举动也会令她浑身酥软无力。她一阵晕眩,战栗着倒进了这个她渴慕已久的男人怀里。

　　手电筒灭了。

　　半个多月后,水退了。人走了。

第六章　情　　殇

小曦，有一个疑问我一直想问你，一直都忘记问了。

什么问题？

你究竟是什么时候，怎么知道你自己不是爸爸妈妈的亲生女儿的？

哦，这个啊！就是那年，我刚上小学那一年，有一天回来和爸爸妈妈吵了一架，你还记得吗？

吵架？你可没少和爸爸妈妈顶嘴，我哪里记得是哪一次？你小的时候，爸爸妈妈太惯你了，把你惯得不成个脾气。家里除了你，谁敢和爸爸妈妈顶着干的？只有你。

哎呀，不是的，是那一次，很凶的那一次。我刚上小学那一年，我还气得晚上没有吃饭，你想不起来了吗？哎呀，你一定是忘记了，姐姐肯定还记得。

……

你应该记得，上小学一年级的小伢第一件事永远都是学写自己的名字吧？别的小伢都会写了，就是我老是写不好。我的名字笔画多，尤其那个可恶的"曦"字，笔画多是小，还曲里拐弯的，简直伤透了我的脑筋。我不知写断了几次铅笔头，也没把那个可恶的字写好、写正。看看周围的小朋友一个个都写得那么顺畅，我伤心极了，趴在桌上偷偷地掉眼泪。老师看见了，说，秦莲曦，不要着急，今天写不会，明天再接着练，一定能写好的，啊！那天放学回到家，妈妈在灶屋烧饭，爸爸出工还没有回来，你在做作业，姐姐坐在灶膛口，帮妈妈烧火做饭，我坐在门口的小凳子上两只小手托着腮帮子气鼓鼓地一个人生闷气。爸爸回来看见了，说，莲曦啊，怎么一个人坐着啊？什么事不高兴？是不是哥哥又欺负你了？来，跟爸爸说，爸爸揍他！我没理睬他，依旧一个人坐在凳子上，一副沉思的样子望着远方发呆。这时候，天已经黑了,爸爸喊,一文,点灯。你答应着,从房间里出来把灯盏点着了,放在大桌上,又过来准备关大门。我端坐着,依然两只小手托着下巴,一动不动。你说,莲曦,到一边去,我要关门了。我就是不理睬你,依旧一个人一副沉思的模样望着黑漆漆的外面发呆。你说,大大,你看莲曦喔!父亲说,莲曦啊,大大想抽袋烟就吃饭了,来,过来帮大大点烟,可好啊?我腾地一下站起来,冲着爸爸喊道,你别叫我,我不是你们的女儿,你不要叫我给你点烟!我这没头没脑的突然一下子,爸爸给搞蒙了,妈妈也从厨房拎着菜刀跑了出来,和爸爸互相对望了一眼,那眼神我至今记得,有疑问也有胆怯。爸爸把烟袋朝桌上一拍,说,小毛伢子一个,都讲些么话啊?啊?我看你是皮痒痒了,想找打是不是?在我印象里,爸爸这样严厉的训斥似乎一直都只针对哥哥你,对姐姐也很少这样严厉过,对我就更是从来没有过了。我吓得哇的一声就哭了,可嘴巴依然不饶人,说,我就不是你们的女儿,就不是嘛!我要是你们的女儿,那为什么哥哥叫一文,姐姐叫一心,我怎么不叫一什么什么的,却叫个什么狗屁的"莲曦"呢?什么破"曦"字嘛!那么难写,人家哪里写得起来嘛!呜呜呜……我哭得好生伤心。哥哥你嗤的一声笑起来,还越笑越响,最后姐姐也跟着笑起来了。我被你们俩笑得甚是恼羞成怒,可劲儿哭起来,越哭越上劲。爸爸妈妈呢?却什么也没说,只是又互相望了一眼,妈妈转身默默去了灶屋,父亲则顾自一个人闷头抽起了烟。

那天晚上,我没有吃饭,就一个人摸着黑爬上床,抽抽搭搭地哭着睡着了。一觉醒来,感觉肚子饿得咕咕的,就偷偷地爬起来,准备去灶屋摸点什么吃吃,填填肚子。当我走出房间,准备穿过堂屋摸黑溜向灶间的时候,我忽然听见了大大、姆妈说话的声音:

唉,一个人一个命,真是不假。你说梦莲多好、多漂亮的一个女伢子,怎么就那么命苦呢?姆妈说。

可不是吗?打小大大就死了,她姆妈好歹把她拉扯到那么大,一天福没享到,却落了那么个结果,你说造孽不造孽啊!唉。大大叹息了一声。

那个张若曦,真看不出来,竟是那样一个人!看上去,斯斯文文,白白净净的,多招人喜欢,原来竟做出那么下作的事情!你说气人不气人?姆妈声音里明显有抑制不住的气愤。

要不说人心隔肚皮呢？你们这些个女人啦，就是头发长见识短，哪里晓得看人呢？我看那家伙就不是个东西，分明小白脸奸臣嘛！你看你把他夸的，都要上天了！大大则显然揶揄姆妈没有眼光。

好了吧，你也就是事后诸葛亮！当初，我可没听你说他是什么粉白脸奸臣的。现在说了，管个屁用啊！姆妈不服，也揶揄起大大来。

你也好了吧，我说？轮得着我说吗？再说，我就是说了，你们谁听啊？你都不会听，更何况梦莲了。唉，可怜我们家莲曦。

哎，大海，你说，莲曦她不会真是知道什么了吧？人多嘴杂，难免有人嚼舌头叫她听见了也不好说。

不会！你没听她讲吗？就是那俩字太难写了。也是，笔画那么多，我要不是识那么几个字，哪个会晓得什么"曦"嘛！也够难为小伢的了。父亲边咕噜着，边长长地打了一个大哈欠，困死了，睡吧！

也是，是福不是祸，是祸躲不过喔！母亲说着也打了一个大大的哈欠。

我忽然浑身筛糠似的抖起来，肚子也忘记饿了，哆哆嗦嗦地又摸回床上，小狗一样地窝进了被窝，哭了。不知为什么，我那么想哭，就是想哭。大大、姆妈说的那些到底是什么意思？那叫杨梦莲、张若曦的两个人究竟是什么人？与我有什么关系？为什么大大、姆妈说起我的时候，要扯上他们？小小的我真是没办法理清这些，就又哭着、哭着睡着了。可杨梦莲、张若曦这两个名字却像刀刻一般地印在了我的脑子里。

那之后多年，我一直再没有提这个话题，爸爸、妈妈突然走了，也没来得及说起这件事。直到我和姐姐初三那一年，有一天班主任老师突然在班上说，秦一心、秦莲曦，你们俩的出生年月没有搞错吧？没有啊！我和姐姐对望了一眼，异口同声地说。哦，没有？没有就算了。说者无心，听者有意，回来后，我仔细地想了一下姐姐和我的出生年月，发现姐姐虽然比我大一岁，其实只不过大八个月而已。她是头一年的农历九月初二，我是第二年的农历五月初五，间隔这么短的时间，妈妈怎么可能再生出我来呢？我当时真是傻了，心里难受极了，这么多年的疑虑终于得到了验证。想不到我竟一语成谶！我真的不是爸爸妈妈的女儿！那么我到底是哪家的孩子？那个杨梦莲、张若曦又到底是什么人？

到底张若曦对杨梦莲有过什么承诺,两个人之间是否有过什么非你不嫁、非你不娶的海誓山盟,谁也不知道。反正张若曦走了之后,宛如黄鹤一去。而杨梦莲呢? 则宛如一朵盛开的鲜花突然遭遇了狂风暴雨的侵袭一般,顿时蔫了、枯了。昔日光鲜的容颜憔悴了,乌黑发亮的一头长发也变得枯黄干焦,火烧了一般。用伍娘的话叫,梦莲那伢怎么就跟掉了魂一样,成天没精打采的,到底怎么了? 是啊,到底怎么了,谁也不知道,连她姆妈杨家姆妈也说不上来。杨梦莲自己呢? 整天懒洋洋、病恹恹的,无论问她什么,她都不说,只傻傻地笑一笑,

看着可真叫人揪心! 杨家姆妈急坏了,求神祷告的,老天爷、菩萨、杨家大大,各路神仙都求遍了,女儿还是那么一副无精打采的样子,杨家姆妈死的心都有了。

这样的景况一直持续到秋天结束,冬天来了之后,杨梦莲的脸色和人气才渐渐地活泛起来,胃口开了,脸上有了青春的红晕,也有了笑模样,人也胖了起来,裹在棉衣里的身体渐渐地浑圆结实。杨家姆妈的一颗心才终于放进了肚子里。

时间过得飞快,眨眼冬天就过去,春天笑模笑样地来了。菜花还只冒出一些小花苞,柳树的芽尖尖才米粒儿大一点的时候,有性急的姑娘、小伙儿早早地就把棉衣脱了,穿起了夹衣,唯独梦莲依然老老实实地捂着大棉袄。春三月的时候,太阳已经有些威力了,虽然早晚还很凉,但到中午就颇有些热了。可无论怎么热,梦莲就是舍不得脱下她的大棉袄。笨笨重重地在地里干活,往往汗珠顺着脸颊直淌,那棉衣也不愿意脱。大家都觉得有些奇怪,就拿她打趣,说,梦莲,你那棉袄不是你自己的,是租来的吧? 这么热,也舍不得脱? 说得大家都笑起来。可她呢,什么也不争辩,满脸通红,讪讪地跟着笑,转而偷偷地拿衣袖擦脸上的汗。

女儿奇怪的行为也让杨家姆妈心中好生纳闷,女儿即使在家里也不脱下大棉袄,有时分明见她热得热汗直流,可她就是说自己不热。另外,她似乎好久都没见过女儿洗那些脏东西了。一想到这个,杨家姆妈就止不住浑身燥热、发抖,难道? 可又一想,不可能! 女儿很少和什么人来往,除了到田

地里干活,就在家里和自己做做针线,大不了跟秦嫂子说说话,基本不怎么出门,村子里那些小伙子更是不搭腔,怎么可能会……

一天晚上,杨梦莲在房间洗澡的时候,杨家姆妈突然推开了女儿的房门,她看到了女儿那高高隆起的腹部。杨梦莲惊呆了,一脸惊惶地用手捂住肚子,目光呆滞地看着妈妈。杨家姆妈却瞬间浑身无力,瘫软在地。怎么回事?老天,这究竟是怎么一回事?难道也和杨家大大一样,得了大肚子病?老天,我这是做了什么孽啊!杨家姆妈失魂落魄,泪流满面。

你给我跪下!说,怎么回事?到底是怎么一回事?杨家姆妈关上大门,压低了嗓子,吼道。

没有回答,只是哭。没有声音,只有泪水。

是谁?到底是谁?看着低着头跪在自己面前的这个女儿,恨不能一脚端死这个不要脸的东西。她怎么能在自己的眼皮子底下,就做下了这么不要脸的事?怎么能?怎么能够啊?

女儿仍然没有回答,只有哭。

你怎么不死?怎么不去死啊?杨家姆妈再也忍不住了,抬手狠狠地朝女儿那张曾经花容月貌的脸上扇去,留下了五条清晰的指印,一缕鲜血顿时顺着嘴角流下来。杨家姆妈的心都碎了,自己命苦,男人早早地去了,就丢下这么一点骨血,真是含在嘴里怕化了,捧在手里怕摔了,当自己的心尖尖一般疼啊!提心吊胆、战战兢兢好不容易熬过来了,以为从此出了头,谁知竟再也没有出头之日了。人活一张脸,树活一张皮,如今这脸都没有了,还怎么活?怎么活啊!小时候听老辈人谈故事,说是一个年轻的媳妇带着一个六七岁的孩子在邻居家串门,堂屋里男男女女坐着好些个人,一块说笑聊天。忽然那位年轻的妇人放了一个很响的屁,响得足以让所有人都能听见。一屋子人都朝他们母子这边看过来,看得那妇人有些讪讪的,为了掩饰,她推了自己的小儿子一下,说,嗾,这伢人小小的,放的屁还怪大的。谁知那伢愤愤地回过头对他姆妈说,明明是你自己放的,却非要说是我放的。一句话说得一屋子人哄堂大笑,那妇人顿时一张脸像血泼了似的涨红了,拉着儿子的手低着头离开了。这件事其实大家也不过一笑就了之了,可那妇人回家之后,越想越觉得太丢脸没法子见人,结果晚上竟然在水缸里自己把自己淹死了。想想以前人多大的规矩啊！如今，自己的女儿作了这么大的孽竟然还可以活得这么有条不紊、瞒天过海，究竟一张脸上蒙着的可是人皮啊？老天爷，我到底作了什么孽啊！你要这么踩我？你这是往死里踩我啊！

那天晚上，母女俩就那么对峙着，谁也没有睡，却也没有任何结果。第二天清晨，队长的哨子响了之后，杨家姆妈照例拎着锄头上工，梦莲也期期艾艾地一起去了。收工以后，杨家姆妈仍然做了早饭，两个人一起吃了上工；中午收工回家，吃完饭下午再出工，晚上再收工回家。杨家姆妈做了晚饭，饭后女儿去洗碗，杨家姆妈则打水去自己的房间里洗澡，跟平常一样。跟平常不一样的是，从早到晚，母女俩没有说过一句话。另一个不一样的地方是：洗完澡后，杨家姆妈没有坐到门前的大杨树底下，就着月光搓纳鞋底的麻线，而是把自己关在了房间里没有出来。女儿以为妈妈还在生气，也不敢说什么，就一个人摸摸索索地洗完，也回房间睡下了，躺在床上默默地流了大半夜的眼泪。

第二天早上，杨梦莲起来了，可姆妈没有起。敲了敲房门，没有动静，喊，姆妈、姆妈，队长吹哨子了。仍然没有动静。推开房门一看，杨家姆妈穿得整整齐齐地吊在了雕花架子床的床架上。杨梦莲惊叫一声，扑过去，她姆妈的身体早都硬了、冷了。

彻骨的冷。

纸终究包不住火。天底下就没有永远的秘密。

村里人听到杨梦莲撕心裂肺的哭声，得知杨家姆妈突然一索吊死在床架子上，都惊呆了。唏嘘、同情、悲伤，等等等等，而这一切随着杨家姆妈尸体送上山葬了之后，各种猜测与议论纷纷扑面飞舞。而渐渐地随着杨梦莲那日益沉重的身子与再也无法掩盖的小山一般挺立的肚子，一切都释然了，而后又几乎异口同声地说了同样一句话：怪不得杨家姆妈要死，哪里还有脸活呢？曾经所有的唏嘘、同情、悲伤都被轻蔑、藐视、厌恶代替。各种猜测、侮辱、谩骂再一次漫天飞舞。而且这么奇特的事很快就传开了，不多久十乡八村的人全都知道了。

梦莲那丫头，平常看上去，挺乖的，怎么竟不声不响闹出了这么大一个动静。真是人不可貌相，海水不可斗量啊！

只可怜杨家姆妈，苦了一辈子，到头来落得这么一个下场。

真不知道梦莲那丫头怎么还能活得下去！要是我，早就也一索吊死算了，活着丢人现眼……

死？哼，死了，她就有脸见她大大、姆妈了吗？

这些带着锋利刀片的流言仿佛一道道看不见的栅栏，一层层将杨梦莲隔成了孤身，在这漫天飞舞扑面而来的流言之中，再一次形销骨立、憔悴不堪。

唯一在这流言面前保持沉默的只有我的父亲和母亲。有时在那些没完没了的议论声中，母亲实在听不下去就和他们理论，说，好了，你们这些人还有完没完啊？叽叽叽，叽叽叽的，能不能不叽了啊？梦莲那丫头已经够可怜的了！怎么？你们当真还想再逼死一个心里才舒服，是不是？

耶！我说秦嫂子，你这么说就不对了吧？她杨梦莲可怜那都是她自找的！要是死了，也是她活该得死，怎么说是我们逼死的呢？做了那么不要脸的事，她姆妈都觉得没脸活了，她倒还活得好好的，脸皮真够厚的！要是我说，该是她死，而不是她姆妈死。

话不能说早了，你就担保你们家的女儿以后能活得清清白白？

哎，不是吹牛皮！秦嫂子，我女儿要是有一天像她那么不要脸，看我不打死她……

一天，村里人发现杨家大门落了锁，杨梦莲呢？则搬进了村东头那排房子里，住进了最西边的那一间。大家又是一通议论：

有人说一定是她姆妈的魂搅得她不敢在家里待了。

又有人说，也是待不下去，亲生的姆妈都叫自己给气死了，还么样有脸待呢？

最后大家似乎想起了什么似的，异口同声说，那可是集体的房子，她凭什么老滋老味地住进去？别等生什么野种的时候，弄得血糊烂腥的，以后叫省里的大干部怎么住呢？伍爷，你是队长，这件事，你得做主。

于是伍爷真就去做主了，警告杨梦莲立即搬回自己家，否则就喊人过来搬。

没想到，平常温温顺顺的杨梦莲此时却表现出了少有的坚决与强硬，说伍爷，我既然搬来了，就绝对不会自己再搬走！如果你要是喊人来撵我，我就一索吊死在你家大门框上！你信不信？

说得伍爷脸唰地一下变了颜色，嘴里却还硬得很，说，你个丫头精，敢这么跟伍爷说话？你去我家吊死试试，我怕吗？就当是死条狗。

伍娘说话了，说，我的个天王老子，你不怕，我怕！我怕可照？你省省可照？当一个破队长，看把你能的！你不知道狗急了跳墙，兔子急了要咬人啊？你把她逼急了真去家里上吊，你跑得掉啊？这屋你家的啊？管他张三李四王二麻子来住，与你有个鸟相干啦？

伍爷叫伍娘一通吼，偃旗息鼓了。队长伍爷都偃旗息鼓了，还有哪个再跳上跳下闹腾呢？杨梦莲就这么不明原因地住进了那间屋子。

虽然表面上杨梦莲一如往日一样地和村里人一起出工收工，可全村人谁也没把她再搁进自己眼睛里头。她就像一个影子似的活在大家的心里，谁也不愿搭理她。只有母亲一个人可怜她，想着去年发水的时候，杨家姆妈还和自己一起给工作组的人烧饭，梦莲常常看自己身子重，帮她洗衣服帮这帮那，尽量让她歇着。多好的一个女伢子，怎么就做了那么糊涂的事了？还搭进去姆妈一条命。如今孤零零地住在那么个荒郊野外的地方，多么可怜啊！想着想着止不住一个人心里偷偷难过，就常常烧了菜，喊，一文，去把这菜给莲姑送去。

那时，五岁的我常常一蹦一跳地提着个布兜穿过村口的小石桥，给莲姑送菜。我喜欢给莲姑送菜，因为我喜欢莲姑，莲姑长得可真是好看啊！辫子那么长，那么粗，都拖到屁股下面了。用现在的话说，那时的莲姑就是我心中的女神。

转眼端午到了，母亲照例头天晚上就包好了粽子，放进大锅里煮了整整一夜。第二天一早起来，母亲又煮了咸鸭蛋，然后将煮好的粽子还有咸鸭蛋装在一只小篮子里，递给我说，去，给莲姑送去，顺便告诉莲姑，说我姆妈讲，今天过节，让莲姑晚上到家里吃晚饭。我脆生生地答应着，一路小跑，朝村口跑去。口袋里姆妈炒的新蚕豆也欢快地蹦跳着，引得我时不时拿手摁住口袋，就仿佛摁住内心的喜悦一样。我想把这喜悦也带给莲姑。

等我高叫着莲姑,推开莲姑的房门时,却看见莲姑无比痛苦地靠墙坐在床上,满脸是汗,头发散乱地披着,湿嗒嗒地贴在脸上。我呆住了,不知道发生了什么事,只愣愣地将手里的篮子递给莲姑,母亲交代的话却忘得干干净净。莲姑看见我,挣扎着笑了,说,一文,你又来给莲姑送吃的呀?谢谢一文了,乖,放在桌子上,我一会儿吃,你回吧。谢谢你姆妈啊……还没说完,莲姑又嘴巴里丝丝地吸着气,两条眉毛紧紧地皱到了一起。我当时定是给吓坏了,放下篮子,撒腿就往家里跑!一路上,口袋里的炒蚕豆蹦得一粒不剩。

姆妈,姆妈,莲姑,莲姑——我上气不接下气,小脸涨得通红。

莲姑怎么了?慢慢说。

莲姑靠在墙上,脸上都是汗……

糟了,梦莲怕是要生了!姆妈对父亲说,不行,我得去看看。说着,姆妈急急忙忙就朝村口跑去。

那一天,母亲都待在莲姑的房间里没有回来,中间只匆匆忙忙地回来给妹妹一心喂过两次奶,就又急急忙忙地走了。那个端午节,我们早上吃粽子咸鸭蛋,中午继续吃粽子咸鸭蛋,晚上还是粽子咸鸭蛋。粽子不香,鸭蛋不咸,没有味道。父亲说,一文,你姆妈要是再不回来,我俩都要成粽子了。

我不知道那天莲姑究竟经历了怎样的痛苦,反正直到天黑,我都困得坐不住,上床睡了之后,姆妈都还没有回来。也不知夜里什么时候,迷迷糊糊地就听见姆妈喊,一文,一文,你醒醒,醒醒!我懵懵懂懂地睁开眼睛,姆妈把一个小包裹塞到我的被窝里,说,一文,小妹妹,你抱好,看着!注意,别让被子把妹妹的脸盖住了,晓得啵?我糊里糊涂地答应了一声,姆妈就走了,这次连父亲也和姆妈一起出去了,我听见大门在他们的身后吱呀一声关上。我下意识地搂紧了姆妈交给我的这个小包裹,一张红兮兮、皱巴巴的小脸,哪里来的小妹妹呀?

那夜自那之后,我几乎再没有睡,而是无比小心地护着这个红兮兮、皱巴巴的小妹妹,生怕自己睡着了,被子把她压死了。实在困了,可刚一闭上眼睛,又马上仿佛受到什么惊吓似的惊醒过来,赶紧看看自己怀里的小妹妹是否还活着。而自己呢?也一直一个姿势保持到爸爸妈妈回来:让小妹妹睡在自己的一条胳膊上,另一只胳膊搂着她,防止被被子压坏。

我压根没想到那么好看的莲姑就那么走了,撇下这么一个红兮兮、皱巴巴的小东西走了。

父亲牵头找了伍爷,让人从城里的棺材铺子里买了一只薄木棺材,匆匆地把莲姑葬在了杨家姆妈旁边。唉,可惜一个花容月貌的女伢,就这么玉陨香消了,怎不叫人痛心?杨家呢,才不到两个月的时间,平添了两座新坟,又叫人心里怎么不发寒?村里人第一次只有了唏嘘没有了议论,静悄悄的,哪个都不作声了。

自把莲姑葬下之后,母亲就病倒了,躺在床上高烧不止,烧了一天一夜,嘴唇上都是大燎泡。一个高烧的大人,两个嗷嗷待哺的小伢,父亲那两天可是累得够呛。抱着两个婴儿村头跑到村尾,为两个小伢找吃的。凡是有新生儿的家里,父亲都跑到了。一个大男人也不好意思说什么,只是讪讪地笑。然而,此时的村里人却表现出了少有的善良与宽容,无论父亲走到哪一家,哪一家的新妈妈都会二话不说地立马撩起衣襟给两个小伢喂奶,即使自己的伢正吃着,看见父亲来了,也会硬生生地将乳头从自己伢的嘴里拔出来,哪怕自家的伢哭得地动山摇,也不管,只管喂父亲的两个伢。有时候,父亲自己都感觉不好意思。那两天一心和莲曦算是吃上了百家奶。

那时伍爷还住在村外,母亲退烧的那天早上,伍娘拎着一只黑乎乎的瓦罐来家里了,看见两个伢一头一个躺在摇床里睡觉,伍娘抹起了泪,说,这是作的什么孽哟!唉。然后打开瓦罐,一阵扑鼻的鸡汤香味顿时浓浓地在屋子里弥漫开来。说,大海啊,拿只碗来,这鸡汤是我放在灶膛里煨了整整一夜煨出来的,稀烂稀烂的,快给你老婆好好补补,发发奶,往后啊,她可是一个人吃饭,三张嘴抢了喔!唉,作孽,真是作孽哟!

姆妈躺在床上,虚弱地说,谢谢伍娘了,想得真周到。

谢么子谢啊?要不是你,这伢,还有的活吗?唉。杨家姆妈也是够厉害的,到死也没放过自己女儿。都是报应啊!唉。

一席话又勾起了姆妈的心酸,泪水迅速溢满了她的双眼,她赶紧把脸扭向床里边,不想让伍娘看见她的伤心。伍娘呢,已经风风火火地准备离开了,家里一大家子人,又是鸡又是猪的,伍娘成天忙得两个脚板不沾灰,哪有工夫扯闲篇啊？父亲刚准备把她带来的瓦罐腾出来给她带回去，她已经走出好远了。父亲撵着说，伍娘，你的罐子！只听见伍娘头也不回地说，回头你上工的时候带给我……

喝了一碗伍娘的鸡汤，母亲感觉好多了，就挣扎着坐起来，叫父亲把莲姑的伢抱过来。母亲接过这个依然红兮兮、皱巴巴的小东西，眼泪又止不住扑簌簌地掉下来，苦命的伢啊！生下来就没有大大、姆妈，你做么事要投胎到这个世上来呢？你这个作怪的小东西，就是因为你，你姆妈、你外婆都丢了性命，你生来就是个作怪的小东西吗？

疼了整整一天一夜的莲姑，到了晚上，只生下来一只脚。母亲慌了，她从没有见过这样的生法。自己生了两个伢，哪个不是头先出来？怎么到她，竟然先出来一只脚？怎么办？怎么办？母亲一身冷汗，可又没办法。她知道，村里人哪个都不愿帮莲姑的忙，仿佛莲姑丢的是全村人的脸似的。就连邻村的接生婆听说是给莲姑接生，都脸一拉，说那我不去，坏了我的名声。此时的莲姑已经脸色发白又发青，嘴唇乌紫，怎么办？怎么办啊？母亲急得都要哭了，血，一直流，一直流。莲姑的声音已经很虚弱了，说，嫂子，要伢！一定要伢啊！想什么法子都行。嫂子，求你了！再不能迟疑了，再耽搁大人小伢都没有了。没办法，母亲只得把手伸进去，硬是将这个小东西从她姆妈的身体里拉了出来。母亲多少有些气恼地倒提着这个作怪的小东西，在她的屁股上打了一巴掌，听到小东西哇的一声啼哭，莲姑虚弱地笑了，说，嫂子，你就是她的恩人啊！

虽然莲姑很虚弱，可孩子生出来就好了。母亲熟练地将小东西包好放在床上，回头把莲姑也扶到床上坐下。将屋子里收拾干净以后，母亲又在那只烧饭的大锅里煮了三只糖水蛋，端给莲姑吃。此时的莲姑非常虚弱，似乎都没有力气吃母亲喂到嘴边的鸡蛋。血还在流，一直流，就像破了圩一般。母亲再次慌了，怎么会这样？啊？怎么会这样？

鸡叫头遍的时候，莲姑几乎已经奄奄一息的样子了，她拉着母亲的手说，嫂子，我不行了。嫂子，我给你磕头了，你一定要帮我把伢养大！告诉她，她大大不是什么乌七八糟的人，是人上人！

是哪个？她大大是哪个？母亲急切地问。

莲姑嘴边露出一丝甜蜜的微笑，嫂子，她大大就是省里工作组的张工，张若曦。

啊？母亲大惊失色。这时莲姑突然头一歪，昏死过去了。母亲吓坏了，赶紧掐她的人中，莲姑又缓了过来。母亲一把抱起孩子，说，梦莲，你一定要撑着，我回去找你大海哥，我们送你去医院，一定啊！说完飞一般地跑走了。等母亲和父亲一起赶到时，房间里真叫血流成河，莲姑已经不行了。父亲把背来的竹榻放倒，和母亲一起把带来的被子铺上，准备把莲姑抱到竹榻上。母亲拉住莲姑的手说，梦莲，走，我们去医院。

莲姑已经虚弱到连摇头的劲都没有了，手指动了动，算是回答，然后几乎是拼尽最后的力气对母亲说，嫂子，我姆妈喊我了，我要去陪她了。两滴泪珠顺着莲姑纸一样白的脸上淌下来。一命还一命，我把我这条命还给我姆妈……

你这是何苦啊！母亲也哭了，泪水唰唰地往下滚。

莲姑的嘴角又现出一抹难以觉察的微笑，说，嫂子，我愿意！我喜欢张工，我愿意！他说了，今年发水他还会来，以后每年发水他都要来，可我等不到他来了……说着闭上了眼睛。

母亲边哭着死命掐莲姑的人中，边问，伢叫个什么名字啊？

莲曦……莲姑吐完这两个字之后，就再也没有了声音。只有我母亲声嘶力竭的嚎哭声。

那年发大水的时候，张若曦并没有来。以后江水年年涨，人却从没来过。

第七章 融 冰

哥,今天大哥大姐都来看你了。

我知道。

他们老了。大哥的头发全白了,大姐的腰都有些弯了。

是啊,都六十多岁的人了。家里情况又不是很好,工厂本来效益就不好,倒闭了,下岗了,自然艰难,怎么能不老呢?俗话说,家宽出少年,日子过得那么焦心,不老才怪呢。如钟要是在,也都已经六十了。他要是在的话,不知道会不会好一些……

还不是一样?都成了家立了业,各人顾着各人罢了,还能怎么样?又不是从前,一大家子人在一起,一荣俱荣,一损俱损。

说得也是啊!唉!

哥,你看他们两个,大哥如松多像师傅啊!大姐如风呢?简直和师娘一模一样!连说话的声音,走路的样子都一模一样,用姆妈的话叫一个粑托子脱出来的。

她笑了一下,这么多天,我还是第一次见她笑。还是笑起来好看!小曦,记住,以后一定要多笑,知道吗?

没有师傅,哪里有我们现在的家啊!师傅就是改变我们整个家庭命运的人啊!

那年过完年之后,正月十六,这是伍爷和师傅约好的日子,伍爷带了我去县城找师傅。像所有去城里的人一样,那天我们照例起得很早,这是这半年来我第一次去县城。我们溯江而上,走过十里长堤,走过三十多里绵延起伏的低山丘陵,江水始终在我们的身旁汤汤地流淌,默默地陪伴着我们。而我们也仿佛一条小船一般在波涛间穿行，一会儿跃上浪尖，一会儿又跌入浪谷。冬天天亮得迟，当我们走完三十几里山路的时候，太阳才懒洋洋地从东面山上爬起来。等走进城边上那个只有几十户人家的小村庄时，那些狗还在，足有七八条，对着我们好一通狂吠乱叫，凶神恶煞一般。在城里读书的日子，每次来去都必然要经过这里，也就必然要遇到这些狗们。哪一次不令我胆战心惊、心跳如鼓啊！那时候我总是屏息凝神、蹑手蹑脚却又尽力快速地通过，等出了村子，我才敢长出一口气，然后飞也般地狂奔而去。这次伍爷和我且行且站地与狗们对峙，怒目相向。伍爷不时矮下身子，作势捡石块要打的样子，狗们一哄而散，从远处安静地看着我们。一看我们并没有什么动作，又一起狂吠起来，迅速地奔到我们周围，再一次对着我们狂吠乱跳，一副要吞了我们的样子。就这样走走停停，一个直线距离不到五六百米的小村子，我们竟然走了二十多分钟。出了村子，就是那片广袤的农场。田里种满了绿油油的油菜，满眼的绿色中间零散地点缀着几排红砖红瓦的小平房，那是农场的职工宿舍。这时太阳已经升起一竿多高了。

穿过油菜田，就是那条通县城的公路了。我的心突然间莫名地狂跳起来，脑子里一阵晕眩，眼前霎时一片漆黑。我仿佛又看见砂石路上那一大片已然发黑的血迹，箩筐、木桶扔在路边，辣椒、茄子、黄瓜散落一地，被绑了腿脚又绑了翅膀的小仔鸡们一只只耷拉着脑袋，被烈日烤得奄奄一息……

我感觉自己几乎要窒息了，不得不蹲下来，等那口气缓过来。我的眼睛里迅速地蓄满了泪水……姆妈，我的娘啊！您在哪儿？

每年"双抢"大忙的时候，队里每天都要派一名妇女为集体烧开水。灶台是临时搭起来的，就露天搭在大家干活的地头。灶是流动的，今天这里，明天或许又换地方了。主要是看大家干活的地点在哪儿，就近，方便送水也方便喝水。灶上坐着能烧两桶水的大锅，有一次，村西刘家姆妈烧水的时候，她们家的那对双胞胎儿子在锅边玩耍，男伢子淘得很，两个人爬上锅台，撵着跑，其中一个不小心一下掉进了沸腾的锅里。他妈再怎么手疾眼快将他从锅里拉起来，孩子还是被烫得不成样子，赶紧送医院，虽然小命保住了，可一条腿从此残了。那天轮着我妈烧开水了，自然也得带上我。一大早父亲挑着满满一担水,母亲挑着柴火,手里牵着我。一路上父亲千叮咛万嘱咐,要母亲把我看好,别让我爬锅台。那时虽说我才不过三四岁,可已经淘得狗都嫌了。

到了目的地,母亲把我安置在一处树荫下,垫上草编的蒲团,嘱咐我乖乖地坐着,不要到处乱跑,然后就自己忙去了。可是我哪里有心思乖乖坐着啊!一开始还行,因为上工的人不多,出来玩的小孩子也少,我还能捺着性子一个人坐在蒲团上安静一会儿,可一等到田畈里热闹起来,蒲团上再也找不到我的影子了。但是有一点我是清楚的:再怎么跑、再怎么玩,不能靠近烧水的大锅,那是要出人命的地方。家里父亲、母亲一再地叮嘱,我真的记下了。母亲一天要烧好几锅水,虽然不用泥里水里的忙,可也一点都不轻松。所以根本没心思顾我,只要不跑到锅台上疯,母亲也就懒得管了。男伢子嘛,哪有不淘气的?记得那天母亲忙完回家的时候,已经月上三竿了,田野里一个人也没有,只有四周如鼓的蛙鸣与头顶满天的星星。我疯了一天也累了,一个人静静地坐在蒲团上靠着树干睡着了。母亲把我唤醒,我揉了揉眼睛,看了看满天的星星,依然有些懵懂。母亲有些心疼地把我搂在了怀里,说,一文,来,我们回家。然后让我趴在她的背上,母亲的肩背虽然瘦弱却好生柔软,好生舒服啊!我的头刚一搭上母亲的肩膀,瞌睡就又来了。母亲呢?则背着我一路走一路喊着我的名字,就这样母子二人顶着星星踩踏着蛙鸣往回走。

母亲说,小伢,你长大了可买糖给妈妈喝啊?

小小的我昏昏欲睡的,根本不清楚母亲说的什么,却异常坚定地说,买!我买!买许多许多的糖给姆妈喝!

母亲无比幸福、无比开心地笑了,说,我儿子真乖!真是姆妈的好儿子……

姆妈,儿子还没有来得及买糖给您喝,您怎么就走了啊?您叫儿子怎么不想您不想大大啊?

自东向西穿过整个县城(本来要从我学校门前那条街直接穿过去的,可我不想,硬是绕道,走了另外一条街),在城西的护城河边有几排红砖青瓦的小平房,那就是县运输大队的职工宿舍。第二排最西边的那一间,就是师傅范正本的家。

屋门开着,伍爷带我过去的时候,看见一屋子都坐着人,显然是在等我们。一看到我们,师傅显得很激动,赶忙站起身来,一副如释重负的样子,声音抖抖的,连声说,来了?来了好,来了好啊!然后一边热情地让座,一边高声吩咐,如松,泡茶!如风,拿点心!又冲着伍爷说,这么早,还没有吃早饭吧?说着也不等伍爷回答,就又赶忙招呼,如风他妈,快去把煤炉子打开,煮茶叶蛋,下面条,快啊!走了许多路,肚子该饿坏了。

茶端上来了,点心也摆上了,四个白底红花的印花小瓷碟:一碟瓜子,一碟花生,一碟糖果,一碟白色的方片糕。

师傅说,伍爷,喝茶,吃点心。都是过年的年货,嘿嘿。吃,吃啊!

伍爷说,好好好,范师傅,我吃,我吃。一文,你也坐啊!来,坐过来,喝口水,过来啊!

伍爷年岁大了,一气埋着头赶了四五十里路,一路上我还气鼓鼓的,也没跟他说一句话,伍爷累坏了,早就一屁股坐到桌边,无比享受地端起茶杯喝了一口,说,嗯,好香啊!是好茶,比我们农村人那些泡茶壶的老茶叶片子不晓得香多少倍。来,一文,你坐过来,来闻闻,香不香?哈哈哈……

我却始终板着个脸,一言不发,一根木头桩子似的戳在屋子里,弄得空气都有些凝固。这时,师娘面条下好了,和那个叫如风的姐姐一起端了过来,那个叫如松的哥哥则端了一碗堆得冒尖的茶叶蛋放在桌子上。

伍爷搓着手说,哎呀,范师傅,真是太客气了呀,早上出门的时候都已经吃过了的呀……边说着边一点也不客气地拿起筷子就挑面条。我本来还想继续矜持,可肚子却一点也不争气地咕噜响了一下,真是丢死人了。

伍爷说,一文啦,来,坐过来吃吧,面条好香。嗯,这茶叶蛋卤得不错!不咸不淡,恰到好处。伍爷嘴里塞满了,说话都有些困难,可还在一个劲地说个不停。我知道,他是在缓和由于我造成的尴尬气氛。

吃好喝好之后,范师傅递过来一根纸烟,伍爷摆了摆手,从自己裤腰上扯下他的宝贝短烟袋吧嗒吧嗒地抽起来,整个客厅立时弥漫了浓浓的烟雾,那个叫如风的姐姐一阵咳嗽躲进了房间。说实话,我有些为伍爷丢脸,可同时又莫名其妙地心中升起一阵快感。伍爷全然不顾,抽足了烟,将烟袋往桌上一放,很响地喝了一口热茶,这才发现一屋子的人,除了自己和我坐在桌子旁边,所有人都站着,规规矩矩地立在各个角落。

伍爷说,哎呀,范师傅,怎么都站着啊?坐下,坐下吧,啊!哈,伍爷可真会反客为主,一点不拿自己当外人。

好,好,好,不要紧的,家里人站站,没事的,呵,没事的。

范师傅,你这话说得就那个什么了,叫好说不好听。他们是家里人,我和一文是外人,是不是?范师傅,今天我把话搁在这儿,一文进了你家的门,从今往后,那也就是你们家人了!你要是不拿他当家里人看待,呵呵,我们可就不好说了,别总拿乡下人不当一回事!

哪里哪里,伍爷,看你老这话说得,我既然叫一文过来,就一定拿一文当自己家人。不仅一文,他两个妹妹都一样,从今往后,都是一家人了。伍爷,说得再多,没有用,我也没什么可说的。日久见人心,你老看以后。说着招呼家人,说,来,都过来,彼此认识认识。喏,这是伍爷,一文他们村的队长,这就是一文。然后又指着师娘说,这是我老伴,这是大儿子如松,如松老婆美萍,这是小儿子如钟。回头朝房间里喊,如风,如风,出来!如风答应着出来了,师傅指着她说,我女儿如风。一家人都在,就为等你们。大儿子如松和他老婆都在柴油机厂上班,女儿如风在纺织厂上班,小儿子如钟,今年高中二年级,就要高中毕业了,老伴在国营饭店做早点。伍爷,这就是我们一家人的情况。

嗯,伍爷说,范师傅,不错,一家六口人,只有一个吃闲饭的,日子还过得去。伢也不多,才三个,加上一文他们兄妹三个,也才六个,不算多,很正常。我家还七个呢,三儿四女。虽说日子苦点,不也都熬过来了吗?

伍爷,你老放心,只要一文心里不别扭,我保证我们会过得像一家人一样的。以后,一文他们兄妹三个,读书也好,工作也好,成家也好,我都会为他们操心的,像自己的孩子一样。

范师傅,不要多说了,你,我信得过。如果信不过你,我也不会把一文送过来。说句实在话,一文大大、姆妈走了,我们全村都是他们兄妹三个的家人,我们也不会让他们受苦受委屈的。说一千道一万,还不是巴望一文他们过得更好一些吗？唉，范师傅啊，一文可是我们村里的秀才啊！要不是出了这么档子事，那两年后一文考个状元什么的，可是不在话下哦！这话就不说了，我跟一文讲，一个人一个命，你小子或许命中注定就不是什么文曲星下凡，就是一个白丁的命，怎么办呢？只有认命！毛主席他老人家都说了，允许别人犯错误，也允许别人改正错误嘛！毛主席他老人家怎么说，我们自然该怎么做不是？一文呢，心里别扭，也很正常。人嘛，都是有血有肉有感情的不是？他大大、姆妈多好的两个人啦，还那么年轻，就那么走了，搁哪个，哪个都受不了，是不是？看见范师傅一家人脸上都有些挂不住，伍爷赶紧把话刹住，可话又说回来，受不了也得受，是不是？一文啦，你既然来了，从今往后，你就得一心一意跟着范师傅，再大的委屈你都给我搁在心里头烂掉。这人生在世，哪个能那么顺汤顺水地活着？哪个不是三灾六难地磨着？老天爷他就是这么养活人的，有什么法子呢？至于一心和莲曦，你就放心好了，有我有你伍娘，还有一个村千把号子人，亏不了她俩，你就放一百二十四个心吧，啊！范师傅，今天这事可就这么说定了，往后一文他们兄妹可就指望你了。

伍爷，你老放心回去。一心、莲曦，麻烦你们暂时照顾一下，等她俩今年初中毕业了，我再来安排。不管念到哪儿，只要她们愿意念，都只管念下去。伍爷，我范正本今天要是有一句假话，你老就带领全村人来抄我的家，我保证屁都不会放一个！

哎呀，哎呀，范师傅，你看这话说得！我不是说了吗？你，范师傅，我信得过！我都黄土埋到脖颈子的人了，看个人还能看不准？好了，好了，闲话少说，我回去了，队里还有一堆事呢。一文今天就交给你们了，我走了。

哎呀，伍爷，吃了中饭再走嘛！范师傅挽留。

是啊，是啊，吃个饭再走嘛！师娘也跟着说，菜都买好了。

不吃了，不吃了，刚才吃得那样饱，能管今天一天了，嘿嘿。我走了，不送，不送，呵呵呵。

说真的，伍爷一直给我的印象都是闷闷的，基本上没怎么听他说过话，所以从来没想到原来口才这么好，能说得很，比说书的嘴皮子还溜。那天，我坚持送伍爷出城，跟在伍爷身后，想起我曾经往他们家的屋顶上砸石头。

为了报复他们家,想方设法捉弄他们家小儿子伍孬子。更缺德的是我曾害得伍爷差点残废了一条腿。那一回逗伍孬子骑牛过江,伍孬子差点送命,父亲把我绑在树上揍了个臭死,我便把这仇记在了伍爷身上,就想着要报复这个老不死的一下。伍爷早起有一个习惯,就是如厕拉屎。我们那里管厕所都是叫"蹲缸"的,大都靠着正屋搭一个简易的小矮屋,地底下埋一口大缸,大缸上面搭两片木板做踏脚,一个厕所就做成了。上厕所时,朝那两只木板上一蹲就完事。有的人家缸大得要命,埋得还不深,人踏上去,颤颤巍巍的,提心吊胆得厉害。伍爷家的厕所就是那样的。人口多,所以厕所里的缸更是大得出奇,埋得还不深,人得扶着墙才能上得去。伍爷早上因为要喊人上工,所以总是起得很早,每天早上也总是他第一个上厕所,隔半里路都能听见伍爷无比夸张地咳嗽吐痰,哗哩哗啦地上厕所,搞得惊天动地的,一蹲还好半天。为了报那一顿打之仇,我脑壳都想疼了,终于想出了一个绝妙的法子来治那个老东西。

一天,趁村里的大人都出工的时候,我偷偷溜进伍爷家的厕所,摸出早就准备好的钢锯条,将"蹲缸"上的那两片踏板拿下来,用小钢锯条一点一点地锯它们的反面,却又不完全锯断,然后再将它们原封不动地放在"蹲缸"上,看上去就跟原来一样。我偷偷地边干边笑,还一边想象着明天早上那精彩绝伦的一幕,心里真是乐开了花……

晚上我根本不敢睡得太死,生怕早上睡过了头,错过了一场前无古人,后无来者的绝好场景。果然,第二天,天还没有大亮,伍爷就起来了,一如往日大声咳嗽,大口吐痰,脚步沉重迟缓,拎着那种裤腰大得出奇的裤子去如厕。我躲在西边北屋我的小房间里,趴在小得出奇的窗户上朝外看着,尽管我并不能看见伍爷的身影,可一切都已经听进了我的心里,所以心情说不出的激动与紧张,焦急万分而又万分兴奋地等着那惊心动魄的一刻到来。啊!终于我听到了一声无比惨烈的叫声,伍爷苍老的叫声声震寰宇更叫人毛骨悚然!我立时惊惧不已,忽然浑身筛糠似的抖起来,哆哆嗦嗦地又爬回床上,贴着墙壁缩成一团。一开始的激动与愉悦全都在伍爷的那一声惨叫里遁逃无影,只有无边的沮丧与恐慌紧紧裹挟着我一颗稚嫩的心。

那天早上,伍爷不仅整个人掉进大屎缸里,弄了一身的臭之外,还摔折了腿。俗话说,伤筋动骨一百天,伍爷愣是在家里躺了好几个月。当然伍娘的恶骂与毒咒就像山歌似的也整天挂在她的嘴边唱了好几个月。无论是出工还是干家务活,一刻也不曾停歇。每一次咒骂都朝着我们家的方向。虽然没有明说,但彼此之间都心照不宣,孬子都能想得到整个村子除了一文这个害鬼,没有人能做得出这么缺德带冒烟的事。父亲、母亲也都被我气得哼哼的,却也不敢怎么吱声,总不能家打自己招吧? 直到伍爷腿好之前的那些日子里,我们一家无不惶惶不可终日,度日如年。父亲有时十分无奈地看着我,那眼神仿佛在说:这真是他妈我的儿子吗?

伍爷已经走出很远,可我依然看着他的背影不忍离去。想起那些个林林总总的荒唐事,不禁心里酸酸的,真他妈想大哭一场! 说真的,许多时候,父亲和母亲突然间双双离去,我都以为是我做的缺德事太多了,报应在了父母身上。唉!

伍爷,一心和莲曦可就麻烦您老多照顾了! 冲着伍爷的背影我高声喊了一句,伍爷头也没回,只背朝着我挥了挥手。我的眼睛一下子湿了。

那天晚上伍爷苦口婆心说了大半夜,我都不愿意开口答应。最后,一心从灶后头走出来,说,哥,你去吧! 伍爷说得对,这是件好事。别人家摊都摊不上的好事,哥哥做么事还不去呢? 跟着范师傅学开车子,三年以后就能做城里人了,么事不愿意呢? 我晓得哥哥是担心我跟莲曦。大大、姆妈不在了,哥哥就是顶梁柱,你再一走,家里可不就空了,塌了吗? 可是哥,你真的不用担心那么多! 其实,我早就不想念书了。伍爷说得一点不错,一个女伢念那么多书有么用哉? 还怕日后人家灶台倒了不成? 哥,我想好了,你去学车。我呢? 书不念了,回来做事。书,莲曦一个人念就行了,她成绩那么好,歇了也可惜。这样不是很好吗? 哥,你就放心吧,家里有我,保证家里鸡啊猪的还和大大、姆妈在的时候一样养得好,莲曦放学回家有饭吃,你回来,家里不锅冷灶冷的。哥,你就听伍爷的,去城里吧! 多好的事啊,人家想都想不到的呢!

一心一番话把我说呆了,平常看上去蔫蔫的,竟然这么大主意。不行! 我脱口说,你和莲曦都必须念书! 否则,我怎么对得起大大、姆妈?

怎么不行？我看行！伍爷一拍烟袋锅子说，一心的主意非常不错！

可她还那么小，怎么对付得了那么多的重活、粗活啊？

小么子小啊？农村里的女伢子，哪个不是十三四岁就得做饭干活了？这是新社会，要是搁在解放前，一心这么大，都该操心婆家了。我看，就这么办着……

哥哥，我也不念书了，回来帮姐姐做事！莲曦也挤过来说。

你……还没等我话音出口，伍爷抢着出声了：如果你俩都回来，那是再好不过了。不过，莲曦啊，你也就不要凑这个热闹了！一心一个人回来，你哥都不答应，你还跟着瞎起哄，他不是更不答应吗？就这么定了，开年之后，一文去城里学开车；一心，回家做事；莲曦念书。一心啦，你就辛苦啦！唉，可怜的伢……

伍爷也不容我们再说什么就自顾抓着烟袋锅往外走了，临到门口，又想起什么似的，可想说又没说，就又摇摇头拉开门出去了。响亮的脚步声与极其夸张的咳嗽声一齐消失在黑暗中。

真就这么定了吗？看着文文弱弱的一心，我心里真是酸楚难耐。八个月的时候，姆妈抱回了莲曦，从此姆妈一个人的奶供两个伢吃，莲曦食量大，常常一心饿得哇哇直哭。没法子，姆妈只得磨些米糊喂一心，奶留着供莲曦一个人。只喝了八个月奶的一心，发育明显没有一般女孩子好，文弱一些也矮小一些。虽说比莲曦大了八个月，可个头就是比莲曦矮一截。后来大了，一心一直充当着莲曦小保姆的角色，无论到哪儿，永远都看见一心牵着莲曦的手，一心就像是莲曦的影子一样。即使后来一心上学念书了，也是带着莲曦一起，所以姐妹俩一个年级。而莲曦呢，因为一直比较得大大、姆妈，尤其是大大的宠，所以总有些强横霸道。不仅理所当然地享受着一心的照顾，还时不时地明里暗里地偷偷欺负她，一心却投诉无门。姆妈总是说，你是姐姐，当然得让着妹妹啊！如今，姐姐为了妹妹，直接让回家了。唉，一心这个姐姐当的啊！

可是，一心她真的能行吗？一心啊一心，哥哥对不起你呀！

直到一个月之后回家，我的心才稍稍放下了一些。

进城一个多月了，我还没回过一趟家。那天早上师傅一早起来，上街割了两斤肉，又买了两包点心。早饭之后，师傅对我说，一文，你出来也有一个多月了，我知道你担心家里的两个妹妹，今天车队里没什么事，你就回趟家看看。喏，顺便把这个带上。说着递给我肉和点心。

我冲冲地说，我不要！这么些日子，我一直很少说话，但凡非说不可了，也一直是这样冲冲的语气。我知道他们其实心里挺膈应，可都装出一副不在意的样子。哼，你们在意又怎么样？莫非我还怕了你们不成？我一直在心里这样对自己说。

师娘声音柔柔地说，一文，你就拿着吧，这是你师傅一大早为你准备的。其实你师傅早就想让你回家看看了，可一直没弄到肉票。这不，昨天你师傅的徒弟不知道从哪里给弄来两斤肉票。一文，带上吧，两个妹妹在家里不知道饥荒成什么样了。你一个多月没回去，总不能空着两只手吧？师娘似乎永远这样声音柔柔的样子，我就没有见过她大声说过话，所以唯有对师娘我的冲劲会有所收敛。我没有拒绝，接过师娘递过来的东西。

是啊！可不是好长时间了吗？记得我走的时候，天还冷得很，现在不知道什么时候，护城河边的柳树都已经抽条打苞了。是啊，春天早都到了。五九六九，河边看柳，现在都末九了。九九八十一，犁耙家伙都请出，乡里面该忙活了。

一出城，我的心顿时鲜活欢快起来。天知道这一个多月，我有多煎熬！简直比一年还要漫长！三十多里山路，本来需要将近三个小时的时间，可那天，我脚底生风，几乎一路小跑，只用了两个小时多一点就到了。出了最后一个山嘴，爬上高高的大堤，江风裹着一阵阵熟悉的油菜与冬小麦的特有香味呼地一下迎面朝我扑来，大汗淋漓的我，被吹得猛地一激灵，精神顿时为之一振。看见绿树环绕的村庄与一马平川的庄稼地，我的眼睛红了。我并非第一次离家，可心情从未如此激动过。

快到屋后了，远远地就看见我家屋顶上的烟囱里正往外冒烟。啊？太好了！一心在家！这个点，队里应该还没有收工才对，看来今天收工早，真是太好了！

我无比急迫又无比兴奋地俯冲下大堤，推开屋后的篱笆门，隔老远就喊，一心，一心，我回来了！可是并不见一心出来。等我进了厨房的门，看见正在灶上忙碌的不是一心，而是隔壁的五保王奶奶。

王奶奶被我的突然出现吓了一大跳，等看清是我，也高兴起来，说，啊，是一文啦，你回来了啊！一心和莲曦不知道该有多高兴呢！

我则更是被王奶奶吓了一大跳，王奶奶，怎么是你啊？我见烟囱冒烟，还以为是一心在烧饭呢……

嗟，一文啦，你才做几天城里人就忘记乡里的事了啵？这个时候，哪里就收工了呢？起码还要个把时辰。伍爷你还不晓得吗？总要把人累到卸甲丢盔才放你回家的。

我去换她回来。我赶忙放下东西，就准备出门。

算了，今天好像是去盆格圩。那么远，等你跑到了，大概也该歇工了，你撵着去有什么意思哉？跑了这么远的路，你也累了，坐下歇歇吧！等会饭就好了，一心回来就开饭，啊！

哦，我答应着，心里却一个劲地嘀咕，这是我隔壁的那个王奶奶吗？从小到大，我什么时候见过王奶奶这么和颜悦色地和人说过话啊？再说了，王奶奶怎么可能会帮别人呢？一直以来的印象里，向来都是别人帮王奶奶她还不领情的呀！

王奶奶开始守寡的时候才不过三十刚出头年纪。虽然很年轻，可也已经是三个孩子的妈妈了：最大的是女儿，已经七八岁了，能帮着她母亲带孩子烧饭了；老二是儿子，比姐姐小三岁，也已经活蹦乱跳能打酱油了；最小的也是男伢。那一年，王奶奶最小的儿子出世的时候是冬天，苦寒苦寒的冷。王奶奶坐月子，也没什么东西吃，猫在床上，娘儿俩都只一个饿。王奶奶的丈夫看着老婆、小伢饿得可怜，就去江里摸鱼。冬天，江水枯，江面浅，王家爹爹坐在一只小腰盆上在江里用叉子叉鱼，不小心，腰盆翻了，掉进江里，偏偏掉下去的地方是个涡子，不晓得有多深。王家爹爹掉下去后，喊都没喊一声，就不见了踪影。母亲后来说一定是碰上水淹鬼，着急投胎，拉了王家爹爹垫背了，要不然，怎么那么快就没了呢？喊都没听喊一声。其实，就算是喊了，又有谁能听见呢？大冬天的，哪个去江里打鱼呢？反正那天王奶奶在家白天等到黑，也没看见丈夫回来。只好哆哆嗦嗦地爬起来，央了邻居帮着去江边寻。结果回来的人只驮回了那只腰盆，被水冲到了岸边。王奶奶着急伤心，也没什么心思照看月子里的伢，再加上悲伤过度，一滴奶都没有，可怜月子里的小毛伢就那么活活地饿死了。

从此王奶奶只能一个妇人带着两个孩子艰难度日了。跑鬼子反那一年，王奶奶带着两个伢往山里跑，结果和大女儿跑散了，不晓得是死了还是跑到哪里去了，反正是活不见人死不见尸地消失了。后来鬼子打跑了，王奶奶就带着唯一的一个儿子，沿着长江一路要饭回到了原来的家。家虽然已经破败不堪，可总有个落脚的地方，也算安心。王奶奶打算就守着这个儿子过一辈子。也不知道王奶奶究竟是前世作了什么孽，老天爷竟那么看她不顺眼，夺走了她的丈夫、女儿、小儿子还不满足，又惦记上了这唯一的儿子。那伢在她们辛辛苦苦回到家乡的第二年冬天，染上了伤寒，烧了冷，冷了烧，折腾了半拉月，瘦得一把骨头，最后还是死了。老天爷如此残忍，竟然连最后一点希望也给她掐灭掉。王奶奶于是在儿子死后的第三天，在家里悬梁，准备一索吊死算了。恰好，那天有邻居去她家串门，看见她悬在门框上，赶紧喊人把她放了下来，幸好及时，捡回一条命。

那以后，王奶奶一直一个人过，日子过得说不出的凄惶。也曾有人劝她再找一家，可她不愿意。她的心死了，性格也变得格外古怪，与哪个都格格不入。等到我出世那一年，王奶奶已经快六十，早都被队里五保多年了。

王奶奶可能是天底下最古怪的老人了。

因为是五保户，所以她的一切吃穿用度都是队里集体担待着，她只要坐在家里吃饭、睡觉就行了。譬如队里分口粮什么的，大都是村里人给她称好了送到家。按理她根本就不需要到分粮现场的，可是她不放心，生怕队里会克扣她的粮食，每一次都亲自到场。也难为她一个花甲老人，还是小脚，挂根拐杖，一颠一颠地跑那么远的路，到村子里的公共打谷场，看着人家分粮。轮到称她口粮的时候，她总要颠着小脚站到大秤前面，眯着眼仔细地瞅上面的秤星，看是否缺斤少两。村里人大都看不惯她。她常常央了村子里的小伢给她干活，譬如将她分得的东西拿回家什么的，然而她又像防贼似的不放心所有人。譬如队里分山芋了，她一定先将分得的山芋数一遍，等村里的小伢帮她抬回家之后,再数一遍,如果数目对了,那些孩子才能走,否则,一定要他们各自回家讨一个回来补偿她。再则最经常的就是帮她去七八里路外的公社合作社买火柴,买盐,打酱油,打煤油等一些生活必需品。一般酱油,煤油什么的,看瓶子就知道是多是少,可买回来的盐就不行了,一眼看不出来,怎么办?她有一把非常精细的小秤,必定要用这把她自己的小秤再称一遍才能放心。最可笑的是,火柴买回来之后,她常常会将火柴盒里的火柴全都倒出来,一根一根地数一遍,看看每一次数目可都是一样,唯恐有哪个小伢偷了她的火柴回家。虽然大家都说一盒火柴一般一百根,可是,哪里有那么刚好,每盒火柴里的数目都一样呢?或许有时候九十九,有时候只有九十八,说不定有时候一百零一,也有可能,所以偶尔免不了会与邻人有些小疙瘩小气恼。可大家看她是孤老婆子,一贯就是那么个脾性,也都不与她计较。再有需要叫人家小伢帮忙的事,虽然大人们有些个不乐意,可也没有哪个真拦着自家孩子不让去。乡里人毕竟淳朴。

这样的一个老人吃集体用集体的,集体养着她,还那么刁钻,有哪个会喜欢她呢?只要一提起她,没有不摇头的。轮到伍爷当队长的时候,村子里仍然少不了有在伍爷面前风言风语的人,伍爷就说,那你跟我讲有什么用处哉?总不能叫我一棍子把她打死吧?一句话噎得人哑了口。

打我记事起,我感觉整个村子只有我父母对她还算客气。我姆妈常说,远亲不如近邻。可我们家根本就没有什么远亲。我们家世代单传,已经十几代了。不仅男丁少,就连女丁也少得可怜。到我父亲这一代,我奶奶虽然生养了很多,可结果只活下来父亲与一个大他十岁的姐姐。可就这么个姐姐也在婚后第二年死于产后风,年纪只有二十二岁。我姑姑死的时候,我父亲还没有成年。所以,我父亲和母亲总是活得非常谦和、容忍,从不与人交恶,因为在他们的社会关系中,从来都只有近邻。

由于是紧隔壁,所以王奶奶的菜园地和我们家菜园地也分在了一起。每年我父母无论种菜还是浇菜的时候,总是捎带脚地将她的那点菜种上、浇上,可到最后,也没听她说声好。感觉为她干活是应该的,还咸一句淡一句地说些让人听了不舒服的话。

例如夏菜上市的时候,她会说,耶!一文姆妈,怎么你们家的辣椒、茄子、黄瓜都比我家结得多还大啊？豆角也是你家结得密呢！唉，老话说：庄稼一枝花，全靠肥当家，这菜没有肥不照哦！

我母亲听了不高兴，说，王奶奶啊，天地良心呢！哪次浇粪、浇水他大大不是从你家先开始的啊？怎么讲没浇过呢？

哦哦，浇过了哈！我就这么讲讲喽。唉，人跟人比得死哦，我做人做不到人前头去，这菜都长不过人家。一文姆妈，不是我瞎讲咯，我这茄子、辣椒就是结得没有你们家的好嘛！

冬菜的时候，她也会说她家的白菜、萝卜没有我们家的大等等，反正她总是有话说。气得我母亲常常发狠说，往后不管她家菜园子了。

父亲总是宽厚地笑笑说，她一个无儿无女的孤老奶奶，可怜的人，你跟她计较么东西哉？她也就是讲讲而已，你莫听她的就是了。隔壁邻居的，难不成你忍心让一个孤老人吃寡饭啊？就这样，王奶奶年年讲这讲那的，我大大、姆妈还是照样照顾她的菜园子。

就这样一个刁钻古怪的老奶奶会对别人好？帮我们家烧饭吗？

可事实就是这样。

无论伍爷说得多么大义凛然、掷地有声，可事实上怎么可能事无巨细地关照到呢？地里农活那么忙，家里事也堆成个山，一心、莲曦能在他们家吃上一口热饭，喝上一口热汤就已经是仁至义尽了。可怜一心，不过十四岁的小女伢，哪里照顾得过来家里家外那么多事啊！天天早上都赶在伍爷的哨子响起之前就要起床，一般天都还没有亮。先把莲曦的早饭做好，然后开始洗衣服、扫地、抹桌椅，等一切拾掇完之后，和大家一起出工。因为人小，伍爷虽只派她做一些轻巧的手边活，可也要和大人们一天到晚地熬着啊！早上收工回来后，别的人一到家就热饭端上了桌，可一心还要喂猪、喂鸡，忙完之后再匆匆忙忙地扒一口莲曦剩下的冷饭，再又和大家一起上工。中午回来依然要喂完鸡猪之后，才能开始烧点吃的，再出下午工。多数时候伍娘都会隔着厨房的窗户喊，一心，来，过来这边吃饭啦！一心大多不肯，伍爷就骂，你伍娘叫你过来，你就过来，不就添双筷子多个碗的事吗？做么事不肯哉？你这丫头就是犟！跟你讲，十个犟人九个吃亏！来，过来，有现成的做么事不吃噻？一心被伍爷一通数落，才期期艾艾地过去，基本上不敢在桌上揌菜，只匆匆忙忙地扒一口白饭完事。有时候伍娘会把她的碗夺过来，把菜揌进碗里再给她。饭吃好以后，一心总是抢着替伍娘洗碗。下午基本收工都很迟，太阳不下山，不可能允许回家的。农活不太忙的时候，通常妇女们会早一点回去做饭，男劳力、铁姑娘都必须要挨到队长吹收工哨子。一心虽是铁姑娘，可也获准提前回去烧饭、喂猪，关心鸡上鸡埘、鸭回鸭窝。莲曦回来后姐妹二人一起吃饭，而后莲曦灯下做作业，而一心则开始要做针线活了。大大、姆妈在的时候，一直都念书，针线活也没怎么学过，还是上工中间歇息的时候，向别人讨教来的。所以做得很辛苦，常常要熬到莲曦都睡了，她还在一个人摸索鼓捣。才不过一个多月，一心明显黑瘦了许多。

唉，我这个哥哥当的！

王奶奶就是看到一心一个小女伢家家的，太累了，才主动过来帮忙。先是帮一心喂喂猪呀鸡什么的，后来又对一心说，一心啦，你要是放心王奶奶，你出工的时候就莫要锁门了，我呢，替你烧口热饭热菜，可好？

一心大喜过望地说，王奶奶，您这是说哪里话来？我对您有什么不放心的哉？只是我哪好意思麻烦您老啊？您这么大岁数了，能帮我喂喂猪，我就已经感激不尽了，哪里还敢麻烦您老帮我做饭咯！快莫讲了，我一个人行。

你照么东西哉？你也不照照镜子，你看你才几天工夫，又黑又瘦了，还逞什么能噻？你要是看不起我孤老奶奶就算着，我就不管你。你要是真怕累着我了，就莫要担这个心。我虽然七十多了，可烧一两个人的饭还差不多，可好哉？

王奶奶您看您说的！我就是怕累着王奶奶了，不好意思的，哪里有什么看得上看不上的事哉？

那既然你这么想，从明天起，我来给你烧饭，你莫嫌弃奶奶烧得不好吃就行了。

怎么可能啊？奶奶！

那以后，王奶奶天天过来烧饭，先是只烧不吃，后来就一起烧一起吃，再后来，干脆搬这边住了。一心说晚上两个小女伢睡觉害怕得很，不如奶奶搬过来陪她俩,给她俩壮壮胆。王奶奶当真一把锁锁了自己的两间茅草屋,搬过来了。起先,三个人一起挤在一张床上睡,后来,一心说莲曦晚上要做作业,太晚了影响王奶奶睡觉,就让莲曦一个人睡我原来的那个房间。那哥哥回来住哪? 莲曦问。

住大大、姆妈那间屋呗。一心说。

一文啦,这世间的事情啊,是哪个都预想不到的。王奶奶说,想想我一个人孤苦伶仃地过了几十年,以为就这么到死了。哪个晓得到临死了,还能有一心、莲曦两个伢拿我当奶奶看呢? 不嫌弃我,愿意跟我一个孤老奶奶一个床上睡觉,一个桌子吃饭。多好的两个伢啊! 一心,姐姐就有个姐姐的样,事事都替妹妹着想,无论什么时候,即使自己再忙再累,家务活也不要妹妹插手,只要莲曦一门心思念书。莲曦这个妹妹做得也没的说! 哪天下午放学不带一篮子猪菜回家? 书又念得好,说不定日后还能是个女状元呢! 姐妹俩你帮我、我帮你,生怕给你这个哥哥添一点点麻烦,不能安心在城里学车。唉,我原是觉得我也不晓得上辈子作了什么孽,这辈子老天爷这么罚我,收走了我的男人,还收走了我三个儿女,害我孤苦伶仃一辈子。现在看来,嘿,我不晓得是我哪辈子积了一点德了,修来这最后的一点福分呢,还是老天爷看不过眼了,让我临死前能遇上这么好的两个伢,也过几天人过的日子。往后啊,我就是死了,两只眼睛啊,也闭得紧紧的,再没有什么遗憾咯!

其实王奶奶的厨艺很好,菜烧得很好吃。虽然只是一两个素菜,但看上去清丝丝的,清爽得很。那天,王奶奶把我带回去的肉配上地里拔的萝卜,用家里晒的豆瓣酱,烧了一大盆萝卜烧肉。一心没忘记盛了一大碗给伍娘那边端过去,然后四个人无比享受地吃了一顿。王奶奶只吃了几块萝卜,舀了一点汤汁拌在饭里,肉一块都没有吃。

一心说,奶奶吃肉啊!

王奶奶说,我老了,还是吃点素的好,荤的吃了消化不掉。你们吃。

我知道她是舍不得吃。我也只吃了几块萝卜,肉一块都没有吃。一心太累了,自然要补。莲曦念书伤脑子,也要补。

莲曦说,哥,你怎么不吃肉啊?

我说,我在城里,不说天天有肉吃,隔三岔五地就能吃上一顿,你们吃!

一心,明天我不回城里,你在家里歇一天,帮奶奶烧饭,让奶奶也歇歇,我代你去上工。晚上吃过晚饭后,莲曦去房里做作业了,我、一心、王奶奶三个人堂屋里坐着聊天,我说。

不要的,哥,你好不容易回来一回,还是你在家歇着,我已经做习惯了,没什么大不了的。又有奶奶帮着,已经不感觉累了,你不用担心。一心说。

明天谁也歇不了哦!王奶奶说,一心还是去上工,一文呢,你跟奶奶去把菜地整一整,该挖的挖,该种的也要种上了。

那就还是一心在家里整菜地,我出去上工……

呵呵,一文,你以为整菜地就那么轻松啦,才不是呢!你又不是不知道。一心太小了,没力气,不行,还是得你来。

要不这样,明天我和伍爷说一声,先去上工,回头下午再整理菜地。一下午的时间,应该差不多吧?奶奶,我不能让村子里人说我还没有在城里待几天,就把自己当城里人,不想干农活了。再怎么样,整理自家菜地也是私活,总不能撂下地里的活儿不干,先干自己的私活吧?王奶奶没有再说什么,算是默许了。

第二天伍爷的哨子还没有吹响,我就起来了,我不能让村里人说我的闲话。伍爷很高兴说,哎,是一文!不错,还没有忘本。

伍爷看您说的,我哪里有什么资格忘本啊!说得我都有些不好意思了。

伍娘说,哟,一文,长高了呢,也斯文了。城里人就是不一样啊……

伍娘,说什么笑?我哪里是什么城里人嘛!

今天不是,明天可不就是了吗?伍娘笑眯眯地看着我,眼睛里都是欣赏与慈爱。记忆里,伍娘从没有用这样的眼神看过我,看得我更不好意思了。

伍爷说,怎么?你这是要上工吗?我笑着点点头。

伍爷说,你难得回来,就不要出工了,还是把你们家的菜园子收拾收拾,你看都荒成什么样子了!还是个有人家的菜园子吗?

这,伍爷,这合适吗?

有什么不合适的呀!你现在已经不是乡里人了,出不出工哪个也不敢龇个牙,你就安安心心把菜园子收拾好就是了。说着伍爷的哨子嘟嘟地尖声响起来。吹哨子的伍爷可真潇洒啊!从前,我一直非常羡慕伍爷的哨子,更不如说是嫉妒。一个小小的铁皮做的哨子,放在裤子口袋里,哪个都不知道他什么时候会伸手摸出来吹。不管你在做什么,可只要哨子一响,你都得放下。哨子就是命令。那种威风可是无法形容的。那时候,我最希望得到的东西就是一只像伍爷一样的哨子。

城里真是不知道季节的变换。还是昨天出城的时候看见护城河边的柳树打苞,才感觉到春天已经到了。可是在乡间,新河两边的柳树早已经长出新叶片,真正柳丝飘拂了。小草也已经一派生机勃勃。地里的油菜都长得一人高,一场雨之后,菜花就该黄了。当城里人还在冬的茧壳里瑟瑟的时候,春天,早已在这片我无比熟悉的土地上阔步前行了。走在田间的小路上,踩踏着松软的泥土,感受着春风的吹拂,呼吸着带有植物芬芳的阵阵清香,我的心里不禁暖流涌动,一种无法抑制的激动在我心中荡漾。此时此刻,我感觉我是多么热爱这片生我养我的土地啊!

在我们乡间有一种普遍的认同感,就是哪家的菜园子种得好,就表示哪家的人勤快,那家的女人会过日子。一直以来,我们家的菜园子都是村里人称羡的目标。姆妈种的南瓜足有磨盘那么大,冬瓜大到要两个人抬,其他的无论种些什么,白菜、萝卜、黄瓜、豆角、茄子、辣椒,没有哪一样不长得生机一片。如果不是菜种得好,怎么可能有菜去卖呢?又怎么可能……

可如今我们家的菜园子却是如此萧条,不晓得大大、姆妈在天上有没有看到?不晓得心里会不会难受?菜园子里杂草丛生,几棵莴笋拖着黄叶子瘦精精地立在割了半畦的地里,几棵没拔尽的萝卜黄不拉叽地耷拉着叶子在地里趴着,大包菜的叶子已经黄到发白甚至透明了,蒜该抽薹了,记得小时候,这个季节特别喜欢做的一件事就是清晨踏着露水去菜园子里抽蒜薹,抽蒜薹必须趁露水还没有消失的时候抽才不容易断。薄雾弥漫的清晨,雾气在水面上飘荡,仿佛仙女的白纱般美丽轻盈。那样的清晨,听蒜薹嗒的一声轻轻断裂,那声音是如此美妙又如此令人陶醉,可眼下园子里的蒜根本就没有抽薹,叶子软嗒嗒地拖着,唉!韭菜花开得一片雪白(记得有一回姆妈从城里卖菜回来对大大说,城里人真是怪可怜的,连韭菜花都吃呢! 怎么可能? 吃韭菜花吗? 那东西猪都不吃的啊? 可不是嘛! 可人家城里人就是吃啊,我明明见着有人卖有人买的嘛……于是两个人都有些奇怪又有些同情的样子看自己地里长得青扑扑、油汪汪、韭菜花摘得干干净净的韭菜,心里说不出的欣慰);更招人眼的是芫荽,已然长得老高,一样开满了细碎的白色小花。啊,芫荽! 我的心突然一阵酸痛。

家里原是只有姆妈一个人喜欢吃芫荽。大大和我们兄妹仁都不吃,都怕那种刺鼻的味道。姆妈称之为香味,大大则称之为臭味的味道,我们都怕得不得了。所以每年父亲只留很小的半畦地给母亲种芫荽,供母亲一人享用。记得有一年冬天,吃芫荽的季节,一天晚饭时候,村子里有一户人家不知道为什么打架了,一个村子的人都端着饭碗跑到那家门口去围看,我们家自然也不例外。那天晚上桌上只有两碗菜:一碗炒白菜,一碗炒芫荽。本来芫荽放在里面,白菜放在外面。莲曦那个小促狭鬼,她时常会想些坏点子害我和一心。那天晚上她跑回家盛第二碗饭,搛菜的时候发现家里人都出去看热闹了,于是就坏坏地将两碗菜换了个个儿:白菜放在里面,芫荽放在外面,然后人家的热闹也不去看了,躲在门背后准备看自家的热闹。本来她是要害我和一心的,谁知恰好那么巧,父亲先回来盛饭,搛菜的时候,他看(冬天的时候,怕浪费煤油,乡里人一般很晚才点灯,像这种在外面看热闹的时候,更是不可能点灯的。姆妈说,未必饭还会吃进鼻子眼里去啊!)也不看(不过黑灯瞎火的,看也看不清。),就把筷子伸向外面本来是白菜的那只碗,狠狠地搛了一大筷子菜就走,边走边匆匆忙忙地送了一筷子菜到嘴里。还未咀嚼,父亲就哇的一声将满嘴的菜和饭喷了出来,转身愤怒地将刚盛的一碗饭倒进了猪食桶里,舀了碗热水山呼海啸一般地漱嘴巴。随后也不出去看什么热闹了,气哼哼地坐在桌前生气。我恰好这个时候第一碗饭吃完了,也急匆匆地回家准备盛第二碗,刚进家门,就听见父亲一声怒喝:你给我过来!

我吓得一激灵,不知道出了什么事,磨磨蹭蹭地往桌前挨。快到桌前的时候,父亲伸手一把将我叉过来,指着桌上的两碗菜说,是不是你换的?

我丈二和尚摸不着头脑,吓得快哭出来了,说,换什么换?

父亲二话没说，照着我的头上就是一巴掌，换了还不承认！不是你，还有哪个？啊？

我哇的一声哭起来，说，我换什么了嘛！

这时姆妈和一心也回来了，估计热闹也差不多了，看见家里正热闹不已，赶紧问怎么回事。父亲依然气呼呼地叙述了一遍，母亲说，你也真是的！吃一口芫荽怎么了？要死啊？值得你动这么大肝火？

这时候莲曦从门背后走出来，也哇的一声哭起来。姆妈说，你哭个么东西哉？又没有哪个打你。

莲曦哭得更上劲了，说，大大，姆妈，不是哥哥，是我换的。呜呜呜……

姆妈看见莲曦那副样子，一下子笑起来，说，就那么针鼻子大点的小胆，竟然也还学着害人！

父亲一听是莲曦，马上转怒为喜，说，是莲曦啊！耶，你也晓得做这样的事了啊？

我气坏了，嚷着说，大大就是偏心！凭什么莲曦换的就不要紧，我没换还要挨打啊？

偏心怎么了？父亲脸一板说，你还翻得了天啦？

大大、姆妈，你们不在，菜地荒成什么样子了！可你们都在哪儿呢？

昨天晚上，一心让我睡大大、姆妈的房间，可是我却连门都不敢进。

自打大大、姆妈走了以后，他俩的这间屋子就一直空着，里面的一切摆设都一如从前父母在世时一样。平常除了要找一些必要的东西，才打开这扇门之外，我们兄妹三人谁都不会轻易无缘无故进这间屋。这里面有太多大大、姆妈的气息与影子，生怕一不小心闯进来，打扰了他们。昨天晚上我不知一个人在黑漆漆的堂屋坐了多久，才终于鼓起勇气推开了那扇木门。门吱吱扭扭的声音把我吓了一大跳，生怕惊醒了正在熟睡的父母，打扰了他们的梦境。一个木头条桌靠窗放着，窗上挂着蓝底百花的碎花窗帘，半开半掩，大大、姆妈走的那天，窗帘就这样半开半掩着的，一直到今天，依然原样。桌子的一头码着几只木箱，那只箱底四角包着铜皮的是姆妈的陪嫁，那只漆了鲜艳红漆的是一心出世那年，大大、姆妈新打的，樟木的。姆妈说，樟木箱子不生蛀虫，所以一般人家女儿出嫁都要打一只樟木箱子当陪嫁。可因为家里穷,自己当年出嫁的时候,外公、外婆没有给她打。现在,母亲不无骄傲地说,你们的大大终于帮我弥补了这个遗憾。箱子还很新,颜色依然很鲜艳,可箱子的主人已经不知道在哪里漂泊了。另外两只旧箱子,是奶奶留下来的。箱子一头抵墙,一头靠着一只一人高的衣柜,那是大大、姆妈结婚时候打的。衣柜连着一只矮小的床头柜,床头柜的抽屉上安着一只只铜锁,多年过去了,铜锁依然发出冷冷的光泽。床头柜就连着那张宽宽的木床。床是那种旧式的雕花架子床,床沿很宽。姆妈说,奶奶故意将床沿打得那样宽,为的是将来儿媳妇坐月子的时候,比较好放碗筷。床上的夏布蚊帐挂得整整齐齐的,银色的帐钩,月光下发出柔和的光亮;床上有母亲洗澡穿的月白色夏布裤褂,短袖的,也折叠得整整齐齐,放在枕头边。两只装着荞麦壳的夏布枕头并排放着,枕面上绣的就是鸳鸯戏水。红色丝线绣的两只鸳鸯胖胖墩墩的,甚是憨厚可爱,一只缩着头瞌睡,一只在水面上惬意地游。一切都是那么熟悉,仿佛还能闻见父亲母亲身上的气味,听得到他们睡觉时的呼吸。我的心里一阵酸涩,根本不敢躺到床上,而是一屁股坐到床前的那只宽宽的踏板上。不想坐到了什么东西上面,屁股下面软软的,摸出来一看,竟是母亲的绣花布鞋,也是母亲惯常洗完澡之后穿的。淡青色的夏布鞋面,绣着不知名的小红花配着绿叶。红色的小花只有四五朵,开在鞋头,而绿色的叶片则逶逶迤迤地从鞋头一直延伸到快到脚后跟的地方,像长长的藤蔓袅娜地垂挂……我异常小心地将母亲的绣花布鞋重新放在踏板上,整整齐齐,鞋头朝外,仿佛随时等着母亲将她那秀美白皙的小脚放进去。

　　我呆呆地倚靠着床沿,坐在踏板上,大气不敢出,唯恐惊动了什么。记得莲曦抱回来以后,姆妈忙的时候,常常会将一只裇子铺在踏板上,再将莲曦放在上面,要我坐在边上看着。明明姆妈将她脸朝上放在裇子上,可不晓得什么时候,莲曦会一个身翻过来,脸朝下趴着,小屁股红通通的地朝上翘着。姆妈便常常很惊喜的样子喊大大过来看,说,你看这真是个作怪的小东西,这么小怎么就能翻身了呢?然后大大看了,就会附和着姆妈的惊喜说,还真是个小精怪!以后长大了,还不晓得要怎样作怪呢!那个时候,我根本不知道大大、姆妈的惊喜究竟喜从何来,不就翻个身吗?又有什么值得如此大惊小怪而后津津乐道的呢?后来我才知道,几个月大的婴儿都不会翻身,更何况一个出生个把月的小毛伢,哪里就会翻身了呢? 不是个精怪才怪呢! 莲曦趴着小屁股的样子似乎还只在眼前,可大大、姆妈呢? 真的做了古人了吗? 我还是不敢上床去睡,就打开衣橱抱了一床被子,胡乱在踏板上打发了一夜。

大大、姆妈,你们当真永远不回来了吗? 有没有想我们啊? 知道我们有多想念你们吗? 可不管你们在哪儿,我都想让你们知道,我会把两个妹妹带大带好的! 你们就放心好了! 这是我秦一文在这里向二老承诺的誓言,一定说到做到! 我发狠地用锄头挖着已然板结的土地,狠狠地在心里说。

虽然我一直不太愿意和师傅说话,可当我坐进驾驶室的那一刹那,我的心里还是不由自主地涌起一股怯怯的自豪感。特别当车跑动时,那一种风驰电掣般的感觉,更是无法言说。真威风啊! 这么庞大的铁家伙,真的有一天我能把它开着在路上飞奔吗? 那该有多神气啊! 想象着有一天我一个人开着车突然出现在村子里,村里人该有多羡慕啊! 十七岁少年的心被憧憬与想象鼓荡着忘记了伤痛,忘记了仇恨,轻飘飘地似乎要飞起来一样。

然而等真正跟着师傅在外面风餐露宿地跑起来之后,才感觉一个卡车司机真是太辛苦了。那时候一个地方的运输大队就是一个地方的物业流动基地,全国各地、大江南北、长城内外的物业流通,除了铁路之外就是靠卡车的四个轮子滚起来的。南方的米,北方的面;南方的甘蔗、柑橘,北方的梨子、苹果,等等等等,无论是广袤的平原,还是崎岖的高原,抑或崇山峻岭的山区,还是荒无人烟的荒漠,哪里都有他们的滚滚车轮留下的印迹。

跟着师傅南来北往地跑,师傅的辛劳与勤谨一点一点地打动了我,而那种永远面对我时的负罪感则深深地刺痛了我。真的,伍爷说得没错,大大、姆妈是死于师傅的车轮之下,可那绝不是他故意的啊! 师傅知道我内心的隔膜,也不强求我,平常我们都彼此沉默,除非有非说不可的话,才说一点,也都是简短到几乎只是一个个单词。

卡车运输司机在荒郊野岭过夜那是常有的事,师傅总是让我睡在后面座位上,而自己就在前面座位上窝一夜。每逢那样的夜晚,师傅总会在路边生一堆火,就着师娘给他准备的咸鸭蛋,闷闷地喝上几口小酒。不多,一两的酒杯，一杯。有一天，那都是我跟师傅跑了半年多以后了，我们去大同运煤回来，在太行山区连绵不绝的山路上，水烧光了，嘎巴一下子抛在了那样一个真正前不巴村后不着店的地方。多年以后，每当我从太行山区经过时，总要想起那个晚上。看来，今晚又要在这野外过夜了，我心里一股说不出的沮丧。可师傅总是那么平心静气，不急也不恼。生起了火，馒头戳在棍子上放在火上烤，山风将火苗吹得歪歪扭扭地舞蹈。闻着喷香的烤馒头味，吱吱有声地喝着杯中的散装白酒，用筷子头小心地一点一点地戳着咸鸭蛋往嘴里送。看着被火光映照得闪闪发亮的师傅的满头白发，不知为什么我心里忽然涌起一股无法抑制的酸涩，不知道为自己还是为师傅还是为死去的爹娘。我低下头，拼命将眼泪忍住。

一文啦！师傅忽然开口说话，吓了我一大跳。

嗯？我一惊，抬起头来，我忽然看见了师傅眼中闪烁的泪光。

一文啦，师傅我活到五十多岁了，风里来雨里去的，黑发熬成了白发，我自问从没有做过什么有悖良心的事。唯一的一件就是轧死了你父母，是我这辈子都无法原谅，也无法释怀的一件错事。害你们兄妹小小年纪没有了父母，你妹妹一心小小年纪当起了家，你跟着我在这荒郊野外风餐露宿地吃苦受罪。这是一块多么大的石头啊！它压在我的心上，就在我的心上啊，在这里……师傅用手指点着自己的心脏部位，压得我喘不过气来，压得我吃不好睡不安啦。一文，我知道，你恨我，我理解，我不怪你。我不指望你原谅我。我只想你不要永远被悲伤压着，不能好好生活。一文啦，师傅我……师傅忽然放下筷子，拿自己粗大的手掌搓着眼睛，好一会才接着说，师傅我，唉，看见你总是一副闷闷不乐的样子，就像是有刀子一下一下剜我的心。你这个年纪，正是调皮撒野草上飞的时候啊！你看看我们家如钟，比你还大一岁，有哪一天正正经经上学，又有哪一天踏踏实实在家啊！唉，都是我造的孽啊！

我一动不动地坐在地上，泪水悄悄地滑过我的面颊，也不敢抬手擦一下。师傅！我在心里叫了一声，我知道他听不见，可我就是叫不出口。

自那晚之后，虽然我依然与师傅话不多，可是我已经开始主动地为师傅做事了，例如主动给师傅的茶杯里倒上水；师傅热了，主动给师傅擦擦汗；有露宿的夜晚,也主动为师傅拿好酒杯并斟上酒等等。师傅虽然嘴里并没有说什么,可是我知道师傅心里是高兴的。我们都不是善于表达的人。

我与师傅关系真正改善是在他小儿子如钟出事之后。

本来我没去师傅家的时候,如钟是有自己房间的,虽然很小,而且朝北,冬天冷得要命,可毕竟有自己的独立空间。我去了之后,师傅就让他把房间让给了我。师傅和如松大哥一起把原来的厨房拾掇拾掇粉刷了一下,给如钟做了房间。那里小得刚刚能放一张桌子,就再也放不下任何东西了。所以如钟的房间里所有东西都是能折叠的:折叠椅子、折叠床、折叠桌子,需要哪样打开哪样:做作业的时候打开桌椅,睡觉的时候打开床。而厨房呢? 移到了前面的走廊里,用四处拾来的碎砖头将走廊砌起来,摆了两只煤炉子烧水做饭。如钟是不是因此有过抱怨,我不知道,反正我没有听见过。

我去的那一年如钟正读高二,一年后毕业了,也无事可做,闲在家里。那年头还在流行工农兵大学生,以如钟的家世和表现自然靠边,只能在家待业。如果不是我的介入,跟在师傅后面跑车的就该是如钟,然后理所当然地接师傅的班,顺风顺水地成为一名卡车司机,神气而又无比骄傲地开着大卡车天南地北地跑。一切都是那么毫无悬念。而我的突然出现,如钟的人生轨迹一下子给打乱了,这一切都变得与他没有了任何关系。如钟是不是也有过怨言,我也不知道,因为我也从来没有听他说过。

毕业之后在家待业的如钟整天郎郎当当地在外面飞,直到一九七七年,全国高考恢复。十月份才晓谕天下,十一月份就开始考了。这之前虽然也暗地里有消息说,可能要恢复高考,可是大家都将信将疑,谁知竟那么雷厉风行地实行了。如钟也报了名。本来就郎郎当当的如钟,加上那些年教育混乱,根本不可能学到真本事,又仓促应战,自然不可能考上。大哥如松鼓励弟弟再考,如钟也信心满满。那之后的时间里如钟确实投入了不少精力,常见他在那个小鸽子笼里挥汗如雨,也常见小屋的灯光彻夜不熄。郎郎当当的如钟变成了另外一个人,人也消瘦了不少。那期间,我见他窝在那个小鸽子笼里用功实在太辛苦了,就对师傅说,还是让如钟住他原来的屋,我去住厨房。可师傅没答应,说,小屋怎么了? 我小的时候就连那样的小屋也没有,不照样活过来了吗?没事,年轻人,吃点苦有好处。你就踏踏实实住着!

前后只相隔了半年时间,第二年的秋季再招生,如钟又去考,可终究因为底子太差,又没有很好的复习资料,结果还是没有考上。高考两度失利的如钟对考大学完全失去了信心,彻底放弃了。一九七八年底,对越自卫反击战打响了,已然二十出头的如钟私自到派出所改了自己的出生年月日,变成了二十岁,然后报名参了军,家里人谁都不知道,直到如钟都换上军装准备开拔了,家里人才知道,阻止已经来不及了。

参军不久的如钟就上了战场,几个月之后,第二年的三月份,如钟就牺牲在越南前线的猫耳洞里。

从如钟参军到他牺牲不过几个月的时间。短短几个月,如钟就从一个风华正茂、帅气十足的年轻小伙子变成了一个游荡在异国他乡的鬼魂。就像一场梦一般,迅速,不真实。

如钟虽然只比我大不过一岁,可他却足足比我高出半个头去,一身黄军装,黄书包挂在脖子上,是那个年代最帅气最有型的酷男。相形之下,我不知要比他苍白、平常多少倍。平时他在家,我跑车,很少有时间碰上。即使碰上了,也很少说话,他总是非常阳光地冲我咧嘴一笑,露出一口又整齐又白净的牙。说真的,我羡慕他,甚至嫉妒他。为他可以读书,为他有父母,为他可以那么阳光灿烂地活着,那么无忧无虑,我甚至嫉妒他那满嘴又白又齐的牙齿。我一点也不为占了他房间还占了他人生而愧疚,那是他们家欠我的。我一直这么认为。

人武部送来噩耗的那天晚上,师傅一家人都没有吃晚饭。师娘抱着如钟穿军装的照片哭得昏死过去好几次,姐姐如风也哭得撕心裂肺,大哥如松闷着头垂泪,连嫂子也抱着师娘泪如雨下,师傅坐在房间里闷头抽烟。我心里也觉得非常难受,缩在自己,不,曾经是如钟的房间里不敢出来。感觉房间的每一个角落都是如钟那灿烂的笑脸与一口白得耀眼的牙齿。对于他没有考上大学这件事,我先是一种说不出的高兴劲儿,类似于幸灾乐祸。心想他要是考上了,那老天才真是不长眼睛呢!凭什么好事都得他一个人占全了啊?接着就是鄙夷。打心底里瞧不起他。哼!一天到晚,搞得人五人六的样子,跟人家一样背个书包念书,念个么名堂了哉? 真是白占了个名额。最后竟至有些愤怒了。越想越觉得老天就是不公平! 像他那种念书不行的,还有书念,而我想念书,成绩又那么好,却无书可念! 记得我退学的时候,班主任老赵头曾经不无遗憾地说过:唉,真是可惜了! 你这么聪明,成绩这么好,将来不说北大、清华,复旦一定是没有问题的。可惜了! 可惜了啊! 倘若是我在读,怎么可能榜上无名呢? 老天不是瞎眼是什么? 如今,才不过短短几个月而已,一个活蹦乱跳的人,竟变成了一张挂在墙上的薄薄的照片! 老天爷是公平还是不公平呢? 是否上天知道了自己的怨恨而降罪于他呢? 倘若如此,我就罪莫大矣呀! 第一次,我萌生了愧对如钟的负疚感。

我不知道什么时候睡着了,一觉醒来发现衣服也没脱。夜已经很深了,月光斜斜地照进窗,我的心里忽然涌起一股酸楚,想起了同在天上的父母与年轻帅气的如钟,他们可会相遇? 可会相识? 可会知晓人间的这些纷繁复杂的变化? 如钟的死给我的震惊很大,我忽然间不知道该如何继续以后的路。我还能在这个家里心安理得地住下去吗? 还可以以一个债权人的姿态高高在上吗? 虽然我并没有表现出一副高高在上的样子,但在心里我确实这么想的。我拉开房门想出去走走,走过师傅门前的时候,我听见了师娘已然有些嘶哑的带着哭腔的低声诉说:

一文要是不来,如钟就不会去参军。不去参军,我的儿子他怎么会死啊!

嘘,小声点,别让一文听见了! 师傅赶忙制止。话可不能这么说,如钟想要去参军,即使一文不来,他也还是要去的。再说他这是为国捐躯,是一件光荣的事,也是一件值得骄傲的事,怎么能怪一文呢?

我不要什么光荣! 也不要什么骄傲! 我只要我活蹦乱跳的儿子! 我只要我的儿子活蹦乱跳地在我面前! 师娘哭得上气不接下气。如钟不去参军,你说他在家里有个什么意思啊? 大学,大学没考上;工作,工作又没个着落;他想待在家里,可家里有他待的地方吗? 那个小屋子里,夏天闷得要命,冬天又冷得要死,你叫他怎么在这个家待啊……呜呜呜,我的儿啊! 你就这么走了,一声不响,你叫做娘的怎么活啊! 我的儿啊……平素声音柔柔的师娘却如此一反常态地声嘶力竭,我的心像被无数只手指抓挠着、撕扯着一般別扭难受。

唉！师傅一声长叹，如松妈妈，这都是报应啊！你若是真要怪的话，就怪我好了。都是我造的孽啊！如果不是我，一文的父母就不会死，他的父母不死，一文也就不会来我们家，唉！这一切都是我的错，都是报应啊！我欠了一文父母的命，老天爷却让如钟来还。为什么不让我去还啊？为什么要我儿子偿还他父亲的孽债啊？老天爷，他还那么年轻，生活还没有开始啊！你怎么就那么忍心把他给收走了，太残忍了呀，老天！

我听见师傅苍老的哭声压抑着从喉咙里挤出来，听上去格外悲凉与沧桑。我的眼泪再也忍不住，夺眶而出。上天，难道当真有所谓什么报应吗？那么我的大大、姆妈又是欠了哪个的债，要那么急急忙忙地去还呢？那么我还有必要将一切罪过都记恨在师傅一家人身上吗？

此时此刻，我感觉如果我还一如既往地那样对待师傅一家，那我真是连畜生都不如了！说不定父亲都会恼怒地从土里爬起来用无比厌恶、无比怀疑的眼光看着我:这是我秦大海的儿子吗？从那天起，我才彻底改变了以前的态度，渐渐地和师傅一家人热乎起来，真正把自己当成这个家的一分子而尽心尽力。师娘说得一点没错，是因为我的介入，如钟才去当的兵，才牺牲在战场上的，所以我必须代如钟给师傅、师娘尽孝。

其时，姐姐如风已经结婚嫁出去多年，连孩子都有了，早就不在家里住了;大哥如松在他们单位柴油机厂分到了两间平房，和嫂子带着孩子搬出去单过，也已经好几年了。他们平常都不回家，只有休息的时候才一起带着孩子回家里聚一下。如今如钟又不在了，家里一下子就空了。师娘说幸亏有一文在，否则我们俩老的不得寂寞死啊！

一直住在乡下根本不知道城里人究竟是怎样生活的。开头那几年，总是一副讨债人心理在人家家里生活，白吃白住，饭来张口，衣来伸手，从来没有觉得什么过意不去的，反而觉得他们就该这么供着自己，哄着自己才行，谁要他们欠自己的呢？等真正融入进去生活了才知道，那年月，城里比农村也好不到哪里去。

那个年代的城市居民，什么都要凭票供应:粮票、油票、肉票、糖票、豆腐

110

票等等等等,还有各种票的副票,用来定量购买鸡蛋、鱼等紧缺食品或副食品,就连香烟也要凭票供应。那时候什么都奇缺,首先粮食就要定量凭票供应,具体的好像是大人多一些,女人和小孩子少一些。成年男人每月28斤,成年女人每月25斤,其他的不太清楚了。副食品也短缺,那时候的粮站、食品商店、菜场等部门的职工最牛气。过年的时候改善供应,每家可以凭票购买一点花生、酒、糖什么的,肉、蛋、鱼、食油、食糖、香烟、豆制品等供应计划比平时多一些。那时我才知道自己吃得那么心安理得,原来都是大家从牙齿缝里省下来给我的!因为我不是什么城市居民,根本享受不到这每月一次的定量供应。我一个农民闯进城,不仅没有户口,而且也没有各种票证,基本的食品、副食品一点儿也甭想买到!如果不是在师傅家,根本无法生存。可我浑然不知,还吃得那么欢实,以为和农村一样,麦子、稻子都是长在田地里,收回来一分就是了,原来还要靠国家供应,而且必须小心翼翼地吃,否则必然不到月底就要告罄。如果搁在现在,一月那么多斤粮食,根本吃不完,可是那时候,或许是大家肚里都没有什么油水还是怎么的,个个能吃得很,特别是如钟和我。都正长身体飙个子的时候,哪一餐不吃得抬不起头,一副饿死鬼的样?常见师傅吃很少的一点就不吃了,师娘更是每一餐都等大家吃过了以后才开始端碗,刮一点锅巴水就着剩菜剩汤呼噜呼噜喝完了事。我那时还以为师傅老了饭量变小了,师娘一个女人家,最后吃饭太正常不过了。在农村,家里要是来客人了,女人一般都不上桌吃饭的,大家吃过了,才在灶间就着剩菜吃一点。可那是特殊情况,平常可不都和大家一样一起吃的吗?师娘天天如此、餐餐如此,难道正常吗?可那时的我哪里能想到这些呢?在那个家里,我才是外来人,他们都是主人,只有他们必须顾及我的感受,而我?轮得到我吗?

就说这猪肉供应吧,每人每月只有几两,凭票供应还要大清早排长队。好容易轮到了,战战兢兢地递过去一张肉票,并且用手指比画着早已看中的一块部位,卖肉的刀早已利落地切下一块,朝磅秤上一摔,不管你满意还是不满意。如果稍微请求换一块好一点的,卖肉的马上呛住你,都要好的,不好的给谁?要就要,不要拉倒!来,下一个。把你晾在一边。此时此刻,我才真正知道我每一次回家,师傅为我准备的肉和点心得花多少时间和精力啊！得排多长时间的队才能备齐啊！且不说那些金贵的票据有多难弄到了。那时候，说真的，看着手里的东西，要说一点感激没有，也不可能。可是我硬生生地将那一点感激给压制了。我觉得如果任由自己的情感泛滥，就会抵消我内心的仇恨。无论他们为我做些什么，他们都是杀害我父母的凶手！这一点到死都不能改变。那么无论他们做些什么，我都无须感激，那是他们欠我的，欠我们家的！现在想来，当时的自己该有多浑啦！而且这种情绪维持了那么久，真正一只喂不熟的白眼狼啊！搁在我，早都忍不住要爆发，可师傅一家没有谁说过半个字的怨言。就连年轻气盛的如钟都永远一嘴白牙笑得那么无邪、那么灿烂。

再说青菜吧，谁家没有吃过？这是再普通不过的当家蔬菜了。在我们农村乡下，冬天谁家不大担地担回家，大缸、小罐地腌起来啊？一直要吃到来年春三月，甚至入夏。可在城市，虽然不需凭票供应，可是买青菜的艰辛，今天的人是不敢相信的。特别是冬天，蔬菜供应十分紧张，普通市民夜里两三点钟就到菜场排队，可菜场要到六点钟才开门。寒风中等那么久，有多苦！冬天的清晨六点，正是黎明前的黑暗时刻，菜场开门营业，排队的人一哄而上，围住营业员的大菜筐。带着霜雪的青菜，邦邦硬，每人还只能买两毛钱的。哪像我们农村拎只篮子，自家菜园子里一转，想吃什么摘什么，想吃多少摘多少，多省心！等到我觉醒过来之后，只要一有空，只要不跟着师傅出远门，我必然会帮师娘排各种队买东西。有时也去帮着排队买青菜，常常因为菜少人多，冻得要命却空手而回。有时排队买豆腐，天还不大亮，感觉整个街道都冻得严严实实的，两只手袖在衣袖里，小铝盆夹在胳肢窝下，缩着脖子，恨不能整个头都缩进肚子里去。终于轮到自己了，至今记得营业员那冻得红肿的手，轻轻地托起白嫩的豆腐，又轻轻地放进我的小铝盆里，像是伺候婴儿。而我呢？捧着那个盛豆腐的小铝盆，更是像捧着一个什么绝世的宝贝一样，诚惶诚恐，唯恐有个闪失。还在院子里，就高声喊：师娘，师娘，豆腐买着了！豆腐买着了！唉。那年月，那些个罪，不知道师娘是怎么受过来的。

还有一件事就是做煤球了。

那时像我们这样的南方小城市里根本没有煤气，更没有什么液化气，家家户户都烧煤。有两种，一种是蜂窝煤，一种是小煤球。这可是一件麻烦事，每个月都要做一次。先是用平板车将煤从煤井公司拉回家，因为制作蜂窝煤除了煤炭之外，还需添加些黏土、熟石灰和一些煤渣进去，这样煤球才好烧。所以煤拉回来了，还得准备其他几样东西，等各样备齐之后就要找黄土了，一般需去城外挖，再用平板车拖回家。等煤、黏土、石灰、煤渣都堆在院子里了，再按不同的比例把它们搅拌在一起。这个比例也是很有讲究的，搭配不好，做好的煤球就不好烧，要么烧不着，要么呼啦一会一个煤饼子就烧完了。以前大哥如松帮师傅把煤等原材料拉回来之后，剩下的事都是师傅一个人的了。又是和煤，又是压煤饼子，又是做小煤球，忙得团团转。后来我加入进来之后，材料一般由我拉，完了基本都是师傅和煤，我来用压煤器压煤饼子。虽说一下一下地压，不需要太大力气，可一次压那么多，真的很累。师傅就和师娘一起做小煤球，用小锅铲子一下一下地挖出煤，搁在水泥地上，像一只只饺子一样趴在地上，可爱得很。自从我开始和煤之后，师娘总是说，我们一文就是能干，和的煤最好烧了。

我真正成了这个家里不可缺少的一员。我把师傅、当成父亲，把师娘当成娘亲。而师傅师娘也把我当成了他们自己的儿子，家里如果要添置个什么东西或是什么相对大一点的事情，师傅一般直接和我商量，很少找大哥如松和姐姐如风。

大大、姆妈离开之后那么多年，我第一次切切实实地感受到了父母的关爱与家庭的温暖。

原来宽容是如此美妙的东西，你宽容了别人同时也就释放了自己。仇恨与抱怨放下了，你才会活得如此轻松，如此舒心，如此美好。

真的，真的如此美好！

第八章　寻　　父

哥,有件事我一直没有和你说过。

什么事?

我见过他了。

谁?

张若曦。

张若曦? 哪个张若曦?

你说哪个张若曦? 杨梦莲、张若曦!

啊? 是真的?

真的。那年高考结束,知道我为什么非要上省城的学校吗? 就是为了有一天能找到他。结果我真的见到他了……

王奶奶说莲曦说不定日后能是一个女状元,还真是不假。

莲曦初中毕业那一年,以全县第五名的好成绩进入了县城最好的高中:青城一中。开学那天我送莲曦去上学,把莲曦安顿好之后,就去拜访了一下以前的班主任老赵头。走在熟悉的校园里,我的心里仍然有一种说不出的激动。忽然想起两句诗:杀了夏明翰,还有后来人。可不是吗? 我走了,我妹妹又来了。老天爷总是用各种方式弥补着人们的缺憾吧! 哈哈。

老赵头见到我有些意外,也有些激动:秦一文? 你怎么在这儿? 留恋学校时光?

不是的。我讪讪地笑了,说,哪里,我妹妹考到青城一中了,我来送她上学,顺便拜望拜望老师。

哦? 是吗? 还记得我这个熊你熊得哭鼻子的老师啊? 说完,老赵头爽朗地哈哈大笑起来。

怎会不记得啊？老师的教诲终生难忘啊！真的！我急忙分辩。想起他曾经对我的遗憾以及对我的忠告，真是终身受益，怎么可能会忘？

老赵头见我一副急赤白脸急于分辩的样子，笑得更厉害了，拍了拍我的肩膀，说，是吗，好！老师相信你！嗯，一年不见长高了不少，像个男子汉了！看样子跟着范师傅过得还可以嘛，哈哈。范师傅，我也熟悉，他儿子在我们学校读书。他是个好人，忠厚。哎，对了，你妹妹叫什么名字？一个乡下女孩子，能考进青城一中，可是不容易啊！

我说，我妹妹叫秦莲曦。

他一听就激动了，说，啊？这么巧？秦莲曦是你妹妹？她成绩不错，就分在我们班。缘分！缘分啊！

是吗？我一听也激动起来，说，那真是太好了！我本来也就是希望赵老师能不能关照关照莲曦呢。这下好了，居然就在您的班上！真是老天保佑，老天保佑啊！赵老师，您可一定要对我们家莲曦严格要求啊！

这点你放心，只要愿意学习又能学习的学生，我都是关爱有加的。当年你那么调皮，我不都把你调教得上了路子吗？唉，只可惜……

赵老师，这您也大可放一百二十四个心，我们家莲曦可比我听话多了，也用功多了。

那就好！一文，我还是那句话，这么一个有着几千年文明历史的泱泱大国，不可能就这么一团糟乱下去的。高考肯定要恢复的！这句话我搁在这儿。你记住，一个人无论身处何时何地，真才实学永远都是立身之本！

嗯，我记住了！我异常斩钉截铁地说。

现在想来，老师的话真是字字珠玑啊！

告别老师出来，站在学校门口高大的门楼前，我的心里涌起一股强烈的责任感与自豪感。莲曦，你一定要替哥哥我圆了未圆的梦想：上北大、清华，再不能也得是复旦。好好干，加油！哥哥支持你！

真要感谢我们出生在那样一个闭塞的小乡村里，"文化大革命"的影响并不是很大。

　　在我们村子里的小学堂里,我们的启蒙老师是一个姓钱的背有些微驼的五十多岁老人。其实也许只上过几年私塾,可却是我们那里最为敬重的学问人。虽然我们的小学堂是复式教学,一、二、三年级的学生(也只有一、二、三年级)在一个教室上课,虽然我们的钱老师常常教我们别字(有一次,我在家里高声朗读课文,其中就有一句"把手榴弹朝敌人扔过去"这句话,可我们的钱老师却教我们念成了"奶"过去。当时我父亲正坐在桌前抽烟袋,说,什么什么? 什么"奶"过去? 分明是扔过去,好不好? 我父亲以为是我念错了,谁知老师就是这么教的! 那时候,我常常疑惑,为什么老师不是我的父亲? 他不是比钱老师更有学问吗?),虽然他也常常要我们放下课本,带我们参加一些诸如拾稻子或者拾麦子的劳动,可他却真的是很认真地教我们,严格地要求我们写字、背课文、做算术,非常严格! 四年级的时候我们离开村子里的小学堂,去村外的学校上学。在那个学校里,虽然我们已经不再复式教学,可我们的教学环境依然很差,窗户没有玻璃,冬天常常冻得我们嘴唇发紫;虽然教我们的老师依然是那些民办老师,有时候会因为农活忙而将我们放假;虽然常常有老师会抱着孩子给我们上课,可无论哪一个老师都非常认真、非常积极地教我们,严格要求我们。我庆幸我们生在那样一个尊重学问的小乡村里,才使得在那样混乱的年月,我们依然可以学到一些真知识。

　　莲曦很幸运地在那样的环境里读完了小学、初中,高中的时候又碰上了一个极其严格认真又极其负责的好老师。更值得庆幸的是,在她高二那一年冬天全国高考就恢复了,使她得以凭自己的能力实现心中的梦想。

　　一九七九年,也就是如钟为国捐躯的那一年,我的妹妹,秦莲曦取得了非常骄人的高考成绩:全县理科状元! 所有人:范师傅一家,老赵头,还有整个村子都为之骄傲、为之激动、为之沸腾。一心抱着王奶奶哭得那叫一个伤心,惹得王奶奶也跟着伤心,不停地用苍老的手替一心抹泪,替自己抹泪,一边喋喋不休地说,我说嘛,我就说嘛,我就说莲曦这伢能是个女状元嘛,我就说嘛! 我当然知道一心伤心的理由,为了这个结局她付出得太多了! 小的时候,她一直充当着莲曦的保姆;父母去世以后,她又一直充当了母亲的角色,替莲曦做衣服做鞋,无论什么好一点吃的或者穿的,都先留给莲曦。她总是说，莲曦在外面念书，当然得讲究；自己在家里抠泥巴，将就将就就可以了。可怜的一心这么些年连城里都没有怎么去过，很少的几次还是莲曦在城里念书，为她送米送菜。叫她如何不既高兴又伤心啊！

那天，王奶奶说，一文啦，明天带两个妹妹去给你们的大大、姆妈上个坟吧！这么好的事也该让你们娘老子知道知道，高兴高兴不是？

我们答应着去了。跪在父母的坟前，我无比自豪地大声喊着：大大、姆妈，你们知道吗？莲曦，你们的女儿她给你们争脸了！争了大大的一个脸！她考上大学，真的成了一个女状元啦！你们高兴吗？我也很好，已经可以自己开车了，已经是一个真正的卡车司机了！范师傅已经和运输队谈好了，要不了多久我就能正式到运输队上班了。大大、姆妈，这算不算也是一件喜事啊？只是苦了一心了。不过，大大、姆妈你们放心，以后我们兄妹的日子一定会越过越好的！来，一心、莲曦，你们俩也来和大大、姆妈说两句吧……突然我的鼻子一酸，说不下去了。

一心却只是哭。莲曦说，大大、姆妈，谢谢你们！真的谢谢你们！谢谢你们辛苦把我养大！更谢谢哥哥姐姐，牺牲自己，成全了我，谢谢！真的谢谢！莲曦今天当着大大、姆妈的面发誓：以后无论什么情况，我永远都不离开我们这个家！永远永远！

那天我和一心都感觉莲曦一定是高兴昏头了，一家人说什么谢谢啊？再说了，她又怎么可能永远不离开这个家呢？现在还不懂事，等大了，想嫁人了，说不定拉都拉不住呢！哈哈哈……

谁知道莲曦竟是话里有话呢？

以莲曦的成绩，虽说是高考状元，可距离清华还是有一定距离，但上复旦那是完全可以的。填志愿的时候，老赵头一心要莲曦填他的母校：复旦大学数学系。可莲曦偏偏不干，偏偏要填省城的大学，而且一门心思学医。无论老赵头和我怎么做她的思想工作，莲曦就是一个不答应。还威胁说，如果非要她填其他的什么大学，她宁可不上，回家种田。我还从来没见她这么犟过。小时候虽然大大、姆妈宠她有些任性，但基本上还是比较听话的，这次是怎么了？我气得恨不能扇她耳光！要知道，清华、北大、复旦那可是我一直以来的梦想啊！想那次跟着师傅去南方拉货，经过上海的时候，我硬是央求师傅在上海耽搁了一天,目的就是为了能去复旦大学看一看。如今,梦想就在面前,即将变成现实。一想到莲曦就要到那所梦寐以求的著名学府读书了,我全身的热血都为之沸腾。可她却硬是残酷地将它们冷却回到冰点。即使你想学医,复旦也有医学院啊!而且名望比省城的不知要大到哪里去!这究竟是为什么?到底着了什么魔?我百思不得其解。最后还是师傅劝我,一文啦,既然莲曦想上那个学校,就让她上去呗!关键是莲曦开心。如果你非要她去上复旦,她心里不乐意,一定念不下去的,也是白搭。随她吧,不就是学校差一点吗?只要用心,在哪里不能学到真本事?再说,她铁了心不愿意,你还绑她去啊?

是啊,师傅说得对,她不愿意,哪个还能绑她去不成?老赵头不无遗憾地摇着头叹息道:唉,好不容易考个好成绩,却白瞎了。可惜了了!你们兄妹都可惜了了⋯⋯

原来这个小东西早有打算,心里一本账明镜似的,蒙蔽了我们这么多年!害我替她惋惜了那么久。一想起这件事,我就痛心疾首,懊恼不已。

你究竟是什么时候知道这件事的,我还真一直不知道。

王奶奶告诉我的。我不是跟你说小时候有一次因为名字的事和大大、姆妈闹了一场,听到大大、姆妈晚上的谈话,心里就有些打鼓之后,这个谜团一直在我心里打转。可一看到你们每个人都对我那么好,我又怀疑起来,想一定是自己想多了。后来,上初中的时候,有一天老师突然问我和姐姐是不是年龄搞错了,我才发现我和姐姐年龄相差得太短了,只有八个月。八个月姆妈怎么可能生出我来呢?心中一直盘旋的疑团更加肯定了。可这个时候大大、姆妈已经出了意外了,我们兄妹三人相依为命,我也就不想提起这件事。但那天晚上大大、姆妈说起的那两个人:杨梦莲、张若曦,却一直在我心底无法抹去。我觉得这两个人一定是与我有关系的,否则大大、姆妈就不会为我取名莲曦了⋯⋯

你还真会推理!

哥,你不知道,当一个人心中压着秘密的时候有多痛苦与彷徨!在我们最为艰苦的那些年月,我时常一个人在夜深人静的时候,对着满天的繁星皎洁的月光,或是对着窗外无边的黑暗想,倘若我的父母还活着,我会过上一种什么样的生活呢?不一定比在秦家做女儿更好,但至少大大、姆妈走后,失学的就一定不是姐姐,你和姐姐也就不必这么辛苦。尤其是姐姐,我欠她,一辈子都欠她……

哎呀,你真是啰唆得很呢!这样的话,你不知说了多少回了!如今哪里还有什么欠不欠的呢?

高一上学期的时候,有一个周六,我回家。虽然到家的时候天已经很晚了,可姐姐上工还没有回来,王奶奶正在厨房烧饭,看见我,高兴地说,哎哟,莲曦呀,你姐姐说你今天要回来果然就回来了!你看,一心还央孬子哥给弄了两条鱼,闻闻呢,香不香?

闻到了闻到了!奶奶,隔着老远我就闻到家里飘出来的鱼香了。奶奶,真是好香啊!我都流口水了。奶奶,您会做小鱼锅贴吗?

小鱼锅贴?我不会耶。怎么你会啊?

我哪里会哦,奶奶!我姆妈会,我姆妈做的小鱼锅贴可好吃了!小时候,我哥在外面摸了鱼回来,我父母妈就会在鱼锅里贴饼子给我们吃。我再也没有吃过那么好吃的锅贴了……

唉,莲曦呀,这方圆十里八乡的有哪一个能比你姆妈更能干啦!心肠又好,可惜……唉,老天怎么就那么容不住人啊!说着王奶奶拿衣袖揩起了眼睛,我的眼泪早流了一脸。一时间我们都沉默,我看着灶膛里红红的火光,仿佛看到大大、姆妈那慈祥而又和善的笑脸。可他们是我的大大、姆妈吗?

奶奶,您说我是我大大、姆妈的亲生女儿吗?

啊?我这突然一问,把王奶奶吓了一大跳,锅铲子都掉到了地上。哪个烂舌头的跟你讲的?你怎么就不是……

奶奶,您能告诉我杨梦莲、张若曦是谁吗?不等王奶奶把话说完,我又问了一句。

啊?这个你都晓得呀……王奶奶有些惊慌也有些懵懂,不知该如何回答才好,艰难地弯下腰去捡地上的锅铲子。

奶奶,您莫要紧张嘛!我现在已经长大了,有些秘密早就该让我知道了,奶奶您说是不是?我之所以问您,是因为您已经是我们的亲奶奶了,您不会不对我说真话的，是不是？而且，我就是知道了真相，难道您还怕我不要我的哥哥、姐姐去找那个什么杨梦莲、张若曦去吗？不会的，奶奶，您老就放一百二十个心吧！我死都不会离开这个家的！我相信这个世界上，再也不会有比我哥哥、姐姐待我更好的人了。奶奶，我跟您说，即使现在那两个人来找我，哭着求我回去，我都不会回去的……

唉，伢嘞，他们怎么可能会来找你喔！别说你不想，就是你想他们来找你，他们也来不了喽！

怎么回事？

杨梦莲啦，就是你的亲姆妈。这个村子里的人都晓得的，她在生你的时候啊，就大出血死掉了。是你姆妈心肠好，把你抱回家养着，比自己亲生的还要好。那个张若曦呢，是你大大，他根本就不知道这个世界上还有你这么一个女儿啊！这个啊，除了你大大、姆妈几乎没有人晓得呢！唉，我本来也不晓得这回事情的，你大大、姆妈瞒得跟铁桶似的。还在你很小的时候，也就一两岁吧，有一回我望着你，怎么越望越感觉你像一个人。哪一个呢？我老劲想不起来。后来我突然想起来了，这不活脱脱那一张秀才的脸吗？我私底下问你姆妈，你姆妈慌了，问我么样晓得的，我讲小丫头一张脸摆在那，还要人告诉啊！你姆妈承认了，讲，怎么长得就那么像呢？想赖都赖不掉哦！唉，作孽哟！那个张若曦，还是个省城来的什么大知识分子，看起来文绉绉的，我看就是个没良心的畜生！他和你姆妈好过以后拍拍屁股一溜烟就走了。可怜你姆妈好端端、漂漂亮亮的一个黄花大闺女就那么死了。你姆妈长得可真是标致啊！你长得还不是太像她，你就像你那个大大，一个模子刻出来的。这上上下下几个庄子，就没有比梦莲更好看的姑娘了，可惜到死都没落到一个好名声，还搭上了你外婆一条命。接着王奶奶就仔仔细细地将所有事情对我叙说了一遍，最后王奶奶不无唏嘘地说，唉，作孽，真是作孽哦！

那天晚上，我整整一个晚上都没有睡着，躺在床上心里真是五味杂陈，流了一夜的泪。为自己，为死去的杨梦莲姆妈，为我的外婆，也为待我视如己出辛苦养我长大的大大、姆妈，还为我做出牺牲的你和姐姐。从那天晚上起，我就对自己讲：秦莲曦，你一定要有出息，一定要考到省城去，然后站到那个张若曦面前,让他看看,再理直气壮地告诉他:我,秦莲曦,是他的女儿!没有他,我照样活得这样好,这样有出息!

哦,原来是这么回事,怪不得……

对,这就是我为什么非要去省城念书的理由。而我之所以选择学医,而且主修妇产科,就是因为我知道杨梦莲姆妈是因为胎位不正,死于难产。你想想,一个一心想要隐瞒自己孕情的女人,她该是怎样想方设法来遮盖自己啊!其中不乏用布条勒自己肚子的方法,长此以往,胎位怎么可能会正呢?倘若她一直坚持孕情检查,或者去医院由专业的妇产医生帮助生产,她又怎么可能会死?所以我要学医,而且我一定要到医疗条件差的地方工作,不仅要帮助那些偏远地方无助的孕妇顺利地生下她们的孩子,而且还要帮助她们健康地活着,做幸福的妈妈。

小曦,这些年,你做到了,真的做到了!那你又是怎么找到那个张若曦的呢?

我原本就是冲着这个目的去的省城,自然就是一定要完成的一项铁的任务。大一上学期,刚一开始的时候,我对那个城市还不熟悉,同学之间也不是很熟悉,而且那时候又没有网络什么的,对于查找一个人并不是很方便。何况我一个偏远农村来的小姑娘,突然置身于那样一个车水马龙、人山人海的大都市,连东西南北都分不清,根本无法知道什么水利厅在哪儿。可那个念头一直在我心里盘旋,一定要找到他!一定要找到他!我仿佛孙悟空一般,被套上了紧箍咒,魔咒,有时念得我简直要发疯。可不知为什么,越是感觉与他靠近了,心里越是迫切,可却越是迟疑又迟疑,我总是找各种各样的理由推迟,并为自己辩解。那个时候根本无人知道我内心的焦灼与纠结,渴望与怯懦,因为我不敢把我内心的苦痛秘密说出来,找人与我分担。即使是你和姐姐我都不能说,你说该有多痛苦?

这样直到大三下学期,我认识了主修骨科的孙可煊,省城人……

孙可煊?谁啊?你同学?

是,也不是,校友而已。一个学校的,不是一个专业。他学骨科,我修妇产科。斯文秀气的一个男孩子,家世好,出身书香之家,父母都是大学教师。我们是在上大课的时候认识的,因为在一个学校难免会在一些公共场合碰见，一来二去的，彼此就熟悉了。那个时候，其实我已经将水利厅在哪条街道怎么走先坐哪辆车然后在哪里换车坐几站路，都摸得一清二楚。我自己都记不清到底有多少次专门坐车到了水利厅，要么在门口徜徉，要么远远地看着水利厅高大的门楼发呆，就是没有进去过，不敢进去。我不知道自己能不能进去，进去以后他还在不在，如果真的还在，我要怎么和他说，说些什么。在他记忆的海洋里，倘若杨梦莲早就成了一滴水蒸发得无影无踪了，我该怎么办？当初那个在暗夜里义正词严要说出自己就是他女儿的那个秦莲曦早就萎缩得踪迹全无了。后来的我也已经理智很多，我一直问自己，挑起无谓的记忆到底有多少意义？我无法回答。

一个秘密压得太长久真的很累，那时的我是多么渴望有人愿意与我分担而且不会嘲笑我啊！不知道为什么一见到孙可煊我就有一股诉说的欲望与冲动，然而许多次话到嘴边又咽了下去，我终究不敢。一个女孩子向一个还算陌生的男孩子说出自己那么不堪的身世，该要多大的勇气啊！

这样一直迟疑到大四，大五我们就该实习，离开省城了，再不实行，那么我放弃复旦来省城上学的意义就完全失去了，怎么办？记得那年的中秋特别早，我们刚刚开学不久，就中秋节了，而且又没有逢着周六、周日，学校也不放假，大家都不可能回去，除了家在省城的除外。孙可煊邀我去他家过中秋，我没答应。我觉得一个女孩子去一个男孩子家里过节，那是要被人误会的。我不想有这种误会。

同寝室的女孩都说，条件这么好的男孩子追你，你还不赶紧答应，以后分配就有可能分在省城大城市了呀！

他追我吗？我问。

傻子都能看出来他在追你！

是吗？我怎么感觉不到？我故意装糊涂。

正因为有这样的嫌疑，我就更不愿去了。我不愿意别人说我是因为想留在省城而主动钓一个金龟婿。我没那么贱！更何况我是有自己打算的。

孙可煊说他都和家里人说好了，可我还是拒绝了。然后他就说，那我也不回去过节了，就在学校陪你。我说，有那个必要吗？你还是回家陪你父母比较在理。他说，每年都在家过节，歇一年不过也没什么，就当我去外地上学了呗！我笑了笑说，那就随你。那天下午他回了一趟家，告诉家里人晚上不回家过节，并拿了月饼和许多水果回到学校。晚上，上完自习课，孙可煊早早地就在我上自习的图书馆门外等着，然后我们一起到了学校操场上，在篮球架旁边的草地上坐着，一边吃东西，一边赏月。那晚的月亮可真大真圆真亮啊！我似乎从没有见过那么又大又圆又亮的月亮，月光清澈得真像水一样洒在大地上。月桂开得正好，花香浓得宛如一坛陈年的老酒一样化不开，一颗心似乎都要醉了，死了。多么温柔的月光多么馥郁的花香啊！这月光这花香，仿佛软化剂一点一点地瓦解了我从内到外构筑起来的堡垒，日夜披挂在身上的铠甲一件件卸去，剩下一个赤裸的自己，脆弱的自己。想起一首诗：月亮圆时，有人没有圆；月亮圆时，有人不能圆。对于我来说，月亮永远都不可能会圆。

我自认为自己已经修炼到刀枪不入、百毒不侵的境界，即使内心痛苦万状，我的脸上也永远笑逐颜开。可那一刻，我的心薄脆到宛如婴孩。我哭了，泪如泉涌。

孙可煊惊呆了，他不知道为什么前一秒还笑逐颜开的我怎么会突然间泪如雨下。怎么了？秦莲曦？是不是想家了？他急切而又紧张。我什么都不想说，只是一个劲地哭着，感觉自己从来没有这么畅快淋漓地哭过。隐约间感到孙可煊小心而又轻柔地搂住了我的肩膀，在我耳边絮絮地说着：哭吧哭吧！秦莲曦，把心中所有的委屈都宣泄出来吧！让自己的心畅快一点。哭吧……我感觉他在说最后两个字的时候，喉头竟有些哽咽。他是个善良的男孩子。

不知道哭了多久，倚靠在这样一个温情的男孩怀里，我竟然感到一种从未有过的舒心与放松。秦莲曦，我知道你是一个有心事的女孩子。你知道我为什么会注意到你吗？就是因为你总是那么忧郁，那么一副心事重重的样子，让人心生怜爱，让人不知不觉想靠近你，给你温暖给你呵护。虽然你在人前总是那么永远阳光灿烂的样子把自己保护在一个相对安全的地带，可是我仍然能感觉到你挣扎的内心与沉重的往日。莲曦，你的内心到底有多少苦痛？为什么不说出来让我为你分担？我愿意为你分担你的一切痛苦与欢乐！你懂不懂？一颗痛苦的种子埋在心里，它会发芽，会越长越大。莲曦,告诉我,好吗?

面对月光下如此关切而又温柔的男孩,我终于放下了一切伪装,第一次说出了埋藏心底多年的秘密、羞于出口的身世、自己多舛的人生经历以及我急迫却又怯懦于行的踌躇。最后我说,孙可煊,现在在你面前的我是一个干净、透明,没有一点秘密的我。这个世界上,你是唯一一个知道我一切的人,你会不会看不起我?一个私生女,一个不知道自己父母的弃儿,你是不是觉得失望?

为什么啊?秦莲曦。你怎么会有这种想法呢?我为什么要瞧不起你?我又有什么资格瞧不起你?你如此年轻,如此娇小,却承载着如此沉重的生命压力,你该是一个多么了不起的女孩子啊!包括你的亲生母亲、你的养父养母、你的哥哥姐姐,他们都是非常了不起、值得人敬佩的好人!我为什么会瞧不起?此时此刻,秦莲曦,你能知道我的内心吗?我只想要加倍地尊重你呵护你疼爱你,你知不知道?

过了,过了,孙可煊,过了!说出尘封多年的心事,我整个人彻底轻松也清醒了,仿佛卸下了千斤重担。原来倾诉真的可以减缓压力啊,哈哈,真好!孙可煊,你说这些,我能当作是你向我表白吗?哈哈。够了,谢谢你!你为我做得足够了,孙可煊。愿意听我说这么多陈年往事,还不对我另眼相看,我已经大大地知足了。你这个朋友啊,够交,呵呵。

你……孙可煊根本无法适应我的情绪变化。

不好意思,耽误你太多时间了。你看,早过了熄灯时间了,我们快回去吧!否则,宿舍的阿姨又要啰唆了,走吧!我站起来,边拍打屁股上的灰边催促。

孙可煊被我弄得完全有些不知所措,你究竟是怎样的一个女孩?魔鬼还是天使?

魔鬼加天使,哈哈哈……丢下一串笑,我自顾一溜烟跑了。月光如水。花香如酒。多么美好的月圆之夜啊!我飘飘欲仙。

半个多月之后的一个中午,孙可煊跑来宿舍跟我说,秦莲曦,你下午有没有课?

有啊,怎么了?

可不可以翘课？

为什么？

我们去水利厅！

水利厅？

是啊！我帮你打听到了，水利厅还真有个叫张若曦的人，不知道是不是你要找的那个张若曦，不想去看一看？

真的？

当然，千真万确！

我的脑子里突然间嗡的一声响之后，一片空白。

太突然了！那个中秋节的晚上之后，我似乎已经将这件事放下了，已经不再纠结甚至不再去想了。那么，要去……吗？

去不去？

去！

说实话，哥，自从孙可煊告诉我这个消息之后，我整个人就如同丢了魂，心里慌得跟做了贼一样。孙可煊一直絮絮叨叨地说了许多关于自己是如何如何打听到了他，他目前又是如何如何的现状，说是已经做到规划设计处的处长了等等等等，我似乎很认真地听，却真的游离在他的话语之外。我的脑子里心里回荡着的只有一个念头：我真的要见到他了吗？确定真的要见他吗？为什么非要见到他？我要对他说些什么？

我仿佛一具游魂似的，被孙可煊领着，究竟如何进了那高大的门楼，又如何找到那栋楼，我都一概不知。直到出现在规划设计处的门口，我依然处于一种游离状态。门开了，我看见了一个花白头发笑容可掬、面容和善、颇为儒雅、五十岁上下的男人。不知道为什么，只那一瞬，我不知道究竟是哪里、哪个地方触动了我，我感觉这个人就是我要找的那个张若曦，一晌贪欢生下我却又杳无音讯的我的父亲。

请问你们找谁？有什么事？略带地方口音的普通话，听上去是那么温柔亲和，我的眼泪夺眶而出。杨梦莲，我的娘亲，可怜的女人！我见到了你到死都思念着的男人！他活得很好。很好。再好不过了。

我一个字也说不出来。孙可煊似乎看到了我的失态，赶紧说，哦，对不起，我们是医科大学的学生，我们想找一个人……

可那个人似乎根本没有听孙可煊说些什么，只是看着我，说，这位姑娘，我们认识吗？怎么有些面熟？

不知道为什么那一刹那间，我的心里似乎有无数个声音在催促我要我离开，可我的脚却似乎生了根似的一动也不能动。面对着那张笑容可掬、儒雅可亲的脸，一股无法压抑的冲动促使我想要说出埋藏心底很久的问题，可结果从我嘴里问出的话却是：请问，您认识一个名叫张若曦的人吗？我竭力克制自己内心的激动，尽量语气平缓面带微笑。

那个人一愣，说，张若曦？我就叫张若曦啊？

那你们单位还有没有别的人也叫张若曦？我继续追问。

他一下子就笑了，感觉屋子里顿时洒满了阳光，好像就只有我一个。怎么？你们找张若曦，也就是我，有什么事？

哦，没什么事。听说那个张若曦二十四年前去青城县的清水乡防过汛，不知道是不是您？

青城县清水乡，二十四年前……他收敛了笑容，兀自沉吟着，口中念念有词，仿佛在记忆的深处竭力搜寻与这个地名有关的细枝末节。过了好大一会，他似乎终于想起什么来，眼睛一亮，说，噢噢，好像去过，有这个印象。那一年那个地方有一处大堤差点破了嘛！记起来了，记起来了，呵呵。怎么？你们……认识我吗？他依然笑容可掬地、用柔和的又带着探寻的目光看着我们。

啊！果然是了。这个如此儒雅如此温和又如此亲切的男人正是给了我生命却又漠然不知的那个男人！那一刻，我忽然完全理解了我的母亲杨梦莲为什么在那么闭塞的封建意识非常浓烈的小地方，敢于走出桎梏，勇敢地面对爱情投身爱情并且固执地以生命为代价保留他们爱情的结晶，就是因为张若曦那致命的英气！在那样一个小地方，一个从小失去父爱的、情窦初开的乡村小姑娘，突然面对一个如此英气逼人又才华横溢的年轻才俊，她如何不芳心大动、激情澎湃？更要命的是那个男人也向她抛出了橄榄枝，可怜的女孩除了投降除了束手就擒之外，她还能做些什么？还有丝毫的还手之力吗？怪不得我母亲到死都那么幸福。

我们不认识你,可有人认识你!那个认识你的人让我们来看看你,看看你过得好不好!我语气中不知不觉间流露出的讥诮与讽刺连我自己都没有想到。原来仇恨一直都种在我的心里,春来秋去寒来暑往从未死去。

哦?是谁?谁这么关心我啊?哈哈哈……张若曦爽朗地笑着,脸上的得意明明白白地书写着。

或许是张若曦的笑声刺激了我,他笑得如此张扬甚或轻狂,可我的母亲杨梦莲却早已经尸骨不存!怒火在我的心底一点一点地燃烧。杨、梦、莲!我一字一顿地说出了这三个字。

霎时间,张若曦阳光般灿烂的笑声宛如一只质量不好的烟花,只在半空中短促地炸裂了一下,却并没有开放出璀璨的花朵就一头栽倒在了地上。谁?笑容急遽消逝的张若曦一脸惊诧。

杨、梦、莲!我再一次一字一顿地说着这个名字。

哪个杨梦莲?张若曦紧张地站了起来,一张脸霎时间由惊愕转为苍白。

青城县清水乡麻布寮村"猫尾子"脚下的那个杨梦莲!相反,此时此刻的我却异常平静异常清醒,我倒要看看"杨梦莲"这个名字在他心目中到底还有没有印象,有多少印象。

"猫尾子"?张若曦终于被一词击中,呆若木鸡一般地跌坐在椅子上。你、你、你…… 你是她什么人?

我是她的女儿!我叫莲曦,秦莲曦!莲花的莲,晨曦的曦。

什么?张若曦再一次从椅子上弹跳起来,莲曦?秦莲曦?你为什么要叫莲曦?

这是我母亲给我起的名字!我也不知她为什么要给我起这样一个名字!我不知道张若曦张处长是不是明白杨梦莲为什么要给我起这样一个名字!想必我一句一个惊叹号的三句话仿佛击中他要害的三发炮弹,张若曦的脸上再也找不到一丝一毫的张扬与轻狂,变得苍白仓皇。

笑话!连你都不知道我又怎么会知道……他嗫嚅着,忽然话锋一转,语气严厉起来,说,秦莲曦,你找我干什么?我和你有什么关系?

如此地惊慌失措而又咄咄逼人,简直活脱脱一个曹禺笔下的周朴园啊!哈哈哈,我忽然间好想纵声狂笑,笑这人世间亘古不变的滑稽与闹剧。我从心底里涌起一股说不出来的鄙夷与厌恶,蔑视地说:我本来不想和你有什么关系,更不想来找你,可是我的母亲杨梦莲她非要我来找你。因为那个张若曦是她朝思暮想、到死都念念不忘的人!

时间、空气,一切的一切突然间都凝固起来,张若曦一张脸仿佛川剧中变脸演员一样一会儿白一会儿红一会儿青。他本来木呆呆地看着我,然后一点一点地收回目光望向了窗外。时间移动得如此之慢,我仿佛都能听见它那艰难挪动的嘀嗒声。不知道过了多久,也许很快,却似乎足够漫长,等到张若曦再次转过脸来的时候,他已经恢复了正常,平静地坐回到椅子上。他望向我,是那么笑容可掬那么镇定自如,仿佛刚才什么也没有发生过一般,说,秦莲曦,对不起,我是在"猫尾子"防过汛,可我根本不认识你讲的那个什么杨梦莲,我想你们是弄错了。请你们离开吧!

真的吗?那家伙真的这么说了吗?我气得差一点跳起来。可我再也跳不起来了。人,怎么可以这样!真是无耻!我愤怒却又无奈。

哥,那一瞬间,我实在无法说出我内心的悲哀与愤怒,我再也无法停留了,哪怕再有千分之一秒的耽搁,我都会失去控制。歇斯底里。或者疯掉。我逃也似的飞奔而去。找到一个僻静的地方,再一次无可抑制地痛哭失声。

秦莲曦,那是你要找的人吗?孙可煊小心翼翼地问。你说我们是不是真弄错了……

是的,错了!可不就是错了吗?一开始就是个错啊!杨梦莲,你知道了吗?这就是你到死都那么死心塌地至死不渝爱着的男人!而他呢?你不过是一缕云烟,早就烟消云散不留痕迹了。

孙可煊没能觉察出我内心其实早已肝肠寸断,还在自顾自絮叨着:可,可,秦莲曦,你知道你和那个人长得有多像吗?又怎么可能会错啊……仿佛对我说,又似乎只是自言自语。

我什么话也说不出来,只是一直哭一直哭,为自己更为杨梦莲。我忽然后悔自己来了这么一趟。这或许是早已知道的结局,尽管在心里已然揣摩了无数次模拟了无数次,甚至比这更要残忍残酷,可一旦终于到来的时候依

128

然无法接受。心底的那个痛啊！又怎一个痛字了得！

多少年过去之后了，莲曦说起这段往事还禁不住心情激动，泣不成声，泪流满面。我多想把她再搂进自己的怀里，可我依旧做不到了。小曦，从今往后，哥哥再也不能做你的大黄伞为你遮风挡雨了！唉，又是一阵痛。

那以后你跟那个无耻的家伙就再也没有见过面了吗？

那次之后，我真的彻底放下了。尽管心里无数次回想起他时，仍然无数次地愤怒与悲哀，可我还是一点一点地将这些情感从我心里剔除，也一点一点地平静与释然了。我还试着站在他的角度来想这件事，那个张若曦真是那么的薄情寡义始乱终弃吗？或许也不是那么回事。或许在那个特定的时刻，他是真心的。可这种真心是那么脆弱，脆弱到一离开就放下了。可退一万步说，即使他不放下，又能怎么样？他们能走到一起、能幸福吗？当然不可能！这注定只能是一段孽缘啊！这样一想，我似乎能理解他了。不仅理解，甚至、甚至有些莫名地心疼他……

心疼他？为什么？

你看，他生我的时候，不过二十七八的年纪，我那年也不过刚刚二十三，他应该不过五十上下吧？白发却那么多，几乎已经全白了，很少能看到黑头发。是太过操劳还是也曾有过无法言说的思念呢？其实我真的很想再去问他一声，问他可是真的早就不记得那个叫杨梦莲的女人了。唉，他哪怕生命中只有那么一两次在午夜梦回的夜晚能想起那个偏远的小乡村，小乡村里美丽的乡村姑娘杨梦莲，我都替我妈值！可是又一想，就算记得又能怎么样呢？杨梦莲还能起死回生吗？本已是死水一潭，何必再生涟漪呢？既然注定是孽缘，还提它作甚？罢罢罢。可就在我似乎已然完全将这个名字从我的脑海甚至我的生命里删除的时候，他却跑到学校来找我了……

什么？他去找过你？他不是说跟你没有什么关系了吗？还跑去找你做什么？我气得又差一点要跳起来。

是的，他来找我，那已是两三个月之后的事情了。秋都尽了，冬也已经到来多时了。那天晚上冷得要命，我正在图书馆里自习，准备着期末考试，忽然有人轻轻地告诉我外面有人找。我很奇怪，不知道谁会在这个时间、这样的天气里来找我。难道是哥哥？我高兴地跳起来就往外跑。拉开门，寒风中见到的却是他。深色的长大衣，围了一条同样深色的围巾，一米八左右的个头，昏黄的灯光下，依然那么挺拔那么儒雅那么帅气那么笑容可掬！你好！声音还是那么好听。一瞬间我的眼泪差一点撞出了我的眼睛。我有些回不过神来的样子，呆呆地看着他又似乎看着一个影子。莲曦，能陪我在你们学校走走吗？他叫我莲曦！他竟然叫我莲曦！我再也抑制不住，泪水悄然地滑落。多么亲切而又温暖的称呼啊！我多想扑进他的怀里，温暖的怀里，叫他爸爸，享受他温暖的拥抱与爱抚啊！可我什么也说不出什么也做不了。我抬腿就走。

校园里一个人也没有，似乎都被这深冬的风给刮跑了，只有一座座教室里通明的灯火与四野肆虐的风。我有点逃也似的走得飞快，一会儿就到了我惯常读书的小竹林。莲曦，你不要走得这么快嘛！看，我都撵不上你。听见他在后面的声音，我站住了。风嗖嗖地吹着，竹叶烦躁地絮语埋怨，打在我的脸上，说不出的疼。心疼。

莲曦，天这么冷，我们找一个暖和的地方坐坐，可好啊？他的声音可真好听啊！那么温和那么低沉那么宽厚，如果每天都能听到这么好听的声音，那该是一件多么幸福的事情啊！可这么好听的声音分明就在我的耳边却又仿佛远在天边一般地飘忽不定。我的眼泪再一次悄然滑落。

不了，你找我有什么事？就在这儿说吧，我还要上自习呢！我硬着嗓子说。

可，这里这么冷，我怕把你吹感冒了……

谢谢关心，我又不是什么千金大小姐，没有那么娇气。什么事，你说吧。其实我的内心早已被这一个父亲的温情温暖得似乎要融化了一般，可我的语气依然冷冰冰宛如这寒冷的天气。

那个，莲曦，他似乎有些讪讪，嗫嚅着。你妈妈，那个，她好吗？

我的鼻子为什么这么酸痛？我的心又为什么要如此酸痛？我妈妈，她好吗？张若曦，拜你所赐，她好！她再好也没有了！泪水还是没有忍住，一串串地滑落下来，冷风一吹，冰冰冷冷地在我的脸上奔流。分明那冰冷在我的脸颊，却仿佛冰冷在我的心里。骨髓里。

见我始终沉默，他又说了，你妈妈，她叫你来找我……找我干什么？一切都过去那么久了，我们，我们还有必要……那时候我们都年轻，那个，年轻都容易冲动……那个，莲曦，想必你是理解的。呵呵。他干笑了两声，又接着说，你看你现在也已经在读大学了，想必你们生活得还不错。我嘛，也都还好，好歹也算得上是个有头有脸有身份的人……我们都挺好，不是吗？所以从前的那些陈芝麻烂谷子还有必要翻出来晒弄得人尽皆知吗？这样，不仅于我的家庭，就是于你们的家庭也都未必好吧？你说是不是啊，莲曦？

哈哈，我终于明白了，今天晚上这么大冷的天他还来找我并不是来关心我、问候我的，他关心的是他自己！他怕我再去找他，给他的生活带来麻烦！影响他的家庭、有损他的名誉！仅此而已。杨梦莲，这就是你至死不渝爱着的男人！给我生命的父亲！真是奇耻大辱奇耻大辱啊！看着眼前这个如此儒雅如此挺拔如此帅气的男人，我的心冷到了冰点。

对不起，我不知道你在说些什么。我也根本不认识你！你走吧，我还要去自习，恕不奉陪！说完我扭身就走，一秒钟，不，这辈子，任何一秒钟，我都不想再面对这个男人！

可他却一把拉住了我的手。他的手多么温暖多么绵软多么厚实啊！这是一双父亲的手，可却不属于我。我的眼泪流得更欢实了，我不知道自己的眼泪为什么要这么不争气要这般一个劲地往下流，难道那是杨梦莲的眼泪吗？杨梦莲要是还活着，要是见到了他，那个可怜的女人除了肝肠寸断地哭泣之外，还能做什么？我使劲地挣脱了那双让人无比依恋的手。他似乎有些讪讪，把手重新插进了大衣口袋，说，莲曦，不要着急走嘛！你看，我们好不容易认识、相见……是这样的，莲曦，你如今也是一个大学生了，知书识礼，就该通情达理，是不是？他的语气突然间仿佛被这深冬的寒风给冷冻起来了似的，变得硬邦邦的。梦莲她，那个，她毕竟是农村女人，没有受过什么教育，那个，过去的事就让它过去了吧，成为记忆不是一样美好吗？我的意思是，既然这么多年都过去了，相安无事不是很好，为什么又要来找我？想要我为你、为你们做些什么吗？说实在的，什么我都为你、为你们做不了！当年是一个错，一个令人悔之不及的错！如今你来找我更是一个错！何必一错再错？那时候我们都年轻，容易犯错，很自然。可如今我们都年近五十，为什么做事还这么不顾后果？这个年纪如果还轻易犯错，可就是愚不可及了。她有没有想到，你的这一出现，我，我们的生活要泛起多大的浪花？或许我们都不可能再一如从前那样生活了！有这个必要吗？到最后他的语气不仅仅只是硬邦邦而有些愤愤不平的样子了。

我再也听不下去了，愤怒地看着眼前这个温文尔雅，即使岁月流逝依然英气逼人的男人，我的父亲！然后声色俱厉一字一顿地对他说，张若曦，你给我听好了！我的母亲杨梦莲她已经死了，二十三年前就死了！生下我的那天晚上她就死了！所以，你不用担心她会给你的生活带来什么不必要的麻烦！至于我，你听清楚了，我姓秦，不姓张！和你一点关系也没有！对于你这样一个肮脏卑琐、金玉其外而败絮其中的人，我逃之唯恐不及，又怎么可能愿意和你有什么瓜葛？所以，也请你放心好了，我绝不会再去打搅你！还有，我母亲，杨梦莲，你没有资格评价她！永远没有！因为你不配！说完，我扭身消失在寒风中。我骄傲那一刻我没有流泪。

那，那你说话可得算数啊……他的声音从身后追过来，可寒风却将它们撕扯得支离破碎。

啊？这世界上还真有这等无耻之人啊！简直是无耻至极！我的愤怒实在无以言表。你为什么早不和我说啊？看我不打掉他狗日的门牙！让所有人都知道他是怎样一个道貌岸然的衣冠禽兽！

哥，你觉得和这样一个已然不能叫作人的东西计较有意思吗？幸亏我没有说出我就是他张若曦的女儿，否则我还有什么脸面活着？只有一头撞死！

你不说他就真不知道了吗？傻瓜都知道你为什么叫那么一个名字。

所以我后来将名字改成了莲西。就是不想再和那个人有一丝一毫的关系！

怪不得你怎么成了秦莲西了！原来是这么回事啊！我还以为你们医生签名字都是那么古里古怪的原因呢！小曦，你可真能忍！这么大的事你竟能瞒我们这么多年！

说出来又有什么意思呢？我自己都恨不能抽干血管里的血真真正正换上你们的才好呢！莲曦的脸上飘过一缕笑意，苦苦的笑意。可怜的莲曦！

那你和那个孙什么的,后来怎么就没有下文了呢?我岔开话题。

很简单啊!我铁了心回来,而他不可能离开省城,我们的故事还有可能继续吗?退一万步讲,即使他自己愿意放弃省城的工作跟我去偏僻的小县城,他家里人会愿意吗?肯定不可能!说不定张若曦曾经也有过同样的挣扎,可除了妥协放弃,他又能怎样?还不是好不容易进化成了人却又回到了原点?

秦莲曦,马上就要毕业了,你有什么打算吗?

我能有什么打算?回老家呗!

你就没想过要留在省城的大医院?你这么优秀,成绩这么好,留在大城市大医院,不是更有发展前途吗?

哈,这是我能决定得了的事吗?

如果你想,我们可以一起共同努力,不一定就不能实现。

谢谢你的好意!我心领了,可我还是要回去。与其把时间和精力花在那些渺茫期待的事情上,不如做一些具体实际的事,我觉得在那些偏远的地方更需要我们这样接受过系统教育的医生。孙可煊,你出生在这样的大都市里,而且幸运的是你又躲过了上山下乡,你不知道像我家乡那样偏远的乡村里,一个怀孕的女人从来就没有什么优待,与平常人一样同吃饭同干活,说是不能太娇贵了,太娇贵了日后难生。你说愚昧不愚昧?至于什么产前检查根本就不可能,听都没听说过。而且生孩子的时候大都在家里生,有的人家也许会请有经验的接生婆帮忙,有的人家连接生婆都省了,只家里的女人帮忙。像我妈这些通通都省了,一个人关起房门自己生。我哥和我姐都是这样生出来的。要不怎么说,女人生一次孩子就是跨一道鬼门关呢!与地狱就隔了一道门槛。如果胎位不正或是大出血,得不到及时地救治,绝对有可能会一命呜呼……

像你母亲杨梦莲……

是的。我要尽我所能地避免这样的悲剧再发生。谁不是娘生父母养?难道农村女人真的就天生命贱吗?

我懂了。秦莲曦,你带着这样一颗赤诚的全心全意为人民服务的心投身工作,你一定会成为一个受欢迎的好妇产科医生的!把那些在鬼门关前徘徊的母亲们拉回来,成为她们的救星恩人。

哈,孙可煊,这么说也太夸张了吧?这只不过是我的志向而已。人都要为梦想奋斗,不是吗?

唉,秦莲曦,我的眼光没有错,从一开始认识你的时候起,我就觉得你是一个与众不同的女孩子。果然,你有志气,有主见,有志向,而且志向高远。与你比较起来我真是太惭愧了!虽说我还是一个男人,可一切都是家里人为我设计好了的,包括上什么样的学校,在哪里上,以后又在哪里工作,一切的一切。用我妈的话说就是:我们负责把你的路铺好,你只要负责走就行了。走好,走稳,走远。

哈哈哈,你看你有多好!有多让人羡慕啊!

你这是在嘲笑我吧?好啥好啊?与你相比,我感觉自己就像是他们手中的一只牵线木偶,动一下,怎么动,都由他们决定。有什么意思啊!

那你自己对你自己有什么样的人生规划呢?

其实我一点也不想学什么医,我真正想学的是建筑。我爸爸有一本画册是世界各地的建筑,我不知翻看了多少遍,真想亲自去看看究竟是个什么样子,羡慕又向往。可我妈妈却非要我学医!说什么学医好,救死扶伤,治病救人。唉,没法子……

学医不也挺好吗?而且你学得又不赖咯!

秦莲曦,我真希望你能留下来,和我在一起……工作。这样我们就可以继续一起交谈交流,共同进步提高了。我需要一个你这样的人在身边,不断地为我加油打气,我才能干得好。小曦,我的心思你难道看不出来吗?其实……

其实这样挺好的!孙可煊,你留在省城,我回到地方,我们也一样可以交谈交流共同进步提高啊!而且,以后我遇到什么难处了,你在大地方,一定神通比我大,你可以帮助我啊!你看这样多好?

你真的铁了心了?

百分之百吃了秤砣铁了心!

那就祝你早日成为妇女们的救星!

……

就这么简单？

可不就这么简单！

那你真的就从来就没有过遗憾与后悔？

没有，从来没有！也许他确实有"那个"方面的想法，可我根本就没有进入状态。我母亲杨梦莲的死一直像一只警钟一样警响在耳边，时刻提醒我要慎重对待感情。冲动与激情，对于男人来说，收获的也许是愉悦与快感，而对于女人来说，极有可能成为一种灾难。我可不想做第二个杨梦莲！说句良心话，学校的那几年里，孙可煊对我真是没的说，经常从家里带好吃的给我打牙祭，经常为我打饭，上晚自习的时候提前去图书馆给我占座位等等等等，凡是一个恋爱中的男孩子为女孩子能做的一切他都做到了。要说我一点不感动，那是假话。可感动并不能代替感情，我就是进入不了状态，始终游离在情感的雷池之外。说真的，我信不过省城人。

你心里有阴影……

也许吧。再说，那样的一个乖宝宝，并不符合我心目中的男人标准。

你的标准是什么？

那时候在我心里我觉得一个男人就应该像我哥那样有担当，有强烈的责任感，有奉献精神和牺牲意识。那时候的你，在我心目中就是天底下最最完美的男人……

你说对了，激情与冲动会成为女人的灾难。

错！我不是冲动，而是相当理性！

第九章　情　　劫

　　小曦,这两天我怎么没见一心啊?她去哪了?

　　你一倒下,姐姐也就倒下了。

　　唉,她那身体还是那么弱。

　　是的,那些年太苦了!姐姐真是吃太多苦了,都是因为我……

　　你也别这么说,小曦。一个人的命运怎样,上天早就给你注定好了的。还是伍爷说得对,十个犟人九个吃亏,一心就是太犟了,认准的事情不撞南墙坚决不回头。都说性格决定命运,一点不假。一心的命运也是由她的性格决定的。可哪一个人的性格不是上天早就造就好了的呢?

　　不过,这些年她也算是苦尽甘来了,事业做得那么好,尚青对她向来言听计从,若水、若坤又那么成才。姐姐简直是完美人生啊!好人终究有好报,老天爷在上面看着呢!我现在总算是相信了。一切都有报应,不是不报,时候未到而已。小曦深深地叹了一口气,神色悲戚。她又怎么了?我不解。

　　姐姐是自己为自己修来了这一桩好姻缘啦,唉……小曦再一次深深叹息着。

　　我的心忽地再一次刺啦啦地疼起来。小曦,不要这样,好吗?

　　尚青可是我见到过的最好不过的男人了!用时下的话那叫暖男。

　　嗯,尚青确实不错,没的说!我开始还真不看好他,还是师傅眼光好。

　　你哪能跟师傅比啊?莲曦不屑地撇了撇嘴,嘴角漾起一丝嘲讽而又调皮的笑。这个小曦!

　　一文,你看这个小伙子怎么样?一天我去师傅的修理厂修车,师傅努了努嘴示意我看一个人。

哪一个？我四下望了望，似乎没有什么特别能吸引眼球的。都那么普通，油渍麻花的工作服，或蹲或站或躺在车底下，埋头做自己的事。

喏，就那个，给你修车头的那个。师傅努了努嘴，朝我示意。

我看见一个个子不高、瘦瘦的小伙子正在我的车前，车盖已经打开了，拿了只扳子这里敲敲、那里打打。我故意踱过去和他搭讪，二十五六的年轻人，相貌普通，但是笑起来很和善，能一下子暖到你的心里。

很普通嘛！我说，怎么了？

把他介绍给一心，你看怎么样？

就他啊？不晓得一心可愿意呢。长相身高都太普通了……

那些重要吗？主要是这儿！师傅指了指自己的心脏。心好，比什么都好！

在我和小曦的人生都发生了重大转折（小曦考上大学，我成为汽车运输队的正式工作人员）的时候，一心却没有这么幸运，依然在那个偏远的小乡村苦苦挣扎。这一直是我心头的一个疙瘩，也是师傅心里的块垒。他一直谋划着想替一心在城里找个临时工做，这样一家人就能在一起了。

小曦大二的那一年，大哥如松终于帮一心在他们柴油机厂找了个擦砂子的事情。那本来也是一个临时工在干着，是他们厂一个职工的老婆，正好回家生孩子去了，空了个缺，大哥如松赶紧找厂长推荐了一心。厂长正好一时也找不到人手，就答应了。多好的机会！大哥如松一见厂长点头了，立马骑了自行车回家和师傅汇报。师傅也立即笑逐颜开，说，如松，不错，这件事办得不错！可等我回去跟一心说起这件事的时候，一心却犹豫了。

我要是走了，那奶奶怎么办？

其时，王奶奶已经快八十了，身体一天不如一天，耳朵早就聋了，眼睛也不好使了。如果说前几年是王奶奶帮忙一心照顾了家，最近两年一直都是一心在照顾王奶奶了。真是祖孙二人相依为命啊！

我去找伍爷商量。伍爷这几年身体也差多了，队长也不干了，歇了。不过队里的大事小情新队长小莫都要找老队长商量着办。伍爷说，事情倒是个好事情,可一心不愿意,别人也不好干预,你说是不是?要不你伍娘一直说一心是个好姑娘呢?你看看多仁义啊!换作别个,早就把一个孤老奶奶扔下不管,奔自己的前程去了,哪里还顾得上那么多啊?再说,非亲非故的一个孤老,本来"五保"多年了的。这些年,你们一家待她本身不薄,按道理,也已经算是仁至义尽了。可一心还……唉,难得的好姑娘啦!

那,伍爷您说一心这个事怎么解决为好呢?多好的机会啊!虽说顶别人的缺,可是师傅说了,如果一心做得好,时间一长,还不就留下了?您看能不能帮着劝劝一心啊?

可伍爷和一心说起的时候,一心还是那句话:我走了,奶奶怎么办?我能把奶奶一起带走吗?

傻丫头,奶奶队里管啦!本来就是"五保"的嘛!

那不好吧?伍爷。做人可不能用人时朝前,不用时朝后。伍爷您又不是不知道,那些年,我和小曦两个人最困难的时候,是奶奶帮了我们。哦,现在我们日子好过了,又把她老人家一个人甩了不管,别说老天爷不答应,就是我大大、姆妈在天上看着,也不会答应的。我是一定要给奶奶养老送终的。

一心啦,你可要想好了,这可是难得的好机会。那可不是什么田地里长的庄稼,今年割了,明年还能种了再长。这城里人的事,等不了的。过了这个村,就没那个店了哟!

可无论伍爷和我好说歹说,嘴皮子都磨破了,一心就是一句话:我不能扔下奶奶不管!或者,我能带奶奶一起去吗?真是个八头牛都拉不转的犟东西,气得我恨不能大嘴巴子扇她。

末了,伍爷说,看来一心是吃了秤砣铁了心了。你呢,回去和你师傅师兄商量商量,看能不能等老王奶奶过去了,再给她找一个事做啊?这老奶奶,我看,也就这两年了。你看,都老成一只皱了皮的橘子了。要不,你们在城里给她物色个男的?一心也二十出头了,该给她找个人家了。

伍爷,您这不是说笑吗?一个城里人哪个愿意跑到乡下来找个老婆啊?除非脑子有毛病,或者身体有毛病差不多。师傅原本也是这么打算的,所以才要一心去城里啊!只有进了城,才可能有机会不是?

那,这件事么样办呢?

能么样办?黄了呗!唉,还不知道我师兄会怎么说我呢!人家巴心巴肝地为了你,屁颠屁颠地跟人家厂长屁股后面求爹爹拜奶奶似的,好不容易求来这么个事,好嘛,你一句话,不去就不去了!叫我怎么跟大哥开口啊!

一文,照我讲,也没什么不好开口的。我们一心怎么了?又不是做什么不好的事情了,大仁大义的一个姑娘!相信你师傅和你师哥都会敬佩她的,只不过有些可惜罢了。

果然,我回去和师傅、师哥一说这事,师哥立急红赤白脸地急起来,想说什么,被师傅制止了。师傅什么也没说,就撂下一句:一心可真有一颗菩萨心啊!只怕将来人善被人欺啊!

没想到,师傅果然一语成谶。

伍爷预测得一点没错,老得跟一个皱了皮的橘子一样的王奶奶,没有挺过第二年冬天。村里人议论得不错,说老王奶奶最后终究做了两件大好事,一是,帮一心度过了最为艰难的几年,算是为自己积德了;二是,没有卧床劳累一心,也算是积了德。真是这样的!最后那几天,老人家安安静静地睡在床上,不吃也不喝,就像睡着了一样,就那样睡着睡着,去了。她去的时候,小曦已经放寒假在家里,我也请假回去陪她们。村里人都说,想不到一个孤老最后还享福得很!我们这些有儿有女的,日后未必有这么享福,这么圆满。

王奶奶圆满了,可一心又孤单了。怎么办?

能怎么办?继续种地呗!哥,你不要替我操心,这么些年过去了,我已经长大了,能应付自己的生活了,你们只管把自己应付好就行了。未必农村人就不是人了?只要认认真真地活,在哪里都一样。苦一点累一点,都没什么的,真的!哥,小曦,你们真不必为我操心!

我们那时候根本不知道,其实一心已经有相好的了。

那男的叫江海波,隔壁村子里的,离我们家不过四五里地。比一心大两岁,和一心、小曦都是初中同学。虽然从前上下学的时候经常能碰上,要走同一条穿过田野的乡间小路去山里的学校上学,但是那时候,男同学女同学之间在学校从不讲话,即使在校外别的什么地方碰上了,也都像不认识似的连个招呼都不打,各走各的路。本来一心对他没有什么印象,加上一心初中没有念完就回家了,以后就更是断了联系。按道理两个人不可能碰到一起的。可是世事难料,两个人还就是碰上了,而且还碰出了爱情的火花。

说起两个人的碰面还颇有一点戏剧性。

小曦大二的那年寒假,年关将近,姐妹二人闲来无事,便决定去城里逛逛,看看师傅、师娘,顺便打点年货。从师傅家出来,两个人便奔了东街闹市区。东街本身就是小商品集市,各种摊位挤挤挨挨,商品琳琅满目。平常人就很多,摩肩接踵的,这年关时节尽是打年货的,人更是多得不得了。姐妹俩手牵着手在人群里挤着,叽叽喳喳地这里瞅瞅那里瞧瞧,又亲热又兴奋。江海波出现的时候,两个人正专心致志地在一处年画摊前挑选着、比较着,忽然一心的马尾辫被什么东西一下子挂住了,扯得生疼。一心哎哟叫了一声,本能地护住自己的头发。莲曦本来正兴致勃勃地拣年画,忽然听见姐姐叫了一声,回头一看,只见一个年轻人肩膀上担了根空扁担,扁担头子上面拴了一副空麻绳。那麻绳很不老实,而是随着人走动在扁担上欢快地舞蹈着,甩过来,荡过去,甩来荡去,熙熙攘攘的人流当中,一下子挂住了一心的马尾辫。可扁担绳子的主人却浑然不觉,依然自顾往前走。莲曦不高兴了,冲过去朝那人的后背搡了一下说,你这人怎么回事啊?你的扁担绳子挂住人家头发了,怎么一声不吭就走掉了呀?

那年轻人给人凭空推了一把,也有些生气,回头正准备和说话人理论,可一看是莲曦和一心,立即叫起来说,啊?秦一心、秦莲曦,是你们俩啊!你们也是来打年货的吗?

姐妹俩给他叫得一愣,互相对望了一眼,异口同声地说:你是?

啊?你们俩都不记得我了吗?我是江海波啊!我们不是一个班的同学嘛!怎么会不记得了呢?要说秦一心记不得还差不多,她初三没读完就回去了。秦莲曦你就不地道了,咱们怎么说也是同班三年呀!不过五六年的时间,怎么就不记得了呢?我真的改变那么多吗?

江海波?姐妹二人又一次异口同声地问了一句,说完两个人忽然相互对望了一眼哈哈大笑起来(姐,你说这人怎么叫这么一个名啊?明明是条江,却偏偏叫什么海波……两个人说着趴在课桌上哧哧地笑起来)。那是他们初中一年级第一次全班点名。一定是两个人同时想起了那段往事,所以忍不住一起笑起来。一心捂着嘴,莲曦还夸张地捂起了肚子。

江海波却被她俩给笑糊涂了,说,二位小姐,你们干吗要笑成这样啊?我有那么好笑吗?说着往自己身上四处打量着,还是我挑着扁担绳子你们觉得我滑稽?

不是不是!两个人止住了笑,莲曦说:不是那个意思,你不要多想。只是我们记得你那会儿可是我们班最小的男同学啊!又瘦又小,完全没长开的样子嘛!莲曦本来想说:你那时不仅长得磕碜,学习还不怎么样,除了那个颇为滑稽的名字……一想起这个,莲曦止不住又想笑,可还是忍住了,到嘴边的话也换了,说,瞧你现在,啊,该有一米八了吧?

没有没有,不到一米八,一米七八。嘿嘿……江海波挺了挺胸脯,虽然嘴上谦虚却不无骄傲地想炫耀。

一米七八也很不错了,快赶上我哥了。莲曦用一种调侃的目光上下打量着江海波说,几年不见,看看你现在不仅个子高了,人也帅了。

多谢首长夸奖!江海波忽然啪一个立正,挺胸收腹,声音洪亮。惹得两个人又笑起来。

莲曦止住笑说,哎,江海波,想不到你还怪贫的啊!你以前可是瘪索索的。说说,究竟是什么魔术让你几年之间脱胎换骨的呀?

部队的大熔炉啊!江海波更板正地挺直了身体,说,部队锻炼了我改变了我!

哦,你参军了呀?姐妹俩再一次异口同声。

是啊!你们又不是不知道,我学习成绩不是不好吗?哪比得上你们俩啊!秦一心那时多用功啊,任何时候都见她一动不动坐在座位上看书。秦莲曦呢,你聪明,学习跟玩儿似的,可成绩就是那么好,哪个都撵不上你!我就不行了,属于破落户,嘿嘿。江海波搔了搔自己的板寸头继续说,初中毕业不是没考上高中嘛,上不了学,只得回家种地咯,可我那身子骨哪里扛得住地里那些活啊!我妈跟我几个姐姐说,干脆,叫海波去当兵吧!就这样,第二年春季征兵,我便报名参军了。说起参军还有好笑的事呢!你们知道,我那时不仅个子小,才一米六几,而且体重也轻。规定要一百斤,可我只有九十八。怎么办?为了达标,我偷偷地在自己的裤兜里装了两个石块,才总算过了关。原以为参了军不用干农活了,要享福了,谁知道到部队之后,新兵连三个月那叫一个苦啊!我真是连肠子都悔青了!要不是部队包子救了我,我就差一点当了逃兵了……

什么什么?包子救了你?什么意思?莲曦奇怪地打断江海波的叙述。

哎呀,你别插话,听我说啊!秦莲曦,你性子怎么那么急啊?你看你姐姐秦一心,安安静静的,多好!多有女人味!

江海波你说什么呢!莲曦生气地又搗了江海波一拳。

小曦,别闹!一心伸手把莲曦拉到自己身边,说,听他讲,怪好玩的。

江海波仿佛得了某种鼓励似的,更加眉飞色舞地讲起来:对,别打岔!听我讲。讲什么?哦,对了,包子!那是新兵连第一次吃包子,部队的包子,这么大个!江海波拿手比画了一下,看那样子,比街上包子铺卖的不晓得要大出多少。秦莲曦,说出来吓死你,跟你的脸差不多大!说着似乎对自己的这个比喻非常得意,一个人独自哈哈大笑起来……

去你的!莲曦又要动手,被一心拉住了,说,江海波,说正经的,别扯这扯那!

好好好,言归正传。那么大个包子,你们猜我一次吃了多少?二十个!可还不等一心莲曦回答,他就迫不及待自己说了出来。

一心吓得拿手捂住了嘴巴,莲曦叫起来说,什么?多少?二十个?江海波,你就吹吧!那么大个包子,二十个,不得有一脸盆啊!你一个人一顿能吃得了?

还真不是吹牛,秦莲曦!不过你讲得一点不错,二十个包子真有一脸盆。你们猜我怎么抢到这二十只包子的?

两个人面面相觑,谁也说不出来只是看着他。最后还是莲曦说,哎呀,江海波,你就不要老是卖什么破关子了,痛痛快快地讲吧!

江海波一点不理会莲曦,自顾顺着自己的思路往下说,我就凭两根筷子,两只手,抢到了二十只大包子!我先是像串糖葫芦似的,一根筷子上串五个,两根筷子正好十个,搁在饭盆里;然后一只手抓五个包子,两只手正好十个。

你一只手能抓五个大包子？莲曦又忍不住插话。

对啊，一只手五个包子啊！你们肯定想知道我究竟是怎么抓的，对不对？喏，像这样！江海波张开五根手指，每一个手指缝夹一个，手心再装一个不正好五个吗？

天啦！连一心都忍不住惊呼，怎么做到的啊！

江海波得意地哈哈笑起来说，可不是嘛！现在连我自己都不相信了。当时真是有些穷凶极恶。你们不知道，当我几乎两口一个，风卷残云，一口气扫掉十五个包子的时候，我都没吃出包子的味道。直到吃第十六个的时候，我吃包子的速度才慢下来，正常起来，也才有心情品味包子的味道，大馅儿的鲜肉包子啊！长到十八岁，平生第一次吃到这么好吃的包子！我当时眼泪都快要下来了，真的！你们别笑，真是这样的！也就在这时我才注意到几乎所有人都不再吃包子，而是全都目不转睛地看着我吃。他们怎么也想不到我这样一个小个子，瘦不拉几的东西竟然食量如此惊人！我多少有些不好意思地冲他们扬了扬手里的包子，继续吃起来，结果二十个包子全都被我一扫而光。我由此而出了名。同时正是因为有这么好的包子吃，我才放弃了当逃兵的强烈想法。你们想想，平常我们在家里过什么样的日子？一年到头能吃到几回肉？不就逢年过节才有吗？像这样不年不节的就有这么好的鲜肉大包子敞开吃，这是什么样的生活啊！神仙般的生活啊！有这样的好日子过，我还当哪门子逃兵啊！你们说是不是包子救了我？

那后来呢？轮到一心插话了，莲曦多少有些奇怪地看了姐姐一眼，然后冲江海波说，是啊，那后来呢？

后来新兵连结束了，你们猜怎么着？我竟然被幸运地分到了炊事班……

什么什么？分到炊事班竟然是幸运？要是我不哭一鼻子才怪呢！一个大男人分到炊事班多没出息呀！莲曦又忍不住嚷嚷起来。

莲曦！一心扯了莲曦手一下，别打岔，听他说啊！

秦一心，你不知道，秦莲曦说得一点没错，刚一开始分到炊事班我也挺不开心的。我再怎么瘦小，可也是个男人啊！既然来参军，谁不想练一些杀敌本领？说不定将来有一天打仗了，也好建功立业呀！当什么炊事员啊！可是有经验的老兵却偷偷告我说，小子，别不知足，你就等着偷着乐啵！果然，一到炊事班，我才知道，妈呀，油水那么大，随便揩啊！打死你们都不会相信，一年多时间，我不仅个子一下子飙到了一米七五，体重竟然增加到了一百五十斤！你们看，其实我眼睛不算小吧？他眨了眨自己的眼睛，确实，虽然不算大，可绝对不是小眼睛那种！可那时候，你们想要看到我的眼睛，那可真得费点劲，哈哈哈……江海波自顾乐得大笑起来。记得第一次回家探亲，我妈、我姐一个个全都不认识我，以为我走错门了。后来确信是我回来了，我妈拉着我的手，哭得那叫一个伤心啊！我姐姐说，姆妈，海波长这么好，你老做么事要这么伤心哉？我妈说，我这是高兴啊！我总算给我伢找到一个好活法……

哦，想来你就是这么给喂壮的啊……

小曦！一心有些嗔怪地看了莲曦一眼说，怎么这么说话啊？

没关系的，秦一心，秦莲曦讲得一点没错，那些年我真是像喂猪似的，把自己喂得又肥又壮。后来有一天我们班长说，小子，你看看你现在还像个兵吗？瞧你胖得那样！就算是在炊事班，可我们一样也是兵，一样能上战场杀敌报国才是！你看你那一身的肥膘，走路都快喘气了，将来还怎么上战场杀敌啊？真是一句话惊醒梦中人！从此我发奋苦练个人体能，结果竟然在部队比武大赛中获得第一名。看，我现在身上可一块赘肉都没有，不信，我脱衣服给你们展示展示……说着又顾自哈哈大笑起来，倒把一心和莲曦吓得一愣。

哈，还真是士别三日，当刮目相看啊！江海波，想不到当年那个其貌不扬的小不点现在出息了啊！怎么？你这身打扮，是不是你这个武状元现在告老还乡了呀？

哎呀，秦莲曦，你这说的什么话啊！什么叫告老还乡啊！首先我老了吗？我才二十四，虽说比你和秦一心年纪大个岁吧，可离老还差很远吧？其次，我今天虽然穿了便装，可我是回家探亲，不是退伍还乡！明白吧？告诉你，秦莲曦，我知道你是我们附近十里八乡，不，是我们县都有名的女状元，可也不能门缝里看人把人看扁了！我虽然文化低，考不上军校，可是我已经转志愿兵了,说不定哪一天我干得好,提个干啥的,也不是不可能哦……

耶耶耶,还啥啊啥的呢! 莲曦揶揄道,真是山东驴子学马叫,当了几天兵回家,不晓得么样讲话了哦……

小曦! 一心有些生气的样子,一把扯过莲曦的手说,我们走! 省得你在这里胡言乱语! 说着拉着莲曦就要离开。

莲曦说,哎呀,姐,画还没买呢!

不买了! 一心显然有些气恼,语气冲冲地瞥了一眼莲曦。扭头换了一种语气对江海波说,江海波,我们走了啊! 哪天有空去我们家玩啊,反正路也不远。

啊? 好啊! 好啊! 秦一心,哪一天我去你们家玩,可不要不理我啊……江海波似乎有些失落也有些恋恋不舍的样子冲着姐妹俩喊。

或许当时一心只不过一句客气话而已,江海波却当了真!

第二年的五月份,金银花、香樟树花事正好,空气里弥漫着清新甜蜜的香气,总给人一种微醺陶醉的感觉。一天中午,一心刚收工回家,见王奶奶远远地在她自己家门口等着自己,觉得有些奇怪,就问是怎么一回事。

老奶奶多少有些诡谲地对一心说,有个男伢在家里等她。不认识,穿军装的。长得不晓得有多好看呢! 王奶奶一副欢喜异常的样子。

一心顿时莫名地心中一紧,当兵的? 难道是他? 不能够吧! 一心心里一边嘀咕一边打鼓,等到家一看,还真是江海波! 一身绿军装,挺拔高大,果然是帅! 看见一心,又突然啪一个军礼:首长好! 首长辛苦了!

一心吓一跳,说,哟,真的是你啊! 奶奶说有个当兵的找我,我还奇怪呢,心想怎么又跑出个当兵的呀?

什么意思? 又? 还有谁也当兵了? 江海波莫名其妙的神情警觉又紧张。

哪里啊! 我是想你春节才回来的,现在不可能又回来,你们当兵的那么闲、那么自由吗? 所以我还以为是别人……

哦,这样啊! 吓我一跳。江海波顿时一副如释重负的样子。

江海波,到现在还不知道你在哪当兵呢……

哦,我在甘肃当兵,甘肃兰州。

啊?那么远啊!一心好像有些失望的样子,脑海里立时现出一副黄沙漫漫的景象。

是啊!就很远嘛!西出阳关无故人啊!

哦,是不是因为远,所以管理就松,想什么时候回来都可以啊?

哪里呀!江海波忽然现出一副沮丧的神情,我这次是给我妈叫回来的。拍了加急电报到部队,说是得了重病……

哦?怎么了?什么病啊?一心也着急了。

哪里有什么病啊!她不过叫我回来相亲而已。江海波的声音忽然低了下来,低着头,把军帽拿在手里一点一点地捏,我大姐给我相了个女孩子,我妈觉得好,就叫我回来定亲……

那不是挺好的一件事吗?你怎么好像不高兴的样子啊?一心笑了。

可是我不愿意啊!江海波的声音忽然大起来,抬起头目光定定地看着一心,看得一心莫名其妙地一阵心慌。我跟她们说,我已经有了心上人,有我自己喜欢的女孩子了……

哦,那不是很好吗?跟家里人说清楚就是了。

可我还不知道那个女孩喜欢不喜欢我呢……

啊?这样啊!不会是单相思吧?一心掩着嘴,笑着打趣。

江海波再一次低下头,把玩着手里的军帽。我不知道算不算单相思,因为我还没有向她表白。可是我真的好喜欢她!想她!自从见到她之后的每一分每一秒都在想她……

那你为什么不跟人家说呢?

这不还没来得及说嘛!家里人就要给我提亲了,你说怎么办?

还能怎么办?赶紧跟人家女伢讲啊!人家说不定也愿意呢……

是吗?一心真的是这样吗?江海波忽然猛地抬起头,再一次目光坚定而又炯炯有神地看着一心,充满了渴望与焦灼。

一心的一颗心莫名其妙地再次狂跳起来,她忽然不敢正视这灼热的目光,低下头去,嗫嚅道,我哪里晓得啊!我只是这么想罢了。凡事你不说哪个又怎么晓得呢?人家又不是你肚子里的蛔虫……

那,一心,我刚才已经说了,你愿意吗?

一心的心跳得更慌了,说,我?跟我有什么关系?

秦一心,我日思夜想、魂牵梦萦的那个女孩就是你啊!秦一心,你知道吗?自从上回见到你之后,我无时无刻不在想着你,你的温婉、文静,你的温柔、善良,我都好喜欢、好喜欢。每一个夜晚我都对自己说:江海波,既然你这么喜欢她,你为什么不跟她说?可等到太阳出来,我又心怯了。我怕你瞧不上我一个小当兵的,千里之外,黄沙漫漫,家里又一贫如洗……正在我踌躇不安的时候,母亲来电报说病重要我速归。我一边替母亲着急,一边暗自窃喜,因为可以有机会见到你了,我知道我这么想有些可耻。我是遗腹子,母亲一个人带大我们姐弟四个真是不容易,我怎么能在她病重的时候还想着自己的美事呢?实在是太不孝了!可是我一边自责,一边又止不住地想到你,偷偷地在心里乐。有一个词叫悲喜交集,我不知道可不可以用来形容我。真的,秦一心,长这么大,我还从没有对哪个女孩如此念念不忘过……我不知道这是不是爱情,可我就那么一脚踏空陷进去了。一心,难道我们之间不是缘分吗?那天街上的人那么多,我的扁担绳子为什么单单挂住了你的头发?这不是缘分是什么?这难道不是老天赐予我们的机会吗,一心?

一心完全给眼前这个口若悬河、滔滔不绝的兵哥哥讲蒙了,她多少有些愣怔地低着头,脑子里嗡嗡直响,一片空白,不知所以。

一心,难道你从来就没有想过吗?啊?

一心目光茫然地抬起头来,说,想?想什么?

想我们之间的缘分呐!

呵呵,我一天到晚累得要死,哪里还有工夫想别的啊……

那你愿不愿意和我交往?江海波步步紧逼。

啊?我?我还没有想好,哦,不,我从来就没有想过……这太突然了,江海波,你容我想一想可以吗?

当然可以!江海波的神情多少有些沮丧。秦一心,我知道自己这样做有些唐突,也有些冒昧,可是如果不是我家里人逼着我订婚,我是不会这么做的!说实话,秦一心,我已经跟我家里人说你了。说你就是我的心上人,是我喜欢的女孩,此生非你不娶……

啊？江海波，你怎么能这么做？

一心，对不起！我知道这么做有些不好，可我说的是心里话啊！再说如果我不说出你，她们就要逼我和那个女孩订婚啦……

可你也不能拿我当挡箭牌啊！一心又急又气，脸都红了，要是被我哥、我师傅、师娘晓得了，会怎么想我？还以为我多么不规矩呢！

哎，秦一心，我就奇怪了，你都这么大了，怎么还什么事都要被别人左右？再说就算你和我恋爱了，怎么就不规矩了呢？哪里有一点不规矩啊？莫非你还守旧到要父母之命、媒妁之言吗？

好了好了，我说不过你照了吧？可你是我什么人啊？凭什么就可以这样自作主张地做我的主？

凭我对你的思念！凭我对你的一往情深！

一心的脸唰地红成了一只熟透了的西红柿，天哪！这究竟什么人啊？怎么什么话都说得出口啊！可是同时一心的心里却莫名其妙地涌起一股幸福的暖流，迅速流遍全身，令她有些不能自持。半晌，她才说，你容我想想好吗？

好的！一心，我知道我有些不近人情，可我也是给逼到了悬崖边上不是？秦一心，我还有一个不情之请，你无论如何要答应我！

什么？

即使你看不上我，不愿意和我交朋友，也请你无论如何帮我一个忙！这两天你抽空跟我去我们家一趟，好吗？我可是在我家人面前言之凿凿、明明白白地说我喜欢的就是你！我母亲说如果真是这样，倒也很好，那丫头不错，是个好姑娘。可是她非要我把你带家里见她，否则她不会相信……

啊？江海波，你怎么能这样啊？你家人逼你，你就来逼我是吗？一心委屈得眼圈都红了。

不是不是！秦一心，不是逼你，是请你帮我一个忙！不管怎么说，我们同学一场，这点小忙你不会不帮吧？

这是小忙吗？你是晓得乡里规矩的，如果哪个女伢登了男伢家的门，还不就已经铁板钉钉了呀！你这不是逼我是什么？

那这么说，你就是不愿意啰……江海波现出无比失落的样子，算了，你不愿意我也没办法,我走了……说着起身要走,一心低着头不作声也不挽留,江海波多少有些悻悻地出了门。

刚拐过屋角,王奶奶过来了,说,小伙子,你跟我们一心讲的那些话呢,我都听见了,真的假的我们也不清楚。

奶奶,请您相信我,我说的每一句话都绝对是真的!

好,好,那就好!可不管真的假的,你都不能这么逼着一心答应你。要知道,弯转得太急,是要翻车的,晓得唦?

哦,晓得,晓得。谢谢奶奶,谢谢奶奶,谢谢啊谢谢!江海波一边道着谢,一边一溜烟飞上大堤跑了。

江海波走了之后,奶奶对一心说,一心哪,你到底怎么想的呀?我看这伢不错!长得好看,又当着兵,也算体面,对你看上去不像是假的。就是不晓得家里情况怎么样……

奶奶,这太突然了,我从来就没有想过。

我晓得哟!我们一心是最乖的女伢了,心里干净得呀比那清油还清!可是你也老大不小了,二十二岁,搁着从前,你早就是好几个伢的姆妈了。人生一世,草木一秋,哪里有多大名堂哉!难得碰到一个可心的人啰!

那,奶奶的意思是您看上他了?

唉,奶奶看上看不上不管用,要我们一心心里面愿意才照。

可是我就这样跟着他往他家门前一站,事情可就定了的。哥哥跟莲曦会怎么看我?还有师傅、师娘……

你哥哥,还有你师傅、师娘多少有些不乐意的,他们心疼你,不想再要你在乡里一辈子抠泥巴受苦。唉,要不是我老婆子连累你,你就已经是城里人了……奶奶说着抹起了眼睛。

奶奶,看您这说的什么话呀!说江海波呢,怎么说到自己身上了?一心嗔怪道。

对哟,对哟,说江海波!我的意思是讲哪,虽然你哥哥他们心疼你,可等到看见人家小伙子这么精神,也没理由不愿意的吧?再说了,哪家王法规定了女伢到男伢家里去一趟,就非得要嫁他?你们不是老同学吗?同学不能去同学家玩耍的呀?以后再讲以后的事,哪里就非要板上钉钉了哉?

那奶奶的意思是他这个忙我先帮着？至于以后嘛，以后再说，是不是？

是的，是的！你讲可照？

啊呀！奶奶您可真是太聪明了，要不怎么说姜还是老的辣呢！

耶，你个小鬼，拿奶奶开心！

其实要说一心从没有想到过江海波，也不是事实。事实是一心不仅想过，而且经常想。想他们碰见的那一幕，想江海波的扁担绳子挂住了自己的头发。真的，人山人海，他的扁担绳子为什么偏偏就挂住了自己的头发呢？这不是缘分是什么？难道真是缘分？还想江海波眉飞色舞地讲他的当兵经历，尤其是说部队的包子那么大，跟小曦的脸差不多。一心只要一想到这个，就止不住想笑，甚至那些日子不能看小曦的脸，只要一看见，就会想到部队的大包子，就要笑。笑得小曦都生气了，说，姐，你都魔怔了，你知不知道？小曦回学校之后，她一个人夜深人静的时候，还仍然会想起这些，一个人偷偷地躲在被窝里笑。有时候笑过之后也有些许惆怅，还能再见到他吗？不晓得穿军装的他会是一个什么样子，一定更好看吧？部队当兵真那么好吗？对了，不晓得他在哪当兵，那天也忘记问他了，是海边吗？那他不就天天都能看见大海了？常常这样想着想着不知不觉睡着了。她不晓得这可不可以算是魂牵梦萦……

两天之后，江海波又来了。一心说，帮忙可以，但只纯粹帮忙而已！但最后这个忙确确实实帮到了家。

回部队之后，江海波就开始给一心写信，一心也给他回信，一来二去的，两个人的感情越来越深，由帮忙变成了正式交往。只是瞒了我们大家。

那年春节，江海波再一次回家探亲。正月初二这一天，江海波和他母亲一起来我们家提亲了。我和小曦都给弄得一愣。

小曦一看见江海波，就说，哟，好你个江海波，挺厉害啊！竟然把我姐给弄到手了。

秦莲曦，你这说的什么话？亏你还是大学生，天之骄子！怎么叫弄到手啊？我们是正常恋爱，好不好？

好好好，你厉害！我姐更厉害！竟然把我和我哥瞒得滴水不漏啊！

小曦,别多嘴! 我说。小曦撇了撇嘴,不作声了。

江海波母亲六十上下年纪,头发有些花白,脑后梳一个发髻,虽然常年劳作,皮肤有些黑,皱纹也很多,但看上去还蛮清爽的,一身大衣襟的黑布褂裤,说话利利索索,语速快得跟机关枪扫射似的,一听就知道是个厉害角色。

哎哟,你是一心哥哥吧? 你看,事先也没和你们打个招呼,就这么突然过来了,你们可不要见怪啊! 没法子,哪个叫海波在部队上不自由呢? 就那么几天假,过完年就得回去。这一回去,不晓得下次回来又要到什么时候。我们家海波是看上你们家一心了,着急把这件事定下来,所以就这么紧赶着过来了,还请一心哥哥不要见怪。我知道你父母不在了,长哥当父,就请你这个兄长给他们俩个做个主,准他们两个交往,可不可以啊? 他们俩又是同学,彼此都知根知底的,我看交往个年把的,就可以结婚了不是? 你看,一心一个人也孤孤单单的,结了婚,有了家,也有人照应,有人疼了,多好! 是不是?

哦哦,我不知道该说些什么,这个女人太厉害了,我都插不上嘴。

一心哥哥,不瞒你说,他们俩啊,是早就王八看绿豆对上眼了。我晓得的,一心呢,是个好姑娘,心眼好,远近都知道,可我们家海波也不差啊! 论模样、论条件,都配得上你们家一心不是? 更主要的是,他们俩乐意,那就再好不过了,是不是? 过去,儿女婚事都讲究个父母之命、媒妁之言,如今是新社会了,讲究自由恋爱,婚姻自己做主,我看他们俩自己这个主就做得不错。我家海波和我说起一心的时候,我就乐意得不得了,觉得我儿子真有眼光,替我找一这么好的儿媳妇,姆妈高兴! 打心眼里高兴! 一心哥哥,你不会不满意吧?

哦哦,我依然不知道该说什么好。还用得着我再说什么吗? 不是都已经满意了吗? 一心,你可真是个有骨子(有主见)的丫头!

这样,啊,海波姆妈,你们今天来,确实有些突然,一心也没跟我们提过这件事,我们一点准备都没有。我想她大概是脸皮薄,怕我骂她。其实也没什么,男大当婚,女大当嫁,都是情理之中。而且他们俩又都是同学,彼此熟悉了解,产生感情,太正常不过了。虽然这么说,可我心里还是有些不痛快,哪里不痛快? 怪一心没和我说过,忽视了我这个哥哥吗? 好像也不太是。

我知道一心不是那样的女孩。再者说，江海波姆妈说得对，一心一个人确实挺孤单、也挺可怜的，结了婚，有了家，生活也生色一点，我自然为她高兴。那么是不中意江海波？似乎也不是。小伙子个子高高的，一身军装，看上去颇有几分英气，谈吐举止文质彬彬的，没理由不愿意。那究竟是什么呢？对了，是眼前这个说话像连珠炮的女人！还有那话里话外透着的优越感，令我非常不舒服。一心那么善良，遇上这么厉害的婆婆，日后能对付得了吗？他江海波一个小战士，老婆又不能随军，那就意味着以后一心得独自面对她这个厉害婆婆。一旦连珠炮扫过来，我们家一心还不得被打成蜂窝煤体无完肤啊？不能就这么痛痛快快地答应了，否则，还真拿我们家一心不当回事！于是我说，但你们今天刚一来，就要我做什么决定，我一时还没有准备好，总得容我考虑考虑。这样，你们先回去，让我们商量一下。主要我得跟我师傅商量商量。江海波，你如果方便的话，你后天再过来一趟，我们一起去城里我师傅家，让他老人家来定夺，怎么样？

哎呀，这还有什么可考虑的嘛！他们俩都对上眼了，这天大的好事……连珠炮再次突突突了起来。不过这次子弹还没扫射完，就被他儿子给灭了。江海波没等他妈说完，就打断了她的话，说，好的！我后天一早就过来，和你们一起去城里。干干地把他娘晾在那儿。老太太一脸的愠怒，却又无计可施。

江海波母子俩走后，我们家的气氛一下子紧张起来，本来小曦还在叽叽喳喳地围着一心闹个不停，可一看我脸色比较沉重，就闭了嘴。

哥，你不高兴了？一心低着头，声音低低地问。

你想好了？

嗯。

那你对他了解吗？

……

怎么从来没有听你提起过？

……

那你对他家里情况了解吗？

他是遗腹子，三个姐姐……一心像是真做了什么错事似的，头越发低了,声音小得简直像蚊子哼哼。

看见她那副样子,不知为什么,我忽然心疼得跟什么似的,好像一心说话间就要被人夺走了一样。倒是小曦没心没肺,抢着说,哎呀,我的个天!那江海波在他家还不宝贝得跟眼睛珠子似的呀!一心的头低得更厉害了。

一心,你可要想好了,他在外面当兵,几年都不回家一趟,你能受得了吗?这么多年,你一个人在家里吃了很多苦,哥哥希望你以后能生活得轻省一点,找个像大大那样知疼知热的男人关心你、呵护你、照顾你,这样哥哥才能放心,也才能对得起九泉之下的大大、姆妈。你找这样一个人,我不是说他不好,问题是即使他愿意对你知冷知热,愿意照顾你、呵护你,他也做不到啊!他一个小战士,老婆又不能随军。换句话说,即使能随军,你能受得了甘肃那样风沙漫漫的地方吗?一年、两年也许还行,长此以往,你能挺得过来吗?一心,哥哥只是不希望你一辈子都受苦……

我知道,哥。一心忽地眼圈一红,堕下两颗泪,说,我当然晓得你是希望我好,可你总不能没有自己的生活,一辈子对我好吧?再说他也不可能一辈子都在部队上的,他总是要退伍回来的呀!等他回来了,不就好了吗?

姐,你知不知道?在家里是惯宝宝的男人根本不晓得疼人的,因为他享受惯了别人对他的照顾,就根本没有照顾别人的意识。只有像哥哥这样的男人才是真正对的人选!姐,你可要想好了!

……一心又不作声了。

姐,我跟你说,我以后要是找男的,就找哥哥这样的……

小曦,你给我闭嘴!一个小女伢说什么男的女的,也不害臊!

哦,小曦被我熊得一张大红脸,跑了。

师傅见到江海波,什么也没说。师娘倒是高兴得很,热情地让这让那。或许是江海波身上的军装令她想到了自己牺牲在越南前线的儿子如钟,所以感到格外亲切吧。

吃完午饭,师傅问,一心,你都想好了吗?

嗯。一心声音虽然很低,却分明很坚定地答应了一声。

哦。师傅说,那就先这样处着吧,啊!小江,既然一心愿意,那么你们就先交往交往,多了解了解,等过两年再结婚,反正一心还小,好不好?

好的,谢谢师傅恩准! 我们本来也没打算就结婚,只是想让双方家庭都知道这件事。既然师傅支持我们交往,那真是太好了! 谢谢您,师傅! 谢谢师傅成全! 江海波一张小嘴吧嗒吧嗒地不知道有多甜。

小曦忍不住了,说,哎,我说江海波,你嘴是抹了蜜还是怎么的? 肉麻不肉麻啊? 鸡皮疙瘩都出来了。

秦莲曦,你可不要冤枉好人啊! 我是真心实意感谢师傅成全。你小毛丫头,懂个啥?

师傅说,好了,那就这样吧,啊! 我就不留你们了,你们都回吧,冬天天短,你们还有许多路要赶,啊! 小江,一心可是个难得的好姑娘,你日后若是对她不好,可别怪我到时候对你不客气啊!

哪里哪里! 怎么会? 怎么会啊! 师傅,我怎么可能对一心不好呢? 您就看我以后的行动吧!

好,请你记住你今天说的话,也记住我说的。就这样吧,啊,回吧,回吧!

师傅,怎么? 您对这个男伢不满意? 我让一心他们先走,自己留下来和师傅说两句话。

多好的一个小伙子啊! 精精神神的,嘴巴又甜,又会说话,有什么不满意的? 我觉得挺好! 师娘喜滋滋地插了一嘴。

师娘,您是不知道,他那个娘,说起话来像机关枪似的,一看就知道是个厉害角色。我怕一心日后受委屈呢……

一心又不是跟他娘结婚,怕什么哉? 大不了以后分开过。只要小伙子好,就么样都好! 师娘依然沉浸在喜悦之中。

师傅不作声,闷头抽烟,半天才说,嗯,小伙子是不错。可说不好,或许就是太不错了……反倒让人心底不踏实……

有什么不踏实的呀! 你这个人啦,就喜欢前怕狼后怕虎。师娘不高兴了,说,一文啦,别听你师傅胡说,我看这小伙子不错,长得多体面啊! 又有前途,还是家里独子,以后没有嫂子妯娌间的吵吵闹闹。姑子们都出嫁了,也不会怎么管家里的事。婆婆或许是厉害点,可终归也老了,还能管多少事? 以后还不是一心当家说了算? 有什么不踏实的啊? 我看一心啊,是终于苦到头了,这门亲事啊,我一百个赞成! 师娘乐呵呵地边说边笑,仿佛真是给自己的儿子说媳妇似的。

你知道什么啊？太会说话的男伢，一般都很油滑，我们一心那么实诚、那么善良，跟个菩萨似的，她能猜得出那伢心里的小九九啊？

那，叫一心和他断？我说。

你看一心那样，能断得了吗？一心这伢打小就活在别人的背后，总是她为别人牺牲，从来也没有谁特别在意她的感受。突然有个男伢这样对她，你叫她怎么可能不死心塌地呢？

那怎么办呢？

能怎么办？是福不是祸，是祸躲不过。如今，对于一心来说，伸头一刀，缩头也是一刀了……

看你说的什么？一刀两刀的，大过年的，吓死个人了！有那么可怕吗？师娘不乐意了，抢白道。

呵呵，也是哈！师傅被师娘抢白得有些讪讪，改口道，也许是我杞人忧天了。我这不也是怕我们家一心吃亏嘛！

一心和江海波的事情就这么定下来了。村里人都替一心高兴，都说一心总算熬到头了，找了个这么好的对象，一表人才是小，还是部队上的人，说不定日后提了干，一心可不就是官太太了吗？就连伍爷都夸说一心有眼力，小伙子好，家庭也好，以后一心就等着过好日子了。一心自然心里甜似蜜。

两个人就这么平平静静地交往着，一心也基本上是以一个江家准儿媳妇的身份出入江家，帮忙照顾着一切。江老太太呢，更是理所当然地拿一心当儿媳妇使唤，哪怕芝麻粒大点的小事也要找人带话给一心，让一心过来帮忙，把个老太太伺候得跟老佛爷似的。

邻居们都羡慕江老太太，说真是祖上烧了高香了，找到这么好的儿媳妇，不仅模样长得好，还勤快、孝顺又懂事。真是天上难找，地上难寻啊！

老太太自然眉飞色舞得很，说，可不是嘛！也不晓得是哪辈子修来的福气，还是海波他大大保佑的，这个儿媳妇算是找着了。不过，我们家海波也不错啊！一表人才，在部队上，领导们都喜欢他，要不然怎么会把他留下来当志愿兵呢？你当那志愿兵那么好当的呀？可不是人人都当得了的，不容易的呢！

那是，那是。邻居们都附和。

那时候，已经实行生产承包责任制了，田地都分到各家各户，自己种自己收，再也不大呼隆出工不出力了。我们家因为莲曦在外读大学，户口已经转走，而且以后肯定是吃国家皇粮的，自然无须分配土地。我呢，因为早已经是运输队的正式员工，户口也已经转走，自然也分不到土地，所以我们家只有一心一人分到了土地。江家就不一样了，江海波虽然当兵在外，户口也转走了，可这只是暂时的。而且他只是个战士，迟早都是要回来的，所以一样分得了土地，这样他们家就有两个人口的田地。如果搁在以前，江家女儿们或许会回来帮老太太把田地种上，可现在不是有一心这个准儿媳妇了吗？自然而然该一心来操持，可怜一心是忙完了家里还要忙江家。特别是抢种抢收的农忙季节，一心累得都要散架了。

因为伍爷关照，分田地的时候，就和他们家的地连在一起，平常伍家劳力多捎带脚的多少能帮着一心一些，所以如果单是自己的那点地，一心干起来会比在生产队还要轻省一些。可现在多了江家两个人口的田地，而且他们那儿的地比我们队的要多得多，有许多远在山边的湖田，都是不计税自己种自己收不用交公粮的。虽说只是两个人的田地，其实比我们村三四个人的还要多。最后连伍爷伍娘都看不下去了，说，一心，你个傻丫头，我们心疼你，你田里的事我们帮忙做，你倒好，为江家那么卖命。你现在还没过门呢，就这么使唤你，等你过了门，还有你的日子过吗？

我回去时，伍爷还忍不住在我面前絮叨，我听了，心里也不是个滋味。就问一心伍爷说的可是真的。

一心就笑笑，说，哥，你别听伍爷的，哪有那么夸张？都是做惯了的事，哪里就那么娇贵了？

可你犯得着那样吗？我没好气地呛她。

有什么办法呢，哥？海波他姆妈一个人把海波拉扯大，不容易。好容易儿子长大成人，算是熬出头了，可又去当兵了。她一个快六十的老人，身边没个人也怪可怜的。我毕竟年轻，能伸把手，就伸把手，没什么的。再说，我只不过帮着收收割割的，其他什么犁啊、耙啊的活，还不是她女婿帮着做的吗？手边事累不死的，哥，你就放心吧！又说，哥，你现在不是急我的事，你该急急你自己了！你都二十好几了，看看村子里和你差不多大的，小八子、狮子狗、癞痢壳，哪个不都结婚有伢了呀？狮子狗就不说了，三门峡那么远，跟没有那个儿子也没什么两样。可人家毕竟成了家，这才是最主要的！癞痢壳就更风光了，在外面打工带回来一个贵州妹子，不晓得有多漂亮呢！都没花什么钱，一个大儿媳妇就到家了，把个癞痢壳姆妈轻狂的。你呢？到现在，还耍着单。哪天你也给我带个嫂子回来，让大大、姆妈看见也高兴、高兴不是？

你这丫头！真是跟好学好，跟着叫花子学讨！跟那个江海波这几年也学得小嘴溜溜的了？还没说你，你倒说上我了……

不是我说你！难道不是这么回事吗？你说什么时候你带嫂子回家啊？

我？不等你和小曦都着落了，我是不会考虑自己的事情的。大大、姆妈不在了，我得对你们俩负责任！一心，你这么苦自己，我真的替你难过，你知道不知道？

我知道的，哥。可是你想啊，那以后就是我的生活了，我能躲得掉吗？能躲掉初一还躲不了十五呢，是不是？早早地习惯了，以后就顺手不觉得苦了……一心又笑了笑，眼圈却红了。一个人一个命，哥。

那我们还是去厂子里做临时工，好不好？这田地就给伍爷家种，反正他们家劳力多，多一个人田地也做得过来，怎么样？

怎么可能啊，哥！我这个时候离开，把海波他姆妈丢在家里，一大摊子事，你叫她一个老人怎么应付得过来啊？再说，我怎么向海波交代？

海波，海波，你还有没有自己？你有什么要向他交代的啊？我生气了。

哥，我们不说这个了，好吗？一心见我生气，赶紧岔开话题。哥，你能帮我个忙吗？

什么忙？

你能帮我买一辆自行车吗？要女士的那种，可不可以？

怎么突然想起来要买自行车了呢？早就要给你买了，你一直说不需要，怎么现在需要了？

呵呵，有辆自行车终究要方便一些的嘛！

是方便去江海波他们家干活吧？我没好气，又呛了她一下。

一心却咯咯地笑起来，说，哥，你是孙悟空吗？有火眼金睛还是怎么的？怎么我心里想些什么，你一下子就能看出来啊？

一心啊一心，叫我怎么说你！你看你贱的！你越是这样，人家越不拿你当一回事，你知不知道？

人家拿不拿我当一回事，我才无所谓呢！我自己拿我自己当一回事，不就行了，管他那么多！

唉，我无语。碰到这样一个妹妹！

幸福的时光过得就是快。一晃三年过去了，到年底江海波的志愿兵合同就到期可以退伍回家了。两家说好了，江海波一回来就给他们把亲事办了。一心心里的甜蜜真是无法言说，这么长的相思终于可以结束了，一心哪一天不是在掰着手指头算啊！

那一年的雨特别多，来得也特别早，还不到清明，雨季就开始了。都说春雨贵如油，可多了也发愁。三天两头地下，整天湿嗒嗒的，有时好几天都见不到太阳，烦死人了。一心的心里则更是烦上加烦，她已经记不清江海波有多久没有给她写信了。其实她清楚着呢：他们之间已经六个月零十天没有一点音讯了。只是她不愿意那么明白只想装糊涂而已。

雨天一般就是老天爷给乡里人放的假，没有哪个农民会青天白日地在家里闲着，除非是冬闲的时候。这一天的雨缠缠绵绵地，从早上起，雨点就一直没断过。一心坐在门口，拿了双鞋底，心思却不在针线上，而是目光呆滞地望着被雨淋得异常狼狈的合欢树发呆。花还没有开，树叶不知什么候在去冬枯死的枝干上蓬勃茂盛起来了。海波，下雨了，你们那里也下吗？你在做什么？我在想你，你也在想我吗？一阵锥心的疼痛尖利地划过一颗思念的心，随即两行泪滑下一心瘦削的脸。相思该有多么折磨人啊！这段时间一心明显地瘦了。海波，怎么了？你究竟怎么了？为什么这么长时间不和我联系？去年过年，你没有回来，你姆妈说你太忙了。你真有那么忙吗，海波？你知道我有多么想你吗？你也想我吗，海波？可是你到底怎么了呀？怎么能半年多都没有一点消息呢？知道我有多担心你牵挂你吗？我给你写了那么多信，为什么一封都不回？难道没有收到？莫非你病了？出意外了？还是真有那么忙？忙到写信的时间都没有了？江海波，你是不是把我给忘了啊？一想到这，一心的心痛得更厉害了，几乎要碎裂的感觉，眼泪也流得更凶了。这音讯皆无的几个月里，一心实在流太多眼泪了。那么远天远地的地方，一心不止一次地想过要去找他，可实在是太远了，一心长这么大除了跟哥哥去了一趟省城看小曦，她去得最远的地方就是县城。至于那个什么甘肃什么兰州，她也只是在地图上见过，那么狭长的一个地方，像一条瓠子，又像根狗骨头……不行！我得去他妈家问个究竟！

一心再也坐不住了，拿了一桶一文带回来的今年的新茶，撑着伞出门了。两个村子相距并不算太远，不过五六里地的样子。一心以前去帮江家干活的时候，通常都是抄田畈里的小道，近些。今天虽然下雨，小道泥泞湿滑难于行走，可是一心还是选择了这条小路。

江家后门敞着，隔远就能听见一群妇女的声音叽叽喳喳地传出来。一心很害怕碰见这些多少有些饶舌的妇人们，怕她们那些意味深长而又捉摸不透的目光，还有那些探询而又些许鄙夷的问候。一心踌躇着，不知道该不该进去的时候，忽然一个声音飘进了她的耳朵：

那这么说，海波姆妈，你们家海波真的提了干，当了领导了？

切，看你小气的！不是蒸（真）的，莫非还是煮的呀！江家老太太的声音一路跳跃着、舞蹈着，也撞进一心的耳朵里，撞得一心耳朵嗡嗡的。用脚趾头都能想象得出老太太那一副眉飞色舞、意色扬扬的样子。怎么？海波提干了？我怎么一点不知道啊？一心心里一咯噔。

啊呀，海波姆妈，您老这可真是真熬出头了呀！海波提了干，要是搁在从前，您老可就是老太太了呢！海波高头大马地骑着，还不八抬大轿抬您去城里头享福啊……另外一个声音附和着伴舞。

呵呵，我讲啦，还是一心这丫头有福气，旺夫！她和海波才好几年哉？海波就提了干了……有一个不紧不慢的声音悠悠地飘过来。

嗟，你那讲地么话哉？我们家海波提干跟她一心有毛关系啊！那是我们家海波能干，晓得啵？换作别个，你叫她旺一个试试……

那是那是……

唉,不提这个也就罢了,一提起这桩事还真叫人作难了……

怎么了?

你们讲啊,我们家海波现在是提了干了,以后铁定是吃公家饭了,可一心一个抠泥巴头子的泥腿子她能配上我们家海波吗? 一心的心里忽然一阵惊慌。

那您老的意思是你们不打算要一心这个儿媳妇了?

……

不过也是哈,海波好不容易提干当领导了,怎么也不能娶一个乡下姑娘做老婆啊! 可是说实在话,一心还真是一个好姑娘! 你看还没过门呢,到你们家烧过燎灶,家里、田里一抹不挡手……

要不怎么说叫人作难呢? 要不是觉着一心这丫头还可心,还需要这么藏着掖着吗? 早就挑明了事……江海波妈妈的声音透着威严。

这么说,一心跟她家里人到现在还蒙在鼓里啊……

那这是您老的意思,还是海波的意思呢? 一个声音刚一起来,另一个声音迫不及待地跳出来。

不管是我的意思还是海波的意思,都一个意思! 江家老太太斩钉截铁的声音把一心彻底打蒙了。怎么回事? 怎么回事? 她有些不知所措,不知道是该进去还是该离开。依着我,早就和她摊牌算了! 可海波那伢心慈,老是不忍心,一直拖着拖着,可老这么拖着总不是个事吧? 疖子总要出头嘛!

那要是人一心不愿意么样办呢? 老话讲得好:一手招进来,两手推不开嘛……。

唉,要不怎么讲叫人作难呢? 一心是个好姑娘,不假。可话又说回来,她也要有自知之明不是? 她要明白她自己的身份! 我们海波呢,现在不同往日,提干了! 这提了干,可就是干部了,再也不是什么平头百姓,她一个抠泥巴头子的农村姑娘怎么配得上呢? 你们刚才不也说了吗? 我们海波往后好歹也要找一个城市女伢做老婆才般配的嘛! 我跟我儿子说,这婚姻啦就得门当户对才好,不然以后麻烦事太多了。嗯,还好,我这儿子还算听话,我这个做娘的话他还是愿意听,也能听得进去的。每个人都有自己的生活,这是老天爷早就为你预定好了的,我们家海波注定是要鲤鱼跳龙门的。她一心呢？说到底就是个抠泥巴头子的命,两个人怎么能走到一起去呢？都各自认命吧！你们说是不是？

……

江海波家屋后的那片地就是他们家的,此时地里油菜花正开得一片金黄,虽然给雨打得有些狼狈,可依然掩盖不了那份热闹。一心想起去年底栽油菜的时候,她跟往年一样急三火四地把自己家的那点油菜栽完了,就赶紧去帮江家。可是去年,等她急急忙忙跑来的时候,江家老太太却笑着说油菜海波的几个姐姐已经帮着给栽了,就不劳烦一心了。说是海波来信讲了,一心一个人忙里忙外两头忙,太辛苦了,叫我们不要老是找你。一心,我们家海波这是心疼你呢！本来一心还觉得有些失落,叫老太太这么一说倒说得心里头甜丝丝的了。看着这黄成一片的菜花,一心这才想起来,这半年来,江家老太太再也不像从前那样芝麻绿豆大点的小事情都叫人带话喊一心帮忙。相反有时一心隔三岔五地过去一趟,老太太也是一副敬而远之的态度,客气地叫一心不要老是跑来跑去的,没事了,就在家里歇着,自己现在还能动,还不需要人伺候,海波说了不能累着一心。一心,这是海波心疼你呢,你可得领这份情啊！说得一心脸上讪讪地,走也不是留也不是,甚是挂不住。礼貌有时就是一堵墙,一客气可就生分了。江家老太太显然老早就在垒墙了,只是自己不觉得罢了。

一时间,一心感觉自己的一颗心像是忽然间被人生扯硬拽地搓弄着,慌得跟要跳出来一样。她再也听不下去了,慌慌地离开了,那样子,仿佛做了什么见不得人的事情似的。怎么回事？到底怎么回事？到底怎么回事呀,江海波？真的还是假的？到底真的还是假的呀,江海波！一心感觉自己真的快要疯了。她脑子里全部的意识就是一定要离开这里。离开！赶快离开！越快越好！一分钟,不,一秒钟也不能等！虽然道路湿滑泥泞难于行走,可一心的脚步却依然迈得那么急促,简直就是逃离,慌不择路地逃离!

等她跌跌撞撞地爬上大堤,一心完完全全全蒙了,方寸大乱,站在大堤上不知道该往何处去。大堤上的风好大啊！把一心手里的伞吹得龇牙咧嘴变了形,也把一心一颗痛苦不堪的心吹得越发支离破碎。望着堤外在风雨中失魂落魄,狂乱挣扎的柳树,一心泪如雨下。她感觉此时此刻,她就是那被风雨肆虐摧残的柳树,失魂落魄,狂乱挣扎。怎么办? 是装聋作哑躲在家里等着江海波来宣判,还是直接找他要一个说法? 还要再等吗? 这音讯皆无的半年多时间,对于一心来说长过她二十多年的生命! 不行,不能再等了! 再也不要等了! 不管真的假的,我都得听江海波亲口对我说! 我这就要听他讲清楚! 我要他亲口对我说清楚!

一心决定去下游的乡邮电所打江海波部队的电话。三年了,她这是第一次用这个电话号码。

一心顶风冒雨又走了五六里地,终于到了乡邮电所。乡政府、合作社、兽医站、食品站、排灌站、水委会什么的都建在堤内,单单乡邮电所却建在堤外。一座绿色的二层小楼,孤零零地立在江边上,与一些零散的平房、民房为伍。显得那么孤单那么单薄,风雨之中,有一种即将倾覆的飘摇之感。长到二十四岁,一心还是第一次踏进这里。邮电所里光线有些暗,灰乎乎的,安静得像是从没有住过人似的。一心定了好一会神,才发现东边柜台里有值班的人,正趴在桌上专心致志地读什么东西,高高的柜台上面,只看得见一点花白的脑袋。一心有些神情呆滞地敲了敲柜台,花白脑袋仿佛受了惊吓似的,抬起头来,是一个五十上下年纪的男人,瘦瘦的,黑黑的,有些胡子拉碴,却很和善。看见一心,就问,姑娘,你要做么事啊?

我想打个电话……一心的声音小得像在哼。

哦,值班人耳朵很好,听清楚了。说,那你有电话号码吗?

一心报出一个号码,一个已然在心里默念过无数遍的号码:一心,喏! 这是我们通讯班号码,我和通讯班的小姑娘们关系可好了,你打通了,只要你说出我的名字保准找得到我……江海波眉飞色舞的声音;一心,你怎么不给我打电话啊……江海波嗔怪的声音。江海波,江海波你在哪儿? 一心满耳朵都是江海波的声音,吵得她真快疯了。

值班人记下号码,说,哟! 这可够远的呀,不晓得能不能要通呢! 姑娘,莫着急,你等着啊。拨了一遍又一遍,终于要通了。花白脑袋高兴地对一心说,通了,姑娘,通了,快去那边电话亭里接电话,2 号电话亭。快呀! 要收费的嘞……

一心走向 2 号电话亭,红底黑字的一个标贴,仿佛一颗中弹的心。电话好沉啊,一心感觉有些拿不动的样子。话筒刚一挨上耳朵,一个非常好听的女声迅即传了过来,您好,请问找哪位?

啊?一心一下子有些不知所措!稍微一愣之后,说,我找江海波。

哦,江排长啊,请稍等。

话筒里刺耳的机器声刺得一心耳朵疼,更刺得心疼。江排长,哈,江排长,看来是真的了……一心的心像是被油煎了一般地难受,也不知道究竟过了多久,终于一个有些气喘吁吁的声音从黑黑的电话线那头翻山越岭而来:喂……只一个喂字,顿时将一心击倒,眼泪顿时如江河决堤般汹涌而出。朝思暮想的声音!魂牵梦绕的声音啊!多少相思多少嗔怪多少疑问多少指责多少呼之欲出的倾诉,等等等等,一个"喂"字就仿佛一个橡皮擦迅即将一切抹擦得干干净净。一心脑子里、心里顿时一片空白,只有了哭泣。无声地哭泣。对方又"喂"了两次之后,似乎猛然意识到了什么似的,说,是一心吗?一心是你吗?没有回答,只有哭泣。对方于是也沉默了。一根黑乎乎的电话线。两个沉默的人。不知过了多久,一心听见对方说:对不起!一心,真的对不起!还有什么好说?还有什么疑问?一心放下了电话,靠在电话亭上终于大放悲声,号啕起来。

花白脑袋一直注视着电话亭里的一心。一心的号啕令他有些不安,他站起来,担心地看着这个悲痛欲绝的姑娘却不知所措。工作这么多年来,还是第一次见人打这么贵的长途电话,只哭不说话的。唉!他似乎明白了什么似的,叹了一口气。

好一会,一心才从电话亭里出来。花白脑袋依然一脸担心,他像是有些不好意思地说,姑娘,五十七块三毛……

啊?一心仿佛没听明白似的,有些恍惚地看着柜台里面的这个人。哦,要钱哈……她伸手在口袋里掏着,掏出几张纸币,说,就这么多,都给你……

花白脑袋把一心递过来的几张纸币数了数,说,这也不够啊,姑娘!你这才只有十几块钱,差远了呀……

对不起!大伯,我不晓得……我没准备……说着,眼泪又大滴大滴地滚下来。

哦,好了好了,姑娘,你莫哭,莫再哭了啊!就这么些,好吧,你走吧。

谢谢！一心道了声谢就往外走,外面依然风浓雨浓。

花白脑袋追出来说,姑娘,你的东西!还有伞!

一心看着花白脑袋递过来的伞和茶叶筒,心里更是说不出的悲痛。她接过伞,说,大伯,谢谢你!这茶叶是今年的新茶,你老留着喝吧……说着转身就往风雨里冲。

花白脑袋一把拉住她说,姑娘,雨这么大,怎么不把伞打开啊?说着替她撑开伞。说,姑娘,我不晓得你究竟遇到了什么作难的事了,也不好说什么。可老话讲,世间事不如意者十之八九呢!不顺心的事情多了去了,忍一忍就过去了,啊!

一心看着眼前这个素昧平生的老者,瘦高瘦高的个头,胡子拉碴的脸,担心关切的眼神,恍惚之间,一心感觉仿佛站在自己面前的是自己的父亲,她好想叫一声:大大!然后倒进他的怀里好好哭一场啊!可她的父亲和她隔了一个世界,永远触摸不到的另一个世界。她所有痛苦都只能自己扛。

大堤上湿滑湿滑的,一心刚爬上去,就摔了一跤,手里的雨伞被摔得飞走了。一阵风来,骨碌碌给吹跑了,眨眼工夫就跑到了大堤下面。一心也懒得管它,神思恍惚地从地上爬起来,朝着家的方向走去。对不起!哈,对不起!三年的情感,一千多个日日夜夜的相思与煎熬、期盼与渴望、折磨与幸福,等等等等,就那么轻飘飘的三个字,轻而易举地就都给打发了。哈,对不起,对不起,对不起有什么用?自己扒心扒肝地待人家,死心塌地地等人家,结果呢?竟然一条破抹布似的随手就扔了,一点怜惜都没有,甚至没有一点留恋!哈哈哈……这是哪里?浑浊的江水。密匝匝的芦苇。列队而立的柳树。是江边?我怎么跑到江边来了?

一心,你知道吗?在兰州,黄河就在人们的身边,穿城而过。人们在黄河边垂钓、发呆、晨练、嬉戏、约会,非常随意也非常惬意!河边有许多大水车,好大好大的水车哦!有好几层楼那么高……

真的呀?那么大的水车我可是从来都没有听说过,更别说见了……

你天天窝在这个小地方,哪里见过什么世面啊?哪天我带你看!一心,你知道黄河水是清的吗?

什么呀!你当我白痴啊!黄河水要是清的,还叫个什么黄河啊?该叫清河了……

我说你没见过世面嘛！黄河水在上游就是清的,而且非常非常清,清得都能看见河底的石头和水里游动的小鱼……

真的假的?

当然真的! 青海贵德的黄河水就是清的。我亲眼所见,哪里会有假! 不仅比长江水要清,简直比我们新河里的水还要清呢! 真正清澈见底! 哪天我带你去看看,我保证你就相信了……

大风车。清清的黄河水。江海波,你这个骗子! 你什么都还没有带我看,就把我给甩了,你这个大骗子! 风夹着雨把柳树的枝条打得狼狈不堪、可怜兮兮地挂在树干上,地上都是落叶。芦苇被风雨打压得东倒西歪,有的完全倒在了地上,长长的芦苇叶子也失去了往日那长袖善舞的风采,而变得像一根根破布条似的,湿漉漉地耷拉着,甚是凄凉。可风雨依然在肆掠,仿佛要把这人间的一切荡平才肯罢休。一心躲在芦苇丛中的小路上,跪倒在地,撕心裂肺地号哭不已。可怜的姑娘,她实在太有理由向着苍天大地哭诉了!

不知道哭了多久,天都已经麻晃晃地要黑了,一心才跌跌撞撞地回到了自己家。至于怎么回去的,她已经完全记不得了。

第二天雨依然在下,伍娘中午饭都烧好了,呼猪回来吃食的时候,发现我家门还关着。伍娘不禁心里嘀咕,这丫头大雨天的,跑哪里去了? 哼,一定又是去了江家,就没怎么在意。雨天天黑得早,伍娘晚饭做好以后,想起一天都没有看到一心的人,心里更是嘀咕了,打了伞过来看看,屋门还是关着。这丫头,还没嫁过去,就死到江家了。可仔细一看,不对呀,一心要是去了江家,门应该锁着才对呀! 怎么没有呢? 难道去哪家串门子了? 就上去推了推门,嗯? 门怎么推不动? 显然从里面闩住了? 啊呀,天,这么说,一心今天一天都没起床? 伍娘被自己的推测吓了一跳,赶紧喊伍爷。

伍爷趿拉着一双破胶鞋,披着他家那件祖传的蓑衣跑过来说,做么事? 做么事哉? 大呼小叫的,吓死人了!

一心……伍娘着急,可一句话还没出口,伍爷一听是一心的事,立即上了心，赶紧问，一心怎么了？

伍娘就对伍爷说出了心里的疑虑。伍爷看了看伍娘，没吭声，上去推了推门，果然闩上了。伍爷又趴到窗户上朝里看，窗帘拉着，黑洞洞的，什么也看不清。一心，一心，你在里面吗？伍爷朝屋里喊，没有回应。是不是不在家里呀？伍爷也嘀咕了。

那要是不在家里，门怎么是闩着的呢？伍娘坚持。

是不是锁后门了啊？伍爷说，走，去后门看看。

两个人赶紧又绕到后门，一看根本没锁，推了推还是推不动。后门也闩上了。

一心在家里，那是确凿无疑了。可在家里为什么不吭声啊？一心那么勤快的一个女伢，什么时候见她青天到黑地睡过啊？哦哟，天哪！莫不是病了？一天都没有起来，喊也不应声，莫非病得厉害？两个老人越想越紧张，一个劲地朝窗户里面喊，可就是没声音。

乡村里寂寞得很，哪怕芝麻粒那么大的一点风吹草动，都会牵动整个村子的神经。伍爷和伍娘这么大动静，搁在平常，又是晚饭时间，早不知有多少人端着饭碗来看热闹了。这天因为下着雨，所以大多在自己家的门窗里朝这边张望，只有少数几个半大的孩子实在好奇得很，趿拉着木屐，打着伞站在雨里看。伍爷正心里恼火，见几个小伢在等着看热闹，禁不住吼了一声，看什么看？去，去帮我把小莫队长给叫过来！几个伢被伍爷一声吼吓得趿着木屐呱唧呱唧一溜烟跑了。其中一个小些的，脚崴了一下，一咕噜趴倒，摔了个嘴啃泥，张着大嘴就哭起来，惹来许多窗户里门口一串一串的爆笑。

小莫队长住在村子最西头，和我们家隔了二三十户人家，根本不晓得发生了什么事。正在家吃晚饭，听小伢来报告说伍爷找，撂下饭碗就跑过来了。伍爷一见小莫，不等他开口，就说了原委。末了说，你讲一心是不是病了？

小莫队长说，您能肯定人是在屋里？

废话！人不在屋里，她家前后门是你给闩上的啊！快！快想个法子把人给弄出来啊！

伍爷一副火急火燎的样子弄得小莫队长也急起来,抓耳挠腮地说,那怎么办?

废话!你问我怎么办?我要是能知道怎么办,找你干什么?

那,撞门?小莫队长给伍爷吼得一愣一愣的,迟迟疑疑地说。

那就撞啊!还等什么啊?

门撞坏了……小莫队长还有些迟疑。

坏了就坏了呗!人重要还是东西重要啊?你看这外面都乱成一锅粥了,一心还在房间里一点声音都没有,一定是病得不轻!你还犹豫什么啊?

小莫队长听伍爷急成这样,于是铆足了劲撞门。可是门太结实,撞了几次撞不开。小莫队长面红耳赤地说,伍爷,不行,撞不开。一心家这门闩也太扎实了……小莫队长有些讪讪,不好意思。

那怎么办?干脆,撞窗棂子。伍爷急得头上冒青烟,看小莫队长还笑嘻嘻地一点不着急,恨不能拿脚端他,冲着他吼道,你看这窗棂子都是木头的,这么细,这总该差不多了吧?

小莫队长十分好脾气地面对伍爷的吼骂依然笑嘻嘻,捡起一块碎砖头只一下就敲断了一根,再一敲又是一根,接连敲断三根,看看一个人能钻进去了才罢手。哪个进去?小莫队长问。

你啊!

我?

不是你难道还是我啊?我这把年纪我还能爬得进去吗?

小莫队长正要往进钻,一扭头,看见刚才报信的小伢在,就赶紧揪过来说,快!爬进去,然后把大门打开。小伢子毕竟灵活,眨巴眼的工夫就爬进去,正好窗户下有一张桌子,一点不费力气,就跳到了地上,赶紧把门打开了。

一心果然躺在床上,脸烧得通红,气若游丝。

还愣着干什么?快去喊医生啊!伍爷又是一声吼,小莫队长哦了一声拔腿就朝门外跑。

好大一会,赤脚医生背着药箱过来了,摸了摸脉搏,听了听心跳,说,伍爷,对不住你老人家!这伢烧得时间太长了,恐怕都已经烧成肺炎了,我是对付不了咯！最好赶紧送县里医院，或许还有救。再耽搁，就不好说了。

啊？这么厉害？伍娘一听就哭了，絮絮叨叨地咕噜，我就说嘛！我就说嘛！一天到晚不见个人影子，不是个好事吧……

好了，别再哭哭啼啼的了！伍爷又冲伍娘吼了一声，伍娘抽抽搭搭地止了哭声。小莫，赶快喊两三个壮劳力过来，送一心去县医院！快！

好！小莫队长答应着出去了。

趁着小莫队长出去喊人的当儿，伍爷和伍娘赶紧把家里的凉床找出来，四脚朝上放在地上，伍娘从橱子里找出两床被子厚厚的铺上。伍爷找出麻绳绑在凉床的两头，并试了试结实程度，然后又喊伍孬子把自己家那根长木杠子拿过来，说，你也算一个，待会送一心去医院。伍爷和伍孬子一起将一心抬到了凉床做成的担架上。怕一心被雨淋着，伍爷非常细心地用塑料薄膜将一心从头到脚盖好；怕她闷着，又特意在头部用一根竹篾撑起一个弧形，再将薄膜掖紧，这样既打不着雨，一心也不会闷着。一切准备就绪，这时小莫队长喊了小八子跟另外两个壮劳力，穿着雨衣跑过来了。伍爷说，记住一定要又快又稳！千万不能摔跟头，把一心摔坏着！小莫，你到医院把一切都安排好以后，就赶紧去一文师傅家，喊一文。听清楚了没有？

可我不晓得他师傅家在哪儿啊！

我晓得，大大，我去喊一文。伍孬子自告奋勇。

大晚上的，你可认得路啊？伍爷不放心。

认得的，你就把心放肚子里吧！孬子哥胸脯拍得咚咚响。

那就赶紧走吧！伍爷说，今晚辛苦你们了！

看伍爷说的！小八子说，一心轻得还抵不上一捆稻把子重，别说两个人抬了，就是我一个人背去也照啊！还有小莫队长跟着，伍爷你就放心吧！保管出不了事！

那就好，抓紧时间赶路吧！

那天我出车去了，等师傅被叫醒，已经快凌晨了。师傅吓坏了，哆哆嗦嗦地跟着伍孬子跑去了县医院。医生说急性肺炎。再晚一两个时辰，人就没命了。师傅一屁股坐到医院病床上，脸都变了颜色。半晌，师傅才缓过神来，谢过辛苦一晚上的几个乡亲还有小莫队长，说，真是太辛苦你们了，那你们就回去吧！这边有我们在，你们就不用担心了！谢谢了，太感谢了。又对伍孬子说，回去代我谢谢你爸爸，哪天一心出院了，我去陪他喝两杯。

哎，好。伍孬子答应着。一帮人就离开了。

等我出车回来的时候，一心已经能够进食了。这几天师傅师娘、大哥如松夫妇、姐姐如风一家人全体出动，轮流照看一心。病房人都羡慕说，这家人好和气喔。看着一心苍白瘦削的脸，我的心像刀割了一般疼。一心看到我，顿时泪如雨下，我的眼泪也不知不觉滚了下来。

一心，傻丫头，你这是怎么了呀？怎么会得肺炎了呢？会不会留下什么后遗症啊？

师傅说，好了好了，一文，你也不要瞎着急，不会的！医生说急性的，只要控制住了，就不会有什么后遗症的。问题是一定不能再劳累，后期保养还要跟得上。这次得亏了伍爷、小莫队长和乡亲们，一心才捡回一条小命！师傅感叹道，随即又无比坚定地说，不行！一文，这回一心再不能一个人待在乡下了，得让她赶紧到城里来找个事做！出院后，就去家里，让你师娘好生给她养养，反正你师娘已经退休了，有的是时间。你看看一个二十几岁的大姑娘，瘦得一把精，风都能吹得跑！再看看别个这么大的姑娘，哪一个不是红脸花腮的呀？师傅心疼得直唏嘘。

就怕她不愿意哟！我嗫嚅着，心里着实不是滋味，感觉太对不起一心，更是对不住大大、姆妈的在天之灵。

不愿意也得愿意！这回由不得她了！师傅斩钉截铁。

可是出乎意料的是，这一次的一心异常听话，不声不响，随我们大家摆布。住进师傅家（师娘老早就将姐姐如风以前的房间收拾出来了），让她吃，她就吃，师娘做什么她就吃什么；叫她到外面晒晒太阳，她就出去晒太阳。一天到晚安安静静的，一句话也没有，温顺得像一只小猫咪。

师傅，一心脑子是不是给烧坏了呀？我怎么看她有些傻傻的啊？

看你说的什么话啊？师傅骂我，鬼门关前走一趟呢！一个小姑娘，吓都吓坏了呀！

哦！我不吭声了，可心里还是止不住犯嘀咕。这还是我那个妹妹一心吗？

　　在师娘的悉心照顾下，一心的脸上渐渐有了血色，也能帮师娘择择菜了，有时还跟着师娘一起去菜市场转转。虽然一心依然安安静静地没有什么话，但明显看得出来身体一天好过一天。一心安安静静地在师傅家待着，一次也没提过要回乡下的家，仿佛压根就长在这个家里似的。看来，任何人都是贪图享受的，八成是这么些日子师娘把她给伺候舒服了，不想回去日晒雨淋，泥一身、水一身地劳累了。好，这样就太好了！等过段时间，身体养好了，就在城里找个事做，这样我就彻底放心了。

　　日子就这么平静地流水般消逝了。半个月后，我又开始出去跑车，这一次还是去山西拉煤。临走前师傅对我说，一文啦，你待会去街上给我买两瓶好一点的酒，再买点点心和水果，我跟伍孬子说过，等一心出院了，我要去陪伍爷喝两杯。这都快一个月了，该去了，要不然，人家伍爷还说我说话不算话呢！

　　哦，师傅，还是我开车跑一趟吧。大老远的，您骑自行车太累了。

　　喊，怎么？小看我？这么点子路，我甩腿走都行，何况还骑车！你就不要操心了，我也想和伍爷好好喝两杯了。还有，一文，这公家的车，少开着到处招摇，影响多不好！

　　师傅，我知道！我哪一次回家不是自己骑车回去的呀？这次不是明天要出车吗？

　　好了，别啰唆了，我知道你不是那种爱招摇的人，只是再提醒一句。哦，对了，水果点心多备几份，那天晚上送一心来的几个人还不都要感谢一下啊？

　　还是师傅想得周到！我不得不佩服。

　　伍爷一看到师傅高兴得真跟见到久别重逢的兄弟一样，吩咐伍娘快去割肉，又吩咐儿媳妇抓只老母鸡炖个汤，然后喜滋滋地对师傅说，今天我们老哥俩要好好喝两杯。

　　师傅说，那是必须的！你看，酒我都叫一文备好了。

　　伍爷又叫伍孬子，去，把小莫队长也请来喝一杯。

　　师傅还想把那天晚上送一心的几个人都叫过来，陪杯酒表示一下感谢。伍爷说，算了，等会我把点心给他们送过去，说一声就行了，不用那么礼多。

我们乡下人,虽说一家一户的,各过各的日子,可一遇上事,那就是一家人,不分什么彼此的。既然是一家人还说什么两家话呢?

不一会伍孬子回来了,说,小莫队长去大队开会了,还没回来……

那你有没有跟小莫家里的讲,叫他一回来就来家吃饭啊?

啊呀!大大,人家话还没有讲完呢!你当我真是孬子啊?我跟他家里讲了,讲一文师傅来了,我大大叫小莫队长过去一起喝两杯。这样讲,可照嘛?伍孬子有些不服气,抢白伍爷道,老是拿人家当孬子,自己孬……

孬什么啊?伍爷一声吼,吓得伍孬子一哆嗦,一溜烟跑了。

师傅笑得一口茶差点喷出来,说,你们父子俩可真是有意思!伍爷,儿子都这么大了,都是做老子的人了,你还这么跟他讲话,他老婆要不高兴的。

切!我怕他们!做老子,他就是做了爹爹,他也是我儿子!老子想么样教训他就么样教训他,看他敢龇个牙!说得师傅又是一通大笑。

过了好一会,小莫队长气喘吁吁地过来了。伍爷说,现在都么回事哉?一个小队长三天两头地开会……

也不是三天两头地开,偶尔开开,今天是赶巧了,嘿嘿。一文师傅,伍爷,对不住啊!让二位老人等这么久。小莫队长一迭声地道歉。

伍娘将饭菜端上来,三个人早迫不及待地开喝了。一番推杯换盏之后,师傅说,一心这丫头平常在家里,劳烦各位关照了。别的不说,单说这次生病,要不是您伍爷和小莫队长,还有各位乡亲,一心的小命就丢了。伍爷,要真是那样,我的罪过就大了。我可就欠了这个家三条人命啦!我这辈子也还不清了呢!

伍爷说,范师傅你这是说哪里话来?都是过去的事了,老提就没意思了。要我说啊,这人就是个缘分。你范师傅和师娘待一文兄妹那还不跟自己孩子一样?甚至一点不夸张地讲,比起我们这些没本事的娘老子还要好呢!

小莫队长说,好了,二位长辈,这话就莫要再提了,莫要再提了!喝酒,来,喝酒!

好,喝酒!二位老人也一起端起酒杯嗞留嗞留地喝起来。

小莫队长说,范师傅,一心妹子还好吧?

唉！师傅叹口气说，虽说捡回一条小命，可还是伤元气了，虚得很。我让她师娘给她好好补补。这丫头命苦哇，唉！那个什么江海波家，按理说一心病成这样，该去看看吧？可人影也不见一个！

兴许江家是没得着消息……伍爷开解。

那个，伍爷，一文师傅，我今天开会哈，得着一个消息，关于一心的，不晓得是不是真的，也不晓得当讲不当讲……

废话！是一心的事，有什么不能讲的哉？快讲！伍爷咕嘟一声吞下一口酒，吞得有点急，呛得咳嗽起来，一边还冲小莫队长挥着手说，讲！快些讲！

哦，是这样……哦，也不晓得是不是真的噢，说是江海波在部队提干了，江家不打算要一心了……

什么？伍爷啪一下将筷子拍到桌子上，脸涨得通红。什么？真有这回事？

我是听他们队长讲的，说是江家老太太成天炫耀，有鼻子有眼的……

师傅顿时明白了，怪不得一心病得这么奇怪，我说小东西这些天怎么那么出奇地乖呢，肯定都与这件事有关！不行，得去问个究竟！

饭后，师傅说，伍爷，我看这件事不能就这么白不提黑不提地过去，我们一心不能就这么任人欺负！他江海波提了干又怎么样？莫非我们还怕他不成？

就是就是！伍爷一迭声附和。走！我们去他家问个明白。妈的，算个毛啊！走走走，这就走！

两位老人出现在江家门口的时候，江家老太太正坐在门首的小凳上专心致志地搓纳鞋底子的麻线，裤腿挽得高高的，在光腿上搓着。左手捻，右手搓。搓一下，朝掌心吐一口吐沫，搓一下吐一下，熟练得很，麻线也搓得又匀又细。确是个会做活计的妇人。

请问这是江海波家吗？师傅问。

老人见有人问话，赶紧抬起头来。是啊，是啊！一边赶紧站起来，把手里的麻线扔到地上，一边把裤腿撸下来，让二位客人进屋坐。

师傅和伍爷进到屋里，屋里陈设非常简单，一看就是个家境简朴的人

172

家,但收拾得挺干净整洁,确是个会过日子的妇人。请问二位是? 老人笑容可掬,花白的齐耳短发一丝不苟地撩在耳后,天蓝色布褂,黑裤子,滚口黑布鞋,一身上下清清爽爽、利利索索,果然是个干练的妇人。

哦,我呢,是一心生产队的队长,我姓伍,想必一心也跟你们提起过;这位是一文的师傅……伍爷介绍。

老人一听说起一文、一心,脸立即就拉了下来。哦,是你们啦! 语气也迅即冷了。你们今天上门来,是有什么事吗?

师傅一听她讲话前后有差的语气就知道一切都是真的了。伍爷不高兴了,说,哎,你这是什么态度哉? 明明晓得是一文的师傅,也是一心的长辈,论理该是你们亲家到了,应该客气一点才是,怎么……

亲家? 哈,笑话! 要说什么亲家,我只晓得好像都在地底下睡着,哪里还有什么活着的亲家跑到我家来说三道四? 哼,一个杀人犯也敢跑到我们家来话长话短、指手画脚,真是猪鼻子插根大葱就装大象! 至于什么伍队长、六队长的,更是跟我一分钱关系没有! 要什么客气啊?

你这是什么话? 伍爷气得脸涨通红。

师傅拍了拍伍爷的肩膀,示意他莫要生气。然后说,海波姆妈,我们今天来,没有什么别的目的,只是想证明一件事,想知道到底是不是真的……

好了,你们就别再揣着明白装糊涂了。什么真的假的! 难道一心没有告诉你们吗? 你们不是上门来问罪的吗? 告诉你们,还别来这一套,老娘不怕! 别说就你们这样来路不明的两尊神,就真是一心她老子娘从地底下爬起来,老娘也照样不怕! 我们家海波在部队出息了,提干了,再也不是从前那样孤儿寡母好欺负了!

好了,不要讲那么多废话了! 师傅使劲一拍桌子,少在那里老娘、老娘地叫! 你这么大年纪了,不要老而不尊! 我们今天来只想搞清楚一件事:就是江海波是不是真的在部队提干了? 是不是真的提了个小干部就不要我们一心了? 还有,你刚才说一心告诉我们的,难道你们已经跟一心摊牌了吗?

哦豁! 一心不是把电话都打到海波部队上去了吗? 难道不是她告诉你们的吗? 还真是看不出啊,平常蔫不拉几的一个人,还不声不响把电话打到部队上去! 怎么? 想坏我们海波的名声吗? 做梦! 没那么容易!

你这人怎么这么不讲理呀！明明是你们背信弃义，怎么还理直气壮的呀？伍爷气得直发抖。要不看你是个女的，我一巴掌搁死你！

哈，有本事你来啊！老娘怕你？什么叫背信弃义啊？一个人要有自知之明，晓不晓得？你们也不掂量掂量自己几斤几两，一个抠泥巴头子的泥腿子还想霸着我们海波不放，做梦！识相的，大家就这样鱼不惊水不跳地过去，免得闹开来了，你们女儿家的脸面可还要不要哉？还讲我们背信弃义，我们这叫大仁大义，好不好？

少轻狂！别后悔！师傅气得拉着伍爷就走。

后悔？哼！我是后悔，后悔当初不该听了海波的话，着急忙慌地跑去跟你们定个什么亲，惹出这一堆麻烦！老妇人的声音不依不饶地撺出来，把两个老人气得恨不能牙咬碎。

两个老人爬上大堤，都感觉有些心力不济的样子，就都一屁股坐到草地上。师傅掏出一根烟递给伍爷，说，老哥，抽根烟，解解气。伍爷这才发现刚才走得急，从不离身的烟袋竟然忘了。两个人默不作声地埋头抽烟，半晌，师傅突然冒出一句话：妈的，一心的小命差点给送掉……伍爷抬头看了师傅一眼，竟然发现有两滴老泪顺着师傅的脸颊流下来。伍爷的心像是被什么东西重重地击打了一下似的，几乎忘记了跳动。

等师傅回到家，天都已经麻麻黑了，师娘饭菜早就端上了桌。师傅一回到家就坐在椅子上闷头抽起烟来。师娘说，怎么？累了？师傅也不作声。师娘说，洗洗吃饭吧？

师傅说，你们先吃，我等一会。

饭后，一心回到自己屋里，师傅跟过去了。一心正在床上歪着，看见师傅进来，准备站起来，被师傅制止了，自己就在靠窗的椅子上坐下。说，一心，你心里有事，为什么不和我们说？

我心里哪有什么事啊？一心嗫嚅道。

你哥早就发现你不对劲，被我遮掩过去了。我怕你身体不好，被他一逼，又逼出个好歹来。你当我只是去和伍爷喝酒啊？我就是想弄清楚你怎么无缘无故就病得差点小命都丢了。一心，要不是我去了，你打算瞒我们到什么时候啊？

瞒什么啊？一心依然装无辜，可声音明显有些虚。

不想师傅一下子炸了，说，你还跟我打掩护！那个狗日的江海波，老子不撕了他的皮！一心呆了，在她的心目中师傅一直是一个温和亲切的老人，真正像一个慈爱的父亲，从没见他发过什么火。可今天不仅发火了，而且火气还这么大，还提到江海波，莫非？一心害怕又伤心，嘤嘤地哭起来。

师娘听见师傅发火，赶紧跑过来，问：怎么了？怎么了？怎么好好的发起火来了？这倒是哪门子邪火啊？

怎么了？你说怎么了？你不是说那个什么江海波怎么怎么好，怎么怎么帅气懂礼貌吗？我说吧，我就说吧，那不是个好东西！你还不相信！你问问！啊，你问问一心！他都做了些什么？刚刚提上个小干部，就不要我们一心了，就把我们一心给甩了！还有那个不讲理的老太婆……妈的，都他妈一家什么人啊！一心啊一心，你说说你是不是就因为这件事才弄得大病一场的啊？啊？你说啊？

一心已经哭成了一个泪人，师娘过去一把搂在怀里，说，你冲一心嚷什么劲啊？人家已经够委屈够可怜的了！说着师娘也跟着掉起了眼泪，真是画龙画虎难画骨，知人知面不知心啊！哪个晓得那么体体面面一个小伙子，什么人不好学，要学做陈世美呢？可怜我们一心了……

狗日的，等着！我明天就给他们部队拍电报，告那狗日的！问问这样忘恩负义、狼心狗肺的东西有什么资格当人民解放军，还提干当领导？妈的，我就不信，告不倒他个王八蛋！师傅气得拿香烟的手直发抖，甚至没法送到嘴边，干脆将手里的烟气哼哼扔到了地上。

一心慌了，说，师傅，不要啊！不要，师傅，您那样做，他可就毁了呀！

怎么？你个傻丫头，他差点毁了你，你还怕毁了他？我就是要毁他臭他！让他没脸见人无处藏身……

不要！师傅，不要啊！一心扑通一声跪倒在师傅面前。师傅，不能啊！您那么做，他可就真毁了！他一个遗腹子，又是农村孩子，家里没有任何背景，能走到今天这一步，实在不容易啊，师傅！您一封电报，就能把这一切都化成灰。师傅，就算把他毁了，又有什么意思呢？我们还能再继续吗？一心泣不成声。

当然不能！其实我要感谢他提了干，早一点让我看清他的真实面孔，否则和这样的人生活一辈子，岂不是要遭一辈子的罪吗？师傅依然愤愤不平、义愤填膺。

所以啊，师傅，放过他吧！从此以后，他走他的阳关道，我过我的独木桥。好不好啊，师傅？

师傅气得直跺脚，说，一心，你叫我说你什么好啊！你善良对人，可人家未必善良对你啊！你看看你，竟然还为这样一个畜生下跪，你值不值得啊？快起来！

我不！师傅，您要是不答应我，我就不起来！

唉，起来，起来！我的小祖宗，我答应你！答应你还不行吗？

师傅，还有一件事您也要答应我了，我再起来。一心得寸进尺。

又有什么事？

您千万不要告诉我哥！他要是知道了，还不撵到部队找人算账才怪。您只要不告诉他，以后，你们叫我怎么做，我就怎么做，可以了吧？

唉，你真是个傻丫头啊！起来吧，你以为我愿意让你哥知道啊？他要是知道了，还不得把天捅个窟窿啊？为你这两个妹妹，他命都可以不要！唉……那你打算以后怎么办？师傅见一心哭得可怜，心顿时软下来。

师傅，这些天我也想了好多。以前您和哥哥要我进城，而且有了一个那么难得的好机会，可当时为了照顾王奶奶，我放弃了。后来，因为江海波的母亲，我又放弃了来城里的机会。那时候我想，既然已经许给人家了，江海波不在家，照顾她寡居的母亲是理所应当的事。可如今人家不要我了……一心说不下去了，泪流满面、哽咽难语。

师母一边跟着掉眼泪，一边摩挲着一心的肩膀说，造孽，真是造孽哦！

一心慢慢平静下来以后，接着说，十里八乡的人都知道我秦一心一心一意地准备做人家的儿媳妇，替人家粗活、细活地干着，把人家娘姆妈、姆妈地叫着，如今却被人家给甩了，叫我以后还有什么脸继续在那个地方生活下去？一心再一次伤心起来，捂着脸号啕不已。

师傅闷着头一个劲地抽烟，半晌把手里的烟屁股狠狠一扔，说，狗日的畜生,让他得意!看他能得意几天!老天爷在上面看着呢!我就不信这好人还就没有好报了。

师傅,一心擦了擦眼泪说,师傅,我想好了,现在你们就是撵我,我都不走了!即使捡破烂,我也要在城里待着。

一心,看你说的什么话啊?再不济,也不能让你捡破烂啊!好了,好了,不伤心了!既然你都已经决定原谅那个畜生了,还有什么可伤心的呢?说句实在话,只要我一封电报到部队,保证那个畜生就得卷铺盖回家……算了,这话不说了。你现在的任务是把身体养好,为那样一个畜生气坏了身子,太划不来了。好了,不要再想太多,更不要伤心了。还是那句话:为那样一个畜生,不值得!天不早了,好好休息吧!

师傅,可千万不能告诉我哥哥啊!

好了,知道了,你当我那么傻啊!

等我从山西回来之后,已经小半月过去了,一心也已经调理得差不多了。师傅说,一文啦,一心这回可真是伤了元气了。依我看,家里的那些个粗活,她是干不下来了……

师傅,这个不用您提醒,我早就想好了,这回不管这丫头怎么犟,我都不会让她再回乡下!哪怕她在城里闲待着,什么事都不做,我养着她也不能再叫她回去受苦。把她一个人孤零零地丢在乡下,要是再有个什么三长两短,我怎么对得起九泉之下的大大、姆妈?先让她把身体养好再说……

哥,我身体已经好了。这些天师娘好吃好喝地伺候着,再不好真是对不起人了。长这么大,好像一直都是我伺候别人,这样饭来张口、衣来伸手地被人伺候,还是第一次呢!哥,师傅,师娘,这回你们就放心好了,我保证不再跟你们犟了,该怎么安置我,都由你们做主。

真的呀?那太好了,小丫头,学乖了呀?看来,师傅这些日子没少调教你哈!我真是喜出望外,打趣道。

一心撒娇说,师傅,您看,哥哥他欺负我……

一文你也是!给点洪水就泛滥。好了,一心,你哥哥哪舍得欺负你哟!你和莲曦可都是他的心肝宝贝呢!好了好了,我们说正事。只是机会还要再慢慢等,不是你说想要就能有的。我已经踅摸很长一些时候了,想在我们修理厂先给她找份事做。可修理厂都是些邋遢事,油污兮兮的,还都是重活,小姑娘不合适。不过先只能这么过渡一下,我已经跟我们厂长说得差不多了,说一有合适的事情就给一心安排。

师傅您放心,我不怕累的,脏更不怕。再怎么样也比在乡下抠泥巴轻松些吧……

我看啦,不如叫一心和我侍弄点早点来卖,你们看怎么样?反正我已经退休了,也闲得慌。这个念头我早就有了,只是以前一个人划拉不过来,现在有了一心这样一个好帮手,又勤快,又能干,还肯吃苦,多好啊!我还担心什么?

耶,师傅,我看这是个好主意!师娘那么好的手艺,搁在家里也可惜了,不如就让她们干起来!我平常不出车,也可以帮帮忙,多好!

好是好,就怕……

哎呀,师傅,你是怕政策不允许是吧?现在都什么年月了,"四人帮"粉碎了,邓小平上台,一切政策都宽松了许多,街头巷尾做小买卖的还少吗?我们做点早点卖怎么了?就犯法了呀?我看是个好主意,明天就干起来。太好了,从此以后可以天天都能吃上师娘做的好吃的咯!

早点铺说做就做起来。先只是在自家大院前面,摆一张竹榻做案板,一只煤球炉子生火,下点面条,煎点饺子什么的,小试一下牛刀。当然,面条也好,饺子也好,都是师娘和一心自己做的,没想到吃的人还挺多。师娘的手艺好,许多人都认识她曾经是国营点心铺的师傅。好手艺,来吃的人自然就多。一来二去的,小小点心铺花样越来越多,不再局限于饺子、面条,而是有了蒸锅和油锅。蒸锅蒸包子蒸馒头还蒸饺,油锅炸油条炸春卷炸花卷炸虾饼还炸南瓜盒子,应有尽有,生意好得不得了!一早上,把两个人忙得喘气的工夫都没有。每天一回到家,师娘累得直挺挺倒在床上歇息,一心却乐颠颠地把装钱的小铁罐倒在桌上,一五一十地数好码齐,一分不剩地交给师娘。然后刨去开支,盘算一天赚了多少,每每出人意料的结果能让两个人都吓一大跳,惊骇之后娘儿俩就偷着乐。

虽然小有收入,可也真够辛苦的。每天必须早起准备材料就不说了,单是每天靠着油锅、蒸锅熏烤的那份罪就够难受的了。要是碰上下雨天，可就真作孽了！师傅就在她们的摊位上方，靠墙支一块塑料薄膜挡雨。如果风雨交加，可就没法子应付了，只能任凭风吹雨打了。冬天雨雪天，寒风刺骨，冻得哆哆嗦嗦的，这时候靠着炉子倒是一份享受了，可是两个人的脸都叫寒风和火燎得乌焦乌焦的，就像是西藏人一样，一边脸上一朵高原红。

　　日子一天天过去，倒也忙碌平静。一心也渐渐地在这忙碌之中平淡了许多，似乎真的将那个畜生忘记了的样子。可是看到她经常不经意间流露出的忧戚与伤感，我知道那个混蛋仍然还在一心的心里作祟。一心是个心重的姑娘，又那么善良，她怎么可能那么快从那片泥潭里走出来呢？

　　很快，年关近了，腊月二十二这天正好是星期六，我对师傅说，快过年了，得回去把老屋打扫打扫，顺便看看伍爷、伍娘。田地里的那些事可都是伍爷一家帮着照应，虽说有些收入，可税啊费啊的那么多，谁稀罕种你那点子地啊？

　　师傅说，应该的。做人到什么时候都不能忘本，更不能忘记别人对你的好！我说一文啦，这老王奶奶都走了，你们每年就来家过年吧，人多也热闹不是？省得两头跑！现在一心也在城里了，莲曦又在县医院工作，还那么折腾做什么啊？

　　噢！我答应着，可心里还是不愿意的。因为在我们老家，小年夜那天就要接祖宗回家过年了，然后年三十、大年初一都是要请祖的。仪式虽然简单，但却相当虔诚、相当郑重。在我心里尤其不能让大大、姆妈的魂魄大过年的在外面四处游荡吧？我们得接他们回家，回自己的家！如果在师傅家过年，怎么接他们呢？

　　村子里到处弥漫着一股浓烈的年味，家家户户都该忙着煎炒烹炸了。唯独我们家……唉，紧锁的屋门，屋前屋后一副荒凉的样子。合欢花树叶早已落尽，好像死了的一般，树梢上伶仃地挂着几个没有落尽的豆荚，干枯干枯的，在寒风中瑟瑟着。想起昔日父母在世时，这样的时候不也一样煎炒烹炸地忙着过年吗？虽说生活苦，可苦中有乐啊！心里不禁一阵酸痛。打开门锁，一股沉闷的气息扑面而来，到处都灰蒙蒙的，想起一心在家时，哪天不将屋里屋外打扫得干干净净。本来我是想叫一心和我一道回来的，可一心却不愿意。说，哥，你一个人回吧，接祖什么的可都是你们男人的事，我插不插手无所谓的。其实我知道一心心里的疙瘩。唉，一心，多好的一个女伢啊！可江海波那个混蛋竟然不知道珍惜，竟那么轻易地就将一心给抛弃了，他以为他抛弃的是个累赘，殊不知他抛弃的是多么大一个福分呢！我知道师傅、师娘和一心都瞒着自己，怕我会做出什么不理智的事情来，可如今的我已经不是当年那个不谙事故、血气方刚的毛头小伙子了，岁月的风雨以及师傅的言传身教，已经让我成熟了许多，更是稳重了许多。那次我回来和伍爷交代田地的事情，伍爷告诉了我事情的全部前因后果，我乍一听，真的是火冒三丈、七窍生烟。尤其是伍爷说到他们两个老人在江海波母亲那儿受的气，我更是又心疼又气愤！那一刻，如果江海波那个混蛋站在我面前，我真不敢保证自己会做出什么难以预料的事情来。可平静下来之后，心里透亮多了。伍爷说得对，凡事都有好的一面，也有坏的一面，不要以为他江海波不要一心就是一件坏事情。这样忘恩负义的一个人，一心若是跟了他，能有什么好日子过呢？还有那样一个婆婆，一心要吃多少苦、吃什么样的苦，谁也无法预料。俗话说，长痛不如短痛，短痛一时，长痛可就是永无出头之日啊！这样一想，对于一心来说反倒因祸得福了。过后我利用出车的机会去了一趟甘肃，找到了江海波。那个畜生看见我那一副吓得要尿裤子的怂样，我更加庆幸一心离开他是一件再幸运不过的事了。那混蛋以为我会对他不客气，可是我只是死死地看了他一会，对他说了一句话：你会后悔的！就驱车绝尘而去。一路上，我的心情无与伦比的好！我想一定是父母的在天之灵保佑了一心，才使得一个天使一般纯洁善良的好姑娘免受更大的伤害。回来之后，我没有跟任何人提起这件事，包括师傅。既然他们不想让我知道，那么就让他们以为我不知道就是了，何必再生波澜？虽然每次看到一心原本一张圆圆的苹果脸变成了瘦条条的黄瓜脸，心里就因为心疼而气得牙根酸痛，可最终还是忍住了。伍爷说得对，是福不是祸，是祸躲不过。既然命中注定有此一劫……是啊，可不就是命中注定的吗？那样的闹市，熙熙攘攘的人群，江海波的扁担绳子为什么偏偏挂住了一心的头发呢？这不是天意是什么？还以为挂出了一段姻缘，谁承想竟是一场灾难呢？既是天意，那就注定躲不过。既然躲不过去，怎么办呢？就只有挺过去了！只要能过去，就好。一心虽然圆脸变成了尖脸，可毕竟挺过去了，这就比什么都强。

我刚从大堤上下来，就看见伍娘拎着菜篮子去菜园子摘菜。伍娘虽然脸上皱纹密布，可感觉精神还和从前一样，利利索索的。

伍娘说，哟，一文家来啦！

我说，哎，家来打邋（腊）。

哦，那叫孬子帮你？

不用了，伍娘，我一个人对付得了的。

那，中午家里吃饭啊？

哎，好嘞！待会完事了过去看你们，再陪伍爷喝两杯。

呵呵，老东西看见你不定多高兴呢！

花了足足两个小时，才把老屋屋里屋外打扫了一遍，重新把屋门锁好就拎了东西去伍爷家。呵呵，好个伍爷，这么大动静，他竟然都不知道，一定是怕冷，一天到晚窝在火桶里不愿意出门。果然，一进门，就看见伍爷坐在大桌前的火桶里，一条黑色的棉袄子围得严严实实的，短烟袋搁在桌子上，钩着头在打盹。我喊了一声伍爷，没动静，我又提了提嗓门，响亮亮地叫了一声，伍爷！他这才抬起头，睁开昏花的老眼，见是我，浑浊的眼睛里突然一亮，仿佛一堆已然燃尽的死灰里突然迸出一粒火星子，格外地明亮刺眼。几月不见，感觉伍爷突然老了许多，似乎已然呈现老态了。

啊？是一文啦！稀客，稀客！来，快来，火桶里坐，烘个火（烤火）。一面招呼伍娘，孬子姆妈，一文家来着，快搞几个菜，我跟一文喝两杯！

我取出带给伍爷的烟跟酒说，喏，这是给您的。

这时伍娘已经从灶间过来了，说，我老早就晓得着，要你啰唆！看见我又是烟又是酒的，就说，一文啦，以后再莫给这个老不死的带这些死贵八贵的东西了，花钱是小，你看看都熏成么么样子了。天才一冷，就要烘火。一天到晚不下火桶，身体硬是给那些烟啊酒的糟蹋了。说他也不听，唉，没法子！

啰唆个什么啊？一文家来了，还不快搞菜？啰里啰唆的，烦人！

伍娘说，不晓得哪个啰唆！没看我在准备吗？你现在就是个耳聋眼瞎鼻子伤风的活死人,声音还大得很……

我笑了,取出糕啊、糖啊、水果什么的,递给伍娘,说,伍娘,这是给您老的。

伍娘喜滋滋地接过东西,说,你看,总是叫你花钱。说着抱着东西去厨房烧饭了。

来,快,一文快坐下!伍娘刚一转背,伍爷就迫不及待地招呼我,我还没坐稳,一连串问题就迫不及待地出来了,你师傅师娘都好吧?一心怎么样了?身体好了吧?在城里过得惯啵?我笑了,就把一心以及一心和师娘目前的早点摊子等等具体情况一一向老队长做了翔实的汇报。老人家非常满意,说,我就说嘛!一心心地那么好的一个姑娘,老天爷怎么忍心要她遭罪呢?必定是越过越好!那个坏良心的江海波就不行了。你还别说,一文啦,这老天爷还真是长眼睛哈,就晓得惩恶扬善……

怎么了?

怎么了?一文你还不晓得吗?

晓得什么?

啊?你真的不晓得啊?那个江海波他出事了呀!

出事了?出什么事?我一头雾水。

哈,出什么事了?出大事了……

哦?伍爷,到底出什么样的大事了,您快点告诉我,我真的不知道啊!

啊呀!你看你们,这么大的事你们竟然都不知道!那个江海波他死了呀!

什么?死了?什么时候的事?

什么时候的事?哼!也就是个把月之前吧。伍爷一副幸灾乐祸。

我一惊不小,说,可是真的?怎么回事?我真的不知道啊!

啊呀!你看你们,这么大的事你们竟然都不知道。当然是真的啦!那个江海波不是提了干吗?当了个小排长,就觉得了不起的很,神气活现的,还不要我们一心了。伍爷使劲地咳嗽了一声,扑地朝桌子角落吐出一口浓痰。

伍爷,不说这个了,好不好?

对,不说这个,说他狗日的怎么死了! 这不,新兵入伍,他主动要求训练新兵,练投手榴弹。平常训练都是假的,那些个小新兵蛋子一个个练得好好的,哪个晓得,一等到练真家伙的时候,那些小毛伢就害怕了。一个新兵打开手榴弹的后盖,等到数完一二三四五,作势要甩的时候,手榴弹却哧溜脱手了! 不是朝前飞,而是跑到了身后,后面站着一排人。也还是江海波反应快,几步飞奔过去,纵身扑到了嗞嗞冒烟的手榴弹上……在场的所有新兵都安然无恙,可江海波却被炸成了碎片。没想到江海波那个家伙,死倒还死得壮烈得很。被评为烈士,成了英雄呢……

我真是惊呆了,这个消息对于我来说真是具有爆炸性。伍爷还唠唠叨叨说了些什么,我一个字也没有听进去。我无论如何也无法将那个站在我面前吓得战战兢兢、面如死灰的江海波与那个勇敢地扑向嗞嗞冒烟的手榴弹的江海波联系在一起! 他们是同一个人吗? 那个得了势就抛弃了一心的江海波固然可恨,可那个勇敢的江海波也当然称得上英雄。太不可思议了! 看来还真不能一棍子打死一个人。

四十几里的路,往常我两条腿走也只要三个多小时,可那天我骑车竟然也花了三个多小时! 到城里的时候,天都已经黑尽了,昏黄的路灯都已经一个个亮起来了。我骑在自行车上,一只脚着地,倚在一棵路灯杆下,看着这满街璀璨的灯火发呆。想当初刚进城的时候,被这满街的灯光吓住了,因为在我们乡下,为了省灯油,哪天不是黑到不能再黑的时候才可以点灯? 可城里的大街上,又没有人干活,竟然白拉拉地点着灯,真是奇怪得要死! 要是搁在我们乡下,还不要心疼死啊! 可现在,我却如此习惯这些现象,感觉本该如此。人,真的那么能适应一切变化吗? 那么江海波的死呢? 需要多久才能适应? 还是永远无法适应? 人,真的永远都是一个矛盾的统一体吗? 我不知道要不要和一心说。

回到运输大队宿舍大院的时候,已经快九点了。白日里热闹的大院,这样冬日的夜晚却如此安静,只有偶或几声没有关住的笑声、说话声从门缝里钻出来。院子里什么也没有,只有当中那排高大的柏树,哨兵似的整齐立着,把它们修长秀气的身影斜斜地投射在地上。青青的柏树在昏黄的路灯光照耀之下,感觉青到有些发黑,反倒比阳光下更能显现出勃勃的生命颜色。尖尖的树梢直指向深湛的天空,仿佛在向冬日的天空示威:凭你肃杀酷寒,我依旧生机一片! 我的心里却忽然间没来由地一阵酸涩,植物的生命都可以如此顽强,可有时人的生命为什么竟那么脆弱?

师傅家的屋门关着,昏黄的灯光从紧闭的窗洞里照射出来。透过窗玻璃朝屋里望去,三个人显然都已经吃过饭了,正围坐在桌边:一心织毛衣,是师傅的,灯光下烟灰色的毛线散发出温暖柔和的光泽;师傅戴着老花镜在看报;师娘照例一脸喜色地抱着那个装钱的小木盒盘算一天的盈亏,这是每天晚饭后师娘必做的一件事。三个人不知道说了些什么,忽然都一齐笑起来。一心边笑边抱着毛衣走到师傅身边,叫师傅站起来,然后拿毛衣在师傅身上比画着……一霎时,温暖的灯光下,如此温馨、和谐的一幕令我眼睛湿润了,内心的那股酸涩终于化作了泪水。太难得了! 在那一个噩梦般的清晨之后,哪里会想到我们三个孤儿的生命中还会有如此温暖、和睦的时刻啊! 可那个本与我们有着不可分割关系的江海波,此时却再也无法享受这人世间的任何温暖与温情了! 那么他当初决绝地与一心断绝了关系,此时此刻对于一心来说到底是祸还是福呢?

我推开门进去,带进去一股寒气。三个人一齐望向我,一心说,哥,你回来了啊!

师傅问,怎么搞到现在?

师娘也说,是啊,怎么搞这么久? 吃饭了没有啊? 饭还在锅里热着呢……

我说,吃过了。碰到几个师兄弟一起聊聊天,顺便吃了点东西。

哦,吃过了那就好,去洗洗歇着吧,累一天了。师娘边说边一副很放心的样子继续数那一堆大大小小的纸币,师傅继续看他永远也看不完的各种报纸,一心也继续织她的毛衣。他们谁也不知道此时此刻我的内心正压着一个惊天的事情,不知道要不要当着一心的面说出来。唉,算了,还是暂时不要说的好,慢慢来吧! 这样想着不觉轻声叹了一口气。师傅放下报纸,目光越过老花镜上方看了我一眼,又继续看他的报纸了。

师娘和一心因为要起早,所以都早早地上床睡下了。堂屋里只剩下我和师傅的时候,师傅说,怎么了? 有心事? 发生什么事了? 我有些吃惊的样子看着师傅,意思是你怎么知道?师傅接着说,不要这么看着我!你小子心里有什么小九九还能瞒得了我?是不是单位出什么事了?还是你那些师兄弟……我摇了摇头,示意师傅不要说话,然后起身走到一心的房门口听了听动静,感觉一心确实睡踏实了,这才和师傅说起了江海波的事。师傅也一样震惊不小,说,啊?这是真的?那可真是做梦也想不到的事!江海波还能有这么英雄壮烈的举动。又说,一文,你做得对,这件事暂时还是不要让一心知道的好。她心软,晓得了,不好。一心好不容易才从大风大浪里逃生出来,可不能再有什么闪失。

我说,晓得,我也这么想。

接着师傅和我都陷入了沉默,各自想着心事。可我知道,一定是同一个内容:对于江海波的死,毕竟英年早逝,我们到底是该幸灾乐祸还是该为他悲伤?真是说不清,或者兼而有之吧!

第二天,师傅上班去了,我没出车,帮着师娘、一心打打下手。早点摊收拾完之后,一心就不见了,自行车也不见了。我和师娘都很奇怪。师娘说一定是上街买什么东西去了吧?可到了午饭时间依然不见一心的影子,连师傅都觉得奇怪,说一心这是做什么去了,这么半天也不回来?一直到晚饭时间,一心依然不见踪影。

突然,师傅和我面面相觑,不约而同地说了一句:坏了!一定是昨晚的谈话让一心听见了。

师傅说,一文,快!赶紧骑车回去一趟,别又出什么事!

师娘问,怎么了?

我已经骑上车飞出了院子。

已经腊月二十几了,自然没有月亮,只有干冷干冷的风嗖嗖地朝裸露的脸上、手上射箭。我飞快地蹬着双脚,恨不能车轮子变成两只翅膀。出了城,整个世界一下子陷入黑暗之中,我突然感觉到一种从未有过的心慌与害怕,心突突地跳得似乎要蹦出胸腔。老天爷,一心可千万不要出什么事啊!大大、姆妈,你们在天上一定要保佑一心,别让她做什么傻事啊!一路上跌跌撞撞的,心里却不停地祷告,恨不得呼唤所有天上地下的神明鬼怪都一齐出来保佑一心!天太黑了,车根本骑不好,还不如两只脚走。于是我干脆把自行车放倒搁在路边的草丛里，撒开两条长腿沿着山路飞奔起来。约莫走到一半多山路的时候，我隐隐约约地听见有人在嘤嘤地小声哭泣，还有脚步声以及自行车链条滚动的咔咔声，分明是有人推着自行车，一边走一边哭。我不禁一个激灵，本能地想到：是一心！步子越发加快朝前奔。果然没走多远，我看到影影绰绰的身影，那么熟悉，正是我的妹妹一心！我顿时悲喜交集，喊了一句：一心！一心也听出是我的声音，跟着喊了一声：哥！于是我们朝着彼此奔跑起来。等感觉到自己怀里真真实实确是一心的时候，我的心终于放下来了。我抚摸着一心瘦弱的肩背说，傻丫头，胆子变大了嘛！这么黑的路，你也敢走？来，哥哥陪你一起走。一心想说些什么，而我只是替她擦去脸上的泪滴，然后把倒在地上的自行车扶起来，自己一只手推着，一只手无比怜惜地牵起苦命妹妹的手，说，走，哥哥带你回家！

　　其实那天晚上我的那声叹息一心也听到了，但却没露声色。小东西精得很，见我神色游离又那样迟疑不决，说不定是听到了什么与自己有关的消息，于是就留了一个心眼。说是回房睡觉，实则竖起耳朵偷听。结果果然偷听到了我和师傅的谈话，知道江海波死了，一心的悲伤可想而知。可又不敢让我们知道，就一个人躲在被窝里偷偷哭了很久，一晚上都没有睡。第二天一早，等师娘跟平常一样起来的时候，一心差不多已经将所有的包子都已经包好码在笼屉子里了。师娘说，哟，一心，怎么起这么早？一心笑笑没作声。那天的摊子出得特别早，满大街还没有一个人，路灯还亮着。

　　早点摊子收拾完之后，一心就换了身衣服，趁我和师娘都没有注意的时候，偷偷地溜了出去，骑上自行车飞一般去了江海波家。江家姆妈正一个人孤零零地窝在火桶里，头钩在胸前，满头的白发，凌乱地堆在头上，阳光照耀下，白得那么刺眼，几乎有些触目惊心的感觉。半年前，还只是花白呢！一心看到这个任何时候都把自己收拾得利利落落，走起路来昂首挺胸、神气十足的老人，现在竟变得如此颓唐，不觉心中酸痛，眼泪夺眶而出。她多想过去把这颗苍老的头颅捧进自己的怀里，替她梳理，给她安慰。可是她不敢，她只是默默地站在门口，无声地啜泣。或许是一心的鼻息声惊醒了老人，只见她茫然地抬起头，眯起眼睛看了看门首阳光下站着的一心，或许是阳光太刺眼,或许是不相信自己的眼睛,愣了好半天,才终于看清楚是谁。脸上的茫然顿时化成哀戚,可转瞬又化为昔日的凌厉。

是你啊! 你来干什么? 是来看我笑话的吗? 是来向我们江家示威的吗? 还是来告诉我,我的儿子死了而你却好好地活着? 告诉我老天爷是怎么惩罚我们海波的,是吗? 啊?

江家姆妈一顿扫射把一心扫蒙了。她一边流着泪一边怯怯地说,姆妈,哦,不,大妈,不是这样的! 我只是来看看你老人家的。我没有要笑话你们啊! 海波死了,我也很难受,很伤心啊……

好了吧! 收起你那套猫哭老鼠假慈悲的把戏吧! 你会伤心? 你会难受? 哼,你心里不定怎么得意呢:哎,不是不要我啊? 怎么样? 遭报应了吧? 老天爷惩罚你们了吧? 哼,我告诉你,我儿子虽然死了,可我儿子死的很光荣,他是个英雄! 英雄,你懂不懂? 就算他死了,你也还是配不上他! 你就是配不上他!

大妈,我真的不是那个意思,我就是想来看看你老人家的……

好了,你给我走吧! 我谢谢你的好意了,不需要! 你看到了,我挺好! 好到不能再好! 你走吧,我不想看到你! 说完头一扭把个后背甩给了一心。

一心无奈,只得讪讪地说了一句,大妈,您老就多多保重吧!

转身离开了。

一心刚转过屋角,就听见江家姆妈撕心裂肺的痛哭:海波啊,我的个儿,你怎么什么都不说就走了? 把老娘一个人撂在这世上活着还有什么意思啊? 我怎么这么命苦啊啊啊啊……哭声仿佛一把钢刀一下一下地锉着一心的心,她只觉心中无比酸痛,眼泪一如断线珍珠一般扑簌簌滚落下来。她靠在西头墙上,任泪狂流。是的,你是够命苦的,儿子还在肚子里,丈夫就死了,扔下三个女儿、一个遗腹子,苦心巴肝地熬着日月,终于把儿女一个个熬大了,儿子也出息了,参了军,提了干,正信心满满地准备奔向幸福的晚年生活,可是唯一的儿子却突然也死了。你的生活怎可能不从此一片黑暗呢? 人们都说你强悍凌厉,可是替你想一想,那个年代一个寡妇带着四个孩子,如果不强悍不凌厉,如何生活得下去? 可你熬过来了,四个孩子全都养大了且成人了,你自然有理由为自己骄傲。当儿子有出息时,更自然有理由趾高气扬、神气十足,你有这个资本。可是老天却看不惯你,有什么法子?伍爷说得对,哪个还能撂块石头砸到天?老天要罚你,谁能躲得过?江海波啊江海波,你为什么要和我分手呢?我们如果不分手,我就可以名正言顺地来照顾老人家,替你尽无法尽到的孝道,该有多好啊?我知道老人要面子,她是如何也不可能抹下面子对我说什么软话的。我不怪她,海波,可是,即使你去了,我还是要怪你!你为什么就不能再等些时候再提出和我分手呢?你叫她一个孤零零的老人以后怎么生活,还有什么心思生活啊!海波,莫非你是预感到了什么,怕连累我,才那么匆忙地和我分手的吗?海波……

其实一心的心里藏着一件不能释怀、不能原谅自己的事,只有她自己知道。令她更加悲伤,只有痛哭。

两个月以前,江海波又回了一趟家。不知出于什么心理,他竟然想看看一心。他应该是先去了我们家,见没人,就又到城里师傅家来寻一心。那天一心正在早点铺前忙活着,忽然看见一个人,黑色夹克,黑色牛仔裤,头上一顶黑色棒球帽,脚上一双白色运动鞋,好像一直站在对面街道上的电线杆子下面,站了好长时间了,也不过来买早点,只那么远远地看着自己。一心心里有些犯嘀咕,就偷眼认真瞟了一眼。那个人见一心看自己,就冲一心点了一下头。一心当时正给一个客人找零钱,忽地愣住了,仿佛给人点了穴一般地,钱抓在手里僵在了那儿。

直到那个客人说,哎,你这人怎么回事啊?钱还找不找啊?

一心才醒悟过来说,找找找!这不,您的钱,刚才有些走神,不好意思!

那个人接过钱嘀咕道,这么忙,还有心思走神,真有你的!

人已经走老远了,一心还一再道歉,说,不好意思!不好意思!

师娘说,一心你叨咕什么呢?

早点摊子都收了,一心看见那个人还站在那根电线杆子下面,低着头,百无聊赖地用脚一下一下地踢着地面。一心知道他是在找自己,又不敢过来。一心没有声张,把摊子收回去之后,就找了个理由出来了。经过那个人身边的时候,也不作声,径直走过去,那个人会意地迅速跟过来,两个人就那样一声不吭一起去了护城河边。

你是找我吗？有什么事？一心看着护城河里有些发绿的水，声音硬硬的。

我、我想过来看看你，和你说两句话……

哈，看我？和我说话？我配吗？啊？江海波，我配和你说话，值得你费心思看吗？一心的喉头发紧，眼睛发红，她忍住了，告诫自己不要这么没有出息。你怎么回来了？你不在部队神气活现地当你的干部，跑回来做什么？

我、我妈妈病了……

哦，又病了？这回又给你相中了哪家皇亲国戚、天仙美女啊？

不，不是！一心，我妈这回是真病了……我回来看她。一心，我、我对不起……

何必呢？江海波，还有必要吗？现在讲这些还有什么意思吗？你还是回去当你耀武扬威的领导，好好照顾你伟大的妈妈吧！我这里，就不劳你费心了。再说我也配不上！好了，江海波，如果没事，我先走了，再见！哦，不，不是再见，是永远也不要见！一心说着扭身就走。

一心，请你原谅我，好吗？江海波的声音在后面追过来的时候，一心已经走远了。她知道，如果再不离开，她真要在这个她爱过、恨过，却一直没有离开过的男人面前失态痛哭。以为一切真的都已经慢慢烟消云散，可为什么心还会这么痛？那天一心躲在一个角落一个人痛痛地哭了一场。

难道是冥冥之中江海波知道自己不久于人世，来和自己做最后的诀别吗？什么也不为只为和自己说一声对不起说一声原谅？早知如此，那天就该对他态度好一点，做不成夫妻，难不成连朋友也做不成了吗？再不济也是同学啊！怎么能那么绝情呢？那天自己对江海波说永远也不要见，如今果然永远也不能见了！海波啊海波，你为什么临走之前还要回来看我？是丢念想给我要我一辈子忘不掉你吗？那么你又为什么非要和我分手？你到底对我是真用过心还是从未用心呢？

一心越想越伤心，越伤心越哭，直哭得肝肠寸断。就这样，两个人一个在屋里哭，一个人在屋外哭，直哭到太阳偏西了，当最后一抹晚霞投射到一心身上的时候，一心才意识到时间已经不早了，该回去了。回哪里呢？现在除了师傅那个家外,还能去向哪里? 其实一心来的时候,心里已经盘算好了,如果江家姆妈不是这么凌厉,不是这么拒人千里之外,她是打算留下来,从此照顾这个可怜的老人,直至为她养老送终。不管师傅和哥哥怎么阻止她,她也绝不会放弃。可是这个要强的老人压根就不想接受她的一番好意,她还能怎么样? 或许看不见自己,她的心里还会好受一些,毕竟自己和她儿子有过那么一场,又是那样一个尴尬的结局。罢罢罢,就这样吧! 缘分如此,还是走吧,明天还要帮师娘出摊呢!

一心心事重重地推着车慢慢腾腾地在大堤上走,经过自己家屋后时,看见屋前那两棵高大的合欢树,虽然此时隆冬时节,树叶凋零,一片萧索。她也同样看到了那几个尚未落尽的合欢豆荚,丁零当啷地在风中摆动。可是一心的眼里看见的却是花开时节那满树毛茸茸、粉嘟嘟的花儿一片热闹。从今往后,还有谁在意那花开花落? 一心的鼻子酸了,想起那花、那老屋陪伴自己度过了二十多年的艰苦岁月,可如今自己却回不去了。一心又把目光望向远处,看见田野中,树木环绕的江海波家村庄,心中又是一阵伤悲。以为自己一生一世都在这里了,把根深深地扎进这片土地,然后盘根错节、开花结果、生老病死一辈子,可却无端地被人连根拔起再随手扔掉! 她哪里还有脸再踏入这块土地啊! 或许这辈子都不会轻易回来了。

此时伍爷家屋顶烟囱里的炊烟正袅袅升上天际,太阳正把它那血红的圆身子抛进远方的山谷之中。一心用力抹了一把泪,蹬起车子朝着那一片血红奋力骑去。

第十章　掠　　爱

晓书知道了吗？

晓棋通知他部队了，可能这两天就能到家。就算明天不能，后天一准到家。

部队训练那么紧张，他回不来就不回来呗！还是工作要紧。再说，回来了又能怎么样呢？他还能有力回天啊？

哥，你这说的什么话？你可就这么一个亲骨肉呢！

什么亲的疏的？在我心里都一样！

那倒也是！你看老大晓棋，这些天忙前忙后，人明显憔悴消瘦了许多，胡子拉碴的，亲儿子又怎么样？也不过如此。再看晓画，可怜一天到晚坐在你的脚头，抱着你一双脚，拖都拖不走。嗓子哑了，小脸也尖了。唉，这丫头，平常你对她真是太娇惯了，天上的星星如果有梯子能上去，你都会上去摘给她。你突然来这么一下子，叫她怎么受得了？

唉，我也不想啊！可有什么法子呢？撂块石头还能打着天啊？呵呵。当年你把晓棋抱回家，还非要自己养的时候，师傅气得脸都绿了，指着门口说，快！你一二三赶快给我把这个"小毛毛虫"哪儿弄来的，再弄回哪里去！可你就是不，你就是一句话也不说。你可真是犟！谁都拿你没法子！

呵，师傅也就是嘴巴厉害。你看看他后来对"小毛毛虫"那个喜欢、亲热劲儿！那会子师傅刚退休，平常都去姐姐的"一心点心铺"帮忙，可那之后，再也不去了，一天到晚围着小毛毛虫转。如松大哥说，即使他亲孙子也没见他这么上心过。

唉，师傅真是个好长辈啊！

那可不是！没有师傅哪有我们这个家啊？

莲曦,你都多大了? 该有二十五了吧?

嗯……

也该找个人谈谈恋爱了吧? 你这个年纪早该谈婚论嫁了。你看一心比你才大一岁,若水都两岁了。

师傅,您光说我,怎么不说我哥啊? 他都多大了,您怎么不要他也谈婚论嫁啊?

我怎么没说他? 可他说你一天终身大事不解决,他就一天不谈自己的事。

呵呵,师傅,那我也明确告诉您,我哥一天不把自己解决了,我就一天不谈自己的事!

怎么? 你俩这是摽上了啊? 莲曦啊,你真该替你哥想想,他都二十九了! 你看看这周围哪个男的这么大岁数不是好几个小伢了呀? 就你们这俩兄妹,也不知是哪根筋搭错了。莲曦,师傅说句话,你听了不要不高兴。你不要以为自己人长得漂亮,大学生,工作又做得好,能干,出色,头就仰得高高的! 可再过两年,你就成老姑娘了,想嫁未必能嫁得出去呢……

嫁不出去更好! 这样我就能一辈子待在家里陪我哥,陪您和师娘了!

那你哥怎么办? 也一辈子不结婚陪着你?

那就再好不过了啊!

少跟我嬉皮笑脸的! 莲曦,我跟你明说了,今年过年之前,你必须得把你个人事情解决一下。是猫是狗,你都得给我带一个回来!

师傅,您这是封建家长制,是逼婚! 都什么年月了,您这可是犯法的!

我就封建家长了! 你能怎么样? 未必你要去告我不成?

好,师傅,既然您这么急着把我给嫁出去,您这个封建家长就做主替我找一个吧!

我替你找? 我能替你找一个什么样的?

很简单啊,找一个像我哥那样的,有责任心,有担当,甘愿牺牲、付出的就成。

呵,这世上再找一个像你哥那样的,恐怕难喽!

是啊！就是因为难找，所以我找不到啊！不是我不找，是根本找不到！师傅，您这就不能怪我了吧？您说一个女人嫁人不嫁一个像我哥这样的，即使嫁了，能幸福吗？

你这不是故意刁难吗？那人家一心跟尚青不是过得好好的？

师傅，还真不是故意为难您，这是我的真心话。一，我要是嫁，就一定嫁一个像我哥这样的男人；二，我哥一天不把自己解决了，我一天不谈自己的事。这是我的原则……至于姐姐和尚青嘛，他们俩另当别论。嘻嘻嘻……

别跟我这嬉皮笑脸，我也不管你什么圆则匾则的，反正过年之前你得给我带一个回来！

好家伙，两个月之后，莲曦给师傅带回来一只"小毛毛虫"！

莲曦毕业之后分配在县医院妇产科当医生。本来她是想到乡下卫生院去工作的，可卫生局不答应。因为那年头像莲曦这样正规的妇产科大学毕业生几乎没有，莲曦算是凤毛麟角，人才难得，怎么可能会放过？卫生局长说，秦莲曦啊，你想去最艰苦的农村工作，决心是好的，但是留在县城也一样是为广大妇女同志服务嘛！而且服务的面会更大，是不是？你去了一个乡镇工作，看上去是与劳动人民亲密接触了，可你接触的只是那一个乡镇的人民，而如果你留在县上工作，那面对的就是全县妇女了，你说是不是？

可农村妇女大多都是在家里生孩子的，这样危险性太大了呀！我如果就工作在她们身边，不是可以将风险降到最小吗？

秦莲曦，你的想法固然很好，但我们的目标不是让那些母亲永远在家里承受风险，我们要让她们走出来，走进我们的医院，让我们的正规医生替她们接生，让她们能安全地生下孩子，幸福地做母亲啊！你说是不是这个道理？

于是莲曦就留在了县城医院，可她心里一点也没有忘记那些广大农村的妇女们。全县十七个乡镇，二十几万人口，面积三千多平方公里。除了靠江的两个乡镇以外，其余的全是山区。为了能全面地了解全县农村育龄妇女的基本情况，莲曦利用了她所有的休息时间，跑遍了每一个乡镇村。和当地的卫生院甚至村里的妇女队长直接接触，为全县所有的已婚妇女建立了台账,及时了解她们的生育动态,以便让那些准妈妈尽可能做到孕前检查,防止因胎位不正或其他原因造成孕妇难产发生不测。每次她要去乡下做产检的时候,都是事先和要去的乡镇卫生院联系好,然后由他们通知那些需要产检的孕妇过来。对于那些胎位不正或是高龄产妇以及有习惯性流产史,特别是那些因子宫位置不好而已经出现过难产的孕妇们,一再提醒她们需要注意的一些事项,并再三强调一旦出现肚子疼,即使家里人不同意,也一定要和他们说清楚个中利害,力争去医院生,千万别在家里自己生,以防出现意外等等。碰到一些家人:诸如婆婆或丈夫特别难讲话的孕妇,莲曦还会不辞劳苦、不厌其烦地亲自上门,和她们家里人交流,请他们务必考虑到大人孩子的安全而不要掉以轻心,以免后悔莫及。而对于孕情正常的孕妇们则提醒她们要多运动,但千万不能劳累;要注意休息与营养,还要保持心情愉悦,这样才能孕育出健康又聪明的宝宝。还特别强调生产时一定要放松心态,这样才能顺利生产等等。

说真的,即使时代已经发展到二十世纪八十年代,提倡男女平等也已经几十年了,可在农村,妇女们依然处于社会的底层,并不为人重视,家庭暴力依然屡见不鲜。至于孕妇也仍然得不到特殊优待,反之,倘若不能生育的女子,不仅被家人唾骂,外人鄙视,更有可能因此而遭夫家遗弃。即使像莲曦这样走到她们中间主动义务为她们做检查,也并非所有的孕妇都能来。大部分都是因为家里人反对:诸如婆婆会不屑一顾地说,天下女人成千上万,只要是女的就会生伢。我生了一辈子的伢了,也没检查过,不都好得很?怎么到你们就这么金贵了?听医生的?听医生的你都不要活了!在医生眼里,所有的人都有毛病!你不去做什么检查,我倒看看能怎么样!一般丈夫听自己母亲说得这么振振有词,也就不以为然了,也会跟着出面阻止。生怕老婆像他们母亲说的那样,女子一金贵了,就再也不驯服,不好管理了!特别是住得比较偏僻路远的孕妇,更是来不了。对于这样的情况,莲曦只要有可能都会亲自上门为她们做检查。精诚所至,金石为开,莲曦如此诚心相待,还有谁好意思出手打一个笑脸人呢?所以对于莲曦这样一个来自城里大医院的医生,能如此零距离地和农村妇女们接触,并像对待自己的同胞姐妹一样地关心她们、关怀她们,她们真是说不出的感激与幸福!在她们心目中,莲曦就是救苦救难的观世音现身,是她们心中的女神下凡!

有一次,莲曦正在一个乡卫生院里集中给那些需要做产前检查的孕妇做常规检查,突然,几个人抬着一个快要临产的孕妇进了乡医院。从孕妇痛苦不堪的表情看来,孕妇即将临盆。莲曦赶紧过来帮着检查,一看孕妇的羊水早就破了,连下面垫的被子都湿透了,看来羊水破了很长时间了,可孩子的头还没有入盆,也就是说离自然生产还要一段时间。怎么办?如果不及时采取措施,孩子很可能因为缺氧而窒息死亡,甚至很可能大人的生命都要受到影响。而这里距离县城还那么远,交通又不发达,没有三四个小时根本到不了县里。问题是孕妇根本等不了那么久!莲曦当机立断决定立即为孕妇做剖宫手术,把孩子拿出来。医院里的人都惊呆了,说,秦医生,我们这样的小医院太简陋了,根本不具备剖腹产的条件啊!再简陋也要做!救人要紧!莲曦说得斩钉截铁。说着立即行动起来,一面着手手术准备,一面考虑到孩子缺氧多时可能需要放进保温箱助养,吩咐院长赶紧与县医院取得联系,派救护车过来,争取手术一结束大人小孩都能立即送往县医院救治。

结果就在乡医院简陋的手术台上,莲曦为那个孕妇成功地实施了剖宫手术。孩子取出来了,是个男孩。可由于缺氧时间太长,浑身都已经发紫,无论莲曦是拍打他的小屁股还是捏他的小脚掌,孩子就是不哭,只有心脏似乎还在微弱地跳动。情急之下,莲曦趴在孩子身上,一边急救,一边口对口地对他进行人工呼吸。经过莲曦的一番努力,孩子终于哇的一声哭出来了!所有人:医生、护士、家属,无不高兴得欢呼起来!孩子的父亲激动得热泪横流,扑通一下跪倒在莲曦面前,嘴里一声声地喊着恩人啊菩萨啊地长跪不起。这时莲曦已经因为疲累和精神紧张连话都说不出来了,但她还是坚持着把男人搀起来,告诉他救护车正在外面等着,赶紧送他的老婆、孩子去县里的医院,这样才能真正确保母子平安。来接病人的医生问莲曦是不是跟车一道回去,她虚弱地摇了摇手说,不行,还有几个孕妇孕检没有做完,不能让她们白跑一趟。等救护车呼啸着离开了以后,莲曦一下子瘫软在了地上,可只是稍作休息就又开始了工作。

那些年,莲曦几乎没有好好休息过一天!只要是轮到她休息,在城里一准找不到她,而是背上药箱去了乡下。那年月还属于交通基本靠走的不发达状态。莲曦骑着自行车在崎岖的山路上颠簸,有的地方甚至连自行车也骑不了,只有靠两条腿走。天知道,她骑坏了多少辆自行车(也有的自行车是因为山路太陡,没法骑,推着走又费力,就搁在路边的草丛里,结果丢了),磨破了多少双鞋子啊!当然,她的付出并没有白费,无论走到哪个乡镇,一出现在村子里,那些妇女们都像见到亲人似的围过来,互相争着拉莲曦去她们家吃饭。

"小毛毛虫"就是莲曦从最偏远的大山村里带回来的。

那天莲曦是因为一个星期前来这个地方做孕检的时候,发现了一个已经五个多月的孕妇胎儿明显横位,她就替那个孕妇做了顺位,并约好了再次检查的具体日子。虽然莲曦教给了她一些基本的顺位手法,以便她自己在家里帮胎儿活动活动,可她还是不放心,不晓得做得怎么样了。因为牵挂着那个孕妇,又已经约好了具体时间,所以莲曦就没有和当地医院以及村妇女干部联系,自己一个人直接去了大山村。她知道那个地方,周围都是山,一个小小的只有十几户人家的小村落,而且住户住得也非常分散,这一家到那一家,你要走好半天,才能看到一座山上一户人家一角飞翘的屋檐从绿树丛中探出来,接着便见那黑色的小瓦白色的墙身,甚至有时还能看见戏耍的孩童与黄狗,那黄狗还会朝着你汪汪地昂首高吠几声,似威胁也似好奇与欢迎。可要真正走到那个屋檐下,还得要再费上一些工夫不可。望山跑死马,可一点也不假。

时间正是十月,金秋时节,进得山来,只见漫山遍野满眼都是耀眼的红、娇艳的黄与深沉的绿,真正一片秋色斑斓啊!加上阳光普照,秋高气爽,莲曦不觉心情十分愉悦,自行车在脚下骑起来,也仿佛腾云驾雾一般耳边生风。桂花正开,把馥郁浓烈的花香不时这里那里随风飘送过来,惹得莲曦恨不能把胸腔剖开来,让肺毫无阻拦地尽情呼吸。不觉想起多年前那个中秋的夜晚,明媚的月光,馥郁的花香以及月光下温情的男孩。这些年,他过得好吗?这样的山林,这样的秋景,如果他要是看到了,还会眷恋大城市的喧嚣、拥挤与所谓的繁华吗?一路想着、陶醉着,不觉已经到了大山村。大路突然戛然而止一湾深不见底的潭水前,而山也顿时陡峭拥挤起来,细细的山路一根带子似的在群山间忽隐忽现盘旋爬升,而山上也再不似前面见过的俱是杂树和乔木,而是漫山遍野的茶树,矮墩墩、胖乎乎、一丛丛、整齐划一地排列在山坡上。一座娇小得叫人心疼的石拱桥,将大路与山路连接起来。莲曦下了自行车,仰望山路,知道到了这样的地方,自行车已经不是什么交通工具,而是累赘了。于是又像往常那样把它搁在路边的灌木丛里,还细心地用草遮好,又爬上大路朝放自行车的地方故意看了看,确信看不出破绽,这才安心上路。呵呵,这回可不能再丢了,这么远!

莲曦背着药箱——她的药箱里,除了那些必备的孕检工具而外,还有一些普通药,例如什么感冒药啦、索米痛片啦、防蚊虫叮咬的药膏啦等等等等。山里人就医难,有些老年人,尤其是老年女人,几乎一辈子没有走出过大山一步,从娘家到婆家,然后从厨房到田里,这就是她全部的人生轨迹。他们根本不知道外面的世界,更不知道医生原来是分科的。在他们眼里,只要是穿白大褂的医生,就能解决一切病痛,不管什么内科、外科、妇科、儿科。因此,出现在山村里的莲曦就不是单纯的妇科医生,而是一个全科医生了。所以一些常用药是必备不可的——在山道上奔走,说不出的惬意。真的,她自己都不知道为什么今天心情这么好!因为这山景?因为这隐约的花香还是因为那些如烟的往事?

转过了一个山嘴又一个山嘴,回头望望,那个水潭已经被莲曦抛在了很远的地方了,可大山村依然还在山的深处,看不见影子。莲曦走得气喘吁吁,虽然已经是十月了,可阳光依然有些威力,加上长时间的运动,莲曦身上已经汗透了。她正想在路边找个阴凉的地方休息一会,忽然不知从哪里钻出来一个黑瘦矮小的老太太出现在她面前,吓了她一跳!老人一身蓝布褂裤,头上扎了条黑色(其实已经不知道什么颜色)的头巾,满脸的皱纹密密麻麻地交错在宛若一只核桃般大小的老脸上,看样子,该有七十岁不止了。大衣襟的褂子扣得严严实实的,拦腰系了一条长及脚面的黑布围裙,典型的山里人打扮。见莲曦不经意间吓了一跳,她有些不好意思的样子,腼腆却又略带歉意地朝莲曦龇牙笑了一下。那牙黑得也已经看不见颜色了,仿佛嘴巴里根本就没有牙,而只是黑洞洞的一个张大的口腔而已。

你是秦医生吧?我在这里等你好久了。老人家虽然看上去非常衰老,但声音倒还比较有力,似乎没有那么老。

您老为什么在这里等我啊?莲曦连忙和颜悦色地说,您老又怎么知道我今天要来啊?

对门老胡家的说的,说今天有个城里来的医生要过来给她儿媳妇看胎。一家人早就在杀鸡宰鸭地忙着准备饭菜等你呢!

哦,这样啊!那您老家里是有什么人怀孕了,还是要生孩子呢?

老人听莲曦这样一问,眼圈立即红了,眼泪从那布满皱纹的脸上艰难地淌下来。老人赶忙撩起围裙来擦,可是越擦眼泪越多,似乎永远也擦不尽似的。

莲曦更是吓了一跳,赶紧扶住老人的肩膀说,奶奶,您这是怎么了?为什么要这么伤心啊?

老人听莲曦这么一问,干脆捂住脸蹲到地上呜呜呜哭起来了。莲曦紧张得手足无措,不知该怎么办才好。也不晓得哭了多长时间,老人终于平静下来,站起身,用围裙擦了擦眼睛,再一次腼腆而又非常歉疚地朝莲曦笑了一下,说,唉,真是作孽哟!说着声音又哽咽了。可这一回她没有允许自己再伤心,而是强忍着继续往下说——

原来老人不过五十多一点年纪,有五个孩子,三儿两女。最大的女儿早就出嫁多年,三个儿子也都已经结婚生子,各自分家单过(怪不得老人年纪不大会老成这样,三个儿子一个女儿结婚该要花费多少啊!不把俩老人掏空才怪呢!),目前膝下只有一个年仅十六岁的最小的女儿和老两口一起过。

作孽就作孽在最小的女儿身上!老人继续说,又现出伤心的神色。

十六岁的女儿因为最小,所以父母格外宠爱,舍不得让她在家里种茶,这么大了还在山外的中学念书。虽然是乡中学,可离家也有二三十里地,平常都不回家,一个星期也就周六下午才回来一趟。就是在一个周六回家的路上,那天因为回来得有些迟,加上冬天天短,黑得急,芹子刚出校门的时候天都麻麻黑了,结果在半道上不知道被哪个千刀万剐的畜生给祸害了!

啊!莲曦不禁惊叫出了声。

那晚,我女儿到很晚都还没回来,我大跑到村口等了一回又一回,直到月亮起山多时,我女儿才边哭边慢慢腾腾地过来了。她爸爸问芹子,哦,我女儿叫胡香芹,家里人都叫她芹子。她爸爸问芹子,你做么事哭噻?我女儿不答应,哭得更凶。我也跑过来问,我女儿就是不作声,就是哭。哭到好半夜了,她大大被都哭烦了,说你老是个哭哭哭,总要讲个么事吧?我女儿这才哭着讲她被人害了。我跟她大魂都吓掉着,她大尔后蹲在了地上抱着头也哭起来。讲,我这是作了什么孽哟!边讲边还使劲地捶自己的头,我女儿吓得哭得更狠了。幸亏我们这里一家一家的隔得远,要不然哪一家哪一户不都晓得了啊?我讲,她大,你这是做么事噻?你这是要逼死你女儿哇?快莫声张了噻!你是要人家都晓得你女儿被人欺负了哇?听我这么一讲,她大不哭了,女儿也不哭了。我讲,女哇,就当是给狗咬了一口,啊!算了,莫要伤心了!你又不晓得是哪个畜生,怎么办啊?你就是晓得是哪个畜生,也只有捺着鼻子不作声了,莫要搞得人家都晓得着,日后么样做人咯?就是你哥哥、嫂嫂哇,都莫要跟他们讲嘞,他们晓得着!也一样笑话呢。女哇,这书啊,我们不念了,还是老老实实在家里跟大大、姆妈种茶叶吧!

老人说着泪又流下来,莲曦也跟着伤心掉起了眼泪。多么不幸的女孩啊!多么淳朴的山民啦!吃了亏,只知道打落牙齿肚里咽,根本不知道寻求法律讨回公道!可是换句话说,遇到这样的事,又有几个人能勇敢地站出来为自己讨回公道呢?流言蜚语铺天盖地,你还能有脸活吗?吐沫星子都能淹死你!

我女乖,听她大大、姆妈的话,就没有再去念书了。她大去学校把她的被褥讨回来了。学校老师问,她大就说家里农活太忙了,俩老人忙不过来,家来帮忙。本打算这件事鱼不惊水不跳地就这么捺着鼻子过去了,可哪里晓得,那畜生竟在我女肚子里种下孽种了!唉,真是作死孽了喔……老人又开始拿围裙擦眼睛。

那怎么办?莲曦也紧张起来,现在伢有几个月了?到这时她才有些明白为什么这个老人会等在这里向她诉说这些家丑。

何止几个月了呀!老人满面羞愧地说,要生了!已经小痛好几天了。

一开始老人并没有注意这件事,看女儿天天和父母一道出去干活,平静得很,似乎把这件丑事给忘记了,俩老人也就再一字不提。等再过几年,大些了,找个人家嫁了,这件事,天知地知,就算彻底过去了。可是两三个月之后,老人发现女儿有些不大对劲,老是病病恹恹的,提不起精神。老人心里也打过鼓,可又一想,不大可能吧? 就一回,会那么巧? 以为女儿只是干活太累了些。刚从学堂门出来,猛一干这些个重活,哪个都吃不消呢。这样一耽搁,等发现女儿的身子越来越沉时,小姑娘已经怀孕五六个月,出怀了。一家人再一次陷入惊惧与恐慌之中不知所措。一块肉长在身体里抠不掉甩不脱,如何是好? 老父亲整天唉声叹气,着急害怕病倒了。老母亲为了掩人耳目,拼命装着一副若无其事的样子度日如年。每天老母亲都要亲自替女儿用又长又宽的布带子把女儿的肚子使劲地捆绑起来,绑得女儿呼吸都困难,说,姆妈太紧了! 母亲就说,紧,就是要紧,紧死个狗日的! 紧掉下来最好! 可趁母亲不注意,女儿总要偷偷地放松一些,否则连自己都给捆死了。然后老母亲再给女儿穿上自己又宽又大的大衣襟褂子,好看不出身段。

好在村子里人很少往来,而最忙的茶季也已经过去了,剩下的时间不过是各自照顾各自的茶园而已,即使几个儿子也很少关注父母、妹子。偶尔有哪个儿媳妇过来这边串个门什么的,看见妹子这副样子,总要说,姆妈,芹子怎么胖成这个样子了啊? 她怎么小姑娘穿你老奶奶的衣服啊? 搞得跟个孬子似的,以后可还嫁得掉人咯!

老母亲就说,啊? 芹子胖吗? 女伢子,十五六岁不正是胖的时候,她这样还叫胖啊? 再讲了,在家里做事,穿那么花红柳绿的做么事嘞? 又不是上台唱戏,就穿些个破衣裳搭搭有么要紧的嘞? 嫁不出去就算着! 在家里养老,又不吃哪个穿哪个的,哪个也不敢龇个牙。

儿媳妇就有些不高兴了,说,姆妈,我就是随便讲两句,你老怎么搞那么一大堆啊? 好好好,你在家养着,哪个多嘴哪个不是人养的! 说着气哼哼地走了。就这样老母亲一直把女儿关在家里,几乎不让她出门见人,只等着十月怀胎结束,生下那个孽种甩到山里喂狼了事。

秦医生,为了这个女儿,我把几个儿子、媳妇都得罪光着! 我自己也急得一头头发都白了。说着扯下头上的头巾,果然满头头发白得一尘不染。莲曦见了心下也不禁唏嘘不已。狗日的畜生,他作一时的孽,却让别人受一世的罪! 这样的人真该千刀万剐了才解气! 莲曦恨得牙痒痒。

那阿姨(莲曦觉得叫老人家奶奶实在不合适,这个年纪比姆妈还要小,还是叫阿姨合适），芹子的胎儿怎么样啊？

哪个晓得啊！算日子应该还没到才是，可是我女儿已经小痛好几天了，也不晓得是捆得太紧了还是怎么回事，这两天，痛得更狠些了，伢头好像也入盆了！就是生不下来，把人都急死着！又不敢让人家晓得，更不敢上医院，就在家里这么干熬着。前几天我就听老胡家的讲你要来，心里高兴坏了，真是老天有眼啊！秦医生，我晓得你就是观世音菩萨现身，你无论如何也要好人做好事救我女一命。我女可怜，平白无故受这么大的罪，我的心都碎了！老人说着又哭起来。

别伤心了，阿姨，来，我们现在就去你家……莲曦拉起老人粗糙不堪的手说。

啊？不行！老人立时显现出惊恐万状的神色，说，现在不行！

为什么？救人要紧啊！莲曦奇怪了。

秦医生，你是来看老胡家的儿媳妇的，你不先去他家，而去了我家，要是给他们家晓得了会怎么想？

那怎么办？

这样，秦医生，你还是先去老胡家看他儿媳妇，过后你就说要着急回去有事，吃过饭就走。我还在这个地方等你，多久都等你！再带你去我们家。记住，千万不要让他家人送你！好不好？这样就神不知鬼不觉了。

好！莲曦答应着。老人赶忙匆匆忙忙离开了。看着老人矮小、瘦弱，微微佝偻的身影，再一次唏嘘不已。多么善良又多么愚昧的老人啊！为了儿女真是一颗心操碎了呀！

在与老胡家遥遥相对的一座山上孤零零地趴着一座极其普通的三间老旧砖瓦房。一样的白色墙体，屋顶一样铺着鱼鳞般的黑色小瓦，一样有着飞翘的檐角，门楣上方也用黑墨画着预示吉祥与祝福的图案。门前一块宽敞的空地，屋后是青山，也与所有山里人家无异。再普通不过的人家了，可屋里的人却遭遇着不一样的命运。在门口莲曦见到了老父亲，烟熏火燎的一张脸，同样皱皱巴巴的，嘴里含着根竹烟袋，屹蹴在门口，缩成一团。老母亲把莲曦介绍给他说这是县上来的秦医生，莲曦朝老人笑了笑算是打招呼，可老人呆滞茫然的目光只在莲曦的脸上稍作停留就逃一般地移开了。就从那稍纵即逝的一瞬间眼神里,莲曦依然读出一种无法言说的深深羞愧与痛心疾首般的无可奈何,仿佛做了多么大逆不道的丑事大白于天下了一样。进到屋里,在一间黑魆魆的房间里,莲曦见到了芹子。圆圆的一张脸,应该很讨人喜爱的,一条马尾辫凌乱地拖在脑后。也许此刻正是宫缩的间隙,只见她非常平静地坐在床沿上,见到莲曦也没表现出怎样的如释重负抑或意外惊喜,只是用与她这个年龄非常不相称的平静目光看着莲曦,脸上没有任何表情。其实这一年,如果不出意外的话,芹子应该参加完中考,她或者在哪一所中学上高中,或者能考个中专也不是不可能,这个时候正坐在明亮的课堂里和她的同龄人一起上课、下课接受教育,那么命运将会是另外一番样子。可此刻这个无辜清白的小姑娘却不得不等着莲曦为她解除身上几乎毁掉她一生的沉重包袱。但愿她以后的生活能够和普通人一样!

芹子的胎位很正,胎儿也很好,没什么不正常,只是小姑娘太小,吃不住痛,又不敢声张,再加上多日不活动,胎儿也很大,不容易生下来而已。莲曦说,叔叔、阿姨,你们放心,芹子保准不会超过晚饭时间就会生了。

果然,晚饭芹子狠狠吃了两大碗米饭,过了不到半小时,在莲曦的正确指导下,孩子没用多少时间就生下来了。是个男孩,差不多有六十公分长,很健康。哭声那个响!仿佛要把他这么几个月以来在他母亲肚子里所受到的压迫与委屈一股脑儿地尽情释放出来似的,吓得芹子父亲一把夺过来就要摔死在门下。也难怪,就是这么个孽障!害得一家人提心吊胆、失魂落魄这么长时间。莲曦赶紧抱过孩子,把他自己的小手指头放在孩子嘴里,孩子不哭了。油灯下,借着昏黄的光亮,莲曦觉得与这个简直和他母亲一模一样的孩子特别亲。她忍不住盯着他看,甚至舍不得错开目光。你这个孽障!这么着急,这么坚定不移地要来到这个世上做什么呢?你知道你有多么不受欢迎吗?你的妈妈连看也懒得看你一眼,你的外公、外婆恨不能分分秒秒杀死你,处心积虑除掉你!可你却非要那么顽强地在那样一个憋闷的环境中倔强地存活下来,莫非你有什么经天纬地的抱负需要完成?还是要向不公正对待你的这个世界挑战?那么你究竟是条虫还是条龙呢?

莲曦正痴痴地想着,老母亲这时端来了糖水蛋,招呼莲曦吃,说,再怎么样,也要吃两个喜蛋。秦医生,辛苦你了!天这么晚了,今晚就委屈一下在我家歇下,明早再走。伢给我,让她大抱后山埋掉。

阿姨,他可是个活生生的伢啊!莲曦惊惧地睁大了眼睛。

可哪个叫他到我女这里来投生呢?哪个来养他啊?唉,造孽哦!秦医生,你以为我们真就那么心狠,舍得把一个好好的伢闷死埋掉啊?不是没法子吗?我女往后可还要活人呢。

不行!莲曦说,我不能让你们把伢就这么埋了。他好歹也是一条命呢。

可秦医生,你不让我们埋他,那我们拿他怎么办呢?除非你要他……

好!给我。莲曦坚定地说,把这伢给我,我带他走!

啊?可是真的啊?秦医生你愿意把这个伢带走啊?那太好了!谢天谢地,菩萨保佑,秦医生,你真的是菩萨降世啊!免得我们造孽了……老两口感激得老泪纵横。可是瞬间又紧张起来,可秦医生,这伢今天晚上如果不处理了,明天给人晓得着,怎么好啊?

你们放心,我现在就走!保证不让任何一个人知道!

现在走?外面这么漆黑的,你一个女……老父亲有些迟疑。

还是老母亲智慧,有头脑,对老头子说,她大,你送秦医生出去。又转身对莲曦说,秦医生,真是辛苦你了!你就是我女的救命恩人!不,是我们家的救命恩人!我给你跪下了……说着就要作势跪倒。

莲曦立马腾出一只手来拉住她,说,别说那么多了,我们走吧!还有许多路呢!

等莲曦带着孩子回到城里的时候,天都快亮了。一心的店门都开了。

师傅看见莲曦绑在怀里的孩子,着实吓了一跳!说,哪里弄来的一条"小毛毛虫"?

莲曦说,师傅,这不是毛毛虫,是个孩子。快,师傅,赶紧给他冲点奶粉……话音未落,她已经倒在沙发上睡着了。她真是太累了。

莲曦醒过来的时候,已是午饭时间,除了我出车没在家外,一家人已经团团地坐在桌前等她,好奇而又焦急地准备一探究竟。

哎,小曦,这到底是怎么回事啊?一心迫不及待地问。

什么怎么回事?莲曦睡眼惺忪,一时没有反应过来。

你说怎么回事?你抱回来的"小毛毛虫"啊!师傅抢白道。

什么"小毛毛虫"？莲曦依然一头雾水的样子。好半天，她才想起什么来似的，一拍脑门，哦，看我这个脑子。师傅，你是说那个伢啊！哎，对了，那伢呢？然后四处张望，发现那小东西正无比香甜地睡在沙发上，两岁的若水无比好奇地靠在沙发边上，一动不动地瞅着他。莲曦似乎这才放下心来，然后一五一十地把事情的前前后后说了一遍，末了说，你们说，那种情况下，我不把这伢抱回来怎么办？不能眼睁睁地看着那家人弄死他吧？师娘和一心都一边点头赞同，一边唏嘘不已。

嗯，那倒是！师傅沉吟道。问题是你把他给弄家来了，准备怎么处置他呢？小曦，你可要想好了，这可是条人命，不是什么小猫小狗的，随便打发打发就行了的。

我知道！莲曦回答，不过暂时我还没想好，先就放在家里养几天吧，等长大了些再说……

啊？搁家里养？哪个带他啊？你吗？师傅急了。

我？我哪里有工夫带他啊？再说我也不知道怎么带啊！

那你还搁家里？

哎，对了。莲曦看了看一心说，不是有姐姐吗？她有经验。

一心？你又不是不知道，你姐姐自从开了"一心点心铺"之后，忙得脚后跟打屁股！要不是尚青把工作辞了来帮她，她根本照应不过来。若水又那么小，你还塞给她一个小毛伢，你是要累死她啊……

师傅，别说了，我来带，你们就把他交给我吧。一心平静地说，莲曦一个姑娘，工作又那么忙，怎么可能带个伢呢？再说了，即使她有时间她也带不了他，还是给我比较合适。

你这鬼丫头就知道给你姐添乱！师傅嗔怪道。而后回头瞅了瞅睡着的孩子说，你别说，这条"小毛毛虫"长得还真挺好！你瞧他那个头！嘿嘿，日后保准是个大个子。

那天我出车回来，去一心的店里，看到了正在哇哇乱哭的"小毛毛虫"。一心不在，尚青正手忙脚乱地哄他。

我说，哟，几天不见，二宝都出来了啊！

大哥你说的什么啊？哪里是什么二宝啊！还不是莲曦惹来的。说着把事情经过向我叙说了一遍。

我说，这下好了，开了头了，保证刹不住尾了。说着我把那吱哇乱叫的小东西接过来，抱在手里。奇怪，那小东西竟然不哭了！

尚青说，哟！这屁大一点的东西竟然还晓得认人！大哥，我看这小东西跟你有缘。

瞎说什么呢！不知为什么我有些不快活，给你！说着把"小毛毛虫"塞给他，转身走了。那小东西又吱哇乱叫起来，声音特别响亮，好像生怕别人不知道他受了委屈的样子。

那天晚上莲曦值夜班，我去她办公室找她。

莲曦有些意外，说，哥，你怎么来了？

哦，没事，随便走走。

怕不是那么回事吧？我上班这么多年了，你什么时候随便走到我办公室里来了？你，看到"小毛毛虫"了？

啊……小曦，你打算什么时候把"毛毛虫"送走？

过些时候，等养大些再说吧。

养大些、养大些，等养大些的时候，你就舍不得送了！趁早送走！你这个职业，以后这样的事不晓得会碰到多少，未必你都一个个捡回来？家里又不是收容所。

哥，你怎么这么说话？替别人养孩子不是我们家的传统么？

你这话什么意思？

你知道这话什么意思！为什么大大、姆妈能做得，我就做不得？

你……

哥，我都知道了，早都知道了！莲曦有些失控，声音有点大。

知道什么？

张若曦、杨梦莲，我都知道了，还要我再说吗？

你……我一时待在那里，一句话也说不出来。莲曦，她怎么知道的？什么时候知道的？这个世界难道真的没有永远的秘密？

十月的月光无比清澈，桂花若有若无地随风送来芳香。这个世界每天都在发生着意想不到的变化,只有这月光永远清澈,花香永远温暖。不知为什么,我有些伤感。

时间过得真快,转眼就到春节了。"小毛毛虫"都已经会笑,会吱吱哇哇地发声了。师傅现在是爱不释手,一会不见都着急,也不再问莲曦什么时候送"小毛毛虫"走的事了。我实在忍不住,提醒师傅,该和小曦提"小毛毛虫"的事了。师傅有些支吾,言语闪烁说,好,我来和她谈,就和她谈。

师傅终于和小曦谈的时候,已经是几个月之后的事了,小东西都会满地爬了。

小曦,你哥哥可是十八道金牌催着要我和你谈"小毛毛虫"的事呢!师傅满眼慈爱地看着坐在轿车里的"小毛毛虫",可爱的小东西正专心致志玩一只若水小时候玩的小玩具皮球,不晓得他身边的大人们正在商量要如何处置他。

他想怎么样?

不是他想怎么样的事!说实在的,小曦,你到底打算把"小毛毛虫"怎么处理啊?不能就这么黑不提白不提地糊里糊涂养着吧?我们总得给他一个名分吧?

名分?行啊,这个名分我给他!我来收养他,总成了吧?

什么什么?你收养他?你是不是疯了,小曦?你一个姑娘家的收养一个孩子?说出去还不叫人笑话死啊!不定人嘴两块皮怎么吧嗒这件事呢。你以后还要不要做人?还要不要嫁人、结婚、成家?

有什么啊?如果他要是在乎我,他就不会不接受这个孩子。

你说得轻松!这个世上,有哪个男人愿意替别人养孩子?谁能做得到?

我哥就能做得到!

你哥?

是啊!你别看他整天催我送"小毛毛虫",其实他那是替我着想,他才舍不得真送"小毛毛虫"走呢。他要是真想不要他,直接把他送民政局不就结了?为什么拖拖拉拉地拖了一月又一月的?

这倒是!可这世上哪能找到第二个你哥啊?

所以呀！所以我找不到可以托付终身的人啦！这下好了，有"小毛毛虫"陪我，以后我就不孤单了，是不是？

你、你，你这是说真的？师傅脸都红了。

当然是真的！除非你帮我找一个像我哥那样的男人嫁了。

怎么老是你哥你哥的！这个世上未必只有你哥一个男人？

哎，师傅您这话算是说对了！在我眼里，这个世上还真只有我哥一个男人！

哎，丫头，我怎么听着你这话不太对劲啊！莫非你对你哥……可他是你哥啊！

他又不真是我哥哥！

什么？

没什么。莲曦低头逗弄"小毛毛虫"，师傅定定地看着她的头顶，好半天回不过神来。莲曦忽然抬起头来看着师傅，目光里满是期待与祈求。师傅，求您了，别再逼我嫁人了好吗？这个世界上的男人，除了我哥，我哪个都看不上！只有在我哥身边，我才有安全感，才能感到生活如此踏实美好。

天哪，小曦，你、你，你这……你哥知道你的心思吗？

莲曦摇摇头，说，他哪里会知道？他那么正人君子，打死他，他也不可能有这想法。

这可怎么好啊？丫头！你这……师傅声音里透着一种从未有过的沮丧与为难。

师傅，说实在的，我也不知道自己是从哪一天开始只要一想到有一天我要和我哥分开，而我哥会娶一个陌生的女人做我的嫂子，我的心就立时宛如万箭穿心一般地疼痛，惊慌失措，惶惶不可终日。莲曦一时间哽咽难语，眼泪吧嗒吧嗒地掉在"小毛毛虫"的身上。时间一久，我才感觉到我对我哥的感情不是一般纯粹的兄妹之情。我很害怕，真的！师傅，我真的好害怕！我也曾挣扎过，劝说过自己，可最终还是不能释怀。之前，我想好了，如果哪一天我哥真的给我带回家一个嫂子，我就永远离开这个家，再也不回来！现在好了，有了"小毛毛虫"，即使以后我哥不能陪我了，至少有他陪我，我也不会孤单了。

这，小曦，你得容我好生想想、好生想想。师傅嗫嚅道。不管怎么说，这事都得和你哥挑明了说，否则耽误的就不是你一个人，而是两个人了。

师傅，您知道的，我哥长这么大吃了太多苦了，几乎没过过一天好日子。小的时候，他才刚刚会走路，就赶上大炼钢铁，大大跟姆妈都出去炼钢铁了，日夜都想不到回家，就把他扔给爹爹奶奶。那时候已经开始人民公社大食堂了，开始大家吃得还好，可好日子过了不过两个月不到，食堂就再也见不到干的东西，而只有粥了。那粥开始还蛮厚的，到后来，稀到能照见人影子！哥哥那时虽小可也饿得直哭。每天我爹爹老早就在食堂门口等着打那一口粥，粥打回来之后，两个老的都舍不得吃，几乎全都留给我哥，可毕竟是稀粥，再饱也抗不了多久。我姆妈说，那时候，并不是没有粮食，而是人人都炼钢铁去了，黄澄澄的稻子甩在田里烂掉也不许收割，也没有人收割。我爹爹就跟我奶奶商量，想晚上夜黑的时候去田里薅稻子，再回来用磨子磨成米，弄点厚实的给伢吃。那天晚上，我爹爹就揣着条布袋出去了，我奶奶一直等着，直到后半夜，我爹爹才终于回来了，肩膀上扛着一布口袋稻子。奶奶乐坏了，说，这下好了，一文有的吃了！老两口连夜用磨子磨米，然后再把糠筛掉。我姆妈说，那年月，大炼钢铁，家家户户把自己家的锄头锹戈，凡是铁的东西全都捐献出去炼钢铁了，我们家连锅都捐了出去。奶奶没办法，只得用搪瓷缸子盛点子米搁在灶膛里煨熟了给我哥吃。可怜我爹我奶饿得浑身肿起老高，手指头一摁一个大坑，半天都恢复不过来，可也舍不得多吃一口，就这么我哥总算长大了。我爹我奶，却都活生生地给饿死了。后来，好不容易生活正常了一点，大大、姆妈却又出了意外……我哥为了我跟我姐，什么时候想到过他自己啊？吃的、用的、花的，哪一样不是先尽着我和我姐。先是我上大学，后来又是我姐开铺子。我哥辛辛苦苦十多年，如今都三十了，您说他兜里有一毛钱零花钱吗？师傅，这个世上还会有人比我更心疼我哥、理解我哥、不嫌弃我哥的吗？倘若他找回来的女人瞧不起他、埋怨他、待他不好，您说我这心里能受得了吗？

唉，你们这仨兄妹啊！师傅感叹道。要搁在一般人身上，这也算是一件难得的好事。可你哥这个人，他不一定能接受得了呢……

我知道，所以，我才什么也不说啊！今天是您非逼着我把心里话说出来不可了,否则,我永远都不会说的!我不想让我哥不自在。

丫头,那你的意思是你已经铁了心了?

是的,我已经决定了。只要我哥给我找个嫂子回家,我就永远消失!

那天晚上,莲曦去医院值班了,"小毛毛虫"也被一心带回去了(一心结婚之后就在外面租了房子单住),我也出车没回,家里顿时空寂了下来。吃过晚饭以后,师傅看着月色尚好,就出了院子,到街上走走。走着走着,竟不知不觉走到了一心的出租屋前。他一愣,自己吓一跳!嗯?怎么走到这了?迟疑着,要不要进去,正好一心出来倒洗脚水,看见师傅在门口犹疑,就说,哎呀!师傅,怎么是您啊?快进来坐吧。"小毛毛虫"还没睡,刚洗好,正和若水玩呢。您进来啊!一边回头朝里面喊,尚青,师傅来了!

尚青拎着两只湿淋淋的手跑出来,说,师傅啊?您老快请进!

师傅有些尴尬说,我散散步,走到你这儿了……

师傅,我知道,您哪,哪里是散步哦,您是放心不下"小毛毛虫"吧!尚青笑嘻嘻地打趣道,师傅有些不好意思的样子,嘿嘿笑了。

"小毛毛虫"正坐在床上和若水逗着玩,看见师傅,竟然咧嘴就笑了,朝师傅伸开两只小手,嘴里呜呜噜噜地,显然是要师傅抱。不过四五个月的小东西,竟然认得人了!师傅高兴坏了,赶紧走过去,把小东西抱进怀里,甚至若水喊他爹爹都无心搭理。

若水生气了,说,爹爹坏!

师傅哈哈笑了,说,爹爹不是坏,爹爹呀,是乐糊涂了!得罪我们小公主了哈,对不起。

师傅退休回来之后,突然闲了下来,一时间非常不适应。每天照例早早就起,可一想,自己都退了,已经无班可上了,这么急叉叉地做么事呢?在家里空待着,也没什么劲,想着去一心店里帮帮忙。别看师傅开车、修车无人能及,可你叫他做这些个厨房里的事情他却笨手笨脚,急得团团乱转,却不知该做什么好。师娘说,你还是回家吧!省得越帮越忙。师傅有些讪讪,以后就很少去了。这时候,一个"小毛毛虫"正好填补了他情感的空白。一开始,莲曦抱他回来的时候,他还真是不太高兴。可现在要是有人抱他走,他肯定更不高兴。他越来越离不开这个小东西了,一会儿看不到他,就觉得空落落的,不得劲。要不是一心怕孩子晚上闹,影响他们俩老人睡觉,他才不会让一心带"小毛毛虫"走的呢。

师傅,看来,年后小曦把"小毛毛虫"送走,最舍不得的肯定是师傅了!一心说。

送?往哪里送啊?师傅把"小毛毛虫"重新放进被窝说,你不知道吗?一心,莲曦要养这个孩子呢!

什么?她养?她疯了吧?一心脸色都变了,一个姑娘带着个捡来的伢,以后还怎么嫁人?谁还肯要她?

嫁人!人家压根就不想嫁出去!没人要她,没人要才好呢!

什么?不想嫁出去?她,难道为了这个捡来的伢,连婚都不想结了吗?那我哥怎么办?再说,我哥也不可能允许她这么做的。

她呀,一心,她就是为了你哥才不愿意嫁出去的……

为了我哥?师傅,您说这话是什么意思?难道……

你说是什么意思?莲曦她想嫁的人是你哥!

啊?这怎么可能?

怎么不可能?我看挺好的。尚青在一边鼓手,肥水不流外人田,多好!再说,俩人男才女貌,或者男貌女才,太合适不过了……尚青还想再说什么,被一心一巴掌捂停了。

合适合适!你知道什么?我哥他能答应吗?莲曦也真是,怎么会冒出这么个想法出来。别不是说着玩的吧,师傅?不过怕您要送"小毛毛虫"走啵?

她是铁了心了,一心,非你哥不嫁!说要是有一天你哥找个嫂子回来,她就带着"小毛毛虫"永远离开这个家。

啊?这可怎么好?一心一屁股坐到床上,一副失魂落魄的样子。

这有什么不好的啊?尚青又说开了,师傅,您说是不是?知根知底的,多好!哥哥为什么要不愿意呀?到哪里找莲曦这么好的女孩子啊?年轻,又有学问,又有本事,还漂亮,这是老天爷高看哥哥啊!师傅您说是不是?

尚青,也许你或者大多数人都这样认为,可人家一文未必这么看!一文是什么人?忠厚、善良、铁肩担道义的一个人,他怎么做得了这样的事!他做不出来啊！一心，你说这件事该怎么办才好？要不要跟你哥说这个事啊？

一心半天才回过神来，说，当然得说啊，师傅！可这事情，我看难办。莲曦和我哥都是倔脾气，一条道跑到黑的主。莲曦我知道，她既然把话说到这个份上，是一定说到做到的。要么和我哥摽着，一个不娶，一个不嫁；要么，一旦我哥娶了，她带着"小毛毛虫"消失。她做得到的！师傅，我了解她，她真做得到的！您说她要是真这么做了，我哥一辈子能过得踏实吗？所以这件事肯定得和我哥说，当然只有您出面。这个世上除了您，我哥恐怕哪个的话他都听不进去。我哪怕吱个声，不被他骂死才怪！师傅，只有您说，他听您的……

我说，能管用吗？师傅一副为难的样子。唉，不说吧，又不能眼睁睁看着两个人摽到死。可说吧，又该怎么说呢？师傅搔了搔花白的头发，一副为难的样子。有时候对付好人比对付坏人更为难……唉。还是等过完年再说吧，免得大家年过得不舒心。今年无论如何不要莲曦三十晚上再值班了。今年家里添了丁了，一定要团团圆圆过个开心年。

这个可敬的老人，或许一开始的时候，只是为了赎罪，才把一文弄进家来的。可这么多年过去了，老人早已把几个孩子当成自己的孩子一样关心爱护着，真心希望每个孩子都过得舒心幸福。如今出了这么个小岔子，本来也是件好事，却变成了为难事。可老人心下决定了，要做这件事，而且一定要做好！

日子水一样地流着，转眼的工夫，年就过去了。

正月快结束的一天晚上，我陪师傅喝着小酒，师傅问我，一文啦，你今年多大了？如果我没有记错的话，该三十了吧？古人说三十而立，你这三十也该立了吧？

师傅，您又不是不知道我的想法，莲曦的问题解决了，再想我自己的事。

可要是莲曦一辈子不嫁，你就这么一辈子等着不娶，是吧？你该不会是对莲曦有什么意思吧？

师傅您这说的什么话啊！我一下子炸了，说，别人不了解我，师傅您还不了解吗？我秦一文是那样的人吗？我怎么可能会对自己的妹妹有什么歪心思呢？

哈哈，一文，这感情上的事哪个能说得准？怕不是，连你自己都不晓得吧？我看你们俩挺好的，知根知底……

师傅话没说完，我腾地一下站起来，说，师傅，您要是再这么乱七八糟地说，我可走了！

好好好，你坐下，坐下！师傅笑了笑，咪了口小酒说，那么激动做什么？该不会是心虚吧？

什么？我心虚？我为什么要心虚？您要是这么说，过几天我就给您领一媳妇家来。

怎么？这么说，你这是有主了？师傅一脸的紧张。我却始终闷着头不作声，气哼哼的。一文啦，师傅仰脖将杯中的酒一饮而尽，重重地将酒杯一放说，一文，我也不跟你兜圈子了。我问你，你打算把"小毛毛虫"怎么办？

什么怎么办？那是莲曦的事！她决定怎么办就怎么办，我不干涉。

好，这话可是你说的！我来告诉你莲曦的决定，她要收养"小毛毛虫"！你同意不同意？

什么？她收养"小毛毛虫"？怎么可能？我一惊，转而又说，那既然她这么决定了，就她来抚养好了。

好，那么请问，"小毛毛虫"有妈妈了，哪个来当他的爸爸？

这个……我一时语塞，既然莲曦她已经下定决心做"小毛毛虫"的妈妈，自然会考虑这件事的。找个爸爸不就结了？

找个爸爸？问题是找谁做爸爸！她谁也看不上，只希望你来做"小毛毛虫"的爸爸！

什么？简直是疯了！我怎么可能给"小毛毛虫"当爸爸呢？师傅，您老真是老糊涂了！还是酒喝多了？今晚怎么尽说些不着边际的话啊……

帅傅往自己的酒杯里倒上酒，顺便给我的酒杯也倒满，说，一文，你听好了，我是老了，可还没有糊涂。我晚上是喝酒了，可一点都没有多！我今晚告诉你的每一句话都是实话，都是你妹妹莲曦的心里话。藏了多年的心里话，在这个世上她只看上一个人，那就是她哥哥秦一文！除了这个人，她一辈子谁也不嫁！你要不要对你妹妹继续负责任，那是你的事了。反正，她已经明确说过了,即使你不答应,她也一样要意志坚定地做一个未婚妈妈! 你就看着办吧! 哦,还有,她还说了,要是你哪一天领回来一个嫂子,她就带着"小毛毛虫"永远离开你们俩,离开这个家!

我呆了,事情怎么会变成这个样子? 不! 不可能! 我秦一文不能叫世人说我是一个见利忘义之人,乘人之危之徒! 或者用词都不恰当,反正我秦一文不能做不仁不义之事,让世人嘲笑。不! 不能! 我什么话也没说,将师傅替我倒的那杯酒喝完,酒杯一撂,扭身走了。

虽然已经立过春了,可风依然很硬很冷,嗖嗖地吹在脸上,像小刀子一下一下细密地割着。我清醒了许多。自从如钟为国捐躯之后,这么多年,在我心里,师傅已经完完全全成了我的父亲,像今天这样摔杯而去还是第一次。对不起,师傅,我不是针对你! 可是,我生这么大的气,究竟为谁呢? 莲曦? 还是自己? 我脑子里乱哄哄的,刚刚清醒一点又立即糊里糊涂起来。我要怎么办? 我该怎么办? 大大、姆妈,你们在天上,有没有看见? 你们能不能告诉我? 莲曦是大了,长本事了,凡事都自己拿主意了。可这都是什么主意啊? 哥哥娶妹妹,妹妹嫁哥哥! 天哪,还不叫人笑掉大牙啊? 再说,我秦一文成什么人了? 哦,以为仗义替人抚养小孩,原来不过为自己打算! 我秦一文是一个处处为自己打算的人吗? 天地良心,我待莲曦真的只是哥哥对妹妹啊! 大大、姆妈,怎么会变成这个样子啊? 你们告诉我,怎么变成这个样子了? 叫我怎么面对莲曦? 还能像从前那么坦然、那么自以为是吗?

不! 不能! 坚决不能!

第二天,我开车走了,去山西拉煤。我自己主动要求的。那一次,我去了一个多月才回来。我不想回来。

活到三十岁,生平第一次这样彷徨、茫然甚至无助过。即使在大大、姆妈突然辞世的那个时候都没有现在这样难于抉择。因为那时候只是艰难与责任,只要勇于承担就行。可现在的我却失去了承担的勇气,更是无法承担啊! 同样的始料不及,可这一次要为难得多。

那次出车回来之后,我破例没有急切切地回家,而是一个人在街上漫无目的地游荡,走着走着竟然出了城。护城河边的柳树都已经发出新芽,一些毛茸茸的新绿在枝头探头探脑地瑟瑟着,很有些惹人怜爱的味道。河水有些发绿,不晓得从哪里来,也不晓得往哪里去,一如彷徨的我。多少年都这样,它怎么可以总是如此平静?我为什么不能?我一想,索性回老家算了!躲一天是一天,躲一天清净一天。

这条连接故乡的山路我走了多少遍,实在数不清,哪一次都是匆匆忙忙,像今天这样脚步迟缓、拖沓还是第一次。一条由人脚踩踏出来的小路在江边和山间忽隐忽现。虽然早过了立春,可风依旧有些冷,特别是江边,风更要大一些,打在脸上,木麻木麻的,不知是疼还是冷。春汛还没有来,江面萎缩成窄窄的一条,懒洋洋地躺在这边青山与对岸的护林带之间。江水浑浊,几乎看不见流动。护林带气势不小,沿江一路延伸,只是依然光秃秃的枝丫,灰蒙蒙的没有朝气,越发使得人心里压抑郁闷。便打消了下到江边坐一坐的想法,继续慢腾腾地往前走。忽然觉得自己真是失败,除了老家大大、姆妈创建的那个家,自己几乎一无所有!这些年,像一头被蒙住了眼睛的斗牛一般,在这个世上四处冲突打拼,结果还是被生活这个斗牛士一剑刺倒。一切都是徒劳!甚至找不到一个属于自己的,可以默默舔伤口的角落。

等我慢腾腾挨到村里的时候,天都已经黑了,村子里的人家有的都已经亮起了灯。刚下大堤,就被挑着粪桶回家的孬子哥看见了。说,耶,是一文啦!怎么这晚回来啦?走,家去吃饭!伍孬子结婚好几年,早已经是两个伢的父亲了。一儿一女,而且一结婚就分出去单过了,四口之家其乐融融。哪个都比自己过得好啊!我不禁喟然长叹。

伍爷家的饭菜都已经端上桌了,两位老人连灯也不开,就着一点麻晃晃的光亮正准备吃。伍孬子把粪桶往屋檐下一放,冲屋里喊,大大,一文家来着!

二位老人很是惊喜,都一迭声地说,啊?是一文家来啦?那,快一起吃饭!

孬子哥说,怎么不开灯啊?说着便打开灯,看见黑漆漆的大桌子上,寡答答两碗菜:一碗炒白菜,一碗莴笋丝。两个老人一人端碗白米饭,还没怎么动筷子。孬子哥说,我家去叫兰香(他老婆)再炒两个菜过来,就这两个菜怎么吃饭?一文家来了,总得喝两杯啊!

伍娘说，别惊吵你老婆了，省得她回头又啰唆。就在我这里炒两个菜，热锅热灶，快得很。一文是家里人，也不会嫌弃什么。说着就去厨房。

孬子哥咕咕噜噜地在他姆妈身后说，姆妈真是的！老是把兰香得说多小气一样的！哪里就啰唆了哉？对一文，就更不会了……

伍爷重重地咳嗽了一声，吐出一口浓痰，说，你闭嘴！少在这里死要面子活受罪。还不赶紧给一文倒水？

孬子哥有些讪讪地住了口，在条桌上扒拉出一只杯子，拿到厨房去洗。回来后，把杯子搁到桌上，湿手在裤子上擦了擦，从条桌上的茶叶筒往外掏茶叶。

伍爷说，别拿这个茶，去房里大衣橱里拿一文过年带回来的好茶。

孬子哥边往房里走，边咕噜，老头子真偏心，怎么就没看见你给我泡一回好茶……

伍爷吼道，老子给你泡好茶？你是我老子啊？我吃的好茶好烟好酒，哪一样不是人家一文拿家来的？你孝顺我个毛啊？没出息的东西！！老婆话跟圣旨一样……

伍爷！我笑着叫了一声，把伍爷的嗔怪打断了。可不知为什么，父子间这么平常的斗嘴今天却让我特别羡慕，这样再平常不过的生活，我就是没有。孬子哥把老婆话当圣旨怎么样？他愿意！我呢？我……唉！

不大一会，伍娘炒了鸡蛋，烹了咸鱼，蒸了咸肉，又将桌子上的两碗素菜重新热了一遍端上来，倒也丰富。

孬子哥说，大大，喝什么酒哉？

伍爷说，当然拿一文带回来的酒咯！你们拿给老子的也叫酒啊？白水一样！

孬子哥又咕噜了一句，只要是一文带回来的，哪怕是一泡屎，你都讲是香的！

讲什么呢？伍娘在孬子哥后面抽了一筷子说，饭都塞不住一张臭嘴。就晓得在这边吱吱哇哇，你老婆面前，别说龇牙了，就连屁都不敢放一个……

好了，你们两个！饭桌子上，屁呀屎的，有没有点子讲究啊？伍爷喝了一句,伍娘和孬子哥都笑了。

孬子哥说,嘿嘿,一文又不是外人!来,一文喝一杯,赔个礼哈……

孬子哥不胜酒力,三杯酒下肚舌头就有些打转。伍爷说,快滚家去!省得你老婆啰唆。说着夺了他的酒杯,把先前盛的那碗饭塞到他面前。

孬子哥说,哪里就、就啰唆了哉?边说边朝嘴里扒饭。三口两口扒完了,碗一撂,说,一文,我家去了,一会老婆要啰唆,我就不陪你了。

伍爷说,快滚!裤裆里白长了个把手。孬子哥咕咕噜噜不晓得说了什么有些晃晃荡荡地走了。伍爷说,唉,总算清净了!来,一文,我们父子俩接着喝。

好!我应承道。唉,伍爷,孬子哥过得挺好的,一双儿女,父母双全,虽然老婆霸道点,但也不算怎么出格。我呢?混到今天,都三十了,光光两大块,一无所有!要不是家里这个老屋,我秦一文连个落脚的地方都没有,唉!我说着心里酸溜溜的,咕咚一声吞下去满满一杯酒。

一文,你有心事。伍爷端起酒杯,无比克制地呲了点。从你一进屋我就看出来你今天回来有心事!怎么了?能不能跟伍爷絮叨絮叨?

我有些无奈,不知道该说还是不该说,摇了摇头,端起酒又倒下去一杯。

伍娘说,吃菜啊!一文,快吃点菜,回头别真喝醉了。说着搛了块炒鸡蛋放进我碗里。

怎么?不愿跟老头子讲?伍爷说。看来还真是大事情了呢!你师傅晓不晓得?

师傅怎么会不晓得啊?他不仅晓得,而且还是同谋!

哦?那究竟是怎么一回事啊?既然你师傅都晓得的事,怎么会让你这么不开心呢?你们师徒二人这些年过得可是比亲父子还要父子情深呢!

被伍爷问不过,便只得将事情的前因后果通通叙说了一遍。末了说,伍爷,您讲我怎么能做这种事啊?这不是摆着脊梁骨给人戳吗?您叫我往后还怎么回来见家里的父老乡亲啊?我还怎么抬头见人啦?伍爷,伍娘,你们说说,是不是这个理?她莲曦是不是昏头了啊?你一个本科毕业的大学生,事业还做得那么好,你什么人不好找,找我这么一个初中毕业,高中只念了一年的破卡车司机?一年到头在外面风里来雨里去地到处奔波,你图什么啊？不是脑子进水了，也是个怪啊！再说了，我大大、姆妈当初养她，可不是要她拿自己来报恩的呀！

话不能这么讲，一文。伍爷打断了我说，莲曦既然态度这么坚决，说明她根本就是深思熟虑而不是意气用事。你说她单纯只为了报恩，就错了。要说报恩，可以有很多种方式，完全用不着拿自己的婚姻啊！根本用不着嘛！所以这根本就是你的猜测。莲曦看上你，完全是因为你这个人！你说莲曦她图你什么？图你诚实，踏实，有情有义，重情重义，有责任心，敢于担当。莲曦也是个重情义的姑娘。你家大大、姆妈，生前重情重义，你们这兄妹三个同样重情重义。我觉得她的眼光就是不错。她能抛开那些名利地位勇敢地选择和你共同生活，说明莲曦是一个非常不一般的姑娘，我不晓得你还吱吱呀呀地扭捏什么！一文啦，伍爷心目中，你一直是一个顶天立地的男子汉，你可不能因为自己的某种虚荣面子而伤了一个好姑娘的心啦！难道你觉得莲曦她配不上你？莫非你已经有自己相好上的人了？

伍爷您这是讲的什么哦！是我配不上她，好不好？再说，这也不是什么配得上配不上的问题。这么多年，我根本就没有心思考虑自己的事，也没有资格考虑。反正我就是觉得别扭，心里磨不开……

你一时心里磨不开，我也能理解。这当了多年的妹妹，突然要做自己的老婆，是有点别扭。但，一文，你要记住，无论发生任何事，你都要积极地面对，才有可能得到解决。如果你选择逃避，那只能是灾难。听你的话好像你出车一回来就来这里了。怎么？你要躲，是不是？你躲得了今天，躲得了明天吗？躲得了今天、明天，难不成你还能躲一辈子啊？再说，伢一天天长大了，莲曦一个姑娘家的，黑不黑白不白的，养一个伢搁家里，你叫她往后怎么做人？要晓得，一个女人的名誉可是比她的命都重要呢！无论如何，你都要和莲曦把这件事摆开来谈一次。你这么躲着，莲曦她该有多伤心，你晓不晓得？而且也让你师傅不好做人啦！你竟然说你师傅是同谋，弄得好像要杀了你似的。在你师傅心里，你们就是他的一双儿女，没有哪个做父母的不巴望自己的伢过好日子的。既然你师傅都赞同，我说啊，就是一桩再好不过的事情了。好了，一文，别不开心了，事情只要讲开了，就不会再疙里疙瘩地挡手了。莲曦也是聪明人，她会理解你的。只要你心里没装着别人，那点子别扭劲过去就好了。莲曦是个非常了不起的姑娘,错过了,你这辈子再也找不到了哦!小子,都是你大大、姆妈保佑你的呢!别身在福中不知福了喔……

真的是这样吗?我无言以对。对于这件事,我不知道自己为什么这么反感。莲曦那么好个女孩儿自己为什么就不能接受?从未有过的叛逆在我的心中翻腾。我想好了,无论如何,我都得为我自己活一回。

有时候,一句话就像一盏灯,在你迷茫、彷徨、内心一片黑暗的时候,突然照亮你的前程。伍爷的话虽然我并非完全赞同,但有一点是对的,就是我不能选择逃避而是面对。是的,我要和莲曦谈一次,而且是必须。关于我和她,我要告诉她我们永远是兄妹!我也要告诉她如果她依然执迷不悟,我愿意一辈子不结婚陪着她耍单。我还要告诉她,她秦莲曦永远都是我秦一文的妹妹,这个关系到死都不会变。这一辈子绝对无可变更。如果她愿意,那我们就这么摽着,看谁摽过谁!

第二天我一早就回了,等走到城里的时候,才不过上午九点钟左右。我不想这个时候去找莲曦,妨碍她工作是小,更不想弄得她单位同事人人尽知。说实在的,一个多月不见,我还真是挺想看见她的。可恶的莲曦,我们这样一辈子兄妹不好吗?为什么非要弄这么个幺蛾子出来啊?大家都尴尬!莲曦,听话,哥会一辈子站在你身后,做你的大黄伞,晴天遮阳雨天挡雨,哥说到做到。只是别再逼我做什么"小毛毛虫"的爸爸,你更不要做什么"小毛毛虫"的妈妈。就让一心和尚青来做"小毛毛虫"的爸爸妈妈吧,不是挺好吗?

终于等到快下班的钟点了,这个星期莲曦在住院部,不在门诊。我去了她值班办公室,同事告诉我,今天莲曦休假,昨天晚上就去乡下了。木塔乡卫生院昨来了一个难产的产妇,卫生院人吃不住,怕出现危险,请莲曦这个专家去坐镇。我知道木塔乡是这个县最为偏远的一个乡镇,离城里怕有六七十公里不止。我有些沮丧,同时也暗暗松了一口气,终于可以不用面对。我知道莲曦一定会痛苦。我一点都不希望她痛苦。眼睁睁看着她痛苦,比剜我自己的心还要难受。可又有什么法子呢?那么妥协?不,不能!不知道为什么,一旦触及这个话题,我的心立即像被什么刺了一下似的,更是疼得缩起。

我多少有些意味阑珊地往医院外面走,经过护士站的时候,我听见两个值班小护士在聊天,似乎提到了莲曦的名字,便停下来,听听她们都说些什么。

一个说,哎,告诉你一件事啊。

什么事? 另一个说。

我昨天在护城河那里看见秦医生了。

哪个秦医生?

小秦医生,莲曦啊!

哦,看见怎么了? 有什么稀奇吗? 不是天天都能看见嘛!

你知道什么? 当然有稀奇了,我看见秦医生抱了个孩子。

孩子!

是啊,不过几个月大一点。

嗷,我当是什么稀奇呢! 抱个孩子怎么了? 你没抱过孩子啊?

耶! 你不要打岔嘛! 开始我也没觉着什么,准备过去和她打个招呼。可是就在我走近她身边的时候,她正在逗那个小孩说话。说,"小毛毛虫",快叫妈妈,叫妈妈啊!

什么? 妈妈? 叫谁妈妈?

我当时也觉得奇怪,以为自己听错了,就走得再近一点,她真的是在让那个孩子叫她自己妈妈。因为她身边除了她自己而外,根本没有任何人!

啊? 你的意思是说,秦医生抱的那个孩子是她自己的孩子?

可不是吗? 你想想,如果不是自己的孩子,哪个好意思要别人家的孩子叫自己妈妈啊?

那她哪来的孩子呢? 也没见她怀过孕啦!

那哪个晓得啊! 她一个妇产科医生,办法还不是多的是。

不可能! 那孩子如果是秦医生的,谁是那孩子的爸爸呢?

稀奇就稀奇在这里啊! 你想想一个没有结过婚的女人哪里来的孩子啊?

啊? 你是说她……哦,天哪! 这实在太离谱了! 不,我还是觉得不可能! 她自己是妇产科医生,难道不知道自己怀孕? 难道不知道一个未婚妈妈会招致什么样的后果？一定不是她自己的孩子,一定是逗着孩子玩的!

嗟,说你傻吧,你还不高兴。你没听歌词里怎么唱的吗？问世间情为何物,直教人生死相许。知不知道？连生死都可以不顾,生个孩子怕什么？

如果真是那样,那他们结婚不就完了,何必当未婚妈妈招惹是非呢？

那要是两个人结不了婚呢？

结不了婚是什么意思？

啊呀,你是真傻,还是装的啊？你说为什么结不了婚？如果那男的人有家呢？

啊？你是说……

我实在听不下去了,走过去,用力拍了一下护士站的长台子,指着那两个咬舌头的小护士说,看上去挺标致的两个女孩子,怎么这么喜欢做长舌妇啊？

怎么了？那俩人吓了一跳,说,你是谁啊？在这里撒野？也不看看这是什么地方？

是什么地方？是啊,这里是什么地方啊？你们告诉我啊!哈哈,白衣天使,狗屁!分明就是长舌妇!怎么这么喜欢在背后嚼人舌根子啊？你们问我是谁？好,我就来告诉你们,你们给我听清楚了:我就是"小毛毛虫"的爸爸!是你们小秦医生的丈夫!我们正打算补办婚礼,怎么样？听明白了吗？啊？我又用力拍了一下台子,震得手一阵发麻。从今往后,哪个要是敢再在背后嚼秦莲曦的舌根子,说些不三不四的狗屁话,可别怪我对她不客气!说着我直直地朝病房外走去,谁也不看。

不知道什么时候,走廊里站满了看热闹的人群。有病人,也有医护人员。我听见人群中有人说,咦？这不是秦医生的哥哥吗？怎么……

他们本来就不是亲兄妹,秦医生亲口告诉我的。

哦……那一声意味深长的哦,顿时令我的后脊梁骨冒汗。我没有回头,大踏步地走了,把他们统统都甩在了身后。

我的心里翻滚着一种从未有过的气恼与委屈,真想找一个没有人的地方痛痛快快地吼几声,把心中这结结实实堵着的块垒吼出去。可哪里有这样的地方呢？再说,吼几嗓子一切真的就能烟消云散了吗？刚才在那么多人面前说的话真的算数吗？

莲曦回来了。瘦了很多。我的心不禁一阵难受。

哥，你去医院的事我已经知道了。我知道你说的是气话，可以收回，我不逼你。

你已经逼我了！

你可以不作数。

我秦一文向来说一不二！

我怎么有卖了我自己的感觉？心，这么痛。小曦，你掠夺了我的人生，你知不知道？

三个月后，那一年的五月端午，莲曦的生日，我们举行了简单而又热闹的婚礼。可我却总是觉着所有的热闹都与自己无关。莲曦很激动，也很幸福！大红的礼服，衬得一张小脸越发精致。看着满脸洋溢着美丽光泽的莲曦，我心中一瞬间迷糊：这就是二十六年前的那个早上，姆妈塞到我怀里的那个小不点吗？她在我的怀里睡得那么安稳，而只有五岁的我却那么尽心地看护着这个小东西，甚至不敢让自己睡过去。也许从那一刻起就注定了今生今世我就是她的看护人，注定一辈子和她绑在一起，呵护她，疼爱她，保护她。

这就是命啊！

第十一章　寻　　爱

　　"解放牌"大卡车嘶吼着在太行山区的山间公路上飞驰。盘旋、蜿蜒。不知伸向何处。山上丛生着各种灌木，很少见参天的大树和茂密的森林。山坡下面，都是农田，无边无际。一水的玉米，齐刷刷地立在黄土地上。整齐、震撼。间或有一些开花的荞麦，抑或还没有收回去的粟或稷，不大认识。农舍不知在哪里蜷缩着，无法找见。也很少见有农人在地里干活，仿佛这里的庄稼都是自生自灭似的。如果运气好，你会在对面的坡壁上看见几只羊像是被钉子钉住了挂在山坡上一样，一动不动。而放羊的老汉呢？如果不是头上的白羊肚手巾，你也以为只是块黑乎乎的石头，而那羊不过是几朵被树枝挂住了的云朵，落在了坡壁上。一切都是静止的。即使有那么一只两只野兔哧溜一声蹿出灌木，掠过公路，消失在另一侧的灌木丛中，或者扑棱一声突地旋起一只七彩山鸡，转瞬不见，也好啊！也算是看见一个活物。可这样的运气实在很少有。有的只是寂寞的山路与沉寂的山林，仿佛无边无涯，永远没有尽头。

　　这样玉米生长的季节还算好，至少你的眼里还能看见绿色，鲜活的颜色。可一旦玉米收割之后，整个大地一片萧索，看不见半点绿色。那时节再跑在这盘山公路上，心中的荒凉之感更是无可言说，仿佛穿越死亡一般地令人窒息！

　　突然大卡车一阵颤抖，停了下来。驾驶室的车门打开，从车上跳下一个二十六七岁年纪的年轻后生，一米七八左右的个头，结实匀称的身材，乌黑的板寸头，清秀的五官，整个人看上去给人一种精神饱满而又舒服怡人的感觉。只见他走到车头前，掀起顶盖，一股水蒸气仿佛一股白浪一般腾地一下急不可耐地冲撞而出，后生被熏得倒退了几步，差点跌一跟头。妈的，水又烧没了！后生骂了一句,然后靠在车门旁,四处环视了一下,实在不知道这样的地方哪里能找到水！救命的水。这里距离最近的县城也还有两个多小时的车程。怎么办? 后生从牛仔裤的裤兜里摸出一根烟点上,深深而又贪婪地吸了一口之后,情绪似乎平静了些。此时,太阳已经快要下山了。原计划去县城住的,看来又要泡汤了。如果找不到水,今晚又得他妈的在车上猫一宿了。后生无比懊恼,恨恨地将烟屁股扔在脚下,顺势用脚将烟头使劲地碾灭。然后回到车上拿下一只小铁桶,再次环顾四周,确定要找的方向。妈的,先前就该在有水的地方续上的,懒了一下,心存侥幸,以为可以跑到县城没问题,还是出岔子了！师傅一再强调,水和油都一定要备足！唉,看来真是任何时候都不能心存侥幸啊！

山路一边是深不见底的灌木和绵绵不绝的青山,一边下到山底就是无边的庄稼地。后生决定还是下庄稼地保险,说不定还能碰见个把干活的人呢！再说既然能种庄稼,就一定有水不是?

穿越丛生的灌木再下到山底,多么不容易啊！后生沿着公路边走边看,寻找下山的最好途径,同时察看是否能看见哪里有水。走啊走啊,也不知道走了多远,终于看见一条细小得真如羊肠子一般的小路袅袅娜娜地从山底蜿蜒上来。后生大喜过望,急忙跑过去,顺着羊肠小道朝山底奔去。跑到半山腰的时候,果然看见在一玉米地与青山环抱之中,一湾清泉闪烁着诱人的光芒！而在那泉边,一个穿着红色上衣的女孩正在低头洗着什么,一担木桶搁在身边。后生心里一阵喜悦,他飞奔过去,朝着那湾清泉更是朝着硕大的血色夕阳朝着那抹耀眼的红色狂奔。

……

又来了！这个梦,多少年一直徜徉在心底,一抹红色永远鲜活,永不褪色！多少回午夜梦回,都让我禁不住内心荒凉,无法成眠。那是梦吗? 不！那是我心底滴血的痛！

……

大哥……

柳叶！怎么是你啊? 你莲曦姐呢?

是的,是我,大哥！莲曦姐让我今晚来陪你,说明天你就要走了,再也不会回来了。哥,你真的再也不会回来了吗?柳叶哭了,豆大的泪珠顺着好看的鹅蛋脸滚落下来。她的泪珠总是那么大,大得让人心酸得不行。一张鹅蛋脸还是那么好看,虽然韶华消逝,可依然不减风韵。我的心再一次痛起来,像被撕裂了一般的难耐。

叶子啊叶子,我苦命的叶子,哥对不起你啊!哥这辈子最对不起也是唯一对不起的人就是你啊!叶子,我的叶子!我苦命的叶子!你叫哥化作几世来报答你也报答不尽啊!如果有来生……真的会有来生吗?我感觉到我全身的每个毛孔都在往外涌动着热泪。我知道那是我深沉的、无法表达的热爱。

大哥,哥,你这是怎么了?你怎么流血了?怎么流血了呀?哥!叶子惊慌失措,然后呜呜咽咽地哭出了声。哥,我知道你心里的委屈。哥,你也不要老是觉得愧对于我,真的,哥!我不怪你,这么多年,我从来就没有怪过你,是真的。我心甘情愿,哥。我感激你,哥,你给了我一段那么美好的时光与回忆,还有那么孝顺、那么乖巧又那么美丽的一个女儿……

怎么?琴儿真是我的女儿?真的是吗?秦一文啊秦一文,你真是个混账啊!自己女儿就在自己的面前这么多年,你竟然像个白痴似的不知道,还竟然嫉妒叶子……你不是混账是什么?琴儿,我的女儿,这么多年,我都不知道有你存在,你怨恨我吗?我可怜的女儿,叫我怎么对待你好啊!还以为这个世上只对不起叶子一个人,谁知道还有你,我的女儿!我感觉我全身每一个毛孔都更汹涌地往外奔流着我的悔恨,我冰冷的泪滴……

叶子更加惊慌失措起来,说,大哥,我求求你了!你不要这样,不要再这样了!叶子受不起,受不起啊,大哥!其实说真的,大哥,我很满足。我真的很满足、很满足啊!那一天你那么一脸幸福地躺在我的怀里,离开得那么安静、安宁,我感觉我们就是一世的夫妻了……

是啊,那一天,我终于从浑浑噩噩的状态中醒过来,仿佛自己一直在向着一个无底的深渊堕下去堕下去!我想挣扎,苦苦地挣扎,可是我却浑身绵软无力,根本动弹不得!我想要呼喊,大声呼救,可是我根本张不了嘴,发不了声,只能任凭自己那么无可救药地在无边的黑暗里朝着那个无底的深渊

224

一直堕下去深堕下去。这期间我一直感觉到有一股细若游丝的力量老是在拉拽着我,以至于我一直沉沉浮浮不能一径堕下去。那是一个人的呼喊,我听到了,那呼喊那召唤,我真的听到了!于是我拼命挣扎,努力挣脱……不晓得究竟挣扎了多久,我感觉力量终于重新回到了我身体里,我拼尽全力,呼的一声冲出了那黑暗那深渊……啊!从未有过的神清气爽,啊啊!我终于真真切切地听到了那个熟悉的声音惊喜地说,大哥,你醒了?你终于醒了?你真的醒了吗,大哥?喜极而泣的声音。啊!就是这个声音,一直拉拽着我的那股力量就是这个声音啊!医生来了,家人来了,团团地围住了我,可是我却示意他们都离开,我只想和那个声音在一起。久别的怀抱,我的亲人啊!我终于可以这么心安理得地躺着,不是梦不是幻,而是真真实实,我梦寐以求、朝思暮想了二十多年的怀抱啊!我如何不幸福、如何不安宁啊!

> 东山上(那个)点灯(哎)西山上(得个)明,
> 四十里(那个)平川了也了不见人。
> 你在你家里得病(哎)我在我家里哭,
> 秤上的(那个)梨儿(哟)送也不上门
> ……

啊!还有这熟悉的苍凉凄美的歌声,真的就像在梦里一般!那是唱给我听的摇篮曲。于是我无比安心地在这个温暖、熟悉、舒适的怀抱里婴儿般安静地睡去。那么深沉、那么踏实……

我没有什么遗憾,真的!大哥,这么多年,我一直想对你说的,可一直没有机会,今天终于说出来了。哥,我真的很幸福,也很满足。你就放心地去吧!不要把什么歉疚都带上路,那样我会不安的……

啊,叶子,我苦命的妹子啊!你为什么总是这样善良?善良到让人永远无法面对。那年我们认识,你才多大?

哪一次?我们在泉水边遇见的那次吗?十六,大哥。那年我刚刚十六岁。

是啊,十六岁,你比我小了整整十岁。三十二年! 整整三十二年了呀!柳叶……

其实我们第一次见面真正算起来应该是我十三岁那一年……

那其实不是梦,那是记忆回放。

那天,在那个几乎荒无人烟的地方,一个年轻后生宛如天降神兵一般地突然出现在泉水边,红衣少女着实吓了一跳。那个年轻的后生就是我,而那个红衣少女就是柳叶。

那天的她着实吓得不轻! 只见她一脸惊惧地站起身,手上一把青菜滴滴答答地往下滴水,一双清澈的大眼睛里满是恐惧。一张好看的鹅蛋脸,本就黑中透红再加上惊吓红得更深了,近乎发紫。见姑娘一脸的惊恐,我冲着她扬了扬手里的水桶,脸上堆着笑,语气尽量温和地说,我是路过的卡车司机,车里的循环水烧完了,下来找点水。说着就矮下身子,弯下腰将水桶按进水里灌水。而她依然只是那么傻呆呆地看着我,一脸惊悸,眼睛里却又似乎满是惊喜。我没在意,灌满了水,然后站起身冲着少女笑了笑并点点头,算是打个招呼告别。而她呢? 依旧只是一个姿势圆睁着一双大眼睛目不转睛地看着我,似乎还没有从这极具戏剧性的一幕中缓过来。我没有理会她,自顾拎着水桶转身准备离去。就在我走到小路边准备往山上爬的时候,忽然听见一个怯怯的声音从身后传来——

大哥,您真的不记得我了吗?

我一怔! 本能地站住,回头,环顾四周,确信她是在和我说话之后,疑惑地笑了笑,说,什么? 记得什么? 我们,认识么?

三年前,在集市上……

什么集市? 哪里的集市? 怎么了?

大哥,您真的一点都不记得了吗? 三年前在县城边的集市上,那个丢钱的小姑娘! 她很着急地说,有些语无伦次,而我更是一脑子糨糊。那天那个小姑娘丢了父亲要她打酒的五元钱,吓得惊慌失措,坐在马路边上痛哭,围观的人一圈又一圈,可就是没有谁愿意或者能够帮她一把,只是像看一场马戏似的看着她哭得撕心裂肺……

哦！想起来了,是有那么一回事！那天我就宿在县城,那还是我第一次宿在那个只有横竖两条街的县城里。一早起来想在城里走走,顺便吃点东西好上路。我不知道那天正逢集,走着走着就走到了人头攒动的集市上。只见一根电线杆子下面,乌泱泱地围了一大群人,不晓得在看什么稀奇。我笑着摇了摇头,准备从旁边绕过去。天下哪里的人都一样啊！或许什么也没有,可只要有人平白驻足,立马就会有人仿效,而且保准会越聚越多！到最后散了的时候,都没弄明白究竟为什么要这样围在一起。我向来不喜欢凑这样的热闹。可就在我走到近旁,准备绕行的时候,却听到了哭声,一个小女孩细弱却又无比伤心的哭声。我的心莫名地一震,怎么了？出了什么事？围观的人一个个探询的样子朝那圆圈中心张望,有人唏嘘,有人同情,可大多漠然。看来这次是真的有事了。我扒开人群,挤了进去,就看见一个小女孩坐在地上,头埋在手臂里,正哭得昏天暗地。我只看得见凌乱的发辫、破旧的衣裳还有颤动着的小小身躯。我心里突然一阵心疼,不晓得出了什么惊天动地的大事情,让她哭得如此伤心欲绝。跟父母走散了？被人拐卖了？还是……

　　她怎么了？出什么事了？我朝围观的人询问。

　　立即有七嘴八舌的声音送过来,她丢钱了！

　　她钱丢了！

　　丢了钱了！

　　哦,我一颗悬得高高的心,立即松弛下来。丢钱,该是多么微不足道的小事啊！小妹妹,莫要哭,你丢了多少钱啊？我蹲在小姑娘面前,用手拍了拍她瘦小的肩膀。小姑娘听见有人招呼她、询问她,抬起了头,一双大得出奇的眼睛,一张秀气的小脸上满是泪水,等到看见陌生的我,却满是和善与关切,突然哭得更凶了,眼泪像下雨似的顺着尖瘦的小脸唰唰淌下来。小妹妹,不要哭,好不好？告诉哥哥,你到底丢了多少钱,好吗？

　　告诉他吧,女娃娃,告诉这个大哥哥吧！围观的人又七嘴八舌起来。

　　长得怪俊的女娃娃,咋这不小心呢？

　　瞧那可怜见的！

　　女孩抽抽搭搭地止住了哭声,惊惶的眼神看了看周围乌泱泱的人群,然后看向我,看着我鼓励与和善的眼神,终于怯生生地说,五块,我丢了五块钱!声音细小得宛如蚊蝇。

哦,我立即如释重负,我当是多少呢!不就五块钱嘛!我立即从口袋里掏出十元钱递给小姑娘说,喏,给你!双倍给你,不伤心了吧?

七嘴八舌的声音又想起来了,乖乖,十块耶!这小女娃是碰到好心人,因祸得福了!

小姑娘的一双大眼睛顿时亮了起来,先是非常疑惧地看着我,又看看递在她面前的那张大面额的钞票。那双好看的大眼睛里分明已经伸出无数双手想把这钱拿过去,不,分明是要抢过去的样子,可最后还是怯懦了,眼睛里的光亮黯淡下去,只那么圆睁着一双大得出奇的眼睛盯着我,一动不动。我轻轻地把她的小手拉过来,温柔地把钱拍在她小小的手心里,然后顺势把她拉起来,说,喏,小妹妹,这钱是你的了,收好,该干吗干吗去吧!小姑娘握着那张钞票,依然有些缓不过神来的样子呆呆地看着我,我伸手摸了摸她的头,然后又无比轻柔地替她擦去脸上的泪痕,转身走开了……

啊?难道是她?可我真的不敢把眼前这个俊俏美丽、红润健康的女子和那个怯生生、瘦精精的小女孩联系起来。真是女大十八变啊!真的是你吗?那天的那个小姑娘真的是你?

当然是我啊!除了我,还会有谁认得你,知道这件事情呢?红衣少女一副天真快活的样子,脸上溢满了笑,一双原本大而圆宛如满月一般的大眼睛转瞬间竟弯成了两只俏皮的月牙儿,就像变戏法似的。久别重逢的喜悦,不,应该是意外的惊喜,清清楚楚地写在她年轻漂亮的脸上。

呵呵,那天不就丢了五块钱嘛!瞧你哭得那个样,好像天都要塌下来一样。我望着她笑意盈盈的脸,打趣道。

少女的脸立马又涨成了紫色,大眼睛再次瞪得溜圆(月牙变成了满月。天上的月亮从月牙到满月要半个月的时间,可她只需要一瞬,真是神奇。),抢白道,你说得轻巧!就丢了五块钱!那可是我们家唯一的五块钱!是我爹帮人拉了一个多月的砖坯才挣下的!是要给他打酒喝的,酒就是我爹的命,丢了钱就等于是丢了我爹的命。我爹的命丢了,我的小命就一准也得丢。大哥,你能那么轻描淡写地说就丢了五块钱吗?那可是两条人命的事呢!

哈哈哈,看着女孩那一副无比认真的样子惹得我忍不住哈哈大笑起来,照你这么说,我那天是救了两条人命了?

可不救了两条命了吗?啊呀!一定是老天爷听见我的感激了,才把大哥你又送到了我面前。啊啊!感谢老天爷、感谢老天爷啊!月牙又变成满月。看着她那一副叩头祷告、虔诚无比的样子,还有那双魔术般的眼睛与天真无邪的脸,不知为什么,心里隐隐地泛起一股暖流,瞬间流遍全身。

多好的女孩啊!我轻轻地叹息了一声。此时,太阳看上去已经是一只硕大血红的红球,已然褪尽了它的万丈光芒,即将辞世。天马上就要黑了,我笑着摇了摇头,准备离开。

大哥,怎么你要走了吗,大哥?女孩的笑容顿时从脸上消失,转而惊慌而又失望。

我转回身,回眸处,看见夕阳下的她,脸上闪烁着动人的青春光芒,那件红色上衣格外鲜艳娇娆。我清楚地记得我的心莫名其妙地悸动了一下。是啊,天就要黑了,我今晚还要赶到县城去呢!晚了,山路不好走……

大哥,去我家吧,去我家住一宿吧!我家就在玉米地那边,很近的!

不了,太麻烦了,我还是赶我的路,你也早点回家吧!天黑了,一个小姑娘不安全。再见!

不要啊,大哥!女孩显然慌了,扔下手里的菜奔过来,一把拉住我的手,说,大哥,不要!不要走啊,大哥!三年了,我天天企望老天爷能让我再次遇见你,哪怕只是对你说声谢谢也好啊!今天大哥你真的出现在我面前了,我怎么也不能让你就这么走了。你一定要跟我去我们家,我要告诉我娘大哥你就是当年救了我一命的大恩人!女孩的脸再一次涨成了紫色,比满月还要圆的大眼睛里面似乎已经有泪光在闪烁了。

我稍稍迟疑了一下,想说些什么又忍住了,说,那小妹妹,真的谢谢你了!要不然,我今晚得睡在这荒郊野岭了。走,去你家吧!

真的吗?大哥您同意了吗?她顿时欢快起来(圆月再次变成了月牙,让人目不暇接。多么不可思议的眼睛啊!),跳起来再次奔到泉边,说,大哥你等一下,等我洗完菜。说着蹲下身子,把刚才扔掉的菜捞起来,继续洗,完了放进脚边的篮子里,然后拎起水桶准备打水。

我赶紧一个箭步过去拿过她手中的水桶,说,我来吧。她也不推辞,乖乖地将水桶递给我,看着我打水拎水,然后挑起水桶。

我说,走啊,你在前边带路啊!她似乎这才反应过来似的,轻轻地哦了一声,拎起篮子走在前面。一条粗大乌黑的麻花辫子在身后随着腰身的扭动欢快地左右晃荡,宛如一道道水波。不知为什么,我感觉那水波似乎波动了我的心湖。二十六岁的我生平还是第一次为一个女孩如此波心荡漾。

一路上虽然两个人再没说一句话,可从她的步态我能清晰地读出女孩喜悦与欢愉的内心。多么纯真的女孩啊!

似乎永远走不到尽头的玉米地,好不容易走出去了,紧接着的就是黄泛泛的荒地无边无际地延伸。间或这里一棵、那里一棵的孤树艰难地生长着,枝干扭曲沧桑,仿佛经历了无法计数的风雨摧折与生命抗争。这样走了五六里地之后,我原以为能看见一处村庄,谁知只在一处崖前,看到了几棵高大的枣树和枣树后缩着的两孔窑。少女扭身一指,说,喏,那就是我家!天哪,竟然就一户人家!我心中不禁一阵轻叹。这么远,竟然还说不远,那要多远才叫远啊!洗个菜,挑担水,得走七八里地,太不可思议了!在老家,都已经有人把水井打在自家厨房了。真是不可思议!难道这里的一切都那么不可思议吗?

明明就在眼面前,可依然走了约莫十来分钟,穿过一小片树林和一条干涸的河床,又走了一段灰尘几乎快没过脚面的土路,再爬上一处高坡,终于在高坡上的一块空地前,枣树和窑终于真的出现在了眼前。同时出现在眼前的还有一溜并排站立的五个孩子,一个比一个小一点,最小的不过刚刚走路的样子。花猫一般的一张张小脸,如果不是那大些的几个扎着小辫子,根本分不清是男是女,而那几根辫子也都乱糟糟、七歪八扭地顶在头上,身上穿的除了稍长的那两个稍稍齐整些而外,剩下的根本谈不上什么衣服,不过一块块破布而已,同样黑乎乎地看不清颜色。

娘,娘!随着红衣少女的呼喊,从黑乎乎的窑里钻出一个同样黑乎乎的妇人来,齐耳的短发凌乱地耷拉在头上,脸上看不见任何表情,一副木讷,或是被生活过度压榨只剩下一副空壳的样子。

看见女儿后面跟着一个陌生的后生,妇人愣了愣,声音硬硬地说,咋弄到这响?

少女也不理会妇人的责问自顾欢天喜地地说,娘,来客人呢!

哪里来的客人?

娘,这可不是一般的客人,是恩人,女儿的大恩人来了呢!

什么大恩人?死妮子,咋这会一惊一乍的?妇人依然一副木讷讷、冷冰冰的神情,语气却充满了责怪。我有些讪讪,感觉无比唐突。

哎呀!娘,您说什么大恩人啊?就是三年前给我钱的那位大哥啊,娘!

真的吗?一丝惊喜宛如一道穿过黑暗的光芒迅速照亮了妇人愁苦空洞的脸,那道光芒出现得太迅速太突然了,令人有些无法适应。真是那位好心的大哥吗?

是啊是啊!娘,就是那个大哥啊!

我赶忙放下水桶说,我是跑长途的司机,车里的水烧完了,下山打水的时候,碰见您闺女。您闺女非要我来您家里……

快莫说了,大哥!快进屋,快进屋啊!妇人的笑容无比僵硬地浮在脸上,仿佛冻结了多年的土地突然开始融化还非常不适应一般。

窑里的油灯亮了,挂在墙壁上。窑里一铺炕,炕头连着灶,灶上坐着锅,一口奇大无比的锅,锅里不知在烧啥,正热腾腾地冒热气。女孩把我让到炕上坐,然后蹲到灶下帮忙。那帮孩子此时已经一窝蜂地涌进了窑里,正从不同角度、不同角落,不错眼珠地盯着我这个不速之客。

晚饭好了。炕桌端上来了。不过是一锅稠糊糊的玉米粥,还有玉米面的窝头,一碗咸菜疙瘩,一碗青菜。我被让到炕里面,然后妇人和女孩一人一边坐在桌边,其他的那些个孩子,除了最小的坐在母亲身边以外,一律在炕下蹲着,呼噜呼噜地喝着玉米粥,吧嗒吧嗒地嚼着咸菜疙瘩,吭哧吭哧地啃着玉米窝头。一切都像做梦一般。

妇人无比歉疚地说,不知道大哥要来,也没准备个啥,大哥将就……

我说,这就挺好,挺好!说着故意山呼海啸一般地喝起了玉米糊糊。

妇人说,大哥真是好心人,救了我家妮子……妇人干枯的眼里似乎有些润湿。

大嫂言重了！不过几块钱的事……

几块钱确实是小，可是意义不一样啊！你不了解我家情况……妇人说着声音有些发抖。

女孩说，娘，吃饭呢！莫要再讲许多了，好不好？大哥吃着饭呢！

啊啊，好好，不说不说，吃饭吃饭。大哥将就吃啊！

饭后，女孩用一只已经掉了几块瓷的脸盆打来一盆水给我洗了手脸，毛巾也一样黑乎乎没有颜色。女孩一直站在我的身边，见我洗好后，赶紧端过脸盆，我还以为是要给自己倒洗脸水，赶紧说我自己来。少女笑了笑，不作声，只是将脸盆端到窑外，一群小猴子又一窝蜂地涌出窑，少女就用那盆水挨个给他们擦脸、擦手，然后下饺子一般地一个个下到炕上。满满一炕。一盆水直到最后也已经没有了颜色，才被倒掉。我以为自己会被安排在隔壁的窑里，可是少女却把炕头的位置让出来，笑模笑样地对我指了指，示意我就睡在那里。我呆了，简直有些不相信自己的耳朵，说，这、这样不太好吧？我还是去隔壁窑里对付一宿吧。我有些语无伦次，不知道该如何表达才好。

少女说，家里没有被子。晚上，空窑里没有炕，会很冷，吃不消的！还是睡在这边好一些。

我还在坚持，说，我身体好得很，不怕冷的，还是睡隔壁空窑吧。

妇人歉歉的声音从油灯的暗影处传来，大哥，实在不好意思，你就将就一个晚上吧，家里实在……夜里真的很冷！就跟我们挤一挤，将就将就，好不好？

这……我嗫嚅，不好再推辞，只得顺从地躺到炕头。

妇人说，叶啊，你陪大哥。说着自己摸到了炕尾。女孩似乎有些羞涩却又无比愉悦地答应了。

也不知道是因为炕太热，还是身边这个女孩太灼人，反正我烙了整整一个晚上的饼。夜里听着身边此起彼伏的酣睡声，还有远方不知哪里的野兽凄厉的叫声，心里说不出什么感觉！唉，早知这样，还不如在车上猫一宿呢！

第二天一大早，天还没见亮，我就轻轻地下了炕，准备悄悄走人算了。可我刚一下炕，睡在我边上的少女也起来了，说，这么早就要走啊？

我答应着，说赶时间。就拉开窑门，准备出去。

妇人带着睡意的声音从炕脚深处传过来，大哥这清早就要走啊？再歇一时，吃了早饭再走不碍事的吧？说着就要下炕。

我赶紧说，不麻烦了！我还要赶路，就走了，这就走。

妇人说，那叶啊，送送大哥。天还没亮透，大哥一个人找不清路的。

哎！女孩脆生生地答应着。

我赶忙说，不用送，不用送，我一个人走可以的。

可以啥啊！走吧，我送你。一个人，叫狼吃了你。说着嘻嘻笑着，先走了。

昨晚没怎么睡好吧？我听见你折腾了一宿。她走在前头，欢快的声音仿佛一只轻快的小马驹一般蹦跳着跑到我面前。

哦，我认床，生床总是睡不踏实。我支支吾吾。

要是我爹把那孔新窑打好就好了！那你来的时候就不需要和我们一起挤一铺炕了。

是啊，你爹呢？咋没见着啊？

我爹去年底死了。为了那孔新窑，自己上山炸石头。埋下的一个雷管没响，我爹跑过去看，谁知刚跑过去，却炸了。我爹当场炸没了，连个囫囵尸首都没有。

天啦，这么惨！我一声惊呼。那一瞬间，我看见了我的父母被碾在了车轮之下。

那新窑是我爹为他儿子打的。我爹一心想要儿子，可老天爷不知道是要和他作对还是和我娘作对，偏偏不给他儿子。我娘一气生了五个都是女儿，直到最后才生了一个儿。我爹高兴坏了，儿子刚一出生没多久，就急吼吼地要为他儿子打一孔新窑，一孔方圆十几里都比不上的好窑，要用石头砌出高大的门楣，光鲜又漂亮，结实又耐用。可他怎么也没想到老天爷这么与他过不去，让他终究享不到他儿子的福……

天啦，我怎么觉着这女孩对她爹的死不仅不悲痛反而有些幸灾乐祸的样子啊！

这些年我爹为了生儿子可没少折磨我娘。我是第一个出生的，我爹见是个女儿，当时就不高兴，摔烂了一只碗，说，一冒头就来个赔钱的货！接生婆说,第一个是女儿,难不成后面都是女儿啊?我爹给人一噎才住了嘴。谁知我娘后面竟真的都生的是女儿!我爹从此再也没有消停过,整天在家里不是打我娘,就是打我的那几个妹妹。甚至我三妹妹出生之后,我爹竟然不叫我娘给三妹喂奶,也不准给她洗漱,可怜我那妹妹差点给折磨死!是我偷偷地每天给她喂点子米糊,夜黑趁我爹睡着了,偷偷给她擦洗擦洗。可怜我那妹妹,也是天养活她,那么小,就跟懂事似的,无论我喂她吃还是给她洗,她都乖乖的一声不哭。我爹见我三妹没人问她,竟自个儿长得好好的,也就不再管她了,三妹才能吃上我娘的奶水长大。后来两个妹妹出世之后,虽然少不了打骂,但也再不阻止我娘照应她们了。直到最后,兴许是老天爷再看不下去我娘被我爹折磨了,终于给了他们一个儿。我爹那晚就喝醉了,醉了之后大哭,哭过之后大笑,笑后再哭,跟个疯子一样!我和我娘都觉着终于松了一口气,以为可以从此过一点安生日子了。可我爹却死了,丢下一堆儿女。大家都觉着我爹被炸死了惨,可在我心里,我娘不知比我爹惨多少倍!我娘二十岁嫁给我爹,除了生孩子就是没日没夜地操劳,地里家里,一刻不停,还要胆战心惊地忍受我爹没完没了地辱骂与暴打。有时我爹拿我们姐妹出气的时候,我娘护着我们,也一样被打、被骂。在我的记忆里,我爹常年只做两件事:喝酒,打人。那些日子可真是暗无天日啊!正因为这样,所以那天我弄丢了我爹打酒的钱,我才感觉跟天塌下来一样!我爹不打死我才怪!我娘见我爹打我,肯定会护着我,那我娘也肯定一样挨打……大哥您看见我娘了吧?其实我娘今年不过才三十多岁,您看都已经被折磨成啥样子了?跟个老太婆一样。我爹这一撒手,我最小的弟弟不过两岁多一点,以后的日子该怎样熬啊!我真替我娘憋屈不值。大哥,您说说难道一个女人的命就该这么苦吗?

我不知道她是不是哭了,更不知道该怎样回答这个问题,我只是没想到这个世上竟然还有如此命苦的母女、那么暴戾的父亲!我简直无法相信。我只有沉默。一直到了昨天遇见的泉水边,我说,不用送了,你回吧。谢谢你了,谢谢你昨晚收留我!

大哥,瞧您说的啥啊!谢我啥啊?要说谢,该我谢您呀,大哥!女孩一张脸又急得要紫了。

我赶紧住嘴,岔开话题说,好了,我们都不要说什么谢不谢的了。哦,对了,我还不知道你叫什么名字呢?

是呢!她羞涩地笑了一下,说,我叫柳叶。我那几个妹妹从大到小分别叫柳絮、柳枝、柳笛、柳眉,最小的弟弟叫柳树。

啊,柳叶,多好听的名字!嗯,柳叶,我记住了。还有你的家,你娘,还有柳絮柳枝柳笛柳眉柳树。我会来看你们的!只要有机会,我就来看你们。我记住你那个只有一户人家的柳家庄了。我打趣道。你回去吧!说着就拎起昨天丢在泉边的铁桶,踏上了那条细若羊肠的山路。

柳叶站在泉边,恋恋不舍地看着我离去。快到半山腰了,我听见她圆润的声音在后面撵过来,大哥,我还不知道你叫什么呢?

我回过头,此时天渐渐亮了,东边已经出现了万道霞光。我看见万道霞光下面的女孩鲜红的上衣是那么耀眼夺目,我的心里忽地一暖,似乎有了一丝若隐若现的留恋。我叫秦一文!再见了,柳叶,我会回来看你们的,一定!

我可等着你啊,大哥!你可一定要来啊,大哥!柳叶的声音里已经听出明显的哭音。

我冲她挥了挥手,然后朝山上爬去。

再以后,凡是到山西拉东西,我都主动要求任务。因为去山西路远而且不好走,行程也枯燥,大家都不愿意跑。到最后,几乎约定俗成了的样子,只要跑北边的线路,基本属于我,我自是乐此不疲。每次我去那边,都会在柳家庄耽搁一下,有时半天时间,和他们一起吃个晌午饭;有时也就匆匆而过,从不在那里过夜。实在太不方便了。可无论哪次,我都要带上一些米和面、布料以及其他的生活日用品。有时每月都能跑上一趟,最少一年也有三四趟。从山上公路另有一条大路通到她家门前的坡下,她们去县城就是走的这条大路。说是大路也不过仅仅一车宽的宽度,每次我把车开进来,想要掉头再出去非常困难,可以说几乎不可能。所以只能将车倒着开出去,一直倒到山上的公路,足有三四里地吧。可每次只要她们听见我汽车马达的轰鸣,就会有好几个小身影迫不及待地欢呼着冲下崖坡,大哥大哥地叫着,把一条黄土路踢踏得黄尘乱飞,然后就会有无数的惊叫与欢笑在破窑里响起。特别是柳树,那个小东西,只要我一到,他就必然要猴到我身上,一直舍不得下来。即使吃饭,也要坐在我的腿上,真是一秒钟也不愿意离开我。那些年月,我不仅成了她们这个家庭的编外成员,而且简直就是她们黯淡生活的一盏明灯。照亮了她们的生活,也照亮了她们的心。而我也越来越感觉对这个家庭有推卸不掉的责任与义务。

我终于打算将柳叶父亲未能完成的那孔窑整修成功的时候,已是三年之后了。那年春上,一过完年,我就急吼吼地去了那。那一次,我在柳家庄多待了三天,将拾掇新窑与修饬旧窑的一切费用都与窑工计算好,一次性把钱交给了柳叶娘,并多给了一些以备不时之需。柳叶娘激动得眼泪哗哗的,这个被生活压榨得几乎变形的女人,只有在我到来之后才能在她孤苦的脸上看见些许笑意。三年了,不仅柳叶已经长成了一个不折不扣的大姑娘,就连十六岁的柳絮、十四岁的柳枝也都出落得亭亭玉立而且已经是家里不可或缺的生产主力军了。十一岁的柳笛、八岁的柳眉虽然都在村子里的小学堂里上学,但上学之余,诸如烧饭、洗衣服啥的,也都归她们俩。只有最小的宝贝疙瘩——五岁的柳树,成天跟在娘和几个姐姐后面,日晒不着,雨淋不着,虽然没有父亲的照拂,可也一样无所顾忌地享受着快乐的童年。这样的一大家子人,显然一孔窑已经不够住了。可是要靠她们母女,再建一孔新窑,实在是不可能的事,她们能把几十亩地的庄稼侍弄好已经非常不容易了。所以拾掇新窑的事自然非我莫属。

那一年,家里这边莲曦已经毕业两年了,事业、收入都已经稳定下来。要不是"一心点心铺"开张花掉了我几乎全部积蓄,我早就有为她们拾掇窑洞的打算了。为了筹备到足够的资金,我可没少吃苦。不仅平常工资节衣缩食,我还隔三岔五地去一些私人修理厂打打零工赚点钱。有同事知道了,取笑我说,秦一文,你小子是不是掉钱眼里了啊?这么没日没夜地赚钱,敢情你是想提前实现共产主义啊!也有人说,秦一文,你小子该不会是想娶老婆了吧?可也用不着这么拼命吧?我总是笑笑,不置可否。他们知道什么?他们知道一个男子汉大丈夫应该具有的责任感与使命感吗?我秦一文打从那个清晨知道了这家人的艰难与磨难之后,就决定一定要为这个没有男人的大家庭撑起一片男人的天空,要让她们的脸上都现出笑容。所以我还偷偷地给人拉些私活。这点要是给师傅知道,不晓得要被他熊成什么样子。开了这么多年的车,我可从没有用公家的车干过私活,即使那些年那么难,我都没有!可为了柳叶家的那两孔窑,我豁出去了。我甚至偷偷去广州拉了满满一卡车旧衣服,送回老家让伍爷帮着卖。本来只打算算一项贴补,谁知竟卖了个好价钱,赚了一万多。说好衣服卖完一人一半,可伍爷愣是只要了个零头:两千,还一副不好意思的样子说,拿钱了!嘿嘿。我其实很想和他坚持,可一想到柳叶家的新窑,也就没有再坚持,只是嘴里说着不好意思的话,将剩下的那一万块钱塞进了自己腰包。心想,就在伍爷面前做一回小人吧,管他怎么鄙薄我、轻看我,我也不管了!反正我也不是为自己,总有一天他会明白的。正是这一万块钱给了我很大的底气,新窑的资金才迅速凑起来。

新窑、旧窑终于在雨季到来之前都拾掇好了。一水儿红砖砌成的门楣,看上去真是气派!门上新贴了对联,柳叶还剪了窗花贴在了窗户上,窑里面也贴上了各种年画,跟过年一样热闹。我去的时候又为新窑添置了新被褥,花红柳绿的,跟个新房差不多。有这两孔窑撑着,这家人终于可以敞敞亮亮地做人了。

柳叶娘看见我喜得满脸皱纹都开了花,同时每根皱纹里都溢满了泪水。她一边不停地笑着抹着眼泪,一边说,她大哥,窑拾掇好了,往后你过来的时候就住新窑。新窑给你住,给你住啊!

柳叶说,娘,看你唠叨的!

她娘乜一眼女儿说,新窑可不就该给大哥住吗?你个死妮子,别没有良心!大哥可是我们一家人的恩人,不晓得怎么报答才好呢!

姨(本来我一直叫她大嫂的,不晓得哪天开始,我却叫上姨了。连我自己都不觉得,竟叫得这么顺口),看你说哪里话来?要什么报答啊?我早就是你们家的一分子了。你们可都是我血脉相连的亲人,我做什么可不都是应该的吗?还说什么报答的话,多见外啊?我还惭愧自己能力有限,做不了太多,不然柳絮、柳枝也该去读书才是。唉,她大哥,你就不要说这些读书不读书的话了。这些年,要不是你帮我们撑着,这个家不知道成个啥样子了。

柳笛、柳眉慢说读书了,就是有件像样的衣服穿,也不容易啊!我们老柳家也不知道哪辈子修的福了,碰上你这样一个大好人……柳叶娘说着又用粗糙的大手抹起了眼泪。

柳叶说,娘,你就不要再叨叨了,这话我都不知道听您说过多少遍,耳朵都起茧子了。大哥说他早就是这家人,那你就拿他当这家人待呗!说着,脸莫名其妙地红了。

柳叶娘说,她大哥,今晚在新窑住一宿呗?你不住,可不敢有人住呢!

啊?这样啊!那好吧,今晚在这里住下。

噢噢噢!我话音未落,已然欢呼声一片。唉,这家人啊!

(人世间就有那么多奇怪的巧合。就在我和柳叶一家人在高原的星空下吃第一次团圆饭的时候,莲曦把"小毛毛虫"迎接到了这个世界。本来八竿子都打不着的两个人,最后却连在了一起。而"小毛毛虫"竟然成了捆绑我人生的一把锁。)

那天晚上我第一次在她们家展示了我的厨艺,为她们烧了一回南方菜,煎炒烹炸,刺刺啦啦,忙得不亦乐乎。虽然谈不上什么色香味俱全,但也还不赖。更为重要的是我让她们知道了男人不仅要在外面顶天立地、栉风沐雨创造世界,也能在屋檐下制造柔情似水的氛围。果然一屋子的女人看着我熟练地忙碌,简直眼花缭乱。在她们的意识里,男人都像她们的父亲那样,除了在外面干干活之外,回到家就是老爷,喝酒、睡觉、打女人、打孩子,哪里想到原来男人可以这样生活!真是开了眼界了!

那晚,她们把桌子就摆在了屋前的空地上,银河遥寥,星汉璀璨,凉风习习,好不舒坦。这就是高原的夜晚,不像南方那么闷热。即使白天温度再高,到了夜间,一样清凉如水。高原的夜空格外高远,蓝得令人心旌摇荡,一颗颗星星真仿佛像一粒粒璀璨的钻石,镶嵌在湛蓝色天鹅绒的底子上,衬显得那么光华夺目、华丽高贵。此时正是当夏,细密的白色小枣花正躲在密密的叶缝里偷偷发笑,散发出沁人的幽香。多好的夜晚啊!柳叶还将她爸以前喝的酒找了一瓶出来,陪我一起喝。想不到这妮子的酒量还挺大,酒胆更大，一杯一杯，一点不含糊。直喝得一张脸黑里透着红，红里泛着黑，星光下，熠熠生辉，格外光彩夺目。真像一只熟透了的大苹果，好诱人。其实我并没有什么酒量，平常在家也是为了陪师傅才偶尔喝几杯，营造一点气氛，哪里架得住这妮子这么喝法？喝了还不到半瓶，我就已经头晕目眩，感觉这个世界上的一切人和物还有声音，都离我那么远那么远，我抓不到，也听不清，好像远在天边一样。我醉了。生平第一次醉到几乎不省人事。

我不知道自己是怎么睡到了新窑的炕上的。新窑新炕新被褥，只可惜我不是新郎官。半夜我被渴醒了，感觉头沉得要命。睁开眼一看，半天没有缓过劲来，不知道自己到底身在何处。脑子里转半天，才想起来原来在柳叶家的窑洞里。我吧嗒吧嗒嘴巴感觉实在太渴了，挣扎着爬起来，拉开窑门想出去找点水喝。我刚一出窑门，一股高原夜晚的清凉从头到脚地浇了我一个透心凉，我不禁打了一个激灵，人顿时清醒了许多。这时，我忽然看见旧窑门前，站起来一个身影。大哥，你怎么起来了？是不是渴了想喝水啊？原来是柳叶。

你怎么这么晚还待在外面？

我怕大哥晚上喝多了有个啥闪失……我的心里呼地一热，就为这，这妮子竟然一直守在门外？

傻丫头，不就喝醉酒了吗？能有什么闪失啊？看把你紧张得！快回屋睡吧，我找点水喝。

我就知道你晚上会渴，水我都给你预备好了。说着进窑里端出一只盛满水的大碗递给我。我知道你们南方人娇气，喝不了生水，这是我特意为你准备的凉开水，你喝吧！

我心里的那股子热浪不知什么时候冲到了我的眼眶，就要从眼睛里流出来了。自从爹妈离开我们之后，这么些年我一直都为别人活着，坚挺地活着，似乎从来不需要什么关心与关爱，以为那些小布尔乔亚的情怀与我毫不相干，谁知在我的心底竟一样渴望着温情！我极力忍住，赶紧接过碗，埋下头咕咚咕咚一口气喝了个底朝天，然后用手一抹嘴巴，故作豪爽地说，啊，好痛快！

还要喝吗？

不要了,喝饱了!现在你放心了吧?我水也喝了,人也好好的没事,你可以回屋睡觉了吧?我打着哈哈。

好,那我睡了。大哥,你也去睡吧!轻柔的声音在这清澈、清凉的夜晚更加显得柔情万端,叫人难以自抑。

我的好妹子,你叫大哥如何待你?那一刻我好想把这个健康匀称而又轻盈柔媚的身体搂进自己的怀里,紧紧紧紧地搂住!一生一世都不放开啊!这样好的一个女子,怎么就叫我给碰上了呢?莫非一切真是上天特意安排的吗?我要怎么做?

回到窑里,重新躺在柔软的新褥子上,感觉头已经不那么疼了,可睡意似乎跑得无影无踪。也不晓得是窑里太热,还是褥子太新,我只感觉浑身燥热,翻来覆去找不到清凉的地方。索性坐了起来,想到窑外面透透气,可又怕惊动了隔壁的柳叶。无奈,只得再躺下。也不知究竟折腾了多久,才感觉迷迷糊糊地睡着了。

正是玉米生长的季节,我帮着她们去地里锄最后一遍草。玉米已经长成快一人高了,捂在密不透风的玉米地里,头上毒花花的太阳照着,低头锄草,不一会,汗就湿透了。我干活麻利舍得下力气,柳叶娘看见真是稀奇得不得了,说,想不到她大哥农活也做得这么好,真是难得!我还以为你只会开汽车呢。我说,我开汽车之前就是做农活的啊!这点子事算不了个啥。唉,也真是难为柳叶她们娘儿几个女人了!这么多玉米要种要收还要锄草施肥,玉米收了种麦子,一茬接一茬,真不晓得她们究竟是怎么对付过来的!要知道,在我们老家,用牛犁地向来都是男人干的活。我们村子里后来搬过来一户人家,那家的女人就会犁田,一村子的人都惊诧不已。平常看她的目光就像看个能打仗的大将军似的,充满了崇敬。我心里真是惊诧不已,也说不出地心疼她们,尤其是柳叶。唉,老天爷就是不公平,为什么要让这么多人生活得如此艰辛呢?

帮她们母女锄完草,我就不得不走了,已经耽搁了。唉,其实就是这样不走也挺好,一辈子守着这几十亩地,一茬麦子一茬玉米,不也挺好吗?玉米收了种麦子,麦子收了种玉米,一季压一季。虽然劳碌但也确乎简单。北方人种麦子,也不过麦子往地里一撒完事,回头等着收割了。不像南方地少，人又勤快，讲究个精耕细作。空余时间很多，完全可以买辆车跑跑，多好！现在政策也放开了，跑单干已经不是什么稀奇的事，只要勤劳，还怕没日子过吗？人活着，横竖就那么几十年光阴，在哪里不一样是个活？哪里的黄土不一样埋人？现在的那个家里已经不需要我操心什么了，一心无论事业还是生活都已经步入正轨；莲曦工作满意，事业蒸蒸日上；师傅、师娘虽然年岁有些大了，可是精神还算矍铄，也无须我过问太多。倒是这一家，目前女儿们虽然都大了，看起来兴兴旺旺的，可是再等个年把，女儿们一个个如树上熟透了的果实，今天一个、明天一个，迟早被人摘光，只剩下光秃秃的枝丫在这天地间寒战。等着柳树支撑门户吗？还那么小，等得了吗？更重要的是，柳叶这颗大果子，也有一天要被别人摘走……啊呀呀，一想到这个，为什么我的心就如刀剜了一般的疼？可是不叫人摘走，难道等着她在树上烂掉吗？这样一想，我的心更是只剩了疼。我怎么了？

不行，我得和师傅说说这件事。请他老人家帮我定夺一下。可师傅一定会骂我脑子不好的——

现在哪个不是挖空了心思、打破了头皮想弄到一个城市户口，成为城里人？哪个不都想从糠箩里往米箩里跳啊？哈，你倒好，反倒好好的城里人不做，要去当农民，要从米箩里往糠箩里跳，而且还是跳到那样一个兔子不拉屎、鬼不生蛋、水比油贵的地方，不是脑子坏掉了是什么啊？

可是师傅啊，和自己喜欢的女人在一起，糠箩也是米箩；和自己不喜欢的女人在一起，就算待在米箩里也一样如同吃糠咽菜啊！

哦？那好啊！既然那姑娘那么可你的心，我们也不嫌弃她是个农民，你就把她带回来不就成了吗？干吗非得要去做农民呢？怎么？带回来不行？她是他们家的顶梁柱，她一走，那个家就太难了？那既然这样，还有什么好说头啊？我说一文，你是不是贱啦？天生做牛做马的命，要一辈子伺候人是不是？才将将把自己这个家侍弄得有了点起色，可以松口气缓缓精神，你又要跑那么远的地方，侍弄另一个家，你说你不是贱骨头是什么啊？

师傅，话不能这么说，我是真心喜欢叶子的！我也是心甘情愿为这个家操劳。我愿意。我真心愿意啊，师傅！这么多年，我什么时候对哪个女孩有过什么心思没有？从来没有！没有条件，更是没有精力！叶子，是我真心喜欢的女孩,和她在一起,我什么苦都愿意吃,什么累都不怕啊,师傅!

我在心里导演了这样一场与师傅之间的对话,可是还没等我开口,师傅已经找我说了。说的是莲曦。是"小毛毛虫"。我没想到莲曦竟然用"小毛毛虫"来跟我逼婚。

莲曦虽然不与我们一母所生,但是她刚一出生就到了我们家,早就与我们血肉相连了,就跟我自己的妹妹没什么两样。这些年,我也一直就感觉自己有两个妹妹。可突然的,其中一个妹妹竟然要变成自己的老婆和自己睡到一张床上,生儿育女。啊呀呀,我想想就觉得别扭,甚至恶心。莲曦啊莲曦,亏你想得出来!你怎么就能想得出来呢?

我不想面对他们。我逃了。

(我恨我自己,到现在还恨。为什么只想着逃跑?为什么不勇敢地把叶子的事情说出来?是怕小曦真的会抱着"小毛毛虫"离家出走?那么在我的心里,莲曦还是重于叶子啊!)

那次我在高原待了十多天,感觉从未有过的舒心惬意,生活从未如此轻松过。这些年一直被生活追撵着、碾压着,日日都感觉像在刀尖上行走一般地艰难,从来没有想有一天会这么放松地躺在这松软的被褥上,过着饭来张口、衣来伸手的日子,每天最大的事情莫过于去泉边挑水。我买了一口足够大的缸,可以盛十几担水。花一天时间挑满一缸,可以供一家人用三天。也就是说我在那里的工作基本就是做一天歇三天。而且做的那一天,还有柳叶陪伴搭手。我们俩一人一担水桶,一起出门,再一起回来。下了小土坡,走过黄尘飞扬的小土路,再走过一片只生长了几根柳棵子和几根杂草的荒滩,就到了无边无际的玉米地。玉米修长的叶片有意无意地抽打着你的身体你的脸,仿佛一种无声而又粗鲁的爱抚,令人接受得有些无可奈何。穿过玉米地,那汪清泉就出现了,波光粼粼地出现了。那里,正是在那里,叶子出现了,就如九天仙女下凡尘一般突然出现在我的面前、我的生活里、我的心里。走不掉了,再也走不掉了!我好想就这样两个人一起干活一起挑水,一辈子到老啊!老天,我的这个要求过分吗?如果不过分,请求您让我的小小愿望实现吧！我一路走,一路在心里默默向着苍天诉说。叶子一路上都给我唱山曲,也就是信天游。

> 东山上(那个)点灯(哎)西山上(得个)明,
> 四十里(那个)平川了也了不见人。
> 你在你家里得病(哎)我在我家里哭,
> 秤上的(那个)梨儿(哟)送也不上门
> ……

　　起始只是小声唱,唱着唱着声音就大起来了。那嘹亮高亢的歌声,粗犷而又奔放,苍凉而又悠扬,优美而又忧伤,常常让我泪眼婆娑。为什么叶子会这样善良?原来这片黄土地上的人们世世代代都是这样善良而又多情地活着。这片苍茫的大地啊,贫瘠而又富于生命力,以自己的宽厚孕育了一代又一代高原人的朴实、勤劳与宽容一切的博大。我爱这贫瘠的高原!我更爱这高原上贫穷而又不失善良的人!做一个高原人,我要做一个高原人!老天爷,请成全我做一个高原人吧!

　　晚上,我和柳叶坐在枣树下仰望着高远的星空聊天。高原的夜晚真是美啊!星汉遥寥,万籁俱寂,只有远处微风拂过玉米地发出的沙沙声,隐隐约约若有若无地传来。白天的燥热被夜晚一盆水熄灭了,只剩下了清凉,无边的清凉。这样凉爽的夜晚,这样可心的人儿相伴,幸福,甜蜜,满足,诸如此类的词语似乎都不足以描述我的心情。我只感觉一颗心满满地鼓胀着一种激情,一种想振臂高呼的激情,甚至想要毁灭一个旧世界创造一个新世界的激情。这种激情在我的心胸间激荡洋溢,令我几乎不能自持!可我却找不到宣泄的出口。我深深地呼吸,大口大口地呼和吸,以此来平复内心的躁动。

　　叶子说,大哥,你有心事。

　　没有啊!我一惊,我每天这么快快活活,这妮子哪里就看出我有心事了?哪里露出的破绽?

　　你就是有心事!别看你每天乐乐呵呵地好像特别快乐的样子,可是你越是这样越是显得你有心事,而且还是大心事! 你自己都解决不了的心事! 所以你躲到这里来了,是不是?

天哪,这妮子八成是孙悟空吧? 有火眼金睛? 脉把得这么准。我无语,不知该说些什么好。

大哥,什么事能让你那么作难? 在我心里,这个世界上,就没有能难倒你的事。大哥,难道不能跟我说说嘛?

叫我怎么开口? 我能告诉你,家里有人在逼我结婚吗? 哦,天,这样的消息,她听了心里会不会和我一样难受呢?

大哥,是不是家里有人催着你找对象结婚了呀? ——哦,天哪! 这个也能猜得到? ——大哥,你也老大不小了,别在我这里耽误时间浪费精力,是该找个人结婚生娃正正经经过日子了。这些年,你为了那个家这个家,从来就没有想到过你自己,你该为你自己想一想,活一回了。——我就是想为自己活一回,所以才这么作难的呀! 傻丫头,难道你这么聪明,会不懂得我的心吗? ——既然家里人也这么想,你就答应了吧! 多好的事啊,为什么竟要愁成这样呢? 我们姐妹都大了,你也帮我们把窑给拾掇好了,我们以后可以自己生活得很好了,你就不用操心这边了,只管操心操心自己就行了,好吗? 大哥!

我还是没有说话,只是沉默。我想告诉她,家里人要我结的这个婚有多荒唐,和我结婚的又是怎么样一个人,我不愿意的,真是不愿意! 可是,话又说回来,除了你,哪个和我结婚我会心甘情愿呢? 我没法说,我难于启齿。一股委屈翻江倒海在我的心底作祟,我极想极想在一个人的怀里痛痛快快地哭一场! 叶子,我的好妹子,你知不知道啊?

大哥,回去吧! 看到你作难,我心里比自己作难还难受! 回去吧,这里不是你这样的人待的地方。回去,好好过你自己的日子。我保证我们会过得好,不劳你再为我们操心了,好吗? 大哥!

我的心碎了,心里已经哭得稀里哗啦一片。叶子,你嘴上说得这么轻松,你心里真是这么想的吗? 真是这样的吗? 你只不过是不想让我作难而已! 这么好的女子,世上哪里去找? 我岂能错过? 不行! 我得回去和师傅还有莲曦摊牌,把事情说清楚,我不能就这么别别扭扭地就把自己给解决了！我要跟莲曦说，跟你在一起，我有压力，你知道吗？你大学毕业，事业前途一片光明。我呢？不过一个破卡车司机，初中毕业，哪里能与你匹配？哥保证给你物色一个配得上你的好男人。我还依然只是你的哥哥，亲哥哥；而你也永远都是我的妹妹，哪个都无法取代的亲妹妹。好不好？好不好？

莲曦那么善解人意，而我们二十多年来一直兄妹情深，相信她会理解，也会为她这个哥哥考虑的。等她完全平静下来之后，我就和他们说柳叶的事。一定要说了！我等不及了！果子已然熟透了，再等，恐怕真要烂在枝头，吧唧掉在地上，一摊果泥。那该是多么大的罪过啊！

可是事情的发展却急转直下，等我回去之后，等我决定不再逃避，决定好好地为自己活一回的时候，偏偏却是当着那么多人的面，承认了自己就是"小毛毛虫"的父亲。我终于自己一头栽进了那个早就等着我的绳圈里！还能出得来吗？

难道我真要违背我心底的那个誓言了吗？上天，我该怎么做？

可是上天却根本不管我的事。人管。一切已经由不得我如何了，我宛如一个木偶人一般任人摆布。我的心每天都在流血。每时每刻我都想着要逃离。原来我那么骄傲、那么心疼的妹妹莲曦，现在却让我有说不出的厌恶，真的厌恶！甚至那个已经很可爱的"小毛毛虫"，已经会爸爸爸爸地发声了，可我同样也有说不出的厌恶！那种煎熬，那种把你的心使劲地捏住又松开，再使劲捏住的感觉，真让人发疯发狂啊！多少次，我都想一甩手逃掉，逃到那地老天荒的地方，和我的叶子一辈子厮守，相依为命。

可是一直到最后，疯狂的只是我的心。婚礼还是一丝不苟地举行了。虽然简单却不乏热闹，该来的人都来了，她的同事、同学，我的同事，甚至伍爷伍娘，还有孬子哥和兰香，都被师傅用大卡车拉进了城。一共八桌，在震耳的鞭炮声中，我和莲曦，昔日的兄妹成了今日的连理。众人祝福不绝，莲曦喜上眉梢，独我欲哭无泪。我和莲曦就这样被一群我们彼此热爱而又无比热心的人送进了洞房。

房子是莲曦单位分给我们的。由两间单身宿舍改成，中间的隔墙打个门洞，外面的门再一封，单从一间门里出入，便成了套房，一间做卧室，一间做客厅及饭厅。屋子里所有东西虽然都是新的,但摆设真的很简单,卧室一张双人床,没有铺那种传统的大红床单,而是铺着水蓝色床单及天蓝色底印着大朵白花的被罩,清爽是清爽,可是却缺乏喜气。为此,师娘很是咕噜了一阵,还是师傅说,哎呀,只要他两个人喜欢,怎么样都行!哼,我喜欢吗?无所谓,铺什么都一样。在师娘的一再坚持下,房间里的两幅落地窗帘,终于选了格外洋气还不乏喜庆的西瓜红颜色。师娘说,嗯,这才像个新房嘛!按莲曦,一定会选水蓝色。其他的也就几样普通木家具:什么大衣橱、高低橱、床头柜、梳妆台什么的,倒也把一个二十几平方米的房间挤得满满当当。我只伸了一回头,就觉得憋气,再也没进去过。还是外面那间比较简单,一边一只布艺长沙发(沙发是我特意挑选的,一打开就是一张床,收起又成了沙发)靠墙摆着,另一边靠墙则摆着一个小条桌,上面一台十四英寸的黑白电视机,这就是客厅了。另一头摆着一张四方桌子,四把椅子,算是饭厅。至于厨房嘛,在走廊上放个煤炉子就成了,反正医院有食堂,厨房要不要也无所谓。不过是那么个意思,成家了嘛,总要准备些锅碗瓢盆吧?

谁也不会想到,从洞房花烛那天起,那张沙发床就成了我的卧榻。

我知道莲曦心里难受,可是要我和她就这么睡到一张床上,我更难受!莲曦,对不起了!我已经替你做了"小毛毛虫"的爸爸,你就不要再为难我了!莲曦也很知趣,她并没有怎么为难我,只是说,哥,和我结婚真的就这么委屈你吗?我哪里不好?不!是你太好了,我配不上,知道吗?可我什么都没说。不想说。说一千道一万,有用吗?

结婚的第二天我就走了。莲曦还没有起床,我就悄悄离开了。我们的婚假是一个月,我要好好地给自己放个假。彻底放松一下,什么工作,什么家人,都他妈见鬼去吧!我秦一文莫非真的天生就是个贱种吗?天生就该永远忍气吞声委曲求全地过日子?不!我要为自己活一回,哪怕就几天!

我的心仿佛插上了翅膀,飞到了那片黄土地上。

正是麦收时节。我的出现,真的成了天降神兵。收麦子的时候,就连小学校都会放假,那些还没有麦子高的娃娃们都要回家帮忙收麦,何况我这样一个壮劳力的出现,岂有不乐之理啊!一家人真的都乐开了花。

北方的麦收时节真是壮观,那可真是一片麦子的海洋啊!瓦蓝瓦蓝的天空下,钻天杨仿佛一个个肃立的天兵天将在远方守卫,同着青山一起,注视着这人间的丰收与喜悦。金灿灿的麦子,随风摇摆,真个是麦浪滚滚。几个人撒进麦海,顿时就被滔滔麦浪给吞没了。想想人也真是厉害,就这样一片麦海,单凭着几把镰刀,日夜不停地奋战,不过几日,就能将麦子全部放倒。然后再用牛车拉到窑前的空地上,换上石碾子,一遍遍地碾过,翻了碾,碾了翻,直到每一粒麦子碾脱。然后再将麦秸堆起苦好,做烧火的柴火。而碾下来的麦子呢?晒干扬尽之后,再用风扇吹得粒粒金黄闪亮收进粮仓。收割完的麦地,麦茬子依然一片金黄,只是少了沉甸甸的分量,显得枯槁了不少。这个时候就要赶着将地深翻,将麦茬子深埋进土里,变成肥。耕完,耙平;再耕,再耙。然后开沟,起垄,再一垄双行点上玉米种子,盖上草木灰之后,再将地耙一遍,就完事了。回头再在玉米地里套种上大豆。当年孟母三迁,择邻而居,为的就是给孟子找一个好邻居,孟子果然日后成了大圣人。植物也有相好的邻居。玉米和大豆就是再好不过的邻居了。这样套种,不仅可以提高土地利用率,同时大豆的根系有根瘤菌,能够固定空气中的氮元素,而氮肥是玉米生长中不可缺少的肥料之一。这样一来,不仅增加了土地肥力,而且还改良了土壤。我们那里都是这么种的,所以,我也就移植过来了。以前他们都是一年豆子一年玉米,我这样一改,他们都新鲜得不得了,一个劲说,这样也可以啊?真的可以吗?我始终笑而不答。

我真要感谢那半年的农民生活,学会了各种农活,包括用牛、犁和耙。小的时候经常看见父亲在耙上悠闲地站着,一边耙地,一边还唱着山歌,心里真是羡慕极了,觉得那该是多么有趣的一件事啊!后来自己学耙地的时候,才知道如果掌握不好窍门,你根本就在耙上站不住。所以,凡事都是有学问的。正是那半年的艰苦劳作,积累了田间耕作经验,使得我如今能事事得心应手。叶子娘真是赞叹了又赞叹,惊奇了又惊奇!

那一年老天还真是帮忙,在耙最后一遍地的时候,下雨了。开始只是小小的毛毛细雨,这样飘了两三个时辰之后,雨点子开始大起来、密起来,雨势猛得很。没有风,雨点直直地砸下来,打在脸上身上一阵阵地疼。我让叶子姐妹先回去,自己赶着将一切弄妥当了,再回。等我到家的时候,已经是落汤鸡一个了。叶子娘早煮好了姜汤,换好干净衣服,热热地喝下去,啊!真是一个舒坦啊!仿佛外面的那场雨,把全身的筋骨都浇了一遍,麻酥酥地直想倒下来就睡。这些天,我真是太累了!一收一种,半个多月的时间过去了。我虽然农民出身,长大后又不过一个卡车司机,风餐露宿平常小事,可这样高强度高密度的田间劳作还是第一回。我感觉身上每一个关节、每一块肌肉都酸唧唧的,不是个滋味。

叶子娘说,她大哥,这下放心了,晚上喝点小酒解解乏,早点睡吧!这些天,累坏了!唉,真是难为她大哥了!

我笑了笑,感觉已经不是什么笑,而只是脸部肌肉机械地牵动,机械地说,我哪里就那么娇贵了?

可我还真是就娇贵了!那天晚上草草地吃过几口饭之后,我就累累地倒在炕上,不一会就沉沉地睡过去,半夜竟发起烧来。真正的心力交瘁啊!

如果单单只是身体上的疲累,我想我还真不至于那么娇贵,可事实上我内心所受的煎熬远远大于肉体上的折磨。只有我自己知道我是在用高强度的体力劳动来减轻我精神上的痛苦。上次玉米收割的时候我帮着收的,只是时间不允许,否则,我一定会帮着把麦子播下再走。那次我心里是怀着好大的一个誓言离去的,可不过短短几个月时间,一个麦子的成长期而已,我却已经经历了人是情非的变故。那时候,我是下定决心要和叶子有个结果的,可现在我却结婚了,就意味着注定和她永远没有结果了。我心底的那个誓言呢?虽然除了天知地知我自己知道而外,再无别人知道,但是那就不算背叛了吗?一个背叛了自己誓言的男人还能叫作男人吗?人在做,天在看,老天会怎么看我呢?它能理解我原谅我吗?就算老天理解我了原谅我了,又能改变什么呢?我就能心安理得、无忧无虑地生活得了吗?人世间总是充满了无数无法预料的变量:想我和师傅原是一对似乎永远也不能兼容的仇人,可结果我们却亲如父子;而我和莲曦曾经是一对患难与共的兄妹,血脉相连,心心相通,息息相关,可现在却变得如此令我难堪更令我厌恶!她那么一厢情愿地毁了我的生活,也毁了她自己的。从此之后我们之间还会有爱有情吗?在以后的日子里,没有了叶子的生活,还能算得上生活吗?而莲曦呢?一个女人嫁了一个不拿她当爱人的丈夫,她会得到幸福吗?莲曦啊莲曦,你为什么非要把我们俩人都赶到一个死胡同里呢?这一生还能出得来吗?我这样一走了之,真的就能永远逃避能改写了吗?我这样一走了之,师傅会怎么看我?同事朋友又会怎么看我?还有那个"小毛毛虫",多可爱的一个伢啊!如果不是和莲曦,我愿意一辈子做他的爸爸,呵护他成长,培养他成人。我又不是没有这方面的经验,可现在我把他扔下了。他已经会叫爸爸了。会冲着我,只冲着我,爸爸爸爸地叫个不停。我走了,他知道吗?能懂吗?我还要回去吗?还是再也不回去?

那个晚上,那个高原的雨夜,我不知道烧了多久,说了什么。我只知道,我醒过来的时候,叶子在我的身旁。她一直守着我。叶子娘说的。叶子见我晚上吃饭的时候有些提不起精神的样子,就留了个心眼,晚上一直睡不踏实。过半夜的时候,她一个人偷偷摸起来,过来这边窑里看看,是个什么动静。刚到窑门口,就听见我一个人在里面正说着什么,又快又急,口齿不清。叶子有些奇怪,就推开门进来,发现我正躺在炕上,她有些纳闷,不知道该怎么办才好。一个人站了一会,见我说了一阵之后停下了,转而无比痛苦地呻吟起来。那一会叶子害怕极了,她不知道我究竟怎么了,就走到炕头,伸手摸了摸我的额头。天哪!那么烫!

叶子一时间手足无措,眼泪突地砸了下来。稍微定了定神之后,她就去窑外的大缸里舀来凉水,用毛巾浸了敷在我的额上。一个晚上,她一直这样守着,不停地换着毛巾,同时也不停地流着眼泪。她抓起我滚烫的大手,贴在她的脸上,泪水大颗大颗地落下。她是真心疼了!

清早叶子娘过来,看见我正烧得人事不知,也吓了一跳。转而见女儿哭得两只眼泡肿得老高,知道女儿的心事,就安慰说,叶啊,不着急,大哥这是累着了,没有啥大碍的。烧通了就好了,啊,莫着急啊!叶子听娘这么说,眼泪流得更欢了。叶子娘摇了摇头,叹口气出去了。她晓得女儿的心事,可她什么都做不了。

第二天雨还在下着,一家人都守在窑里,看着外面的雨发呆,哪个都没有什么兴致说话。叶子守着我,片刻不离。柳絮和柳枝一人拿着一只鞋底子,有一针没一针地纳着,时不时停下,听听隔壁的动静。就连最小的柳树也安静了不少,不再吵吵闹闹、蹦蹦跳跳地窑里窑外地蹦跶。已经过了响午,阴雨天也分不清个时间,虽然柳笛、柳眉还没有放晚学,可感觉天快要黑了的时候,我终于一身大汗淋漓之后,退烧了。叶子娘说得没错,我就是累着了,身心俱疲。一阵大烧之后,我只感觉浑身轻飘飘的,连心里都空落落的。

我说,我饿了。

叶子高兴地一边抹眼泪,一边说,好好好,有小米粥。

黄灿灿、黏稠稠的小米粥端过来了,还有用油炒过的榨菜丝,好香啊!我的味蕾似乎从没有这么兴奋过,一碗小米粥呼噜呼噜一会儿就喝光了。身上又热热地淌了一身汗,好痛快!我说,再来一碗。然后搛起一根油滴滴的榨菜丝,搁进嘴里,细细地嚼着,好有味啊!从来没有将榨菜丝吃出如此香甜的味道来。两碗小米粥下肚,我顿时感觉一股热流流遍全身,似乎每个细胞都清醒过来了似的。

我抹了抹嘴唇,说,啊,好饱!说着就想起身下炕。可我刚一动身,顿时一阵天旋地转。我的个天!我赶紧闭上眼睛,靠在炕头一动不敢动。

叶子惊呼,大哥,你怎么了?

叶子娘说,不要紧,大哥就是有些虚。来,叶啊,扶大哥再躺下!躺两天就好了,保证生龙活虎。

我重又躺下,世界才慢慢回复到了原来的样子。什么时候我这样虚弱了呢?似乎这么多年我连感冒也很少得啊!怎么就这样娇贵还这样虚弱了呢?真是丢人!可我的身体容不得我内心虚荣,我的头晕得这样厉害,只有老老实实地躺在炕上,连翻个身都害怕。我害怕那世界翻转的一刹那。我的世界可不就是这样翻转了吗?

黄灿灿的小米粥、新麦面做出的各种山西面食,还有著名的黄河鲤——哦,需要一提的是,叶子的家在黄河边。翻过后面的那座山,再走不到六七里地,就能看见黄河了,叶子告诉我。叶子每天早上天不亮就起床,要走上约莫十几里地到黄河渡口边守着,等打鱼的艄公过来,看是否能买上新鲜的黄河鲤。我们那里都说:冬吃鲫鱼夏吃鲤,这个季节应该是吃鲤鱼的最好时候。其实黄河鲤也不是每天都能碰得到的,一般三天能碰到个一回,就很幸运了。可是叶子那天去河边的时候,真是老天有眼,一下子就给她碰上了!

又肥又大的大鲤鱼拎在手上,尾巴甩过来甩过去,别提有多鲜活有力了!叶子感觉这样新鲜的汤汁流进大哥的身体里,大哥一定也能这样鲜活有力起来的。天知道,叶子为了能让我早点康复,走了多少路啊!我苦命善良的妹子啊,叫我拿什么来报答你!——炖出奶水一样浓稠鲜美的汤汁滋养了我虚弱的身躯,这样躺了四五天之后,我终于可以下炕活动活动了。雨后的高原,天空一片澄碧高远。虽然已经入了夏,可是,高原的夜晚,依然凉爽怡人。不像南方,永远那么闷热黏稠,令人呼吸不畅。我真是越来越喜欢这片高原的黄土地了。

虽然叶子母女精心调养,我也感觉自己的身体已经没有什么大碍了,可不知为什么我就是疲沓沓的提不起精神,浑身上下软绵绵的。也不清楚到底哪里不得劲,人就是没有什么精神,并不像叶子娘说的那样生龙活虎。

叶子急了,问,娘,大哥怎么老是这个样子?要不要紧啊?

叶子娘也说不清楚,只说,叶啊,不着急,再养养,再养养啊!

可转眼我一个月的假期都已经结束了,我依然一副精力不济的样子。怎么办?要是好端端的一个人弄出个什么好歹来,可如何是好啊?这时连叶子娘每天看着软不拉几的我,也愁起来了:来的时候说是单位奖励他,给他放了一个月的假,让他好好休息一段时间。可这一个月都过去了,还这样一副鱼不惊水不跳的样子,压根就不提回去二字,这、这和人家公家可怎么交代啊?要是知道是在我们家给耽误成这样,那我们这个家该有多么大的罪过啊!

可无论这对母女怎么着急,我就是不着急。每天一副软绵绵的样子,病恹恹地躺在炕上,似乎一辈子没睡过的觉都恨不得在这里补回来似的。每天叶子娘真是想尽一切办法,变换花样做这做那给我吃,可无论做的什么,叶子端过来,我看也不看,呼噜呼噜一大碗,风卷残云般不消一会儿就给我生吞活剥进了肚皮,然后碗一扔,又一头倒在了炕上。这边刚一倒下,那边眼皮就耷拉下来了。叶子常常端着空碗还站在我的炕头,我就已经沉沉地睡过去了。叶子哭了。无声。泪珠大颗大颗地滴落在黄土地上。

我自己都不知道什么时候开始,我的生物钟乱了,黑白颠倒了。白天睡得跟头猪似的(幸亏我睡觉不打呼噜,否则还不把人烦死啊!),到了晚上,黑暗一来到,我全身上下、从里到外,每一个细胞都清醒得跟打了鸡血似的,旺盛而又充沛。高原的夏夜无比的澄碧,即使没有月亮的晚上,星河也一片璀璨灿烂,所以屋子里黑得并不是那么彻底。窑洞的窗户一般都很高,也不挂窗帘,只糊一层窗纸、再剪些窗花贴上算作装饰。月光、星光从薄薄的窗户纸里透射进来,在习惯了黑暗的眼睛里,感觉竟然明亮得如同白昼,每个角落都那么清晰无比。有时我就那样躺着,大睁着一双无比清醒的眼睛,看着窗户上的那一片白,思绪万千,却又似乎无思无虑,只任时光匆匆地从自己身边流走。看着看着,不知什么时候,眼睛发涩就又睡了过去;有时我会坐在炕上,想摸出一根烟来抽抽,可是也不敢,因为不知道什么时候叶子就会悄悄地过来这边,我不想让她发现夜晚的我如此亢奋。她会怎么想我? 至于走到窑外面,更是不可能了,谁知道会不会跟叶子碰上? 我要怎么跟她说? 说我白天睡得太饱了,晚上倒清醒了等等。哈,叶子那么聪明,她一定猜得出我是在装病。我是在装病吗? 我为什么要装? 我真的不知道。我也真的浑身发软,提不起精神,睡不醒啊! 不,是白天睡不醒,晚上睡不着! 我也不知道为什么会这样啊! 白天的时候,我真是困得睁不开眼睛嘛……

还有迟开的枣花将甜甜的清香丝丝缕缕、若有若无地送进窑里来,该是结枣的时候了,花香已没有前些日子那么浓郁,淡了不少。可是在清寂的夜晚,这样的香气正合适,丝丝缕缕地撩着你的嗅觉、你的心,让一颗心莫名其妙地跳得那么不安分,就想起来做些什么。那天晚上我又被花香撩得正烦躁不安的时候,听见窑门轻轻地响了。从那猫一般轻捷的动作与声响中,我知道,叶子来了。每次都是猫一般轻滑地走到炕边,先是静静地站在炕头听一听我的呼吸,看是否均匀,然后把手放在我的额头试一试温度,看是否又发烧了。叶子的手因为常年在地里劳作,不像一般不事稼穑的女孩手娇小温软柔弱无骨,而是宽厚粗大,还糙拉拉的,摸在你的脸上,像磨砂一般。可就是这样的一双手,一沾到我的额头,我的心就会莫名地沉静下来。有时她怕手感吃不准,还会低下头将额头贴在我的额头上来试我的体温。每每这个时候我往往会凝神屏息,整个人顿时如入水一般地瘫软无力,甚至连心都忘记了跳动。一时间,我恍然大悟,原来每天晚上我那么焦躁不安,就是等这样一双手,眷恋这样一双手啊! 摸你的额头,感受你的体温;或者额头碰着额头,那么贴近,近到彼此能听见彼此的鼻息。那是多么温暖温馨的一刻啊!

这个晚上,这样的时刻又到了。该是月上三竿的时候。夜晚最美好的时候啊! 叶子轻声推开窑门,一束光嗖的一下进来,迅速地将屋里的黑暗切掉一块。叶子回身再将窑门小心翼翼地合上,黑暗顿时又愈合了。叶子走过来了,脚步像猫一般地过来了。到炕边了。站下了。那只手,那只宽厚、粗糙、温暖的手就要伸过来了,我的额头早已经饱含深情地等在那里,单等着那温暖的一摸! 可是今天怎么了? 叶子的手为什么迟迟没有过来只是静静地立在炕头? 她怎么了? 是哪里不舒服还是看出我的异样? 我的心现出焦躁,呼吸也急促了起来。这时,我忽然听见窸窸窣窣的声响,好像脱衣服的声音。我不禁觑眼看了一下,天! 真的是脱衣服! 叶子在脱自己身上的衣服! 不多的两件衣服,只一会就脱光了。叶子的身体完完全全地暴露出来了。叶子的脸黑中透红,身体竟是那么白,像一条肥腻的鳗鱼。白得那么纯净,那么耀眼,在铅灰色的光线下,散发出夺目的青春光泽! 顿时整个窑洞都熠熠生辉起来。这条肥腻的鳗鱼一游就游上了炕,接着钻进了我的被窝,贴着我的右臂,紧紧地偎在我的身上。

啊,这还是我的身体吗? 怎么这么麻? 我的心呢? 我的心,此时不是忘记了跳动,而是无耻地跳得就像擂鼓一般,仿佛随时都有可能从脆弱的胸腔跳出来。我感觉整个空间都充斥着我的心跳声,那么响亮,那么有力。我真替我自己害臊,真是丢人! 黑暗中,我感觉我的脸一阵阵火烧火燎。天,难道我又发起烧来了吗? 这时叶子的右手绕过我的前胸,跋山涉水地一路麻沙沙地来到我的左胸,停在了心脏那个地方。她一定是听到了我如鼓的心跳,替我将一颗亢奋异常的心摁住,防止跳出来。叶子的嘴巴贴在我的右耳边,鼻息将我的耳郭,不,我整个的身体都弄得麻酥酥、痒扒扒、无可抑制! 乱了。我的方寸大乱了。我不知道该怎么做了。只让一颗可怜的心跳得如一只笼子里的鸟,四处冲撞,却又无法振翅。叶子说话了,说,哥,我知道你没有睡着。虽然你不打呼噜,可是我一听你的呼吸就知道你有没有睡着。晚上你根本睡不着。每天晚上都是。我也是。晚上我也睡不着,哥。声音宛如天籁一般,沙沙地,流水一般淌过我的耳边。这时叶子摁住我心脏的那只手滑到旁边,握住我瘫在身体旁的左手,拿起来,又跋山涉水地绕过我的身体,走遍她光滑如玉的身体,然后搁在她的胸前,捂住她的心脏。原来竟也跳得这般强劲!那温软的、温暖的、饱绽的、健康的女性身体啊!活了三十岁,我还是第一次这样零距离接触!虽然我已经是一个结了婚的男人,可我却真真正正是一个青头郎。处男。哥,我想你。你要了我吧!叶子贴在我耳边,叹息一般的声音忽然如晴天炸起的一个大霹雳,将我的耳朵震得嗡嗡直响。啊啊,她说了啥?说的是啥?哥,你要了我吧!我想你,你不想我吗?

想?我还能想些什么?远的近的,过去的现在的,我通通都没有想。无法想。我的脑子木木的成了一个大木疙瘩,严丝合缝。还能想些什么呢?那么不想?不想吗?我忽然无比敏捷地一个翻身,把身边这个正熊熊燃烧着青春火焰的叶子的身体压在了自己身下,抽出自己的手无比疼爱又无比柔情地抚摸着叶子的脸和身体。叶子,我的叶子。我的耳边再一次响雷般滚过一个声音:你要了我吧,哥。你要了我吧……

我究竟什么时候睡着的,叶子什么时候走的,我一概都不知道,我只知道这个夜晚我的睡眠之神那么轻滑甜美地降临了,并掳走了我。醒来的时候,天已经亮了,我伸了个懒腰,感觉全身每一个毛孔都那么舒坦、顺畅,充满活力。我一个鲤鱼打挺坐了起来,一骨碌下了炕。拉开窑门,高原早晨的阳光一下子砸到我的头顶,我不禁晃了一下,赶紧伸手扶住门框。这时柳絮听见动静,跑过来,看见我起来了,高兴地喊,娘,大姐,大哥起来了,大哥起来了!随着喊声,一家人:叶子娘、叶子、柳枝、柳笛、柳眉都一窝蜂地涌出旧窑,站到窑外的空场上,果然看见我脸上沐浴着高原的阳光,无比精神地站在大家面前。叶子娘说,好!起了好,起了就好啊!说着竟拿袖子抹起了眼泪。我看见我的叶子,一脸都是甜蜜的笑,满眼都是比蜜还要甜的柔情。我的叶子啊!

玉米都已经出苗了,是给玉米锄头遍草的时候了。吃罢一大碗刀削面,我跟娘儿四个一起背起锄头去了地里。我的力气奇迹般地又回来了。

接下来的每个晚上叶子都会来这边,从猫变成鳗鱼,游上炕,再游进的被窝。然后我也会变成一条鳗鱼。叶子这条鳗鱼只游进我的被窝,可我这条鳗鱼却游进了她的身体。两条快乐无比的鳗鱼。

时间过得真快,一转眼的工夫,十几天又过去了,我来这里眼看都快两个月了,头遍草都快锄完了。这天早起,我吃罢早饭,就拿起锄头准备和叶子她们再一起下地,却被叶子娘制止了,说,叶啊,你和大哥今天就不要去地里了,剩下的那点子活,我和絮、枝三个人就能对付了。你带大哥去看看黄河吧。大哥来这么久还没看过黄河呢。你们去吧!回头看看可有什么新鲜的鱼,买些回来,让大哥给我们做一顿南方鱼。还是南方人做出的菜好吃!

叶子高兴得差点蹦起来,一张黑中透红的脸因为激动而显得更红了,说,娘,可是真的呀?

看你个死妮子,娘啥时候跟你打过诳?快去吧,好好玩一玩。

我一听,也挺高兴,说,太好了,等买到鱼,我回来给你们做小鱼锅贴,可好吃了!再说,我还真没有真正看过黄河呢!虽然跑车,来来回回经过黄河不知多少次,向来都是一闪即逝,依稀感觉好像就那么厚墩墩、懒洋洋地在脚下躺着,从来没有近距离地和她接触过。也很想见识见识滋润了我虚弱身体的黄河鲤究竟生活在怎样的一个水域里。

十七岁的柳絮倒没说什么,可十四岁的柳枝跟着闹上了,说,娘,我也要去!

你去什么去?都去过多少回了,有啥去头?乖,跟娘去地里干活。

柳枝立时不高兴了,嘟起了小嘴,说,咋他们就可以去?我为啥就不能去?再说就打去了一百回一千回,可都不是和大哥一起去的呀!娘,您就让我也去吧,我保证回来发狠锄地……

还没容柳枝的话说完,叶子娘狠下脸来了,说,枝,听话!跟二姐先去地里,娘随后就来。

哦。柳枝见娘的脸狠了,话也硬了,就不情不愿地乖乖地去拿锄了。

我有些不好意思,就说,算了,我们也不去了,等把剩下的那点活干完,大家一起去吧……

叶子娘也不等我说完,就冲我们挥了挥手,脸上又浮满了笑容说,好了,她大哥,这些天,这地里的活你还没干够是咋的?甭说那么多了,叫你们去,你们就去！玩得开心一点！

我和叶子欢快地离开了，朝着黄河出发，脚下生风。当我们拐过一个山嘴，将村子和庄稼地都远远地甩到了后边，彼此再怎么也看不见影子的时候，叶子和我的手就拉在了一起。一双糙糙的宽厚的手，握在我宽大的手掌里，正好。叶子的手就该我来握。可我知道我的手虽大，却不糙。我为我拥有一双光滑的男人手而羞耻。叶子，为什么让我们认识得这么迟？如果早些认识，我就能早一点替你分担，替你做一份地里的活，你的手就可以不要糙得这么厉害。我能把你的手养得娇嫩柔软吗？像莲曦的手。呸，这个时候，我为什么要想起她啊！

叶子根本不管我内心的起伏变化，只自顾乐着，笑着，高兴着，拉着我的手蹦蹦跳跳，像个小姑娘。本来就是小姑娘！能这样和自己喜欢的人手牵着手走路，对于她来说该是多么幸福的事啊！我也一样。信天游又从叶子的嘴里飘出来了，苍凉嘹亮，优美忧伤。如果时光能就此打住，该有多好啊！我情愿为此放弃一切。我冲动起来，一把搂过叶子，死死地吻住她的嘴，将那优美苍凉的歌声硬生生地堵在了喉咙里。叶子，我的叶子，哥哥爱死你了！叶子被我这样突然的一吻，弄得有点蒙，但很快就反应过来，更热烈地响应我。我们在那片寂寞的山林里吻得如胶似漆。天昏地暗。地老天荒。

这样走走停停，不过七八里的山路我们走了约莫三个多小时，太阳都已经有些毒辣辣的了，才在一座山崖背后，看到了黄河。叶子用那只自由的手一指，说，喏，黄河！我纵目望去，我的个天，那就是黄河吗？只那么窄窄的一带浑水，两岸峭壁之间，猥琐地躺在河床上，分明一条臭水沟嘛！河岸倒是开阔得很，或许泥土都给水淘洗光了，一些黑色的、嶙峋的石头铺满河岸，周围也看不见一点绿色。不像长江，江两岸都是防护林带，郁郁葱葱的。我失望至极。这，竟是黄河？就是养育了中华民族的母亲河？那母亲河的气势呢？那磅礴那浩瀚那博大呢？在我的印象里，黄河就是冼星海的黄河，是《黄河大合唱》的黄河。波澜壮阔。气势恢宏。激荡澎湃。振聋发聩。气吞山河。可眼前的黄河呢？有吗？我疑虑。可叶子说，那就是黄河啊！到边上你就知道那是不是黄河了。叶子说着挣脱我的手，飞快地朝山下跑去，我也跟着朝山下飞跑。黄河越来越近了，近了，就在身边了。可依然那么浅浅的一条,窄窄的江面连条羊皮筏子都不见。也不晓得叶子说的黄河打鱼人究竟是传说还是杜撰。哪里像长江,江面阔广,千帆竞过,万舸争流。我一脸的失望。要知道黄河就是这样,还不如不看的好!就让她澎湃在我的脑海里,磅礴在我的心里,多少也是一份憧憬,一份崇拜。可现在?玉碎宫倾。或许生活中的一切事物都是这样吧!就像你去爬山,你非常努力地朝山顶攀登,以为可以有别样的风景,可等你筋疲力尽地登上去以后,发现也不过如此而已,你的视野所见与你在山下任何一个地方见到的都差不多,大同小异。于是你失望,有被欺骗了的感觉。可究竟谁欺骗了你呢?不过你自己而已!你被你内心的欲望与憧憬蒙蔽了。人与人或许也是这样吧!像自己和叶子,我如何不是执拗地按自己心里的设计来行动的呢?即使我下定决心坚决抛开原来的生活,我真的可以在这块贫瘠的高原上安心做一个农民吗?天长日久,我会不会失望?会不会也有被欺骗了的感觉?到时候会不会后悔?后悔了又要怎么办?一念如电。我被击中了。顿时汗如浆出。

叶子看出了我的失落,说,现在雨季还没有开始,等汛期一到,黄河水可大了!你不听人说:黄河十年发水九年灾吗?如果水面就是这样的,哪里能有什么灾呢?你说是不是?可是我已经听不见了,我被我自己的问题击倒了。我的思绪无可抑制地飘向千里之外的另一条母亲河:长江。江边的那个小村庄。村庄后面堤脚下的那座小瓦房。房前的合欢树。花或许还在开。一棵深粉,一棵浅粉。毛茸茸的,好像孔雀头顶的那撮毛。树还在,花正开,可人已经不再合欢。大大、姆妈去了,可一心、莲曦和我,我们是多好的兄妹!心心相印。血脉相连。生死与共。可现在呢?我抛下了莲曦,还有"小毛毛虫"。已经能喊爸爸的"小毛毛虫",只喊我爸爸的"小毛毛虫"。尽管尚青带他更多,可却从来不叫尚青爸爸。注定是我儿子的"小毛毛虫",我抛下了他,来到这里,还与叶子……天哪!这还是我秦一文的所作所为吗?我要把莲曦怎么办?叶子又怎么办?我还是他妈一个男人吗?你以为你逃到这里,什么都不想,他们就不存在了吗?他们一直都在!在你的血液里。在你的灵魂里。你纵然逃到天涯,你也一样逃不脱。他们就如一根根绳索勒住了你的手脚,更勒住了你的心。你能逃到哪里?即使你逃得再远,你也逃不出你自己,所以注定你所有的挣扎与叛逃都是徒劳。高原的阳光毒辣辣地射向头顶,附近一点绿色都不见,连个躲荫的地方都找不到。你的心中突然间疯狂地长满了茅草一般的烦躁,忍不住扭头就往回走,也不管叶子的情绪如何。

叶子有些呆,她实在不知道我为何情绪转换得如此之快,而且她也无法想象一向温顺的我何以突然间如此暴躁起来。她都不认识了。难道就因为黄河水太小吗?可那又不是她的错啊!她愣怔了一会之后,拔腿追过来,上前拉住我的手说,哥,你怎么就走了啊?鱼还没有买呢!我内心的烦躁急剧升温,用力甩掉叶子的手,一声不吭,疾步往回走。叶子急了,委屈得眼泪哗啦哗啦直掉,说,大哥,你到底是怎么了嘛!

我怎么了?我不知道我怎么了。我只知道我心里有无数个火苗在到处蹿,马上就要烧成一片熊熊大火,将我烧得体无完肤。脑子里一片混乱,感觉自己马上就要爆炸了一样。我还是我自己吗?我原以为这么多年的生活磨难已经将我打磨成一个内心平和、宽厚宽容的人了,感觉生活中已经没有什么坎坷与磨折能再将自己击倒,令自己方寸大乱了。可眼下的我不是已经方寸大乱了吗?方寸都乱了,还怎么继续以后的行程?

我内心焦躁,脚下生风,不一会就将叶子远远地甩在了后面。叶子跟在后面撵得气喘吁吁,她怎么也不能理解刚刚还一起手牵着手,一副甜蜜无边的两个人,怎么一转眼的工夫竟变成了这样?她又急又气,加上跑动,大汗淋漓,一张脸红得活像一只煮熟的大虾米。我在前面浑然不管,只顾自己低着头往前走。走到一处浓荫地带,我终于站定了下来,感觉内心的那股大火似乎平息了一点,化作热汗淌走了。我回头看了看身后,叶子的影子都没有。可想而知,她被落下多远。此时此刻,我才发现我遁逃的理智渐渐地返回了内心,一颗焦躁的心也渐渐地平静了下来。站了好一会儿,我终于看见了气喘吁吁、上气不接下气的叶子。一丝歉疚滑过我的内心,对不起,叶子,我没有管住自己,我真是他妈浑!我朝叶子迎过去。

叶子一屁股坐在了树荫下,满脸的汗和泪。我也坐下,疼惜地用衣袖给她擦脸。可怎么擦也擦不干,似乎叶子的泪水比黄河水还要多。

我打趣道,好了,别流了,这么多泪,留着浇地多好啊!

叶子终于被我说乐了,扑哧一声笑了,说,你哪里来的那么大鬼火嘛!

258

是啊，我的鬼火到底从哪里来的呢？我说，鱼还没有买呢！回去买？

买你个头啊！这都什么时候了，哪里还有鱼啊？

那就这么空手回家？我答应要给她们做小鱼锅贴的，怎么办？

怎么办？凉拌！叶子说完起身就走。这回是她在前面疾步走，我在后面追了。

不如我们去县城，怎么样？我撵上去，多少有些讨好地拉住叶子的手说，县城一定能买到鱼的。叶子的手挣了挣可是没挣脱，我知道她压根不是真心挣，就使劲地攥着。

叶子说，现在还去县城，那啥时候才能回来？

回来烧晚饭呗！走，去县城。我拽着叶子的手就往县城的方向走去。

叶子无奈，只得跟着，说，你呀你，还大哥哥呢！跟个毛娃子一样。怪不得我娘总说男人一辈子都长不大，到死都是个娃！

县城还是原来的样，一直一横两条街而已，跟我居住的县城差不多，只是比南方的街道脏多了，到处都是垃圾。风一吹，黄色的尘土四处飞扬，一些废纸片或一些白色的塑料垃圾，被风鼓动着像雪片样漫天飞舞。街道懒洋洋地躺在太阳底下，仿佛被晒得发了软，不消说人，就连条流浪的狗也没有。这样的热天气，哪只狗不是找个荫地方，趴在那儿拖长了舌头消暑啊？只有我们俩被高原的阳光灼烧，毫无遮挡，漫无目的地在两条肮脏的街道上逶巡，感觉格外地扎眼。

我说，也不知道菜市场在哪儿？

叶子似乎根本听不见我说什么，只是一个劲东走西走，两只眼睛东瞅西瞅的，嘴里还一路小声嘀咕：在哪儿呢？哪里都不像啊！

我以为她也跟我一样在找菜市场，就说，我们问问人吧？

叶子还是不睬我，只是自己盲人摸象一般地东瞅西瞅。嘴里一边嘀咕：我记得就在这一片的呀！嗯？怎么就是找不到呢？

我完全不清楚状况，只得一路跟着，一头雾水，一头汗水。终于她在一个地方站定了，跟我说，就是这里了！嗯，是的，就是！就是！路边一根电线杆子，我记得清清楚楚的，就是这里！

我说,啥意思? 菜市场?

大哥,你真不记得这个地方了吗? 叶子一脸痴迷的样子对我说。

这个地方? 我为什么要记得这个地方? 我真给她彻底搞蒙了。

七年前,那个丢钱的小姑娘就是在这根电线杆子下面遇见你这个世上最好最好的大好人的呀! 也是我一生中最最重要的人! 哥,你一定记不得了,可我记得,永远都记得! 叶子的眼睛里蓄满了泪水。

真是个傻姑娘! 我心疼了,将她拥在怀里,说,都过去这么多年了,还记着干啥?

叶子没说话,只是紧紧地贴着我,额头抵着我的胸。我知道她哭了,多么善良的女孩啊! 我不知道该说些什么,心里一阵一阵的痛。这样的时刻我们还能拥有多久? 不觉更紧地拥住怀里的这个女孩。可是拥得再紧又有什么用? 终究还是要分开。啊! 苍天啊! 我内心的叹息宛如刺破长空的利剑,将我的心刺得鲜血淋漓、支离破碎。

我们就这样相拥着。在这高原无比明媚灿烂的阳光下,内心却一片阴霾,似乎我们都已经听到了那响在耳边的别离的号角。虽然不说,却早已经心照不宣。

不知道站了多久,终于我拍了拍叶子的背,说,乖,我们该去买鱼了。

叶子抬起头,扑哧笑了,说,这都啥钟点了还买鱼? 我压根就没想要买啥鱼! 我就是想来看这个地方的,和你一起来看一次。以后,恐怕再也不能了……叶子的眼泪又砸了下来,砸得我的心又一阵疼。叶子啊叶子,我如何也心疼不够的叶子,教我怎么样来对待你啊! 哥,我饿了。半晌叶子抬起头一脸娇媚地冲着我说。

好,我们去吃饭。我拉起叶子的手就走。

就近找了一家小饭店。小饭店真是脏得可以,桌子黑乎乎的已经没有了颜色。胳膊刚一搭上,就给粘住了,赶紧拿开,刺啦一声响,皮肤差点给扯下来一层。唉,真是要命! 而且也没什么吃的,都是些面食。

我说,这里太差了,我们换一家吧。

换啥啊! 哪家都这样,不信你换一家试试? 叶子调皮地伸了伸舌头。南方大哥哥,你就将就着吃一点吧! 吃一餐,脏不死人的。我也笑了,一人要了一碗刀削面。叶子说，这样的面食，别说我娘，就是我也比他们做得不知道要好吃多少倍呢！

不知为什么，我一点食欲也没有，看着叶子没心没肺、不管不顾、呼噜呼噜地吃得有滋有味，说不出的一种疼爱、熨帖！想想就要与这样的可人儿分开，心中又有说不出的沮丧、悲哀，不禁怔怔地叹了一口气。

叶子抬起头，看见我几乎还没有动筷子，就说，你怎么不吃啊？嫌脏吗？

我笑着摇了摇头说，真是不好意思，跟你娘说好给她们做小鱼锅贴的，现在彻底做不成了。虽然是第一次做，可心里知道或许这已是最后一次，竟然没能兑现。

叶子问，你能跟我说说这小鱼锅贴究竟是什么东西吗？很难做吗？

其实做起来再简单不过的了，就是在鱼锅周围贴饼子，然后泡了鱼汤或是蘸了鱼汤来吃。是我母亲最拿手的一道菜。只是自从我母亲离开我们之后，这么多年我几乎没再吃过……

想起很多年前，我还和师傅一起跑车的时候，偶然经过安徽嘉山县城，我百无聊赖地趴在车窗朝外看，忽然在狭窄拥挤的街道边看到了一个招牌：万明小鱼锅贴。不知为什么，一看到招牌上的那几个字，我的心里一瞬间爬满了酸涩，泪水涌上眼眶。小鱼锅贴！母亲的小鱼锅贴啊！我差一点冲动地跳下去，去好好地看看那几个字，可是车却已经开远了。后来，我自己一个人跑车了，还巴巴地绕道嘉山，专门去找那家万明小鱼锅贴。还好，我心心念念想着的那家小鱼锅贴，它还在！我欣喜地跑过去，不大的门脸，厨房里黑漆麻乌、脏兮兮地简直令人作呕，可是他们有小鱼锅贴啊，一切就都变得可爱起来！我要了一份小鱼锅贴，一大碗汤煮得浓浓酽酽的小鱼，一大盘切好码好的锅贴，都是记忆中的样子，那是母亲的味道童年的味道幸福的味道啊！我呆呆地坐在桌前对着那一盘锅贴和那碗鱼汤发愣，就是不想去碰它、吃它。好久，我将那碗鱼汤倒进随身携带的铝制饭盒，锅贴用纸包好，带到了车上。然后将车停在了一个荒无人烟的旷野，将鱼汤和锅贴拿下来，一边吃，一边内心泪流不止……

我沉浸在自己的记忆里，有些恍惚。叶子或许感觉到什么了，乖巧地走到我身边，无比柔顺地抱着我的一只胳膊，说，哥，要是我能为你做小鱼锅贴就好了！是啊,要是能那样该多好啊！我叹息着,抽出胳膊,摸了摸她乌黑发亮的头发。我的妹子,要是能那样……

叶子说,我们回吧。于是两个人又像赶尸一般地一前一后,在毒花花空无一人的街道上往城外走。我心里有些不甘,也有些歉疚,总想买点儿什么给叶子,算作赔罪。正想着,看见前面一家店铺,门脸还挺大,里面花红柳绿地挂了些花里胡哨的衣服。我拉了叶子过去。看店的营业员正头一点一点地坐在柜台后面打瞌睡,听见有人招呼,打了一个激灵醒过来,立马热情地进入了角色。态度之热情,恐怕不亚于外面正午的阳光,汗腻腻的,要人命！我给叶子挑了一条蓝底印着大朵白花的连衣裙,叶子试了试,还真是好看。人要衣装,佛要金装,真是不假！叶子换上这样的连衣裙,顿时令人眼前一亮。可怜的姑娘,长到二十岁了,什么时候这样花枝招展地穿过？以前为了筹修窑的钱,从广东拉过那些从香港那边流过来的旧衣服卖。你还别说就那些论斤称来的旧衣服还挺时髦,挺鲜艳,也挺新。我就从中挑拣了一些时兴的、质量比较好的带给叶子姐妹穿,一个个乐得跟什么似的。记得叶子得了一件小立领蓝底上面洒满了红色小碎花的丝质衬衫,宝贝得跟什么似的,平时都舍不得穿,一直穿到现在。我又为她挑了一双白色带袢的平跟塑料凉鞋,配这样的连衣裙正合适。叶子穿着这身也喜滋滋的,都舍不得脱下来。

营业员说,干吗脱下来啊？就这样穿着,多好看！你男人可真疼你。叶子的脸唰地一下涨红了,赶紧把衣服脱下,拉着我就要走。

我说,怎么了？衣服还没买呢！叶子也不说话,只是拉着我往外面走。

营业员愣了,眼看着到手的一笔生意泡了汤,老大的不乐意,说,哟,敢情不是两口子啊！

我火了,说,胡咧咧个啥啊？给我包起来,付账！

然后,为了气她,我又为柳絮柳枝柳笛柳眉一人买了一条连衣裙,一双这样的塑料凉鞋,拎在手上,像个卖凉鞋的小贩似的。姑娘们都大了,怎么着也得有身像样的衣服不是？还给柳树买了一把塑料玩具手枪,可以往外喷水的那种。

叶子说,看你,跟她赌的哪门子气啊？买这么多！可怨归怨,我知道她心里还是挺乐的。

回到家,天也差不多黑了,叶子娘都已经做好晚饭等我们了。见我们拎回来一串塑料凉鞋,就说,我让你们买鱼,你们就给我买回来这样的鱼啊?说得大家都一哄笑起来,一个个争着换新衣服新鞋。柳树更是对那只塑料手枪爱不释手,拿着它一会儿朝这个砰砰砰,一会儿又朝那个砰砰砰,还非得要挨枪的人和他配合着死一回,闹个不停。晚上,吃罢饭,叶子娘儿几个劳累了一天,洗洗都早早地上炕睡了,院子里终于清净了下来。我洗了澡,没有回窑,在枣树下的椅子上坐下来。高原的夜晚可真是舒适,暑热在太阳坠入深崖的那一瞬间,就从地面上消失了,只剩下凉爽。高大的枣树显然已经很有些年头,枝干虬曲,枝丫龇牙咧嘴,枣树长得真丑,可它却能给人们提供甜美的果实。美和丑就在这里转换了。枣花已经开尽了,一个个青涩涩的小枣挂在枝头,月光下仿佛一个个青色的小铃铛。不知哪里来的风有一阵没一阵地吹着,真是舒服极了。我真的爱这高原还有这高原的夏夜!可是我到底能爱多久?唉,我不禁长长地叹了一口气。

叶子搬了把小凳子坐在我身边,声音幽幽地说,哥,你准备回去了,是吗?

我一愣,说,你这话是什么意思?

你就不要再装了,哥。我知道你这次来根本就不是什么单位放你的假,你就是来避难的。至于你究竟躲避什么,你不说,其实我心里也明白,你是在逃你的婚姻。上回你来,我就看出来了,虽然你没有承认,可我相信我猜中了。这一次还是,而且比上次更厉害!哥,你说你一个公家的人,哪能在外面待这么久啊?公家能容你吗?哥,你回吧!今天看见黄河,你一定想起了你家乡的那条江,于是你想家了,是不是?所以才那么无缘无故地发那么大的火。是不是啊,哥?——我不得不佩服这个农村女孩的冰雪聪明,尽管她几乎目不识丁,却异常地善解人意。像这枣树,长相丑陋,却花香四溢、果实甘美——你不要不承认,你不承认也是事实。哥,你回吧!我早就说过,你不属于这里,回去和那个姑娘结婚吧!三十岁了,哥,你早该有个家了……

是啊,有个家,我不是已经成家了吗?可我为什么还感觉这般漂泊无依呢？没有叶子的家能算得上是家吗？

哥，我知道你放不下我。我也一样。可我没那个福分，没那个命！你注定是要属于那个家里人为你选定的姑娘的。我配不上。——不，叶子，在我心里，只有你才真正与我相配的啊！否则我也不需要这样方寸大乱了！——人都是有命的，老天早早就为你安排好了的，纵使你跑到天边，也还是在命手里攥着，跑不掉的，更躲不掉。我和你注定只能是这样的露水夫妻……叶子的声音哽住了，我的心疼得缩起来。

真的有命吗？我们的命又到底攥在谁的手里？为什么要给我一个这样的命？一个永远为别人活着的贱命！我可不可以不要？可不可以不要啊？

于是我第一次向叶子完完整整地说起了自己的所有过去，大大、姆妈，师傅、师娘，一心，莲曦，小毛毛虫。也说到了目前生活中自己所遭遇的种种纠结与矛盾，竹筒倒豆子，统统都说了。一个强加给自己的婚姻，一份欲爱不能欲罢也不能的爱情。到底该何去何从呢？叶子，你说对了，我是在逃。可我并不仅仅只拿你当我的避难所，你更是我的爱人！此生此世唯一撕心裂肺爱着的女人！我该怎么办？

叶子久久都没有说话，我知道她哭了。一个如此温厚善良的女孩叫她如何回答这么难以解答的问题？何况那问题里含着她同样撕心裂肺爱着的男人。眼泪就是她的全部答案。

回吧，哥！我知道你不容易，可莲曦姐更不容易。一生下来就没有了爹妈，你是她这么多年来一直山一般稳重的依靠，你是她心里没有任何防备的依赖，而且那种依赖已经成了习惯。还有"小毛毛虫"，他也不容易，他需要一个爸爸！而你是最适合不过的人选。哥，你就别拗了！那就是你的命，你拗不过的。即使你拗过了你的人，你能拗得过你的心吗？如果你真能什么都放得下，你今天就不会那么焦躁，那么火气冲天了，你说是不是啊，哥？至于我，我会一直在这里，永远在这里。你随时都可以来这里避难，我不嫌弃，也不责怪。只要你过得好，我就好。很好！真的！你还犹豫个啥呢？回去吧，做你该做的事，也做你该做的人。记住，我永远都在这里！安静地在这里。你随时可以来，也可以永远都不来。我不怪你。我已经很满足了。真的，哥，回家吧！早该回去了……

叶子,跟我一起走,好吗?

你以为我不想跟你走吗?多少个夜晚,我都想着能什么都不管、什么也不顾地跟着你走,即使不能堂堂正正做你的女人,只要能和你生活在同一片天下,我也心甘情愿!可是你知道我走不了。这老老小小一大家子,弟弟妹妹们还小,我娘的身体……哥,你不是看不见,我娘那身子骨还叫身子骨吗?几根骨头撑着,一口气喘着而已。我时常都怀疑不定哪一天我娘就那样晚上倒下,第二天早上就起不来了。叶子的声音哽咽,我不禁也跟着红了眼圈。哥,你叫我抛下他们,我怎么能忍下心?就算走到天涯海角我心里也不安稳啦!我都想清楚了,哥,这也是我的命。黄土生黄土埋。叶子很响地擤了一把鼻涕扔在脚下继续说,哥,我不怨谁,我认了!你也认了吧!这就是咱俩的命啊!

那天晚上我们都已经感觉到别离就在眼前。也许这就是属于我们的最后一个夜晚,于是都很贪婪地、很疯狂地索求着对方,都恨不能把对方嚼碎了咽进肚子里再融进血液流遍全身,切切实实成为自己身体的一部分,从此时光流逝生老病死永不能剥离!更恨不能一夜白头,一夜就是一生!

不知道什么时候我迷迷糊糊地搂着叶子睡着了。等我醒过来的时候,自己的怀抱是空的。叶子呢,正坐在我的身边,不错眼珠地看着我,看得我一颗心一跳一跳地疼。看见我醒来,叶子无限柔情、无限依恋地摸着我的脸说,哥,天快亮了,你该走了。说完一滴眼泪砸到我的脸上。为了掩饰自己,叶子下了炕,将我的那只灰色帆布包拎给我,说,哥,东西都给你收拾好了,你走吧!过你自己的日子,再也不要回来了。我们的缘分到头了……说着捂住了眼睛。那双一会圆月一会月牙的大眼睛啊,我怎么爱都爱不够,真的爱不够!怎么办?

也许老天爷都不知道该怎么办。

熹微的晨光中,我拎着我简单的行囊离开了柳家庄。回首望,叶子倚在一棵高大的枣树下,身影是那样的孤单与凄凉,叫我如何能移动自己的脚步啊!我们彼此就这样互相痴痴地对望着,谁也不忍心离开,目光里有多少不舍多少无奈又有多少痛楚啊!叶子,我苦命的妹子,我不走了!坚决不走了,就这样陪你到地老天荒!于是我撒开腿朝着叶子奔去,可叶子却一闪身跑回了窑里。树下空了。心更空了。

火车嘶吼着轰轰隆隆开进站台的时候，一轮硕大无比、血红血红的夕阳正无比留恋地挂在西天之上，正如那天与叶子重逢时见到的那轮夕阳一模一样。我的心顿时完完全全地浸泡在那一汪鲜红的血液之中，无法呼吸。叶子，我亲亲的叶子啊！我千里迢迢跋山涉水奔跑而来，不就是为了找寻心底那一份属于自己的真爱吗？我以为我找到了。可我真的找到了吗？

多少不甘！

不行！这一回，我一定要和师傅和莲曦和所有人摊牌，我不能再这么活下去了！这么憋憋屈屈，比死好过多少？叶子，我的叶子，你等着，等我回来！

可是，我没想到，你那一走之后，竟再也没回过……叶子哀哀地说。

（是的，那晚之后，我再也没有踏上过那片黄土地。我是多么的绝情，又是多么的无奈，更是多么的懦弱！我所有在高原上立下的誓言，回到南方之后，仿佛就像不太寒冷的冬夜结出的薄冰，只要给第二天温暖的阳光一照，立即化成一摊水，无声无息。为此我恨过我无数次，也骂过无数次。）

我回来了。离开家两个月之后，终于还是回来了。尽管我多么想再也不要回来，可是正如叶子所说，我拗不过自己的命。

我没有回自己和莲曦的小家，而是像从前一样，回了师傅家。从师娘的惊叫声中我知道自己一定是改变得很厉害。

啊！一文？是你吗？你怎么瘦成这个样子？

——是吗？我瘦了吗？——

胡子也不刮，跟个野人似的！

——是吗？有这么夸张？——

好了，别一惊一乍的，吓死人了！师傅呵斥师娘。一文啦，回来了？回来就好啊！别听你师娘的，把行李放下，好好洗个澡！瞧你那一副灰头土脸的样子，就跟跑了几千里似的。

——可不就跑了几千里吗？——可不就跑了几千里吗？——

我奇怪师傅的淡定从容,语气平淡到仿佛我根本不是跑了两个月,而是和往常一样,不过出了一趟车而已。我原以为师傅见了我一顿劈头盖脸的训斥是断断少不了的,结果竟然风平浪静。我去卫生间的时候,就听见师傅吩咐师娘,老婆子,去把一心、莲曦他们都叫来,就说他们的哥哥回来了,今晚一起吃个团圆饭。啊?什么?莲曦要来了?我必须得面对她了?可我要怎么面对她啊?她知道我的背叛……这是背叛吗?当然是一种背叛!你既然和莲曦结婚了,又和叶子那样,不是背叛是什么?可是我喜欢叶子,发誓要和叶子一起,却和莲曦结了婚,那对于叶子算不算一种背叛呢?那……那应该也算背叛吧!这么说,秦一文,你这个无耻的家伙,你同时背叛了两个女人,也伤害了两个女人!你还要怎么做?透过被水气覆盖的镜子,我看见了一个头发长得可以扎辫子、胡子拉碴、瘦骨嶙峋的家伙,正瞪着一双迷茫的大眼睛,那痛苦的眼神仿佛想努力穿过水汽看清自己的形象更是看透自己的内心,可怎么都做不到,只能那么徒劳地睁着,目光渐渐黯淡,仿佛一星火苗啪地一下熄灭了。可我却于那熄灭的一瞬间,分明看见了叶子那双清澈透明而又善良温驯的大眼睛,那眼睛说,哥,认命吧!那就是我们的命,拗不过的。

谢天谢地,那天晚上莲曦值班,回不了。我暗暗地松了一口气。还是不要见面的好。尽管这么躲着终究不是个事,可是能躲一天是一天吧。"小毛毛虫"倒是来了,已经会一个人在地上扶着东西站立了,看见我,先是愣了愣,可一会儿之后,就又爸爸爸爸地叫开了。

一心说,小东西坏得很,知道哪个对他好,就叫哪个。整天爸爸爸爸地叫之外,就知道爷爷爷爷地叫。他晓得爷爷心疼他。

尚青也跟着附和说,就是个没良心的小东西!姑父天天带你,哄你,给你吃,喂你喝,你怎么就不能叫我一声爸爸啊?你那个爸爸他都不管你……一心打了他一巴掌,把尚青的调侃打掉了。一心又有了身孕,肚子已经有些显了,不过两个月不到的时间。是啊,这个世界每时每刻都在发生变化,何况两个月啊!

我一把抱过小毛毛虫说,哦哟,"小毛毛虫",来,让爸爸抱一会儿!

师傅跟着乐乐呵呵地说,人家现在不叫"小毛毛虫"了哦,人家有名字了哦,人家现在叫晓棋,秦晓棋。

晓棋?谁给他起的这名字?

小曦啊!你们结婚不久,小曦就拿了你们的结婚证去给"小毛毛虫"上了户口,堂而皇之地用了秦晓棋这个名字。怎么样?这名字好不好听?

她怎么给起了这么个名字啊?

不是你的意思吗?

我的意思?我的什么意思?

小曦说,你时常说可惜现在计划生育了,要不然你以后结婚了至少得要四个孩子:琴棋书画,一个都不能少吗?

哦,还真是的呢!呵呵,我还真说过这样的话。不仅在莲曦面前说过,在叶子面前也说过。看着她们家那么多孩子,热热闹闹的一大家,我真是羡慕得很。喝,我伟大的造人工程,这就算开始了哈!不禁在"小毛毛虫"的脸上狠狠地亲了一下,没有刮尽的胡茬把他戳得龇牙咧嘴,想哭又没有哭出来,嘴巴一瘪一瘪的,逗得大家哄堂大笑。这样的欢声笑语,这样的天伦之乐,我等了多久?期待了多久?要是叶子在,该有多么完美,多么实在!可是没有了叶子,一切的欢乐还有甜蜜的味道吗?或许更多的是苦味吧。我顿时索然无味,放下"小毛毛虫",轻声地叹了一口气。

晚饭的时候,师傅、尚青和我一起喝开了小酒。尚青几次想问我这么长时间究竟去了哪里,一点音讯也没有,家里人急得团团转,莲曦瘦得只剩下一把骨头了等等,可几次都被师傅拿话岔开了。师傅的打岔就像一把刀,把尚青急于透露的那些信息切得零零碎碎的,汁液乱迸。可我还是能一点一点地拼凑出莲曦的样子:一张脸已经尖成了瘦窄窄的一条,白大褂里面裹着的身体根本找不到。尽管心里血流成河,可脸上依然带着笑。她越是成天笑容满面,越是内心波浪滔天。我太了解她了。我的心不禁狠狠地痛了一下。

三个人酒喝得差不多的时候,师傅说,一文啦,你走了这么些天,——哈,审判终于来了,师傅!——家里发生了一些事,一些你意想不到的事。告诉你,你要承受住!——哈,什么样的意外之事啊,我能承受不了的?当初,你们告诉我莲曦要和我结婚的时候,难道是我意料之中的吗?我有什么承受不了？如今我已经死猪不怕开水烫了，还有什么不能承受的？说吧！——伍爷去了。

什么？我一惊，一口酒辣哄哄地呛在了喉咙里，呛出了我的眼泪。

而且，伍娘也去了。

什么？这一惊更是非同小可。怎么会这样？怎么会这样啊！我明白了，为什么师傅不责怪我的不辞而别、音讯皆无了，他是怕我真的承受不了！

我和莲曦结婚的那天晚上，接了伍爷、伍娘，还有孬子哥一起来城里吃喜酒。回去的时候，伤了点风，肚子里吃的东西油水大了些，于是就闹开了。开始以为不过就是拉肚子，伍娘就按老法子拿生米和茶叶加盐，热锅大火炒了咸茶给他喝。当晚上倒是给止住了，可是第二天晌午过后又拉上了，而且那肚子就此闹个不停了。今天拉，明天停，后天又拉开了。这么来来回回地折腾了好几天，终于将老爷子折腾得卧了床。毕竟八十多岁的人了。

我结婚第二天就不见了，开始以为不过出去散散心，要不了两天就会回来，而且也没地儿可去。可是三天了，五天了，还不见人影，不仅莲曦着急，一心也急起来了，说，该不会是出了什么事吧？尚青大大唰唰地说，五尺高的汉子，走南闯北十多年了，能出什么事？你就知道瞎着急。一心打了他一巴掌说，你这个没良心的！不是你哥哥你当然不着急。去，去伍爷家看看，问问可回去过！尚青嘀嘀咕咕地骑了车去了乡下。伍爷已经卧倒了，肚子闹得他已经瘦成了一把骨头。听尚青说一文不见了，伍爷又惊又急，病得更厉害。等到师傅过去看他，硬要弄到城里医院去治的时候，连吊水都打不进去了，胳膊瘦得护士根本找不到静脉。医生对莲曦说，还是叫家人抬回去吧，老人家年岁太大了，一点小毛病都有可能是大毛病，何况还拉了这么多天。就是一个年轻力壮的小伙子，也禁不住这么折腾啊！拖久了。回去吧！没法子的事，我们也回天无力。无奈，只得把伍爷又抬了回去。师傅去看他，他不仅不能进食，就连喝口水都不容易了，只能用棉球蘸点水润润他的嘴唇。师傅知道伍爷真的不行了。

伍爷对师傅说，老兄弟啊，我是晓得我这身体的，平常小病小灾的根本都没有，所以一旦有个什么三长两短就了不得了。古人说，人到七十就古来稀,我今年都八十多了,已经稀得不能再稀了,早活够本咯!俗话说,七十三,八十四,阎王不请啦,自个去。我啊,该是自己去的时候咯!早一天,迟一天的,都没什么了。可一文不一样啦!老兄弟,这伢我晓得,懂事得很,这回不晓得哪根脑筋不转了,怎么就走了这么些天不回来呢?莫非是为了莲曦?不如他的意?莲曦怎么能就不如他的意了呢?是瘸了?丑了?还是没本事了?都不是嘛!怎么就不如意了呢?一气说了这么多话,把伍爷累得气喘吁吁的,一口气接不上一口气的样子,张大嘴巴直喘。

师傅说,老哥哥,歇歇,养养精神。年轻人的事,我们做老辈的就不管他了,由着他去吧。他啊,就是一只山林里飞惯了的野鸟,突然把它关到笼子里,他还有些不习惯,慢慢地,就会习惯的。您老啊,就不要操那么多心了,慢慢把身体养好,等着一文的儿子叫您爹爹吧!

唉,老兄弟啊,你就不要宽我的心了,我再怎么养也养不到那时候了。我啊,也就这两天了。一文,老兄弟,我就想再见一文一面啦!有个事我还是要和他说一说的。

什么事啊?老哥哥,您就跟我说一声不行吗?

唉,也没有什么别的事,就是早年为屋基的事和他大大、姆妈闹得好生不快活。唉,范师傅,那时候我也是没法子不是?

是是是,老哥哥,这些陈芝麻烂谷子的事情我们就不要提了可好?一文又不是不清楚。

唉,范师傅啊!我这就要去和一文他大大、姆妈见面了,我不想他们到现在还怨我。其实我晓得一文开始我要他去你家的时候,他还以为我是冲着他们家屋基才这么做的,结果不是的吧?这么些年,他家的屋基还原封原样地在那儿不是?唉,我想叫他啊,跟他大大、姆妈讲一声,把我们之间的误会啊,解开来。不要到了那边了,还大家不搭腔的,多没有意思不是?

莫要再讲了,老哥哥,你老人家这些年对一文怎么样,他大大、姆妈都看得见的,不要说都晓得的呀!他们感激您老还来不及呢,哪里还会怨啊!

唉,话是这么说,可他这么不回来,我就是走了,也走得心不安啦!老人说着眨了眨被皱纹覆盖的眼睛,眼圈竟然红了。师傅见了心里也怪不是滋味的,可是却不知道再说些什么好。对于这样一个人生即将走到尽头,世事都已通达于心的老人,还有什么可以劝说的呢?

那天晚上师傅没有回城,在那里陪伍爷。也就是那天晚上后半夜,伍爷突然呼吸急促,孬子哥守夜,急得赶紧喊师傅过来。师傅知道老人不行了。那盏灯已经油干灯尽,单等啪的一声熄灭了,师傅也不禁流下泪来。多好的一个老人啦!可哪个能阻挡得了死亡的脚步呢?可是过了一会,伍爷的呼吸又平稳了下去,睁开了眼睛,看见师傅在他床前,声音微弱地说,老兄弟,告诉一文,哪天回来了,一定要和莲曦好好过,不然,我死了也对他不客气的……说着闭上了眼睛。这样颤颤巍巍地又熬过一天,第三天晚上后半夜鸡叫的时候,伍爷咽下了最后一口气,溘然长逝了。

从伍爷被抬回来的那天起,伍娘就知道伍爷的大限到了。连医生都不愿给看了,还有什么指望?也就是从那时候起,伍娘突然出奇地安静沉默起来。家里诸多儿子女儿孙子孙女外孙外孙女,甚至重孙辈的一大堆,那些天在家里出出进进就像走马灯似的川流不息,可是伍娘始终一个人安静地待在自己西头的那间屋子里,几乎足不出户。三顿饭都是晚辈们端到房间里,可每餐都吃得很少、很少。伍爷去了之后,伍娘依然那么沉默,那么安静,仿佛不知道外面发生了什么事似的,看不见悲伤,更没有眼泪。只在伍爷上山的那天早上,伍娘走出了她的西屋,站到大门口,扶着门框看着送葬的队伍越走越远,直到看不到一点影子了,才又默默地走回自己的那间屋子。脸上依旧是那样风平浪静的平静、平淡,跟年轻时候那个风风火火、泼辣干练的伍娘判若两人。时光真是一个无可比拟的魔术师、雕刻师,能把一个人彻头彻尾地改变,真是神奇!等一切丧事都结束了之后,亲戚们闹闹哄哄地吃完喜酒,都陆陆续续地走了,家里顿时安静了下来。

伍娘最小的女儿说,姆妈,大大这一走,您一个人在家里怕有些冷清,不如跟我回去过一段时间?

伍娘说,不要。我要是走了,你大大"回煞"会找不到家门的。我哪里都不去,就在家里守着,等你大大"七"做完了再说吧。

可是伍娘根本就没等到伍爷末七。也不晓得伍爷"回煞"的时候,伍娘有没有见到,还是伍爷根本离不开伍娘,"回煞"的时候将她一起带走了。

就在伍爷走后不过半个月不到的时间,孬子哥突然一天到城里来,去了莲曦的医院,说是伍娘病了,到城里来给他姆妈抓药,顺便问一声,一文可回来着。

莲曦的眼泪突地一下掉了下来,问,伍娘怎么了? 要不要紧? 为什么不弄到医院来?

孬子哥说,也不晓得怎么回事,大大走了以后,姆妈突然就衰了。整天坐在门口,兰香叫我家伢餐餐把碗递到姆妈手里,姆妈也懒得吃上一口半口的。这不,现在就这样子了,已经卧了床了。一文要是回来着,我想叫一文回去劝劝我姆妈,他的话姆妈还是愿意听的。

莲曦哭着答应了,说,一文一回来,就让他去看伍娘。

可是哪个能晓得他什么时候回来呢? 最后直到伍娘死,一文也没回来。

所有人都去给伍爷伍娘送老归山了,就连若水和"小毛毛虫"都去了,独独让两位老人牵肠挂肚的一文没有去。

当晚我就要回去,我等不到第二天早上! 师傅说死都死了,迟都迟了,也不在乎这一时半会,还是等明天一早再过去吧。你也不用着这么急,你单位的假我已经给你续过了,说你生病了,要多休息一段时间。具体时间也没讲,谁也不知道你到底哪天回来。总算还好,你们那个队长还给我这张老脸一点面子,答应了。明天回去,好好给两个老人烧点纸,可都记挂着你呢! 唉,一对真夫妻啊! 一个走了,一个也就活不长了。令人羡慕啊! 想当初,他们还不是父母包办、媒妁之言走到了一起? 或许结婚前,连面也没见过,一生不也这么过来了? 打打闹闹,你死我活,千辛万苦,到了不还是谁也离不了谁? 一文啦,人这一生,说到底就那么几十年光阴。你今年都三十了,撑死了,还有二十年的好时光,再以后呢? 不就是熬日月等死了吗? 伍爷、伍娘,两个福老人咯! 哪个年轻的时候不都是血气方刚的,到了不都一把黄土? 折腾个屁啊!

是啊,折腾个屁啊! 莲曦和你秦一文怎么就过不到一起了?

那天我在伍爷、伍娘的坟上坐了很久,曾经的恩怨情仇真的像过电影一样地在眼前回放。从两家的老死不相往来到亲如家人,这个世界没有什么改变不了的,更何况与一个女人一起过日子。

272

下山之后，我直接去了医院，莲曦正在住院部查房。隔着门上的玻璃，我看见了穿着白大褂的莲曦，果然瘦得只剩下一件衣服似的，如果不是戴着白帽子的头露在外面，还以为衣服也会行走。我的心再一次狠狠地痛了一下。对不起，莲曦，都是我的错！

　　我没有和莲曦打招呼，而是在门诊部打电话到莲曦的办公室，让人转告莲曦中午回家吃饭。说完就去了菜市场。

　　菜市场好热闹，买菜的、卖菜的摩肩接踵，人来人往。我头脑昏昏沉沉地转了一圈，不知道买什么菜好。转到卖水产的地方，看见各种形状的大盆子里养着各种各样的鱼，想了想，算了，还是买条鱼吧，莲曦最爱吃鱼。念头刚一冒出来，就把自己吓了一大跳，想起就在几天前，叶子娘想吃我用南方做法烧出来的鱼，可是就这样一个小小的愿望都没能帮她实现，以后也许永远都不能实现了。还有叶子，以后……我和她还会再有什么以后吗？不会了，再也不会有了！我的心忽然感觉像被人一刀一刀地划了许多口子，还丧心病狂地在每道伤口上抹上了盐，腌渍得丝丝拉拉地疼，疼出了我的眼泪。我已经多久都没有流过眼泪了？

　　我做好了四菜一汤：一个红烧鲫鱼，一个青椒肉丝，一个红椒丝炒藕尖，一个蒜泥苋菜和一个西红柿鸡蛋汤。四菜一汤在桌上摆成一只麻将牌里的五饼，两副碗筷也都面对面地摆在了桌子上。我看看墙上的挂钟，刚好十二点过几分。莲曦十二点下班，从单位到家，慢走也不过十分钟左右，她该回来了。新装的电风扇不晓得哪里没装好，转动的时候嘎达嘎达地响，回头给弄弄。我仰着头看着扇叶不慌不忙地转动，心想人什么时候能这样永远不慌不忙就好了。是谁逼着你手忙脚乱的呢？还不是自己逼自己的吗？正想着，就感觉屋门口的光亮阴了一下，一扭头，莲曦已经走到了门口。苍白的一张小脸给八月的阳光照耀得异常白皙，仿佛透明的一般，身上一件白底开满了淡黄色小雏菊的无袖连衣裙，衬得皮肤越发白净动人。只是太瘦了，衣服里小小的身体像个未发育的小姑娘。我不自觉地站起来，说，回来了？这时一脚踏进门里的莲曦也说了一句，回来了？几乎异口同声，都感觉有些不好意思。我说，饭做好了，洗手吃饭。幸好电风扇嘎达嘎达地响，否则饭桌上就太安静了。安静得人想飞一般逃走。

饭后,莲曦说,我来洗碗。

我没让,说,还是我洗吧! 你去休息一会,下午还要上班。说着端起锅碗到公共自来水槽边去洗。莲曦愣了一会,跟着我也去了水池边,站在我身后。我顿时感觉有无数根太阳的芒刺扎到我的背上,浑身刺痛难耐! 我把自来水开得哗啦哗啦的,想冲淡这刺痛。

忽然莲曦说,哥,你还走吗? 我的手一抖,不知为什么心里的那种丝丝拉拉被腌渍的痛楚又肆掠起来,并且再一次疼出了我的眼泪。我背对着她摇了摇头。

这一摇头之后,我知道,我心中从此沧海桑田,北方高原变成了一片荒漠。寸草不生。

(可是,叶子你知道吗? 虽然我从那以后再也没有去过你那,我的心依然在北方高原漂泊、飘荡。甚至我的儿子晓书,在我的潜意识里,也是和你生的呢!)

我虽然回来了,在家里住下了,可我依旧只睡我的那只客厅沙发。即使"小毛毛虫"回来睡觉,我也只限于把他逗睡完事,基本上不踏入卧房内半步。

莲曦虽然什么都不说,可是她那幽怨的眼神分明告诉我说,哥,你就真的这么讨厌我吗?

我告诉她,哥哥不是讨厌你! 哥哥是不习惯!

那你到底要多久才能习惯?

不知道。也许过不了多久,也许一辈子。你要是忍受不了,你可以离开,我绝不阻拦!

这样目光如电光火石般的打斗,几乎每天都要彼此过上几招。尽管外人看来我们是多么的风平浪静,我是如何对新婚的妻子疼爱有加,莲曦又是怎样地温柔娇嗔。只要不出车,基本上家务事都归我,莲曦永远只做无牵无挂的单身汉。在别人的眼中,我们堪称相敬如宾,而事实上,则是相敬如"冰"。

世间上的事情总是有许多莫名其妙的巧合。一心的第二个孩子若坤出生的时间竟然和"小毛毛虫"只相隔不到几天，"小毛毛虫"是十月二十，若坤十月十八。你说巧不巧？所以若坤过周岁的时候，尚青就提议干脆两个孩子生日一起过，一块儿热闹热闹。这个建议立即得到大家的赞同。一心说，想不到，这回你还真出了个好主意。

　　那天晚上一大家子人，包括如松大哥、如风姐姐，欢欢喜喜地去饭店定了个大包间，定了一个双黄蛋一般的大蛋糕。一个盒子里，两个半圆形蛋糕，一边写着尚若坤一周岁生日快乐；一边写着秦晓棋两周岁生日快乐。先是若坤抓周，桌子上放满了各种玩具还有笔墨纸张。小若坤对着围住他琳琅满目的东西，东瞅瞅西望望，抓起哪一样，他的爸爸妈妈都紧张得不得了，生怕儿子抓到一个不如自己意的东西，从此他的一生真的就此决定了似的。小家伙这样摸摸那样摸摸，最后终于拿起一支钢笔并且迅速地塞进了嘴里。尚青那个高兴！一把将儿子抱起来，举过头顶，高兴地欢呼，哦哦，我儿子要成大文豪咯！我儿子要成大文豪咯！完了又在若坤的脸上使劲亲了几下，说，好儿子，有出息，真给你老爸争脸！哈哈哈。——你还别说，这小子日后读书果然出息，大学、硕士、博士一路流水似的读着，一点没让人操心，如今在外省的一所大学当老师。这是后话。——一心也一副开心的样子，看着父子俩直乐。莲曦的表情有点古怪，因为去年晓棋周岁，大家都忙着一心生孩子，就忽略了。她看着跟在后面瞎乐的"小毛毛虫"，一股不易觉察的失落滑过她的面容。——小时候没有抓周的晓棋，长大后果然读书不是很好，俩孩子一块儿上学读书，论年龄比若坤还要年长一岁，可成绩常常被若坤甩出去好远。若坤考上名牌大学的时候，他只吭哧吭哧地勉强考了个高中专，还只是个农校。为这事，莲曦不知道生了多少闷气。可这小子作怪得很，毕业后分到了一个乡镇当农业技术员，可不到几年工夫，他瞅准了机会，瞒着我和他妈，搞了个停薪留职，开了一家种子公司。我们一直被蒙在鼓里，直到公司开业我们才知道，气得莲曦好几天不理他。可又没有法子，生米已经做成了熟饭，由着他去吧！谁知狗东西竟然将一个小公司打理得风生水起，这不，才几年工夫，公司已经壮大不知多少倍了！赚的银子也不知是当大学老师的若坤多少倍！现在轮到若坤羡慕晓棋了。唉，谁说不是世事难料，风水轮流转啊! ——其实那天莲曦的失落的还有另外一个原因:自己结婚都一年多了,肚子还瘪嗒嗒的,师娘还有同事都有意无意地提起过多次了。师娘说,小曦,你不是妇产科医生吗? 那意思是说,你一个妇产科医生怎么连自己都怀不上个伢啊? 可这能怪她吗? 她纵然是送子的观音菩萨,不也还要如来佛的一泡尿,才能迸出个孙猴子来吗? 她呢? 他一文连泡尿都舍不得给她,叫她怎么怀? 怎么生? 由不得莲曦不恨恨的。

那天晚上莲曦因为心里不大舒爽,就闹着也要喝酒。

一文说,你又没喝过酒,等会喝醉了。

莲曦说,我没喝过酒并不代表我就不能喝酒。再说,我醉不醉,跟你有什么关系?

师傅赶紧灭火,说,今天高兴,就让莲曦喝一点! 以后还多一个人陪我喝酒了,呵呵。

莲曦得了师傅的认可,于是就喝上了,不知不觉竟多喝了两三杯。结果一头栽到桌上,趴下不动了。

我说,看吧,倒下了吧?

师傅说,一文啦,难得小曦今天兴致高,都是家里人,醉了就醉了,又能怎么的呢? 你把小曦扶回家,照顾好她不就行了?"毛毛虫"还是交给一心带回去。莲曦此时已经连路都走不了了,一文只得把她背回了家,送到房间里的床上。其实,一文那晚也喝了不少,只是经常喝酒,比较善于控制而已。两个人倒到床上,一文也感觉有些筋疲力尽,竟迷迷糊糊地睡着了。

什么时间了? 一文感觉那猫一般的脚步声一点一点地近了。哈,叶子,又是你! 我就知道是你! 猫变成了鳗鱼。肥腻嫩滑的鳗鱼游到了炕上,游进了我的被窝。啊! 叶子,你终于来了,我想你想得好苦! 我的好叶子我亲亲的叶子! 我来了,也变成鳗鱼过来了,我的叶子叶子叶子叶子……

第二天早上醒来,我发现自己竟然躺在莲曦的床上,身上一丝不挂。莲曦已经起来了,正坐在窗前梳头。分明是叶子,怎么竟变成了小曦? 我喊了一声,小曦。嗯? 她扭过头来,脸上白里透红闪耀着一种令人目眩神迷的动人光泽。我盯着她,有些走神,似乎从来没有见莲曦如此美丽,如此动人过。

可我的眼神依旧发问,昨晚怎么回事?

什么怎么回事？一张床上的夫妻俩,做一点夫妻间该做的事难道有什么不对吗?

她的嘴角掠过一丝狡黠的微笑。这个小滑头,我被她算计了! 她原来根本就是装醉,只是我根本不知道她的酒量有多大。从小到大,我都在她的掌控之中。这个小滑头! 我不免有些愤愤,捞过自己的衣服往身上穿。

莲曦背过身去,脸朝着窗外,声音幽幽地传来,哥,叶子是谁?

我仿佛被人点了穴一般地一动不能动了。叶子? 她怎么会知道?

叶子,我知道那是我的死穴,被莲曦这个小滑头找到了。从此之后,她手指轻微一动,我便立马气绝身亡!

第二年的农历重阳节那天,我们的儿子晓书降生了。莲曦内心的幸福与满足从每一个毛孔溢出来,淌得到处都是。叶子,就只能是徜徉过生命的一个美丽的梦。而自从晓画到来之后,就连这样的梦都很少出现了。生活追撵得我几乎连做梦的机会都没有。

晓书三岁那年,五月末的一个晚上,医院里那几棵很有些年纪的大香樟树正开着花。花香浓得跟一碗蜜一样,黏稠、甜腻,让人一闻到就如同掉进去了一般,再也无力挣脱。莲曦值夜班,半夜跑回来,把我从睡梦中叫醒,递给我一个包裹,我懵懵懂懂地接过来一看,竟是一个刚刚出生的婴儿。我一时只感觉时光穿越,那个三十多年前的黎明,姆妈也是这样叫醒我,递给我一个包裹,包裹里是刚出生的莲曦。一切这般相似,宛如轮回。

这个抱回来的女孩就是我的小女儿晓画,是个超计划生育被父母遗弃的女孩。头天莲曦给接的生,第二天晚上趁莲曦值夜班,偷偷放在了莲曦值班室的门口,夫妻两个人卷铺盖跑了。这已经是他们生下的第四个女儿,从怀孕那天起,夫妻俩就四处流浪,打零工,维持生活,只希望生下来的是个儿子,可结果还是一个女儿! 孩子出生的那一天,夫妻俩哭得那叫一个惨! 尤其是那男的,哭得跟条牛一样的惊天动地,一个住院部都惊动了。第二天莲曦查房的时候,那女的抱着孩子,眼睛哭得肿成两只大桃子。莲曦不知道该说什么好,拍了拍那女的肩膀,说,还是自己的身体要紧。一句话又捅开了那女的泪腺,眼泪滔滔不绝地涌出来。唉,哪是生了个孩子啊,分明像死了个孩子。难道生不生儿子真的那么重要吗？莲曦对我说。那俩人绝望了，要想再生儿子，只有遗弃。婴儿发育得很好，生下来九斤多，是晓书的两个大。莲曦爱不释手，抱着女孩，说，这下基本算是齐了。什么齐了？她没说。她不想说的东西太多了，例如只提过一次的叶子。可是尽管只那么轻描淡写的一次，却是我一生中响在耳畔的惊雷。我为什么要怕？我不知道。曾经要鱼死网破的决绝不知道什么时候化作了泡影。

我终究是个懦夫。

由于一个个孩子接踵而至，师傅乐呵呵地说，还是我们"小毛毛虫"有福气，他一来，你看弟弟妹妹跟着一个个都来了。都要感谢你哦，小东西！师傅对"小毛毛虫"的偏爱，大家都有目共睹。"小毛毛虫"也和爹爹的感情最好。师傅后来肝癌住院的那段时间，"小毛毛虫"几乎日夜守在病床前。同病房的人都夸口，说难得现在还有这么孝顺的年轻人，羡慕师傅好福气，有这么好一个孙子。那是后话。然后师傅对莲曦说，小曦啊，我看可以了，三个孩子你们也够了，再多你们忙得过来吗？再说了，现在不比从前，养个孩子开销太大了，你们俩的收入也就那么多，吃不消的！够了，啊。小曦，别真把家里整成一个托儿所。

师傅说得一点也不假。俗话说，一个伢下地，三个大人忙得脚不沾灰，何况我们一家伙来了三个。以前还有一心帮忙，可一心现在自己也已经两个孩子了，生意还那么忙，自己都顾不过来了，哪里还能照应到我们？幸亏有师傅跟师娘。每当我们对师傅和师娘充满感激的时候，师傅总是说，唉，感谢的话就不要说了，我们也不过替你们的大大、姆妈尽一点力所能及的责任而已。师傅无比感慨而又发自肺腑。

晓画来我们家的时候，晓棋六岁，那个秋天进了小学；晓书不过三岁，已经上了幼儿园小班。晓画这个丫头比她那两个哥哥不知道难伺候多少倍！且不说别的什么，单把她上进我们家的户口本就费了不少周折！在我们准备收养晓画的时候，街道的人却找上了门，说我们已经有两个孩子，不允许再收养。如果再收养就属多胎，违反了计划生育政策，是要受到处罚的。什么处罚？开除公职啊！我们一再解释说，我们是收养而不是亲生。他们却说，那不管，我们只看几个孩子，不管是抱养还是亲生！一定要我们将孩子送到民政部门的儿童福利院。我们跟他们理论，根本说不通。最后连莲曦都给闹得精疲力竭，准备放弃了。我的倔劲却上来了，天塌下来，这个女儿我都要定了！后来费了好多的周折，医院院长找了卫生局的领导出面调停，最后才终于同意让我们收养，但还是要交一定数目的罚款五千元。这都是什么事啊？我们哭笑不得。难道做好事反倒成了坏事？但既然能花钱买安，也就捏鼻子一笑，了事吧！谁知道这小东西开始的那一个月还把我们吵个够呛，整个晨昏颠倒！白天睡得特别安静香甜，只要天一黑下来，就开始哭，不停地哭。为了不影响莲曦的工作，我只得找单位领导，要求调换工作，不再出车跑长途，而是去修理厂修汽车。领导起先不答应，后来还是师傅出面，事情总算办成了，可收入却少了好大一块。可又有什么办法呢？晓画那小东西，还真是个怪，哭的时候，哪个抱她她都不答应，只有在我的臂弯里她才睡得安稳。有时明明见她在你的怀里睡得踏踏实实的，可只要一把她搁进摇篮里，立马就号哭起来，只得又重新把她抱到怀里。而且你抱着她，还不能站或坐，要不停地来回走动，她才老实。有时我见她睡得香香的，就想搂着她靠到床上眯一会，可是我才刚一坐下，她立即哇的一声哭起来，就像谁拧了她一下似的，能把人吓一大跳。唉，没办法，只得又赶紧起身，抱着她在屋子里走来走去。那一个月我在家里转圈走的路，恐怕连二万五千里长征都走下来了。

莲曦生气地说，一个抱来的丫头，怎么就这么金贵了？这哪里是抱个女儿回来，分明是请了个祖宗嘛！好在一个月之后，她自己主动消停了，该吃的时候吃，该睡的时候睡，乖得跟个小猫咪似的。与先前那个小魔头，简直判若两人。

莲曦说，你看，就是个作穷的丫头吧？硬是把你爸挣钱的路子堵了才消停。小冤家！

我却乐呵呵地说，嗯，这是我女儿心疼她爸呢！知道她爸爸这么些年在外面跑车子辛苦，该歇歇了，是不是啊？

莲曦说，哈，你就惯吧！

在那些个忙碌而又困窘的年月里，我真的将远方的叶子忘了。或者是埋在心底某一个轻易不会触碰的角落，任岁月的尘土一层层洒落覆盖。只在某些醉意朦胧的夜晚,才会透过迷蒙的月光看见那个梳着一条长辫子黑里透红健康的高原女孩,那个名叫叶子的女孩,呼喊一千遍一万遍也喊不应的女孩。我是否在哪一个酒醉后或是梦境里再次呼喊过,我不得而知,莲曦也从来不说。可无论如何,叶子最终还是淡出了我的生活。

叶子,我要是一开始就知道你怀上了我的孩子,我一定会不顾一切地去找你! 我们之间就不会再是今天这样的结局。我真浑啦,叶子! 为什么就不能想到那么些天的欢爱会不会结下珠胎? 就那么一走了之! 让你一辈子守着一个虚无缥缈的愿望,浪费了一生……

我不怪你的,哥! 我不会让你知道我怀了我们的娃的,即使你后来去了,我也不会告诉。我知道你一旦知情,你一定不会袖手不管。其实那些天,我天天晚上去你那边,我娘都知道,她当然更知道两个孤男寡女在一起,会做些什么,有什么样的结果,她都知道。可是她总是对我说,叶啊,我们生来土里刨食的命,就甭想着做那天上飞的鸟。你大哥他不属于你、不属于这块黄土地,就该让他走,可不能拿绳子裹他的腿啊! 后来娘发现我怀孕了,说的依旧是这几句话。直到她死的时候,依然还是这几句话。柳琴五岁那年我娘死了,还不到五十岁,瘦得全身的骨头都硌人。我娘苦了一辈子,可一辈子她活得清清白白、踏踏实实。临死的时候,我娘对我说,叶啊,都是命啊! 娘这一辈子因为没有碰上一个好男人,一辈子吃苦受累。你呢,我的儿,你遇上了一个好男人,可这个男人却不属于你。也是注定要一辈子吃苦受累了! 记住,无论有多难,都不能去麻烦人家,人家有自己的日月要过。你大哥一个多好的人啦! 麻烦人家就是罪过啊,你知道不知道? 人活着,可以穷人,但不可以穷志啊! 以后遇到一个可意的人家,能嫁还是把自己嫁了吧! 这个家也是拖累你了,唉,谁要你不找个好人家投胎呢? 我说,娘,我一个乡下女子,能碰到大哥那样的好男人,我知足! 我娘笑了笑说,叶啊,知足就好,知足就好啊! 只要人好,一天就是一辈子;人要是不好,一辈子还不如一天呢……

叶子声音哽咽说不下去,停了下来,显然在调整自己的情绪。我的心跟着一扯一扯地痛。

真的,哥,这辈子遇到你,我真的很知足。尽管之前我见过你一次,可那种情况下,印象毕竟模糊。那天,你突然出现在我洗菜的泉水边,我简直惊呆了!你知道吗?我不知道天底下还有长成你这样的男人!那么好看,那么精神,虽然劳动布的工作服有些破旧,可看上去还是那么清爽,我真是看呆了!在我的印象里,男人都像我爹那样,永远邋里邋遢,一嘴的酒气,头发长年不洗,硬得跟一根根小木棍似的戳在头上,一年四季鞋都趿在脚上,即使大冬天,也都趿着鞋,眼角永远有洗不干净的眼眵。所以,你的出现,在我眼里简直跟天神一般。灯光下,叶子轻轻地笑着,一脸的神往。

啊,叶子,我终究还是让你失望更让你受苦了!

天神一样的你还有着菩萨一样的心肠,老天爷是给了我多么大的福分让我遇见了你呀!哥,你知道吗?多少次,我都祈求上天,既然已经把大哥介绍给我认识了,那就把他赐给我吧!我知道,这是多么不切实际的奢望啊!简直就是飘在天边的梦。可我还是止不住偷偷地祈愿,偷偷地幻想。或许上天真的被我打动了,我得到了大哥的心。真的,我有多满足,你一点都不知道。那些天,我有多幸福,你更是不知道。我常常想,哪怕老天只给我一个晚上,第二天就让我去死,我也愿意!而结果上天可怜我,不仅给了我那么多美好甜蜜的夜晚,还给了我一个我们的孩子。得知自己怀孕的那天,我跑到山上,躲在你抱我亲我的那片林子里,哭得肝肠寸断,然后又幸福无比地笑了。我真想对着远方大声地喊,哥,我们有娃了!有我们自己的娃了!我甚至希望全世界都知道我怀了哥的娃。我磕头如捣蒜,感谢上天给予我的恩赐。真的,哥,你不知道,我真的真的欣喜若狂!我知道,有了这个娃,我和你就永永远远地联系在了一起,即使你与我远隔天涯,我也会感觉你时时刻刻都在我身边,永远都不会孤单!

娘说,叶啊,往后要是有合适的人,还是把自己嫁了,琴儿一个丫头,迟早要离开你,老了,总得要有个照应。

我说,娘,您说过好女人一辈子只嫁一次。我已经嫁了一次了,以后就绝不会再嫁了!有了琴儿,我一辈子都不会孤单的。娘,我会把这个家操持好的,把弟弟妹妹们的生活都安排好,您就放心吧!

我娘去了之后,第二年,柳絮就嫁了;又过了几年,柳枝也嫁了;再后来,是柳笛、柳眉。哪一个嫁出去的妹妹不都风风光光地走出了那两孔窑？柳眉嫁出去的第二年，小树高中毕业考上了我们省城的一所师范专科学校。虽然只是个大专，可在我们那方圆几里，还是头一个考出去的读书人呢！乡亲们都夸说老柳家生养了一个能干贤淑的女儿，爹娘都不在了，硬是将几个弟弟妹妹抚养成人，成家立业，不容易！我唯一对不起的就是我们的琴儿，没有让她读多少书。她上初中那一年，小树舅舅正好高中毕业，没有考上。我不服气，鼓励他去复读，第二年再考，谁知还是没考上。小树自己都泄了气，准备放弃了。小树说，姐，这么些年，你为了我们几个，太苦了，我真的不忍心，这么大了还靠着你抠泥巴累死累活地供我。你就死心了吧，我就不是那块料，让我回来帮你干活吧！可我却仍然不死心，硬逼着小树再去复读，甚至把小树的行李先背去了学校。小树没法子，只好再去复读。我娘保佑，终于考上了，可家里也被给掏空了。琴儿是个乖女儿，初中毕业之后，就对我说，娘，我不去读高中了，回家帮您干活吧，您太累了！姨和舅舅都走了，我再一走，您可怎么过啊？娘，我回来陪您！看着这么乖巧懂事的闺女，我的心都化了，就答应了。一则家里实在负担太重，另外，我是有私心的。我怕闺女出息了，就飞了。我不想要她飞走，我要她时时刻刻都在我的眼面前，我才踏实。看着长得几乎和你一模一样的女儿在眼前，感觉就是和你时时刻刻在一起一样。哥，你说我是不是太自私了呀？后来，我越想越后悔，感觉不仅对不起女儿，也对不起你！倘若哪一天你来了，我告诉你闺女只念了个初中毕业，我怎么向你交代啊？

那些年，我真是心里一边盼着有一天你突然出现在我面前，就像从前一样，一边又害怕你真的会来，我怕你会骂我偏心，给自己的弟弟读了又读，女儿却半途而废。这样一年又一年盼着怕着，小树大学毕业了，到我们乡里的中学教书了；小树有女朋友了；小树终于结婚了。而此时，我们的女儿琴儿也已经二十岁了。小树结婚以后，我顿时感觉身上的千斤重担终于卸了下来，从此以后，我真可以一身轻松地过以后的日子，专心致志地等你到来了！一天早上，我对着镜子梳头，突然发现不知什么时候，我的头上生出了白头发，我顿时惊慌失措起来！这一惊可非同小可：我怎么就老了呢？怎么就有白头发了呢？大哥来了还认得出我吗？这么些年来，我第一次这么沮丧，这么失魂落魄。尽管我无数次对自己说，大哥不会再来了，娘说得对，他该有自己的生活，可自己知道心里的期盼有多急迫有多清楚！无法欺骗。而且我相信，你总有一天一定会来的。可当你来的时候，发现从前的叶子已经老成了这个样子，你怎么受得了？你还没有来，我怎么敢就老了呢？我怎么受得了？不行，我不能等自己老得不成样子了再见你！我要去找你，现在就去，趁自己还没有老得走形，带着女儿去找你！不为找你讨一个怎样的生活，只想让你知道，你的叶子，还在！

一个念头一旦在心底产生，就会搅得你心神不宁，日夜不得安生。

琴儿问，娘，您这些天是怎么了？老是动不动就发呆，一副魂不守舍的样子，是不是病了？哪里不舒服啊？说着就伸手摸我的额头，就像当年我摸你的额头一样。

我说，娘没有哪里不舒服，就是有心事了。

琴儿嘻嘻笑了，说，娘，您现在还有啥心事啊？莫不是想嫁人了？

我啐了她一口，说，没正形的东西，竟然跟娘开这种玩笑！

那您为啥事愁成这样啊？要不，喊小舅回来，您和他叙叙？

我说，娘这心事是要和你小舅、你姨们说，可先得和你说，你同意了，娘就不管他们怎么想。

琴儿听我这么一说，感觉事情有些重大，神情也严肃起来，说，娘，那您到底有啥心事啊？

我一脸郑重地对她说，琴啊，娘准备带你去找你爹，你可愿意啊？

找我爹？娘，这么多年，您不都一直说永远不去找的吗？您不都答应外婆了吗？怎么又想起来去找啊？难道您想和我爹成亲啊？

不是！闺女，你难道不觉得娘老了吗？娘怕娘老了，你爹来了，他不认识我了，可咋办？娘不想你爹连娘都认不识……

这回叶子没有哽咽，眼泪却流了一脸。我能想象得出当年滚过她心底的悲摧！我苦命的叶子，哥哥到死都不能原谅自己啊！

琴儿哭了，说，娘，您都苦了这么多年了，就算爹认出您了，您又能怎么样？他还不是不能娶您？

琴啊，傻闺女！娘不是要你爹娶我，娘就是不想老得不成样子了，才见到你爹！娘只要能见见你爹就心满意足了，娘真的没有别的想法！难道你就不想见见你爹？

我怎么会不想？小时候老是听外婆和您说爹怎么怎么好，我心里一直好奇得不得了，不知道那么好的一个爹咋就不要自己的闺女了呢？别人家的爹一点都不好，可还是要他们的孩子。不要自己孩子的爹还是一个好爹吗？后来我才知道，我爹根本就不知道这个世上有一个我这样的闺女，我是我娘从爹那儿偷来的。娘，我做梦都梦见我爹，虽然看不见他长什么样，可看上去好慈爱好温柔，他用手抚摸我的脸，那手好大好温暖！我常常都从梦中哭醒，可是我怕娘伤心，从来没说过。娘，女儿咋会不想自己的爹啊！

好，那我们就去找你爹去。反正现在我也没什么牵挂了，走到哪儿，只要和琴儿在一起，哪儿就都是家。

那要不要和小舅、姨们说一声？

说肯定是要说一声的，不管他们同意不同意，我们都一定要去！

那天晚上小树他们几个都回来了，琴儿把他们一一请回的，说娘有事找大家商量。这些年，我这个大姐在他们心里就像爹娘一样尊敬着，听说有事商量，都一个不落地回了。我开诚布公地说了我的想法，几个人愣住了，一个个你望望我，我望望你，不知道该说些什么好。最后还是小树先发表看法，说，大姐，这些年，你为了我们把自己的一生都耽误了。虽然你带着个琴儿，可上门提亲的也还是不少，你都一一拒绝了。我们都知道，你拒绝他们的原因一个是因为我们，另外也是为了大哥。在你心里，大哥从来就没有离开过。现在我们都一个个成家立业了，大姐是该为自己打算打算了。无论大姐做出什么样的行动，我们都毫无保留地支持你！只是，大姐，这么多年，大哥与我们音讯皆无，你除了他说过的那个南方小城市的名字外，什么都不知道，你能不能找到他啊？

妹妹们都纷纷表示赞同，说，要是找不到可咋办呢？

不会找不到的！我坚定地说，我知道那个城市，知道他的工作，还知道他的姓名，还不好找吗？你们放心好了，我绝对不会打搅他的生活的，我只要见一见他就行了。谢谢你们支持我，那就这么定了，等到秋玉米收了，我就把粮食卖了换点钱就走。小树，这两孔窑还是大哥当年帮咱们拾弄好的，你们要记得经常回来。这窑老了,也要经常见点人气,不然不定哪天就塌了。我这一去,也不知道啥时候才能找到,万一大哥哪天来了,见这窑都塌了,可就真找不到我们咯⋯⋯

第十二章　寻　　根

叶子说,我问琴儿,这里好不好?

琴儿说,好!

喜欢不喜欢?

喜欢!

那我们留下来,好不好?

好!

只要我们娘俩舍得吃苦,就一定不会饿着,对不对?

对!有爹在,我们就不苦,是不是啊,娘?

我异常坚定地说,是!

于是我们就留了下来。

应该是八年前吧。那一年的五月,八十岁高龄的师傅去世了(师娘在若坤上小学的时候就先走了)。而那一年的七月,十八岁的晓书则以优秀的成绩考取了一所军事院校,成了一名大学生。还是那一年,阔别了二十一年的叶子千里迢迢南下来到了这里。

那是那一年的秋天,深秋。其实已然是冬了。风都开始硬了,吹打在脸上刺刺拉拉的痛。满街高大繁茂的银杏树,叶子也已经被风染成了一片令人心醉又令人心碎的金黄。一天傍晚,正在读高中的女儿晓画手里捏着几片银杏树叶蹦蹦跳跳地回来了。真是个疯丫头,都是大姑娘了,还这么没正形。我正在厨房做饭,莲曦还没有下班,她一般都在单位吃的多。

疯丫头一放下书包就跑进厨房,猴到我身上,叽叽喳喳地嚷嚷开了,说,爸爸爸爸,你猜我今天在牌坊街看见什么了?

什么啊？我懒得搭理她，向来大惊小怪的。

我发现了一家面馆,山西面馆!

我的心猛然间咯噔了一下,怔了一怔。

晓画继续自说自话:门口的小黑板上写了好多种面的名字,开店的是一老一小两个女人。其实老的也不怎么老,小的也已经不太小,长得可好看了呢!爸爸,你不是最喜欢面食了吗?老是咕叨说山西的面食有多么多么好吃。反正妈妈又不回来吃,不如我们一起去吃山西面食好不好?

山西。山西面食。黄土高原。黄河。太行山区。诸如此类的名词,多少年来都一直是不能轻易触碰的地方,猛丁被这个小丫头捅了一下,还是敏感得一哆嗦。你又不喜欢吃面,去吃什么面食啊?我都快做得差不多了。

哎呀,老爸,女儿心疼你,让你解放一次还不好吗?一年到头,烧烧烧,您不累啊?再说,您不是喜欢吃面吗?而且是山西面,为什么不去啊?走走走,去吃去吃!说着就替我解了身上的围裙,把我推出了厨房。

牌坊街是这个小城最古老的的一条街道,也是相对冷清、相对寂寞的一条街道了。没有什么灯红酒绿的现代繁华,仿佛一个日薄西山的老嬷昏昏地守着自己的一把岁月与泛黄的记忆苟延残喘。早年街两旁立了好多牌坊,因此得名,后来"文革"的时候通通革掉了。可那脚下的青石板路面以及街道两旁古色古香的老房子,依然默默地向路人诠释着小城的历史。面馆开在这样的地方,生意会好吗?我不禁心里犯着嘀咕。

走进街道不久,远远地就看见了那个不晓得走过多少次的院落,当街敞着两扇油漆剥落的大门,里面的木质也被风雨与光阴剥蚀得丝丝拉拉、残缺不全了。记得里面的院子似乎很大,住满了一户一户的人家,怎么就开成面馆了呢。到了近前,才发现大门旁边的墙上新开了窄窄的一扇窗,窗子的一边挂着个白底黑字的木头招牌:山西面馆;另一边则挂着个小黑板,或许就是晓画说的那个写着各种面食名字的小黑板。进到大门里边,看见左手边,紧靠着大门新搭了一间小屋,不过七八个平方那么大,一人多高的样子,屋顶苫着石棉瓦,新刷的墙壁白得耀眼;院子里摆了几张小圆桌,搁着一些红红绿绿的塑料凳子。客人不多,三个、两个地围在小桌边,一个年轻的女孩正在那里招呼着。高高挑挑的身材，一条马尾辫高高地扎在头顶，上身一件白色 T 恤，下身一条洗得发白的水洗蓝牛仔裤，脚上一双白色运动鞋。一看就知道不是什么皮的，而是人造革的那种，还是新的，硬邦邦的，白得有些扎眼。如此朴素简单的衣着，可穿在女孩身上却显得格外清爽怡人，养人眼睛。这时，女孩见大门口有人进来，侧过脸看门口。夕阳照耀下，我看见了一张黑里透红却五官精致的青春的脸，一双黑葡萄一般明亮而又清澈的大眼睛，目光温和又明净如水。哪家的女儿啊？这样可人心！尤其那眼睛似乎在哪里见过？

女孩冲着我们粲然一笑，两只大眼睛顿时笑成两弯新月，说，可是来吃面的？并不很浓重的山西口音，但是还能听得出来。这样的新月又在哪里见过？我的心里突然间重重地沉了一下。

晓画说，嗯，我们吃面，我爸爸最喜欢山西的面食了！

我们在一张空桌旁坐下，女孩笑意盈盈地问，哦？是吗？那真是太有缘了！我们这有刀削面，面鱼，裤带面，担担面，炸酱面，揪面片，都是我娘，哦，我妈亲手做的。请问您二位想吃什么？

我正呆呆地望着女孩新月般的眼睛出神，用晓画的话叫，一副老花痴的样子，根本没有听清楚女孩在说什么。晓画看不过去，捅了我一下说，爸爸，我们吃什么？

哦，我一愣，醒过来，说，那就给我们来两碗刀削面吧，先尝尝。

好嘞！女孩爽快地答应着，冲着搭就的那间小屋里喊，娘，两碗刀削面！

好，两碗刀削面，知道了，稍微等一下啊……

难道是错觉？难道是我耳朵出了毛病？出现了幻听？这声音如此耳熟，熟到已经和我的血液都流在了一起，这分明是叶子的声音啊！我的耳朵里仿佛有上千只蜜蜂聚在那里嗡嗡个不停，吵得人头晕目眩，眼冒金星。怎么可能？我不知不觉站了起来，朝那间小屋走过去，在一片雾气弥漫之中，我见到了那个声音的主人，高高的个子，胖瘦适中的身材，浅褐色格子秋衣，黑裤子，黑色圆口平底布鞋，头上戴了一顶白帽子，头发都塞到帽子里了，看不出长短。因为正朝着热气腾腾的锅里削面，背朝着我，我没能看见她的脸，可我的心却莫名其妙地跳得山响，难道？这时，她的后背似乎感觉到了一阵灼热目光的炙烤，回过头来。上天！我感觉全身所有的血液一瞬间一齐冲撞到了大脑，只等着砰的一声爆裂开来。叶子！是叶子！真的是叶子！叶子看见了我，仿佛早就知道我要来似的，早就等着我过来似的，冲我粲然一笑，一双大眼笑成两弯月牙说，大哥，你来了？稍微等一会，面马上就好。一时间我仿佛一瞬间穿越了二十一年的时光，回到了从前。二十一年了！依然是那样的粲然一笑。依然是两弯月牙温柔至极。依然是那样一句话：哥，你来了？等一会，饭马上就好。莫非时光真的能够倒流？只是曾经圆润的面庞瘦削了一些，眼角也丝丝缕缕地荡漾起了细密的皱纹，宛如微风掠过一湖水面。我从云端跌到了地面。跌得眼前金星乱迸。或许我的血压就是那一刻爬升到了一个致命的高点，从此居高不下，最终要了我的命。看来一切真是有劫数。

叶子亲自将两碗刀削面端过来，脸上漾着笑，声音轻柔地说，请二位慢用，也请提宝贵意见！然后又对我说，这是您闺女？我懵懂地点了一下头。多漂亮的闺女啊！应该像妈妈吧？

才不是呢！阿姨，您什么眼神啊？大家都说我长得像我爸……晓画抢着插嘴。

我目光威严地望了她一眼，根本没想到晓画会说出这样的话来，一副很没有教养的样子，感觉在叶子面前很丢脸，就说，小孩子别乱说话，没规矩！声音不大，却透着严厉，凶得晓画吐了吐舌头，拿筷子搅着碗里的面。

叶子却笑着说，哪里，多可爱的闺女，很喜欢爸爸吧？

我多少有些尴尬，说，小孩子惯坏了，不懂事，说话没有分寸，还请你不要计较！然后看着一旁有些不知所以的女孩说，这，是你女儿？

是的，叶子的目光里顿时流露出无限自豪无限甜蜜的柔情。是的，是我闺女，叫柳琴，二十了，怎么样？漂亮吧？

嗯，我懵里懵懂地点了点头，漂亮。像妈妈。

是吗？可认识的人都说像她爹呢！

眼睛像妈妈。

哦，是吗？叶子拉过女孩的手，充满了无限母爱与柔情蜜意的样子端详着自己的女儿，仿佛第一次见到一样，说，琴儿，来，叫伯伯！叶子女孩怯怯地叫了一声。

哦,我依旧木木呆呆地应着,全然不知道该如何是好了。

叶子说,好了,你们慢慢用吧,我们还要招呼别的客人。说着牵着女孩的手离开了。

精灵古怪的晓画轱辘着一双目光跟锥子一般的小眼睛,目光在我和叶子以及叶子女儿三人之间来回逡巡,说,爸爸,你们认识吗? 怎么一副很熟的样子?

我不知为什么突然内心震怒,厉声说,你这孩子怎么回事啊今天? 饭都塞不住你的一张嘴吗? 乱七八糟地乱讲些什么东西啊?

晓画被我莫名其妙的火气弄得异常委屈,眼圈都红了。这之后我一直沉默,脸色阴沉。叶子的女儿竟然二十岁了! 也就是说我一离开她就结了婚有了孩子? 不知为什么,这个事实令我心中充满了莫名的气恼。她女儿都二十岁了,可我儿子晓书才不过十八岁,而且还是被莲曦算计了才有的。她呢? 哼哼,一刻不耽误啊! 一时间感觉自己曾经的执拗与坚守是多么可笑的一件事! 什么生死相约,原来不过如此! 晓画以为我还在生她的气,也不敢再吱声,也不再叽叽喳喳个不停了。

不晓得什么原因,我心里就是气鼓鼓的。回到家以后,又数落起晓画:你以后在生人面前能不能注意一点自己的言行? 别给我丢脸……

可晓画,还不等我说完,就唇枪舌剑地一路杀将过来,好像早都等得不耐烦似的,说,拜托吧,老爸! 到底是你丢人还是我丢人啊? 五十多岁的糟老头子了,盯着人家一小女孩不错眼珠子,恨不能把人嚼巴嚼巴吞进肚子里! 我都不好意思看你那副模样,跟个老花痴似的!

什么什么? 我老花痴? 你个没大没小的丫头,竟敢说你爸是花痴? 看我不捶你! 说着作势要打。

晓画嬉笑着噌一下蹿走了。在临进自己房间的那一刻,突然说,爸爸,那个女孩怎么那么像你啊? 看上去,比我更像你的女儿呢! 所以我才生气的,才说我像爸爸的……

我顿时目瞪口呆。像我? 难道是我的女儿? 一念如电,将我击中。我再次感觉全身的血液朝着大脑奔涌,眼前一片黑暗。

不行，我得去问个明白。

第二天晚饭后，我借口出去散散步，又去了山西面馆。此时已经快九点，没有什么客人了，我踏进院子里的时候，母女俩正在将桌子、凳子什么的收拾起来，放进那间新搭的小屋子里。我也赶紧过去帮忙。

叶子说，大哥过来了啊？哎呀，不用你动手！你歇着，上一天班了，不累吗？

我说，不过搭把手的事，哪里就累着了？一边帮忙一边问，你们可吃过了？

叶子说，自己开着面馆，想啥时候吃啥时候吃，方便得很。大哥，你不是喜欢吃面吗？往后你就不用自己烧了，啥时候过来，我随便揪个面片啥的，不就对付了？一顺手的事，可好？

那是自然再好不过了！我答应着。收拾完之后，见叶子锁门，便有些纳闷地问，你们住哪？

叶子朝对面一努嘴，喏，在后面。想不想去看看？我点点头。

如果不是叶子带我进来，我永远都不会知道这样的院子里面，竟然有这样的红砖小平房，被隔成一个一个十几平方米左右大一间一间的出租屋，租给像叶子这样来城里打工的农民工。非常粗糙，连墙壁都是裸露着的，有些砌墙的泥巴还挂在砖缝上，叶子母女租的这间就是这样。一张床，一张桌子，一把椅子，一个街上买来的带拉链的布制简易衣橱，就已经是全部的家当。我的鼻子一酸。

她爸爸呢？怎么没一起出来？为了掩饰自己心中的酸楚，我找了个话题。

他，来不了。

为什么？

我们早就分开了。

哦？为什么？

大哥，没有那么多为什么，分开了就是分开了，哪里有什么为什么啊！坐吧，大哥。叶子说着把唯一一把椅子让给了我，我有些尴尬，不知道要不要坐下，可似乎不坐也有些不好，就期期艾艾地坐下了。叶子坐到床上，床

第十二章　寻根　291

上铺着新崭崭的花被子，一看就知道是那种便宜的小摊货。女儿琴儿有些不知所措地站在母亲身旁。我也有些不知所措起来，不知道是该走还是该留，真个是如坐针毡，手脚都不晓得该放在哪里，要怎么放，脑子里始终木木的。我这是怎么了？为什么一见着她们母女我就这样手足无措？尤其是那女孩。心里原本准备下的许多话却一句也想不起来了。是啊，该说些什么呢？又能说些什么呢？时光荏苒，沧海桑田。二十一年了，从前的感觉还有吗？是啊，有多少爱可以重来呢？可就这么干坐着也不太合适，就嗫嚅着找了个话头。

你们怎么想起到这里来了？什么时候来的？家里人都还好吗？

叶子笑了，笑得眼角的皱纹像一朵盛开的波斯菊，说，大哥你的问题可真多啊！刚叫你不要问那么多为什么，可问题还是一个接一个地来了。我和琴儿来这一个多月了……

啊？这么久？这么长时间你们怎么都不找我呢？

其实一开始我们只是准备过来看看你，了解了解你的情况，就回去的。可是结果却放弃了原来的打算，决定留下来了。这里太美了，城市虽然不大，但干净，清爽，街道上绿树成荫，城郊有山有水，风景怡人。一个再好不过的好地方了，比起我们那里肮脏不堪的小城来说不知道要好多少倍呢！叶子由衷地赞叹道。

是吗？我笑了笑，说，南方城市嘛，总是要清爽一些的。

可不是嘛！唉，叶子转而叹息了一声说，大哥不瞒你说，这些年我一直窝在那两孔窑里，根本不知道外面的世界究竟是个什么样子。以为就县城那么个样，几条街，几栋楼。可一出来才知道，原来世界是那么大！那么热闹！乖乖，楼盖得那么高，把天都要戳破了！原以为火车还是那种最古老的哐当哐当慢得跟头老牛似的老慢车，却不知道原来已经有了高级得不得了、快得不得了的什么动车甚至什么高铁！就连公路都已经再不是从前的样子，而是什么高速公路了。车子你一边我一边，谁也不挨着谁，啧啧，真是开了眼界了！这人啦，就得要四处走走，要不然永远都不知道这个世界究竟有多大，以为就黄土地上的那片天。大哥，说出来不怕你笑话，我和琴儿到了省城，就像两个傻子似的，连过个马路都提心吊胆、胆战心惊，俩人手拉着手,一秒钟都不敢放开,生怕一放手就把对方给弄丢咯!幸亏琴儿年轻反应快,要不然头还不给弄晕了呀!连火车在哪里坐,怎么坐,票怎么买都搞不清楚。你知道吗?买票的时候,我和琴儿老老实实地站那儿排队买票,可不知道人家拿了身份证在一个机器上三揿两揿的,一会儿工夫,票子自己就吐出来了,跟变戏法似的,把我跟琴儿看得眼睛都直了……

是吗?我不禁哈哈大笑,仍然不忘看一眼琴儿。女孩羞涩地笑了一下,别提多柔美,多乖巧了!多好的女儿啊!为什么我竟然莫名其妙地这么喜欢呢?晓画说她看上去像我,真的像吗?别说,还真有点呢!哪里呢?鼻子?嘴巴?脸?眼睛?嗯,眼睛不可能,眼睛活脱脱叶子的眼睛。那她真的是我的女儿吗?倘若真的是我的女儿,该有多好啊!那老天爷对我可真是太好了……

还好老天保佑,我和琴儿终于坐上了车,坐对了车……我正沉浸在自己无耻的揣想里,叶子依然眉飞色舞地继续自己精彩的描述。哦,对了,我俩也搞不清,原来火车上还可以睡觉的,只要你买了卧铺的票就可以了。我们哪里知道啊!拣最便宜的买,就买了两张坐票,便宜是便宜,可结果硬是坐了一天两夜。一天两夜啊!老天,老受罪了……

哦哟,那是够呛!你毕竟也不年轻了。我心疼不已。

可不是嘛!原以为坐上火车,只要火车一停,就是你生活的地方了,哪里知道你们这里跟我们那儿一样也没通火车,还要坐汽车!幸好火车站跟汽车站隔不多远。还是琴儿年轻机灵,扛得住,领着我去汽车站,买了两张去青城的票。等看到青城的车,琴儿高兴得一个劲叫唤,说,娘,娘,青城的车!是青城的车!唉,可不容易呀。叶子笑得格格的,说,等到了一看,乖乖,原来这里这么美啊!青山绿水蓝天白云的,比我们那不知道好出多少倍来。感觉自己这么一路辛苦还是值。然后我就自己对自己说,我们这么费劲巴活地才找到这里,这里又这么好,只看一眼就走,也太不划算了吧?于是我就问琴儿,这里好不好?琴儿说,好!喜欢不喜欢?琴儿说,喜欢!那我们留下来,好不好?琴儿说,好!只要我们娘俩舍得吃苦,就一定不会饿着,对不对?琴儿说,对!于是我们就决定留下来了……

你看,你们费那么大劲,那么大老远的好不容易来到这里,你就该一到就找我,我也能帮你点忙啊!看你这人生地不熟的,多不容易……我絮絮叨叨个没完。我是真心疼了。

可叶子却打断了我的忏悔,说,哎呀,大哥,别打岔嘛,听我把话说完!叶子嗔怪地看了我一眼,继续她的叙说:说是说得轻巧,可又一琢磨,留下来,我们留下来干什么呢?总不能就这么摆着膀子坐吃山空吧?再说,就我们兜里的那几个钱也经不起几天摆啊!不行,总得想法子赚点糊口钱。可我们做什么好呢?两个女人,虽然从来不娇生惯养、不怕吃苦,可问题是去哪里吃苦呢?想了半天,也没理出个头绪来。还是琴儿脑子灵,说,娘,不如我们俩开个小面馆吧!山西面馆。我这两天早上吃早点的时候看了看,南方的面食花样太少了,不如我们做山西的面食,一来我们拿手;二来本钱也不是太大。我一听,真是开心得不得了!记得大哥最喜欢吃我们那儿的面食了,我娘常常说,大哥就不该是南方人,就该是北方人。好,就这么定了,开面馆!可说起来容易,做起来就太难了,一是口袋里没钱,二是开店得要门面啊!一时半会,哪里就能找到合适的门面呢?

喏,我说吧,你们就该早点找我,不是能省掉好多麻烦吗?我又忍不住插嘴。

这回叶子没有怪我,而是无限柔媚地看着我,看得我都有些不好意思,拿眼睛偷觑了一下琴儿,可那孩子压根就没有注意到,只是那么一副心悦诚服的样子看着自己的母亲。

叶子说,我就是不想找你,不想叫你以为我们来这里是要依靠你的。倘若只是见你一面就走,那我们早就去找你了。可现在既然决定作长久打算,我们只想靠自己。我想,面馆开起来以后,小城这么小,总有一天你会找到我们的。那时候,我就可以天天做你喜欢的面食给你吃了,各种花样的面食。我现在算是明白了,这人啦,只要心里有想头,那就有说不出来的精神头。为了找门面,我和琴儿把这个小城的几条街都跑遍了,最后还是住隔壁的大嫂,也是出来打工的,看我们每天跑得辛苦,操着北方口音跟我们说,我看你们这么到处瞎折腾也不是个事儿,不如就在这院儿里将就先把面馆开起来,又要不了多大的地儿。跟房东说一声,靠墙隔一间做厨房就行了,餐桌就摆在院子里,好得很!先干起来再说!好是好,可房东会同意吗?我疑惑道。咋会不乐意呢？白捡钱，她还不乐意啊？于是我就真的去跟房东商量了。房东年纪差不多该有六十多了吧，一个瘦精精的南方小老太太，一看就精得很。听我一说，眯起满是皱纹的眼睛，沉吟了好一会，才开口，说，我看你们娘儿俩出来也不容易，就那么着吧！不过，厨房你们自己建，院子也一样要收钱。我赶紧答应，说，那必须！那必须！

那你带那么多钱了吗？我又插嘴了。

哎，大哥这回你可说到点子上了。我们原本只是见你一面就走的，哪里会带多少钱？再说也没多少钱可带啊！没辙，只好打电话回去向小树他们求救。我把我的想法跟他们说了，小树说，大姐，我早就讲了，你无论做什么决定我们都支持你！钱，过几天就给你们汇过去。就这么着，小面馆果真开起来了。

生意怎么样？

还可以吧，毕竟才刚刚开没多久嘛！我相信要不了多长时间，生意会好起来的。酒香不怕巷子深嘛！叶子得意地一笑。我却笑不起来。秦一文啊秦一文，你到底是作了什么孽？要这样一对母女千里迢迢地前来投奔，就住在这样一个捉襟见肘的破败地方，这么长时间一直在自己的眼皮子底下，竟然浑然不觉。这一对异乡母女在这样的一个地方该是吃了多少苦啊！我心里真是有说不出的歉疚。

叶子只顾沉浸在自己的兴奋里说，你看，这才多久时间，啊？面馆开张，才一个星期不到，大哥就来了。哈哈，这叫啥？

叫筑巢引凤！琴儿赶紧接上，把我和叶子都听得一愣，随即都哈哈大笑起来。好个闺女，见过我这样又老又丑的凤凰吗？叶子，琴儿她是不是我的女儿？要真是我的女儿，那我的人生该有多圆满啊！可是我不敢问，也问不出口，还是等等吧！

三个人就这样说着笑着，不知不觉已经快十二点了，我一看时间，吓了一大跳，好家伙，怎么过得这么快？

叶子说，大哥，天儿不早了，回吧！不然莲曦姐姐要着急的。怎么她还记得莲曦的名字？我点点头，站起来准备离开。她们母女累了一天了，该休息了，是得走了。可为什么还是这么恋恋不舍？要是能天天这样就好了。

叶子带着琴儿送我到大门口,外面霓虹闪烁,灯火通明,可车和人都已经几乎没有了。天,真的太晚了。

跟你说实话,哥,其实那年我们一到这里第一件事就是找你。小城不大,找一个人很容易,尽管运输队改成了运输公司,你也从运输队,去了修理厂,现在已经改为4S店,可我们还是几乎不费什么气力地就找到了你。这个城市规模最大的一家大众4S店,又是技术最好的修理师傅,找到你还是问题吗?那一天我们行李都没放,就急急忙忙地寻你了。去了你们单位,说要找秦一文,立即就有热情的年轻人帮忙去喊。不一会儿,在那间高大空旷的汽车展厅深处,一排排的汽车后面,隔老远我就看见了一身蓝色工作服的你,我朝思暮想的我的大哥!我的亲人!我的爱人!你跟在那个年轻人身后朝外面走来,身板看上去还很硬朗,可刚刚不过五十出头的你,头发却已然花白一片。不知为什么我的心中顿时涌起一股酸楚,眼泪唰地掉下来。我不知道自己思念了二十多年,期盼了二十多年的大哥,这些年都吃了多少苦、受了多少罪,才至于这么迅速地衰老了!如果知道自己这样千里迢迢、风尘仆仆地来找自己,我知道大哥的心里一定又要平添上许多歉疚与苦恼。罢罢罢,还是不要见的好。于是,我立马拉着琴儿匆忙离开了。琴儿问,娘,不是要等爹的吗?怎么走了?

我想起来了!啊?原来那天是你们找我啊?那天阳光特别刺眼,或许是高大的玻璃幕墙的缘故,我站在玻璃墙外四处张望,问,人呢?

喊我的小李也在四处张望,说,刚才我明明叫她们在这里等的嘛!怎么不见了?

是不是找我的啊?

就是找您的嘛!怎么会不是呢?秦一文嘛,哪里会有错?

是的,那天就是我们去找的你!其实根本不是我们贪恋这里的什么风景,而是因为你的异常衰老,我才决定留下来。我发誓我一定要为你做些什么,哪怕只做一顿饭给你吃也好。

那你这几年,怎么从来不告诉我琴儿是我的女儿?我还一次次地问过你,你就是拿话支开……

告诉你了,你能怎么样?你能和莲曦姐,离婚,和我结婚吗?你不能!如果可能的话,当初你就不会离开,即使离开,你也不会一去不回。如果不能的话,告诉你又有什么意义呢?真的,除了增加你的烦恼与歉疚之外,毫无意义。

琴儿也说,娘,我们不就是来这里找爹的吗?找到了,为什么又不告诉他呢?娘,您说爹他能认我这个女儿吗?

当然!我说,你爹是这个世界上最有责任心、最有爱心的男人了!他要是知道你是他的女儿,不定有多高兴呢。你看他,有多喜欢你啊!

是啊,我也感觉爹挺喜欢我的,我有时从他看我的眼神里都能感觉出来他知道我就是他闺女。唉,娘,我要是能叫他一声爹该有多好啊!琴儿说着,眼泪花花。我的心也跟着痛起来,明明知道是自己的爹,却不能相认,这是多么残酷的一件事啊!可是,不这样又能怎么办呢?

我替女儿擦掉眼泪,说,琴儿啊,记住,这辈子能做你爹的女儿就已经很幸福了,不要要求太多好吗?外婆在世时对我们说过的话,你难道都忘了吗?她不是叫我们一辈子都不要拿绳子捆住你爹的脚吗?琴儿啊,你那一声爹叫出口,对你爹来说,就是一条索命的绳子啊!你不是要叫他难死吗?琴儿懂事,之后再也没提过这个话头。

再说了,倘若我是个贪心的女人,对你有所企图的女人,莲曦姐会帮助我们母女吗?

什么?莲曦知道琴儿是我们的女儿?

知道啊!

什么时候?

早就知道了嘞!在你来小面馆之后不到一星期的时间。一天早上,她来小面馆吃面,也要了一碗刀削面……

我似乎看见八年前深秋的清晨,薄雾轻漾,黄叶飘零。一个身材苗条、气质高雅的女人,一条修剪合体的黑色长薄呢大衣勾勒出她曼妙的身材,袅袅婷婷地走在古老的街道上,高跟鞋敲打着青石板路面,发出清脆声响,回声清幽,旋荡在寂静的街道上。她来到山西面馆前,看了看招牌,迈步跨进门槛,拣了个干净的小桌坐下。欢快的琴儿跑过来笑容满面地问,阿姨,您想吃点什么?而她只是死死地盯着面前的女孩,半晌才说了一句,就要一碗刀削面吧……

莲曦姐说她一看见琴儿,就知道琴儿是大哥的孩子。除了眼睛长得像我之外,那鼻子,那嘴巴,那额头,那脸型,甚至那走路的样子,说话的神态,哪里哪里都是大哥的影子。当她得知我叫柳叶之后,就更加坚定了开始的猜测。一个多月之后,她帮我另找了一个店面,就是现在的那间。下面是门面,上面一套一室一厅的小居室,带厨房卫生间,与原来的那间出租屋相比简直是天上地下。说是她一个朋友的房子,朋友去外地工作了,也用不上,暂时就给我们住着,连租金都不用交呢!琴儿高兴得什么似的,说,娘,我们可算遇到好人了!我说,是啊,好人,大好人啊!

我怎么什么都不知道啊?那一心知道这些事吗?

一心姐能不知道吗?我感觉叶子轻轻笑了一下。

天哪,她两个竟然在我面前瞒得滴水不漏,真是好功夫啊!合着我这个当事人却成了地地道道的局外人!我们家的这几个女人啊……

夜好黑,没有月亮,甚至连星星都没有,似乎天上的星星和月亮也都不忍看这人世间的生离死别,躲着不愿出来了。只有屋里昏黄的灯光从敞开的门里洒落一些到了老屋外面,也显得格外地有气无力、没精打采。莲曦和一心姐妹俩坐在合欢花树下说话,就像她们小时候相依为命的那些个年月一样。每逢合欢花开的季节,周末有月亮的夜晚,姐妹二人总要这样坐在树下,一心就着月光纳鞋底,莲曦用手支着脸看着天上的月亮,亲亲热热地说话,可说来说去都离不开她们的哥哥一文。揣测哥哥不晓得这个时候在哪里呀,或者明天不晓得哥哥会不会回家啊,同时也有对未来模模糊糊的憧憬。想象着哥哥自己开着大卡车轰轰隆隆地在大堤上飞驰,该有多帅气啊!不把村里人的眼珠子吓掉下来,才怪呢!两个人说着忍不住嗤嗤地小声笑起来,笑得那么压抑,似乎生怕声音一大这些憧憬就给吓跑了似的。然后莲曦就会说,姐,你说我念书到底有什么用啊?还当真能考个什么状元啊?不如回家帮你做事算了。你说你一个人多么辛苦啊！一心立即沉下语调说，莫要瞎讲咯！要是给哥哥知道了，不晓得又要怎么骂你呢！你就安安心心念书，家里的事情不要你管的。你只要保证每天到家有的吃就照着……

现在正是六月，该是合欢花盛开的季节。往年这个时候，一簇簇粉嘟嘟、毛茸茸的小花朵满树都是，开得人心旌摇荡，今年不知道为什么，或许是树太老了，开不动花了；或许是知道一文的离去，伤心得连花儿也开不出来了，反正零落得很。唉，树也能通人情啊！姐妹俩坐在树影下，看着枝头零零落落的花朵，不觉悲从中来，忍不住又是一阵伤心。从前的一幕幕都在眼前重现：儿时的欢乐，姐妹二人相依为命；王奶奶、伍爷、伍娘，一切的一切都宛在昨日，又恍若隔世。以前生活那么艰难，可她们心中还有希望，还有依靠，那是她们可以信赖、可以依靠的哥哥；如今生活好了，可她们的哥哥，她们一直依靠、倚重的哥哥就要永远地离开她们了！身后曾经一直那么稳健、坚定的靠山瞬间坍塌，她们的整个生活整个人整个身心也都一瞬间随之崩塌，空空如也。生活该如何继续？她们真的茫然若失不知所以。

莲曦说，姐，以前大大、姆妈走的时候，因为有哥哥，我并没有觉得自己是个孤儿。为什么今天哥哥不在了，我却反倒有一种天塌了的感觉？感觉自己无依无靠、无比凄凉，成了实实在在的孤儿了……

是啊。一心说，我也一样。你知道吗？小曦，哥哥倒下的那一刻，我真感觉天塌地陷了，世界一片黑暗！我不知道，没有了哥哥，我们以后还怎么生活……一心说着泪又流了下来，莲曦也跟着伤心起来。

二人默默伤心了好一会，莲曦说，姐，人们都说凡事皆有因果，有报应，以前我一直都不愿意相信。什么命，什么报应，我都不去相信。可现在，我却不得不信了！姐，就拿我们俩来说吧，你，秦一心，无论你吃了多少苦，受了多少委屈，你从来都不抱怨，依然有情有义、重情重义地对待任何一个人，甚至对待你的仇人也一样。所以，老天爷报答你了，给了你那么完美的婚姻……

哪里有什么完美啊！不过平常夫妻罢了。

姐，你就不要不知足了。尚青对你那可是没得话说的呀！以前我一直都奇怪，你说你那时候跟师娘靠着油锅卖早点的时候，每天烟熏火燎的哪里还有个姑娘样子啊！可尚青就是看上你了，还死心塌地非你不娶。你看你，一个卖早点的农村姑娘，人尚青，正儿八经国有企业职工，城市户口，长得虽说比哥哥差一点，可也算得上是眉清目秀、一表人才吧？可偏偏就看上你了！也不怪他父母那么极力反对，换作哪个都要别扭一阵子的，你们两个条件相差也太大了一些！不说别人，后来就连师傅都不敢对你们的未来抱乐观态度了。可结果怎么样？人家尚青不仅顶住了来自家庭的、社会的各方面压力，和你结了婚，而且最后呢，人为了帮你把事业做大做强，毅然决然地辞去了工作，回来帮你！从"一心点心铺"到"一心饮食中心"，一直站在你的身后，哪里没有尚青的汗水和心血啊！姐，你如今在我们小城也算得上是饮食界的航母了吧……

小曦，哪里就有你说得那么玄乎啊？做了这么些年了，规模大一点也是理所当然的嘛！至于尚青，嗯，确实不错！一心一意，为这个家操持……

姐，人家都说一个成功的男人背后都有一个默默无闻、辛勤奉献的女人。反过来也一样，一个成功的女人背后同样站着一个默默无闻的男人。这么些年，尚青始终站在你的背后给你支持给你依靠给你鼓励。不过姐，说实话，这些年的磨炼，你确实已经今非昔比了，凡事都是那么有主见，有谋略。就拿你坚持把若水送到国外去进修，就非常不一般！这一步啊，还真是走对了，如今的若水那一份大气可不是谁能比得了的。以后，你就放心地把你的这些产业交到她手里吧，保证会继续发扬光大！说到若水，一心的脸上也忍不住绽开了笑意，可似乎意识到什么似的，旋即又收敛了。莲曦只是沉浸在自己的叙说中，根本没有发现到。似乎此时此刻没有什么可以打断她的话题：还有若坤，打小念书就根本不要你们操任何心，大学、硕士、博士，顺汤顺水地读着，喷嚏都没打一个呢，就成了副教授，多让人羡慕啊！姐，这都是你好人有好报，修来的福气呀！

哪里有你说的那么好啊！小曦，光说我，你才真正算得上是一个成功的女人呢！工作做得那么好，什么学者型专家，什么医院的顶梁柱等等，这些称谓可不是像你封我那样随口说说的，那可凭的是真才实学喔！小曦，你是我们这个家的骄傲，哥哥不晓得有多以你为荣呢！所以哥哥这些年也一直心甘情愿在你身后默默支持着你，典型的家庭妇男啊！不说别的，就你今天一个、明天一个抱回来的那些个伢,哥哥哪一个不都当个宝一样地捧在手心里呀?换作别个,你想都不要想咯!再说几个孩子,晓棋、晓书、晓画,不也个个优秀吗?晓棋事业做得那么好,婚也结了;晓书在部队干得也挺不错;目前,有点伤脑筋的就是晓画了,也是让哥哥给惯坏了。

是的,姐,这些我不是不晓得。可是姐,有一点别人不清楚,难道你还不清楚吗?这么些年,哥哥对我,不过就是责任,有一点点男人对女人的感情吗?在哥哥的生活里,我始终就是个小偷,偷了他的婚姻,甚至连晓书都是偷来的……莲曦说着,忍不住一阵悲戚。姐,尚青对你那么好,你是无法明白我内心的苦楚的。至于几个孩子,也有烦心的不是?你看那晓画,死丫头,本来一个女孩子,艺术院校毕业,在学校当个美术老师不是挺好的吗?又稳定又受人尊重,可非要说太死板了,限制了,哦,不对,用她的话叫:是遏制了她的艺术想象!硬是把一个好端端的工作给辞了,要自己单干。好了,你看,现在成天地在外面漂着,荡来荡去,荡得你头都晕!还有,哎,你一个二十大几的姑娘,正正经经谈个恋爱,又不是不可以。可她呢?就见她男孩子走马灯似的换,也没见哪一个是认真的。哥哥那血压啊,都是给她折腾上去的,还舍不得打舍不得骂……唉,你说不是冤家是什么?你看看人家柳琴,多懂事的孩子啊!稳稳重重,大大方方,又勤快又孝顺……

哎呀,小曦,话不能这么说。柳琴和晓画能放在一起比吗?晓画可是在蜜罐子里长大的孩子,所以都这么大了,还总觉得自己是个孩子,你没见她一天到晚就知道跟她爸爸、跟哥哥、姐姐们撒娇吗?她还不懂事,经历了这一回,保准就成熟起来让人省心了。可柳琴呢?是苦水里泡大的,穷人的孩子早当家,自然要懂事一些。至于你和哥哥嘛,也没你说的那么不堪。或许就是你们俩在一起的时间太久了,在哥哥的心目中,你永远都是他的妹妹……

是啊,姐,你说得太对了,在哥哥心目中,我永远只是个妹妹!可我真的只想做个妹妹吗?我更想做他的女人!姐,我今天说这些不是抱怨哥哥,而是忏悔我自己。这些天我想了很多,我就是太任性、太自私了,偷了哥哥的生活,偷了他的幸福,所以老天才要罚我,才这么早就把哥哥给收走了。这就是我的报应!姐。可是姐,我宁愿老天收去的是我!那样哥哥还可以和柳叶有情人终成眷属……姐，我欠哥哥、欠柳叶、欠柳琴，我就是个罪人，千古罪人啦！莲曦又是一阵伤心。

好了，好了！小曦，我们不要再说这些了，好不好？说来说去，都已经于事无补，又有什么意思呢？不如什么都不说。一心伸手抚了抚莲曦瘦弱的肩背，莲曦顺势靠在一心的肩上，姐妹二人又抱头哭在了一起。这些天她们实在流了太多泪了。明知就算把眼泪哭干，她们的哥哥也还是回不来，永远回不来了，可她们除了流泪哭泣她们还能做些什么呢？好一会，两个人才终于平静了下来。一心小心翼翼地问，小曦，今晚怎么不去陪哥啊？明天哥哥可就要走了……

我让柳叶去陪哥了，她也该陪陪哥了。多好的女人啊！哥哥病倒这么些天，一直都是她在医院服侍，把个面馆扔给了柳琴一个人，专心致志地照顾哥哥。白天黑夜，忙里忙外，不要我们任何人伸手，说就让她为大哥尽一回心吧！从前都是大哥照顾他们，现在就请给她一个报答的机会。可怜的女人！莲曦说着又止不住悲从中来，就是这样的一个好女人，苦女人，我却硬是连她那一点点可怜的幸福也要偷……我就是个不折不扣的贼啊！

好了，小曦，你怎么又来了？我问你，你真打算把柳叶和柳琴的事告诉大家吗？

莲曦点了点头，说，姐，柳琴可是哥哥的亲骨肉啊！柳叶带着她千里迢迢来这里，不就是来寻她们的亲人，来寻根的吗？我没理由不让她认祖归宗啊！我已经让晓棋把柳琴的名字刻在哥哥的墓碑上了……

我知道。晓棋问我了，我什么也没说，只说你妈让你怎么做，你就怎么做，她这么做自然有这么做的理由。

我甚至想把柳叶的名字也刻在墓碑上……

啊？一心轻轻地惊呼了一声。

姐姐，你不觉得他们俩才是真正的一世夫妻吗？哥哥醒过来后谁都不要，只要柳叶一个人陪。你看哥哥躺在柳叶的怀里笑得多么甜蜜多么幸福啊！五十多年来，我的记忆里从来没有见过他有过如此甜蜜幸福的笑容，该是多么舒心多么满足才有那样的笑容啊！莲曦的眼泪再一次滚过她苍白憔悴的脸庞。一心也跟着唏嘘不已。唉……

这下终于齐全了……莲曦似乎一副如释重负的样子说。

什么齐全？一心不解。

琴棋书画，哥哥要的琴棋书画啊！柳琴、晓棋、晓书、晓画，可不是齐全了吗？唉，要不说好人有好报呢！这就是老天给哥哥的回报啊！

小曦，真的，我挺佩服你的！沉默了半晌，一心望着莲曦，不无深情地说，换作我，我不晓得能不能做到你那样深明大义。

姐，你以为我真的就那么宽宏大量、无怨无恨吗？才不是呢！姐，你知道吗？八年前的那个秋天，有一天早上我突然意识到我已经很久没有在家里吃到早餐了，感觉有些不对劲，就说，现在家里早上怎么连烫饭都没有了啊？

晓画说，妈，您不知道吗？爸爸说了，自己动手丰衣足食。要想吃早餐，自己做。

那你们早上都吃什么啊？

面啦！然后晓画就眉飞色舞地告诉我她爸爸如何如何喜欢去一家新开的山西面馆吃面，而且百吃不厌，不仅自己天天去吃，还拉着她一起吃。

不知为什么一听到山西两个字，我竟莫名其妙地突然心里咯噔了一下，于是我决定也去那个山西面馆看看。第二天早上我就去了，一看见柳琴那丫头，我立马就像被人点了穴一样地傻了，那活脱脱一个秦一文啊！你说是不是啊，姐？你第一次见到柳琴的时候是不是也吓了一大跳？

谁说不是啊！柳琴那丫头真是太像哥哥了！

面条端过来了，我一边吃面一边和柳琴搭讪。当我知道她母亲叫柳叶的时候，顿时想到哥哥多少回梦里呼喊的那个名字：叶子，那应该就是柳叶。柳叶，叶子，哈！我知道一切的一切都已经不再是猜测，而是被我不幸言中的事实了。后来我又问她的出生年月日，一算，正是哥哥离家出走消失的那两个月怀上的。我当时只感觉浑身的血都冲到了脑子里，就是这个女人！就是她，偷走了一文的心，让他对我视若不见、置若罔闻！害我刚一结婚就丢了自己的新郎，害我独守空房一年多，甚至想要个孩子还得从自己丈夫那里去偷！害我和哥哥夫妻这么多年还只能是兄妹……我当时真是恨得牙根发痒，恨不能将那个名叫柳叶的女人撕吧撕吧扔进大江喂鱼！都二十多年了,好不容易我们的生活走上了正轨,她却又出现了,想干吗?和秦一文重修旧好吗?再鸳梦重温吗?亏得秦一文还装得跟没事人似的,原来一直藕断丝连,只把我一个人蒙在鼓里啊!秦一文,要是你现在还想和这个叫柳叶的女人……

我真是气极了,姐姐,我不知道该愤怒还是该抱怨;是该找一文问个究竟还是该找柳叶问个明白?那段时间我真是苦恼极了,我没想到我苦苦得来的婚姻会如此不平静!我甚至不敢告诉你,感觉真是太丢人了。我劝自己一定要冷静,静观其变,然后再决定主动出击还是被动应战。观察一段时间之后,我发现一切该怎么样还是怎么样,没有丝毫变化。这个凭空杀出来的柳叶母女并没有给我们的生活带来一丁点波澜。我纳闷了,甚至心底更害怕了,感觉这两个人实在是太能装了!那个女人分明已经找上门来了,他们还能那么泰然处之,真是太可怕了!他们到底想怎么样?好你个秦一文!看不出来啊,竟然还过起了这样一妻一妾的日子啊!不行!我不能让他们在我的眼皮子底下这么逍遥自在、为所欲为!以前你们躲在那个天远地远的山旮旯里,我看不见也就罢了,如今竟在我的面前这样公然招摇过市,不是太欺负人了吗?不能!我不能坐以待毙。我决定主动出击。

我去找了柳叶。在以前的那个小出租屋里,看见母女二人挤在那样一个简陋至极的地方,我心里忽然非常不是滋味。可既然开弓了就没有回头的箭,我还是开门见山亮明了自己的身份。谁知道柳叶竟然笑眯眯地说,你是莲曦姐吧?说她早就知道我是谁了。从第一天踏进大院吃面的那天起,她就知道了。因为除了大哥的女人谁会对一对外来的做小生意的山西母女那么感兴趣呢?问这问那的,跟查户口差不多。我顿时瞠目结舌、哑口无言。这个女人太聪明了!叶子说她知道我的用意,她说请我放心,她丝毫也没有想过要和一文大哥有个什么样的结局,如果想要那样的话,当年她完全可以不要他离开,死死地缠住他。她说一文大哥是怎么样的为人,我应该比她更清楚,如果她缠着他的话,天晓得他会做出什么冲动的事情来!既然二十多年前都不希望得到的东西,现在更不想得到了。何况大哥根本就不知道柳琴是他的女儿。她说她只不过想和大哥呼吸同一片天空下的空气,难道都没有资格吗?我再次哑口无言。难道哥哥真的不知道柳琴是他的女儿？他怎么可能会不知道呢？

那一瞬间我感觉自己是多么卑琐与无耻啊！分明是自己蛮横无理地抢走了人家的爱人，现在反倒以一个卫道士的嘴脸来质问别人，做人真的可以这样是非颠倒吗？当年如果不是自己的任性、执拗、蛮横、霸道，那么今天站在自己面前的这个女人很可能就是自己的嫂子！柳琴就是自己漂亮、乖巧、可爱的外甥女！秦莲曦，做人还是要有点良心的！

姐姐，那一瞬间，我仿佛看见了我的妈妈杨梦莲。如果她还活着，说不定也会这样带着我去省城找那个张若曦。就是我自己，不也一个人偷偷地去找过张若曦吗？历史总是这么惊人的相似。如果是那样，我会说杨梦莲的所作所为是厚颜无耻吗？不会的！我一定会觉得自己举动多么多么的无可厚非……人性原来可以如此丑陋。

经过一番对自己深入灵魂的鞭挞，我感觉自己如果不为这一对苦命的鸳鸯做点什么，就太对不起自己的良心了！于是我四处奔波，为了给她们物色一个好门面，找一个好一点的住处……

你不是说那是你一个朋友的吗？

哪里什么朋友啊？我替她们租的！为了不要她们出钱，我才胡诌了一个朋友。

原来是这样啊！小曦，我觉得你已经很了不起，很伟大了！换作哪个女人不吵翻天才怪呢！那现在你把真相告诉大家了，以后怎么打算呢？

我想好了，姐，你现在已经做大了，不如让柳叶母女这条小船靠上你们那条大船吧！柳叶手艺那么好，山西面食说不定会成为你们餐饮的一大特色呢！至于柳琴，那么能干也那么勤快，让若水带带她，也可以做个助手嘛！自家人总比用一个外人贴心一点，也放心一些，是不是？

一心说，其实我早就这样打算过了，也跟柳叶商量过，可是人家柳叶不同意。

为什么？

她说莲曦姐已经帮她们很多了，她不想让莲曦姐觉得自己得寸进尺。她们目前能这样就已经非常心满意足了。唉，多么善良的女人啦！

姐，只要你同意，这个工作我来做。现在哥哥已经不在了，我们有责任替他照顾好她们母女。即使柳琴不是哥哥的亲骨肉,我都有责任替哥哥照顾她们。我欠她们的!

　　小曦,别这么说,当初你又不知道有柳叶这么个人。换句话说,即使哥哥真和柳叶走到一起了,也未必就幸福。在那样一个贫穷的地方,就凭哥哥一双手能折腾出个什么大不了的名堂呢?你还嫌哥哥吃的苦不够多啊……

　　姐,你就不要安慰我了,我犯下的错我自己心里清楚。柳琴,你放心好了,我一定会为她找一个合适的人家,不仅要风风光光地把她嫁了,而且还要送她一套大房子做嫁妆,好让她们母女能过上一个安稳的晚年。柳叶这个女人的命真是太苦了!又那么善良、那么勤劳、还那么深明大义。我理解的,不要说哥哥,如果我是个男人我也会爱上她的。所以,我欠她,欠哥哥的,我一定努力去还。哥哥,他太苦了。一辈子都苦。日子苦。心里苦……

　　小曦,其实,你真的不必太多自责。人这一生,我觉得不管是伟人也好凡人也罢,自打来到这个世界,都不过为了寻找。寻找爱自己的,也寻找自己爱的;寻找生活的价值,也寻找生命的意义。所以,小曦,你错了,哥哥他根本不苦,他是这个世界上最幸福的男人。秦一文,不过一个平凡得不能再平凡的卡车司机,可他却不仅找到了他爱的女人也找到了爱他的女人,而且这两个女人无论是他爱的还是爱他的,又都那么通情达理、胸怀宽广!你说哥哥他幸福不幸福?哥哥一生虽然平凡短暂,没有什么惊天地、泣鬼神的英雄事迹,可是哥哥心中有爱,并且毫不吝惜地将心中的爱奉献给他身边的每一个人,他的生命也因此而丰满、丰润、意义非凡了,你说是不是?小曦,来,把眼泪擦掉。我们有这样的一个哥哥,是我们的骄傲与自豪!哥哥一定不希望看到我们总是这样没完没了地哭哭啼啼,我们要让他放心地远行。哥哥他操心了一辈子,也该放心了!

第十三章　归　天

太阳升起来了,又一个美丽的清晨降临了。

老屋客厅的门板上躺着一个人,从头到脚盖着一条白布单,上面又盖了一床大红绣花的被面,头顶一只碗,生的米,插了一双筷子。一只香炉香烟缭绕。分明是死人啊!哈哈,不要怕,那躺着的就是我!

都说人死后七天之内灵魂不散,可以和自己的亲人交流,可以瞭望自己的一生。以前不相信,现在知道了,确实如此!

这是我在这个世上的最后一个早晨了。从此以后,这个充满苦难也充满幸福,充满仇恨也充满友爱的人世间,我就永远地弃之而去了。这个世界上,那些我深爱着他们,同时他们也深爱着我的,我的亲人们,我的爱人们,从此之后,我就要与你们永远地阴阳两隔,地上地下永不能再相见了。永别了,麻布寮,我的家乡!无论在哪里,我都不会忘记你骄人的历史与风采;永别了,我的亲人!永别了,我的爱人!无论在哪里,我永远都会关心你们祝福你们庇护你们的……